亚洲研究丛书·北京外国语大学世界亚洲研究信息中心系列

亚洲研究丛书
北京外国语大学
世界亚洲研究
信息中心系列

泰国现代文学史

Modern Literature History of Thailand

栾文华 著

社会科学文献出版社
SOCIAL SCIENCES ACADEMIC PRESS (CHINA)

编辑委员会

编委会主任 杨学义　朴仁国

编委会副主任 金　莉

编　　　委（按姓氏拼音排序）
　　　　　　蔡剑峰　郭棲庆　贾德忠　金暻美
　　　　　　康泰硕　李明镇　李又文　张朝意
　　　　　　张西平　张晓慧　赵宗锋

主　　　编 郭棲庆　张西平

编　　　务 王惠英

总　　序

世界亚洲研究信息中心，英文名称 Information Center for Worldwide Asia Research（简称 ICWAR），是北京外国语大学与韩国高等教育财团共同建立的学术研究机构，成立于 2007 年 12 月 3 日，是目前世界范围内以"亚洲研究信息汇总"为主题的科研机构。中心通过编辑出版学术刊物《亚洲研究动态》，资助亚洲研究领域的课题研究项目、著作出版项目，建设亚洲研究学术信息数据库，开展学术交流活动，选派北京外国语大学优秀学者赴韩国交流学习，建设与完善中心中英文学术网站等多种途径，依托北京外国语大学教授 58 种外国语言的优势，汇总世界各国亚洲研究的有关动态和学术成果，构建学术资源网和信息数据库，搭建全球亚洲研究信息平台，为所有从事亚洲研究的学者与机构提供信息服务，促进世界范围内亚洲研究的发展与繁荣。

资助亚洲研究学术著作是中心科研资助项目主要类别之一，中心每年评选立项资助出版 2~3 部由北京外国语大学在编教师主持的亚洲研究领域的专著、编著、译著或论文集。中心与社会科学文献出版社合作，自 2013 年起，由该社承担中心资助的学术著作的出版工作，中心在该社出版的所有学术著作列入"亚洲研究丛书·北京外国语大学世界亚洲研究信息中心系列"。

"亚洲研究丛书·北京外国语大学世界亚洲研究信息中心系列"的推出，是对中心学术著作出版资助项目成果的有效整合和集中展示。希望经过若干年的努力与发展，"亚洲研究丛书·北京外国语大学世界亚洲研究信息中心系列"能够形成规模性系列丛书，以期为亚洲研究各领域的专家学者，以及社会各界的读者朋友搭建学术交流平台、提供有益的参考与借鉴，为弘扬亚洲文化、繁荣亚洲学术研究做出贡献。我们衷心感谢社会科学文献出版社为亚洲研究丛书·北京外国语大学世界亚洲研究信息中心系列的顺利出版所付出的努力！

郭棲庆
北京外国语大学
世界语言与文化研究中心执行主任
兼世界亚洲研究信息中心副主任

张西平
北京外国语大学
中国海外汉学研究中心主任
兼世界亚洲研究信息中心学术委员会主任
2013 年 4 月 25 日

目 录

亚洲研究丛书·北京外国语大学世界亚洲研究信息中心系列

第一编

第一章　近代文学的孕育与古代文学的衰落 …………………… 3
 第一节　西方殖民者的东来和泰国社会的变迁 ………………… 3
 第二节　西方文化的入侵和泰国文化的退守：
     五世王时期的文学 ……………………………………… 7
 第三节　泰国近代文学的基本形态和泰国近代文学的特征 …… 13

第二章　泰国近代文学的历程 …………………………………… 15
 第一节　从送来到拿来：翻译的兴盛 …………………………… 15
 第二节　泰国第一篇短篇小说和第一部长篇小说的诞生 ……… 25
 第三节　模仿：生吞活剥与改头换面 …………………………… 29
 第四节　从借鉴到融合：文学的必由之路 ……………………… 35

第三章　泰国近代文学的重要作家 ……………………………… 46
 第一节　五世王时期的重要作家 ………………………………… 46
 第二节　六世王时期的重要作家 ………………………………… 53

第二编

序　篇　泰国近代文学的终结与现代文学的诞生 ………………… 63

1

第一章　泰国现代文学的初创 … 68

第一节　泰国现代文学的奠基者西巫拉帕 … 69

第二节　多迈索——泰国家庭小说的创始者 … 83

第三节　泰国以国外为背景的长篇小说的开拓者
　　　　蒙昭·阿卡丹庚 … 95

第四节　泰国现代文学初期其他重要作家作品 … 101

第五节　现实主义文学的萌芽及其开创性的作品 … 106

第二章　民族沙文主义时期对文学的禁锢和被禁锢中的文学 … 116

第一节　高·素朗卡娘在此时期的创作：对銮披汶
　　　　"道德规范"的挑战 … 116

第二节　尼米蒙空·纳瓦拉的政见小说《理想国》 … 122

第三节　一位相信命运而不甘心于命运的失意者
　　　　——索·古拉玛洛赫 … 126

第四节　索·古拉玛洛赫的成名作《北京，难忘的
　　　　城市》及小说《世界所不需要的好人》 … 128

第五节　社尼·绍瓦蓬的早期作品 … 132

第三编

第一章　"文艺为人生，文艺为人民"的文学 … 137

第一节　"文艺为人生，文艺为人民"文学运动的旗手
　　　　西巫拉帕 … 138

第二节　《婉拉雅的爱》："文艺为人生"的一部重要作品 … 148

第三节　社尼·绍瓦蓬的代表作《魔鬼》 … 153

第四节　奥·乌达恭的短篇小说 … 160

第五节　"文艺为人生"的其他作家与作品 … 173

第六节　"文艺为人生，文艺为人民"文学运动所受到的
　　　　镇压和摧残 … 177

目 录

第二章　通俗文学及其他种类文学的发展和成就 …………………… 182
　第一节　克立·巴莫小说的艺术特色（上） ………………… 183
　第二节　克立·巴莫小说的艺术特色（下） ………………… 187
　第三节　承上启下：战后高·素朗卡娘的通俗小说创作 …… 196
　第四节　继往开来：高·素朗卡娘对通俗小说的贡献 ……… 200
　第五节　索·古拉玛洛赫的合作主义小说（上） …………… 207
　第六节　索·古拉玛洛赫的合作主义小说（下） …………… 213
　第七节　玛纳·詹荣的短篇小说成就 ………………………… 222
　第八节　青年作家的崛起及其作品的特征 …………………… 226
　第九节　通俗小说向现实主义的靠拢 ………………………… 228

第三章　文学的复苏和创作的多元化 ………………………………… 234
　第一节　现实主义的回归和反映革命斗争作品的风行 ……… 235
　第二节　作家不变的关切点：反映社会弊病和人民痛苦的作品 …… 240
　第三节　社会小说和心理小说的兴起 ………………………… 243
　第四节　八十年代以来的短篇小说创作 ……………………… 246
　第五节　小说创作的新天地：查·勾吉迪对题材的突破 …… 252

第四章　泰国华文文学的繁荣 ………………………………………… 256

第五章　泰国新诗所走过的道路 ……………………………………… 261

第六章　泰国对其自身文学研究的现状 ……………………………… 272

后　记 …………………………………………………………………… 295

泰国现代文学史

第 一 编

第一章
近代文学的孕育与古代文学的衰落

以诗歌和戏剧（泰国的戏剧也是诗剧）为主体的泰国古代文学，自泰可泰王朝的兰甘亨碑文算起，经过500多年曲曲折折的发展，到了曼谷王朝二世王、三世王时期，已经达到了顶点，之后便走了下坡路。

新文学取代旧文学是不可避免的，因为作为文学根基的社会生活本身已经发生了变化。

泰国的新文学从19世纪末（五世王时期）孕育到20世纪20年代末（七世王时期）诞生，其间用去大约40余年的时间。

新文学取代旧文学的过程就是古代文学向现代文学过渡的过程，这一过渡时期的文学便是近代文学。旧中有新，新中有旧；有的被继承，有的被扬弃；文学形态的过渡性、思想内容的复杂多样性是泰国近代文学的基本特征。

在泰国，文学研究界从未将近代文学作为一个阶段划分出来，而只将它包容在现代文学之中。然而考虑到近代文学既不同于古代又有别于现代文学的特征，应该将其作为一个阶段进行研究，这不但对于揭示这一时期文学发展所受的影响和形成的某些规律有意义，而且对现代文学、当代文学的研究也是有意义的，因为泰国现代文学的某些特点在近代文学就能找到其"遗传基因"。

第一节 西方殖民者的东来和泰国社会的变迁

19世纪，西方殖民者大批东来。为了资本的利益，他们需要稳定的原料来源和商品市场；为了便于掠夺，他们要征服东方，把亚洲这块曾经有过灿烂的古代文明的大陆一一变为他们的殖民地。于是商人、传教士成了先锋，外交官则接踵而至，但作为后盾的永远是装上了蒸汽机的炮舰、装备了新式武器的军队。印度已经成为英国的殖民地，被西班牙统治了400年的菲律宾正准备换成美国的星条旗，爪哇等南太平洋诸岛变成了荷属东印度，东南亚成了英法两国盘中的肥肉，中国在鸦片战争中一败涂地，正在忙于割地赔款。

早在1824年英国人已对泰国的邻国缅甸发动了第一次殖民战争。为了诱使泰国落入圈套，英国人许诺将把缅甸的某些领土"让给"泰国，以换取它在泰国的"贸易自由权"。第一次英缅战争以缅甸割地赔款而告终。英国人的"敲山震虎"不能不引起泰国王室的极大惊慌。1826年，在武力威胁下，泰国政府不得不与英国外交官伯尼大尉签订条约，这就是俗称的"伯尼条约"。虽然泰国政府在条约中还有保留，不同意将鸦片输入泰国，皇家垄断的大米等商品英国商人一时还无法染指，但事实上泰国的大门已被打开，英国商人的"贸易自由权"已经到手。

1855年4月英国驻香港总督鲍林（John Bowring, 1792－1872）乘坐炮舰，开进湄南河口，为他"护航"的就是打赢了鸦片战争的"格雷欣"号。他们以武力相威胁，在曼谷于4月18日签订了不平等的"英暹条约"（那时的泰国尚称暹罗）。条约的重要内容为：①英国人在暹罗有居住自由和贸易自由权；②英国在暹罗享有领事裁判权；③英货的输入不受限制，规定其进口税率不超过3%；④允许英国军舰进入湄南河口，在北榄要塞停泊。第二年春又签订12条特别协定作为该条约的补充，其中一条为允许英国人从欧洲和亚洲的任何地区进入暹罗。此后相继效尤的有美国（1856年）、法国、丹麦和意大利（1858年）、葡萄牙（1859年）、荷兰（1860年）等13个国家纷纷与暹罗签订不平等条约，内容大同小异。这些不平等条约甚至规定向暹罗输入鸦片不但是合法的，而且是免税的。泰国的独立和主权已经被洋人拿走了很大一部分。

五世王时期，泰国的独立受到更大的威胁，不得不把领土多次割让给英国和法国。泰国之所以没有成为殖民地，还保持着形式上的独立，并不是西方殖民者发了善心，也不是他们没有吞并泰国的能力。就是和泰国人签订通商条约的那个英国大尉伯尼就曾经说过这样的话："暹罗在同像英国这样一个海上强国的关系中是极其脆弱的。只要（我们）同马来人一起使一点儿劲，就可以割取下暹罗……从典那沙冷出动的军队可以通过任何山隘进入暹罗的心脏……只要两个英国军官，率领一支运输车队和一艘装载步兵团的轮船，就能够突袭首都。"① 这当然是殖民者骄横的大话，但当时的泰国远不是英国的对手也是实情。

其实，英法两国各自都想独霸东南亚，但是另一方也绝不会允许对方独占。在镇压殖民地人民反抗的问题上他们是联合的、一致的，但在各自的利益上他们又时时提防着对方，矛盾相当尖锐，为了避免因利益冲突而翻脸，划分一下东南亚的势力范围是必要的。1889年英国外交大臣索尔兹贝莱勋爵曾说："法国大使今天找我，提出让暹罗中立化的建议……他们想达成一个协议，使大不列颠领土和法国在印度支那半岛的领土之间有一个固定屏障。这种协议对双方都是有利的，它可以防止两国之间倘不如此就可能发生的那些麻烦。"② 经过多次的讨价还价，1896年1月15日，英法签订了一个"协议"，规定湄公河以东地区属法国，缅甸和马来亚属英国。规定双方应保障暹罗的"独立"，"并不得在该国谋求独占的地位"。时间过去8年，为了再次协调两国的殖民利益，1904年4月8日英法又在伦敦订立"协约"，协约的第三部分规定了以湄南河为界，暹罗的西部为英国的势力范围，东部为法国的势力范围。这是又一次瓜分泰国的强盗之间的"君子协定"，它们要把泰国作为一个矛盾的缓冲国，又是利益均沾、不可独占的一块肥肉，总之一句话，保持泰国的半独立对它们有利。

面对生存和独立所受到的威胁，泰国有一个向何处去的问题。

看到邻国缅甸的例子，又亲身感受了列强的蛮横无理，三世王已预感到自己的国家是下一个被宰割的目标，晚年的三世王已把列强当作心腹大患。

四世王是一位学识渊博、眼界开阔的人，又懂英文，在守旧与维新两条出路中，他选择了后者。四世王主张仿效欧洲，向西方开放，对政治、经济和军事都进行了改革。比如在政府机构内雇用外籍官员；在商业上取消封建垄断制，取消了大米出口的禁令和食糖收购的垄断；创立新式陆军。他一辈子做着富国强兵的梦，但恰恰在他执政期间，泰国却沦为半殖民地。1867年四世王在写给暹罗驻法使节披耶素里旺·瓦耶瓦达那的信中说："像我们这样一个不大的国家，两三面都被列强包围，有什么办法呢？假如说，我们

---

① 〔英〕伯尼：《伯尼书稿》第五卷，第一分册，第31～32页。
② 〔英〕诺曼：《远东的民族和政治》，第470页。

在国内发现了金矿，使我们有几百万斤金子，足够买几百艘军舰。但是即使有金子我们也不能抵挡他们，因为我们必须向他们购买这些军舰和装备，目前我们不能自己制造这些东西。即使我们有足够购买这些东西的钱，这些国家一了解我们武装起来是为了反对他们，他们就随时可以停止出售。我们现在唯一有的而将来也可以使用的武器，是我们的一张嘴和我们充满健全思想与智慧的一颗心，只有这些东西能保护我们。"四世王显然已从事实的教育中明白落后一定挨打的常理，但是他对列强统治世界的"公理"和"正义"还存有幻想。

五世王幼年在宫廷里就学了英文，接受西方教育，因此西方资本主义的政治思想和社会制度不能不对他产生影响。他登基时年仅15岁，由昭披耶西素里雅翁（创·本纳）代为摄政五年。这期间他游历了新加坡、爪哇和印度。执政以后在政治和经济上进行了一系列重要改革，如改革国家管理机构，设立10个部，成为泰国近代行政制度的雏形；抑制封建割据，整顿财政，修筑铁路，兴办教育，改革法律，废除奴隶制度等，加速了暹罗实现近代化国家的进程。在封建帝王之中，应该说他是个目光远大、励精图治的人。他一生广交西方朋友，周旋于英法之间，希图摆脱民族的厄运，但英法也没饶过他：1893年被迫签订《法暹曼谷条约》，割让湄公河左岸领土及河中若干小岛给法国。1909年3月又订新约，即《英暹曼谷条约》。

东方各国的近代化是以殖民地化作为代价的，泰国也不例外。和西方不同，泰国的近代化不是国家的经济和政治的自然发展，而是被迫纳入世界资本主义经济体系的。西方世界需要泰国扮演的不是经济上的竞争对手，而是被剥削、被榨取的对象，是他们的原料产地和产品的销售市场，所以泰国建立起来的工业也不过是原料初级加工工业，而原料和制成品之间又是不等价交换的。另外，主权的部分丧失，殖民者治外法权的获取，又使殖民者变成了主子，泰国人变成了二等公民。

对东方各国说来，近代化的过程是一个痛苦的过程。

但是事情也有另外一面：资本主义生产方式对于封建主义的生产方式毕竟是一个巨大的社会进步，它的入侵破坏了泰国原有的自给自足的自然经济，生产与市场发生了更多的联系，这就使商品生产和流通扩大，如1875年泰国仅出口大米23.3万吨，到了1893年就出口了77.6万吨。土地进一步商品化，很大一部分集中在大地主手里。破产的农民变成了雇佣劳动者，为他们进入城市成为无产阶级准备了条件。碾米、制糖等初级加工工业的诞生又使泰国出现了产业工人和华人民族资本家。

资本主义生产关系的形成和发展，破坏了泰国原有的封建生产关系，四世王、特别是五世王的改革不但反映了这种新的生产关系的出现，又加速了它的发展。到20世纪初，暹罗已经成了一个半封建、半资本主义、半殖民地的国家。

第二节　西方文化的入侵和泰国文化的退守：
　　　　五世王时期的文学

西方文化对泰国的渗透和入侵早在曼谷王朝三世王时期即已开始，其先锋便是一些传教士，他们起了军队和炮舰起不到的作用。

据历史记载，法国天主教传教士巴勒格瓦于1828年到了泰国，他在泰国全国开设了七所基督教堂和四所小礼拜堂，设立了一个圣经讲习班，在这个班里受训的学员有30名本地居民。他还办了四所天主教修道院和几所教会学校，把上帝送给了泰国人，短短几年入基督教的暹罗人和老挝人就达8000人。

耶稣教的新教传教士也不甘落后，现仅举一例：也是在1828年，传教士居茨拉夫由普鲁士来到曼谷，他挨家挨户传经布道，散发材料，积极活动，引起了泰国政府的警惕。只是由于有势力人物英国商人亨特的庇护，他才免于被逐。在曼谷，他把《新约》译成泰文，在新加坡出版。1929年他曾前往新加坡。1830年回到暹罗，从事《圣经》的老挝文和柬埔寨文的翻译。居茨拉夫还请来了美国浸礼教徒于19世纪30年代在暹罗创立了传教士团。1840年长老会信徒开办了传教士团。1850年第三个新教传教士团也出现了。

传教士的大肆活动已威胁到泰国的安全和稳定，1848年三世王不得不下令取缔全国所有的基督教堂、小礼拜堂和修道院，但是，这道命令却没能付诸实施。

传教士们自己也承认，他们向暹罗人脑子里灌输的是这样一种思想："暹罗人民注定永远落后，如果他们不改信基督教，不接受基督教国家保护的话。"[①] 可见传教不过是一种手段，为殖民统治开路才是真正目的。法国

---

① 参看阿拉巴斯特《法轮》，第24页。

人在这方面更有"创造性",除了传教士、外交官之外,他们还组织了考察队,打着科学、文化考察的旗号,实际上是为法国的扩张,为打开印支与中国的军事通道做了准备。

但是,说西方的传教士一点功劳也没有也是不实事求是的。像自然界的鸟儿一样,为了自身的温饱和发展,它们啄食了自然界的果实,种子却从粪便中排出,在异地长出了新的植物,它们充当了播种者和传播者,虽然这并不是他们当初的本意。西方传教士办教会学校、印《圣经》、出报纸杂志,客观上也送来了西方文化。

四世王在登基之前出家之时就从传教士那里学通了英语,他执政之后在宫廷里又请了传教士的夫人做太子的老师。四世王和五世王之所以能在执政期间进行一系列改革,国际环境的逼迫、留学生的劝谏和压力是主要的,但也和他们对外界比较了解、思想比较开明不无关系,也可以说,他们从西方式的教育中获益匪浅。执政以后,大力兴办教育,是五世王改革的重要一环。

泰国的古代并非没有教育,但是却没有学校。寺院就是学校,有学问的和尚就是老师。孩子想学一点读写知识,就要去当庙童。教材也是随心所欲、因人而异的。大城王朝时期出现的一个课本《金达玛尼》,一用就是几百年,而且这其中也没有一点自然科学知识。那时候所谓"有学问",就是能看、能诵、能讲佛经。能读巴利文的和尚已经是大学者。至于诗词歌赋等作品那就不是一般人所能企及而几乎成了宫廷的专利。这种教育、这种学问和物质生产几乎是没多大联系的,所以老百姓也基本不识字。

五世王所建立的是以西方为样板的新式学校,他对教育十分重视。曾说:"自古代起,人们即已十分尊重和推崇书本知识,认为它是至高无上的,上至帝王伟人,下至平民百姓都应该而且必须知晓,因为学会和牢记这些知识,可以促使诸事成功,可以使人迅速聪明起来……此刻书本知识正是急需之时……因此,朕决定在全国举办教育,以使国家迅速昌盛。"[①]

当时的泰国,旧有的自给自足的自然经济已经遭到破坏,新的资本主义的雇佣劳动已经十分普遍,近代工业生产已在泰国出现,现实社会所需要的

---

① 帕尊拉宗告:《1884年5月12日在皇家玫瑰园学校学生领受御奖时的御旨》,《帕尊拉宗告圣谕(1874~1910)》,曼谷:索喷皮吞拉达纳宽印刷所,1915,第35页。

是具有近代科学知识的人才，五世王所说的"此刻书本知识正是急需之时"倒是一语中的。西方传教士所办的教会学校不计，泰国人自己于1877年办的第一所学校是皇宫学校，皇家文牍厅副厅长被任命为校长，学生是王子、王亲、贵族高官的子弟。教学也与古代不同，有了教室和固定的课程。后来五世王又命令在王宫建立教授英文的学校，以便皇家子弟在学习泰文之后能再学英文，日后可以从事涉外工作。1881年在王宫的玫瑰园里又建立一所学校叫"近卫军学校"，或者叫作"玫瑰园皇宫学校"，隶属于近卫军厅。最初的宗旨是培养军事人才，但后来五世王命令扩大培养范围，把它变成了官员学校。1884年以后，五世王又敕令在首都和外埠的各个寺庙里建立平民学校。第一所平民学校是"玛寒帕兰寺院学校"。当教育扩展开来以后，学校事务从近卫军厅分出来，建立了教育厅，职责是掌管平民学校事物。1912年教育厅又改为教育部，从那时起泰国的教育才真正扩展到民间。

由于泰国的新式教育是取法西方的，也就不能不大量引进西方文化、近代科学，资产阶级的政治思想、道德观念和价值观念的传播也就不会仅仅局限在课堂之中，而英语教育的出现和发展以及留学生的派遣，更为泰国在思想、文化的变革加快了进程。

四世王、五世王都倡导向西方学习。从传教士那里学英文当时已很普遍，这就使派遣留学生成为可能。四世王时期选派了皇亲三人去欧洲，斗·本纳、素猜·本纳去英国，品·本纳去法国，这三人归国后都在五世王时期做了高官。五世王比四世王更加提倡学习英文，他还挑选了王公贵族和官吏20人到国外留学，第一批2人去英国，第二批10人，大部分去的英国，在专科学校和一些有名的大学如牛津大学、剑桥大学、爱丁堡大学和曼彻斯特大学学习。第一、二批皇家留学生毕业后，五世王很满意，于是把王子也派了出去。此后王子的年龄一到，都会送到国外留学，这似乎成了传统，后来的六世王、七世王、八世王，直到现在的九世王没有一个人是没有留过学的。五世王时期为鼓励留学，还设立了皇家奖学金，每年举行考试，以便选拔优秀人才。自那以后获得皇家奖学金的和自费的留学生数量逐年增大。他们归国之后身居高位，有的则成了翻译家和作家，成了泰国与西方之间关系的桥梁。

印刷业和报业也发展起来。19世纪以前，泰国没有印刷业。书籍的传播靠的是手抄本。泰文印刷机和铅字是在1816年在缅甸出现的，发明者是安·加德森（Ann Judson）和印刷匠豪（Hough），后来于1826年永久安装在印度加尔各答白迪斯特教会印刷厂里。1818年这架印刷机印刷了詹姆斯·娄（Jams Low）上尉的语法参考书，以后一个名叫罗伯特·本（Robert Burn）的传教士和托姆森买了这架印刷机安装在新加坡，承印泰文书籍。一个传教士团从伦敦传教士会（London Missionary Society）那里又把它买来，给了丹·比奇·伯拉雷（Dan Beech Bradley），于1835年运来曼谷，并于1836年开始启用。

三世王帕难格劳国王在位期间印刷业还不发达，大部分印刷的是传教士的基督教教义。此时帕宗格劳还在出家，他看到印刷书籍的用处，便让人把印刷机安装在宝文尼维威翰寺院里，这算是泰国第一座印刷厂，印刷的大部分是佛教书籍。在四世王帕宗格劳在位期间印刷业有了很大发展，皇宫建立了印刷厂，称作"皇家印刷所"，或称"铅印印刷所"。1858年第一次开始印刷国家文件。此外泰国人、中国人、日本人和欧洲人的私人印刷厂也相继出现。

四世王在位期间泰国已有消遣性文艺书籍印刷出售。伯拉雷印刷所出版了泰国的书和从中文翻译的书，如《三国》，大家十分爱读。在五世王帕尊拉宗格劳在位期间，印制消遣性文艺书籍的大印刷所有两个，一个是在邦銮河的伯拉雷印刷所，印制散文书籍，一个是史密斯印刷所（Samuel John Smith）出版诗歌。以后才有其他印刷所，比如在市场河口的乃贴印刷所印制中国书，在瓦皋珊喷、沙盘含一带印刷帝王将相的书，等等。①

由于印刷业的建立和工业化的生产，加之社会生活的变化和五世王时期识字人数的增加，人们对知识和书籍的渴求旺盛起来。据统计，1868～1910年五世王在位期间出版的泰文报刊就达54种之多，其中报纸14种，周刊杂志14种（包括英文杂志6种），半月刊杂志7种，月刊杂志19种。②

从上面的叙述中我们不难看出，西方文化自五世王时期始通过各种渠道汹涌而至，这种资本主义文化对泰国人说来其资质和色彩都是全新的，泰国的古老文化是难于抵挡其锋芒的。反映在文学上是泰国古代文学的影响逐渐缩小，随之而来的是翻译的兴盛，西方文学地盘的逐步增大。

五世王前期，文学变化不大，读者最喜爱的作品有两类，一类是从中文翻译过来的中国历史演义故事，另一类是故事诗，被称为娱乐性故事或

---

① F. 希雷尔：《暹罗泰文书籍的印刷》，《泰国印刷书籍的第一步》，曼谷：泰帕尼差雅干出版社，1965，第18页。

② 国家研究院：《暹罗期刊目录》，曼谷：国家研究院，1929，第1~4页。

"加加翁翁"故事。

中国历史演义故事传入泰国，受到泰国人的喜爱，从王公、高官到普通老百姓，各个阶层的人都从这类文学作品中得到了极大的乐趣。在印刷还不普及的时代，人们读的是从原文翻译过来的手抄本，后来印刷业发展起来，便把它印成书来销售。中国历史演义故事热一直持续到六世王时代。有些故事过去曾印刷成书，但已脱销，有些故事是新译的，也有些故事是泰国作家模仿中国历史故事自己创作的。

"加加翁翁"故事是长篇叙事诗故事，从古代起人们就喜欢读，喜欢听，它的特点是故事的主人公的名字常有"加"或"翁"的字样，如：加告、拉沙纳翁、素婉娜翁莎、帕文翁、帕索立翁等。有些这类故事主角的名字中没有"加"或"翁"的字，但有表明高尚的字眼作为替代，诸如：素婉娜宏、桑通、帕玛尼皮才、帕平沙万、素婉娜贤、杜卡塔佩、皮昆通等。情节则不外乎战斗与爱情。男主人公常是俊美的王子，长大之后到别的国家学艺学武，学成之后归国途中定会在森林或险境中跋涉，他会遇到诸如猛兽、妖怪、魔鬼等各种障碍和危险。在战斗中男主人公将有机会表现其勇猛、顽强，最后取得胜利，其间必有法术符咒等超越自然的东西出现。男主人公又一定会遇到德、才、貌兼备的少女，故事总是以男女主人公的幸福结合为其结局的。

"加加翁翁"故事情节大部分是雷同的，有的也只是改换一下人物的姓名和某些事情，但还是受到了读者的长期喜爱。有些书中人物的名字有所不同，但情节并无差异，如：帕喜绍、帕卡维等，但数量很少。有关普提萨的内容有人也喜欢把它编成诗歌，供人赏读，因为也是"加加翁翁"一类的有关帝王将相的故事，如帕沙姆扣冬、帕普里塔和帕纳宛等。

此外，在同一时代还有其他消遣性的诗歌故事，但作者写作的目的与"加加翁翁"之类的寻求兴味的故事不同，比如从外文翻译过来的古代故事，如《暖突故事》、《十二角》（伊朗国王故事），写作的目的是表明某种见解、给人以启示的。取材于中国历史故事的笑话，如《封神榜诗歌》和《应鼎鹤》是为了取乐的。帕尊拉宗告的作品《天王之族》是模仿"加加翁翁"之类的故事和那个时代其他人作品的戏作。

在五世王时期这类消遣性读物的手抄本很盛行，大家互相传阅，一直到六世王。当印刷技术推广以后有人把它印出来，以每册大约15～25士丁的价格出售。印刷"加加翁翁"之类故事的印刷厂从五世王到六世王期间有许多，比如邦口连地区的施密特教员印刷厂、河岸巴友郎沙瓦地方的曼谷巴西提干空巴尼离米戴印刷厂、邦銮河口苏南塔来学校前面的乃贴印刷厂、曼谷邦兰浦朗乃信印刷厂、拉则棱（岛寺）印刷厂等。每个印刷厂竞相出售书籍，千方百计招徕顾客，比如拉则棱印刷厂写了一首招揽顾客买书的诗，是这样的：

> 顾客先生请知道，二十五士丁价钱不算高。书店本名叫瓦高，请您到此来瞧瞧。买到书后您便知，故事奇特刚印好。读后转忧为喜趣味妙，您读此书生财会有道，一切顺利无忧无虑了。①

从这则广告中人们也可以看出，这类作品在当时销路是不错的。

但是，到了五世王帕尊拉宗格劳的末期，泰国文作品发生了从诗歌到散文，从喜爱中国历史故事和"加加翁翁"之类故事到喜欢西方翻译文学作品和新创作的短篇小说和长篇小说的转变。西方式的文艺类散文登在发行很普遍的报纸上。开始登些故事、传奇或赏玩文章，后来就登了从西方文字翻译过来的作品。最初是短篇小说，后来是翻译长篇小说，最后出现了以西方文学为榜样而创作的泰国长篇小说。在五世王时代登载散文文学作品的报纸和杂志有《都诺瓦》《瓦奇拉奄维塞》《瓦奇拉奄》《腊维特亚》《特洛维特亚》和《特威班亚》。此外还有一些翻译小说印刷成册出售，如1900年迈宛（披耶素林特拉察）翻译的《仇敌》等。

1900年6月，昭披耶塔玛沙门德里（沙难哈沙丁·纳阿育他亚）在《腊维特亚》杂志创刊号的《前言》中所说的话是这一变化的明证：

> ……我们几乎可以这样说，"加加翁翁"之类的长诗故事已经是无人问津的东西了。在我们看来，如果把这种故事写成诗大多是索然无味的。能写成诗的故事也只是读其诗，而不是想读它的内容，因为这些故事刚读它的头，就几乎已经知道了它的尾：一个年轻人杀死了妖怪，然后娶妖女为妻，后又娶一妻，生一子长大以后杀死妖怪，又像父亲一样娶妖女为妻，如此这般不一而足。我自己也喜欢这些长诗。虽然如此，但事实总是个见证，现在已经无人对上述长诗加以注意了……

---

① 《卜巴告占巴通》，插页，曼谷：拉则棱印刷所，1924。

从以诗歌为主到以散文为主,这是泰国文学一次革命性的剧变。单一的诗歌体裁而对纷繁复杂的社会生活,它已无法承载,已显得苍白无力。文学要跨入近代,散文文学必须有一个大发展。"加加翁翁"之类的长诗故事的无人问津,归根结底是时代变化了,人的思想变了,欣赏趣味必然随之改变。读者经过比较,必然较多地选择西方文学,因为它在形式和内容上都具有新鲜感,都与变化了的生活更贴近。反过来,西方文学作品又影响了人们的思想,也培养了读者的口味。读者的选择其实就是时代的选择,一个文学的新时代已经开始孕育了。

第三节　泰国近代文学的基本形态和泰国近代文学的特征

上述两节已较详细地论述了泰国社会经济、政治、文化上的变化。显而易见,近代泰国已不是古代的泰国,也不同于西方资本主义的近代。西方主要的资本主义国家绝大多数都经历了小生产者的自发分化而产生资本主义经济。在发展进程中又用较为彻底的革命方式摧毁了封建制度,扫清了发展障碍,而大机器工业的发展又巩固了资本主义的统治地位。东方的近代社会则是"西方的战神强奸了东方文明的公主而生下来的私生子"(瞿秋白语),它没有经历西方国家资本主义的发展阶段,却被强迫纳入了世界资本主义体系,造成了一种过渡的半封建、半资本主义、半殖民地的特殊形态。泰国社会及其文化与资本主义近代社会比较,笔者认为它有三大特征:

一是它的过渡性,也就是它的不稳定性。在这一过渡时期中经济、政治、文化包括文学上的新与旧的斗争和交替,虽然从总趋势上说是不可调和和不可逆转的,但是新旧并存,甚至新中有旧、旧中有新这种复杂交织的局面却是这一过渡形式的基本特征,文学上也是如此。

二是发育上的不完全,经济、政治、社会、文化、文学都是如此。这里有两大原因,一个是东方各国包括泰国在近代发展的滞后,与西方国家在经济和社会方面造成了巨大的差异。经济基础的落后,必然反映在上层建筑上,在短时间内它们无法达到西方各国的发展水平;另一个最重要的原因是,变成殖民地和半殖民地的东方各国在政治上受压迫,在经济受盘剥,没有哪一个殖民者乐于看到殖民地半殖民地国家和宗主国并驾齐驱。在政治上他们绝不会给殖民地半殖民地人民以宗主国拥有的资产阶级民主;在经济上则造成了便于他们榨取的畸形发展，在文学上的表现则是不成熟与不完备。

　　三是社会革命的不彻底性。西方列强对泰国的压迫和掠夺导致了民族独立问题的尖锐，但当英法转而把泰国作为缓冲国而奉行维持泰国表面上的独立的政策以后，这个矛盾又趋向缓和。帝国主义为了自身的利益，必然勾结封建主义。封建官僚攫掠财富发展为官僚资本。他们沆瀣一气，成为泰国人民的压迫者。在艰难困苦中发展起来的民族资本，在"性格"上具有软弱性和两面性，所以他们领导的"维新""革命"都不是彻底的，最终都以妥协、调和而告终，这就导致了政治上和思想上的混沌不清。而它首先表现在文学上，是取法西方文学的不当，造成了泰国消遣文学的畸形发展，形成了近代文学的大宗。而消遣文学中爱情小说和家庭生活小说又是主流，与民族和人民息息相关的旗帜鲜明的文学作品不但发育很迟，数量也很少。其次是缺乏理论上的研究和指导，对古代文学所做的取其精华弃其糟粕的工作也不多。另外，社会革命的不彻底也导致了文学思想内容上的肤浅。反封建的作品也只停留在对民主、自由、平等的向往和对婚姻自主等个性解放的追求上，在泰国近代文学史上，还没有产生彻底反封建的力作。

　　总之，泰国的近代文学是泰国古代文学的延续和发展，但它不是直接的延续和发展，而是在西方资本主义的冲击下，借鉴西方文学，变外来为内在，才进入近代文学领域的。

　　但是，新文学取代旧文学是一场曲折复杂的斗争。新文学形成的过程就是对外来的营养吸收消化的过程，也可以说是西方文学形式泰国民族化的过程，这是一个复杂渐进的过程。了解了这些特点，也就从总体上把握了泰国的近代文学。

第二章
泰国近代文学的历程

　　如果我们换一个角度描述泰国近代文学，也可以说它是泰国古代文学向现代文学转变的一个过渡时期，然而，过渡需要条件，它要借鉴新的，才能改造旧的；它要扬弃旧的，也才能接受新的；西方文学也不都是精华，在生吞活剥之后才学会了选择；外来的化成了内在的，才变成了营养。泰国的近代文学从五世王时期发端到20世纪20年代完成向现代文学的转变，它大体经历了四个阶段，即：①翻译时期（1884～1910年）；②改头换面时期（1910～1925年）；③融合时期（1925～1928年）；④独立创作时期（1928年以后）。

　　这里将泰国的近代文学划分成四个阶段，又标定了年代，但不可以机械地去理解，以为这四个阶段是截然分开的。这里讲的不过是主流，并不意味着翻译时期没有创作，改头换面时期没有融合。

第一节　从送来到拿来：翻译的兴盛

　　西方文化，一开始是西方人送来的。基督教和天主教"送给"泰国人的是上帝；传教士办的教会学校传播的是西方意识形态和文化；报纸杂志也是首先由传教士办起来的，后来泰国人才学着办。四世王时期破天荒地创办了8种刊物，其中英文的占了6种，泰文的仅有2种，一种还是皇家办的《政府公报》，其实是规章法典文件政令的汇编而已，其余都是传教士的。五世王时报纸杂志发展到64种①，其中刊物有47种，报纸17种。六世王

---

① 另一种说法是54种。——作者注

时期报纸杂志又增加到149种,其中刊物127种,报纸22种,还首次出现了中文刊物。

翻译:时代的需要

语言是文化的载体和知识传播的桥梁。西方传教士中也有人学会了泰语,但他们在泰国推广英法文的愿望比他们自己学"土语"的愿望更强烈。四世王时期以前泰国人懂西方语言的极少,随着新式学校的兴办,外语教学的兴起,留学生的派遣,懂西方语言主要是英文的逐渐多起来。这些人中的佼佼者便成了吸纳西方文化的先锋,有人又成了西方文化的"搬运工"。

一个变动的大时代,必然带来一次大的思想启蒙。

五世王的那个时代,危机感已代替了东方人的自豪感,受欺凌的东方人都在寻找出路,做着富国强兵的梦。富足的、先进的西方自然成了东方人羡慕的对象,西方社会也成了东方效法的榜样。介绍西方的情况,翻译西方的作品,成了一时之盛。

五世王帕尊拉宗告就鼓励创作和翻译,他说:

> ……在所有的泰文书籍中,称得上是学术知识的书籍为数甚少,因为识字的和写书的人很少,而且不熟悉别的国家,不能把外国的经典与学问变为自己的东西,因此,作为学习工具的书籍对于只懂我国语言的学习者说来可以说没有。但我们坚信,当我们的学生学问多起来,恐怕会有足够的知识和能力写出比过去更为有用的书来,而且,从国外学习回来的人也会努力把外国的学问、著作翻译成泰文,以利于学习和传播……[1]

此外,他还设立文学艺术荣誉标志,把它颁发给了文学俱乐部,并且设金刚奖章,以促进创作和翻译。

短篇作品的翻译

最初对翻译做出较大贡献的杂志是《瓦奇拉奄维塞》(1884~1894

---

[1] 帕尊拉宗告:《一八八六年六月三日在皇家玫瑰园学校学生领受御奖时的御旨》,《帕尊拉宗告圣谕(1874~1910)》,第55页。

年），它是一本得到五世王支持的皇家图书馆办的刊物，刊登创作和翻译，作者和译者都是皇家图书馆的委员，委员会的主任是当时的名作家、翻译家功姆銮皮期巴里察贯。刊物向委员约稿，或由委员轮流供稿。《瓦奇拉奄维塞》刊登的多为篇幅较短、情节亦不很复杂的翻译故事，如《伊索寓言》，取自《嘉言集》的故事等。

《瓦奇拉奄维塞》周刊于1894年停刊，但是短篇作品反而更加流行，因为皇家图书馆出版了《瓦奇拉奄报》作为替代，作者、译者反而比过去更多。

《瓦奇拉奄报》将其内容分为8个部分，即：前言、外交、事务、欣赏、杂务、古代故事、律诗和通讯。除去古代故事外都是编辑部成员的新作。"欣赏"一栏刊登散文文艺作品，有的是新作，有的则是从外文翻译的，大部分来自于英文和法文。比如《法学家的故事》《用吞毒来抗争》《复仇结婚》等。内容大多数是关于各种案件和法律及法学家的故事，之所以如此，是因为那个时代的作者、译者、办报刊的人大多数是在国外学过法律的，所以对这类作品特别感兴趣。但是，不论是创作的或是翻译的，篇幅都比先前要长得多，常常是30页以上，有些作品要分几段连载。此外，对话也多起来。行文紧凑，近似于现在的语言。人物的描写细致、鲜明，以至于可以想象出一幅图景。作品中与事件相关的人物也使读者感到与事件联系紧密。所有这些特点，使得《瓦奇拉奄》时代以及以后时代的短篇小说比过去更加真实。作者用曲折的情节吸引读者，使人手不释卷，而不能一下子猜到故事的结局。新式小说大受欢迎，以至那个时代以及后来出版的杂志，如《腊维特亚》《特威班亚》《特洛维特亚》等杂志都要固定登载这类作品。

《瓦奇拉奄报》的作者和译者主要是皇家图书馆的委员，都是曾在《瓦奇拉奄维塞》杂志上发表过作品和译文的。著名的、作品为大家所熟知的有：功姆帕纳拉堤巴潘蓬、功姆帕松玛科拉潘、功姆披耶丹隆拉察奴帕、功姆銮皮期巴里察贯、乍民喜顺拉（屏）、困玛哈维猜（占）和銮巴硕阿顺尼（拍）等。

五世王在位的末期是短篇小说大受欢迎的时代，报纸杂志业也跟着繁荣起来，模仿国外期刊的杂志纷纷出现，比如昭披耶塔玛沙门德里（沙南·贴哈沙丁纳阿育他亚）在1900年创办的《腊维特亚》（1900～1902年）。在同一年，銮威腊巴里瓦（连·云突帕拉洪纳困）创办了《特洛维特亚》

（1900～1905年）。1904年，当时还是太子的帕蒙固告创办了《特威班亚》（1904～1907年）。这三份杂志目的相似，即为了增加月刊杂志的数量，促进写作和翻译，增加泰文的文艺读物，这样就给新老作家的写作和翻译，特别是文艺读物的写作和翻译，提供了场所。而杂志的创办者为了使自己的刊物命运长久，就登些篇幅越来越长的有趣的作品，分段连载，以便使人追踪不舍，而不像从前那样登些一期就完的短篇小说或只有两三段的作品。于是外国长篇小说的翻译便应运而生。

长篇小说的翻译

在上面提到的月刊杂志中，对泰国长篇小说的诞生起了最大作用的是《腊维特亚》，它是第一个刊登长篇翻译小说的杂志。1900年，披耶素林特拉察（1875～1942）用"迈宛"的笔名，把英国女作家玛丽·考勒莉（Marei Corelli）的长篇小说《宛德达》（Vandetta）翻译成泰文，取名为《仇敌》，这是在泰国出现的第一部新式小说。到1901年4月整部作品刊登完了以后，立刻结集成册。《仇敌》的翻译出版在读者中造成了极大的轰动。虽然玛丽·考勒莉在英国算不上名作家，她的《宛德达》也难以在文学史中占有一席之地，但在泰国却起了样板的作用。此后翻译的长篇小说如雨后春笋，泰国人自己写的第一部长篇小说不久也问世了。

那时的西方翻译小说按照受欢迎的程度，次序分别是英国、法国和美国。翻译家翻译英国作品比对其他国家的作品更感兴趣，那是因为最早的翻译家大部分接受的是英国的教育，比起对其他国家来更熟悉英国的作品。从1900年到20年代最受欢迎的西方作家，并且其作品已翻成泰文的，按其姓氏字母顺序排列如下：

弗朗西斯·威廉·本（Francis William Bain）

詹姆斯·巴里（James Barie）

阿诺德·本内特（Arnold Bennet）

埃德沃德·弗雷德利克·本森（Edward Frederic Benson）

盖·布斯比（Guy Boothby）

玛丽·考勒莉（Marie Corelli）

阿瑟·柯南道尔（Arthur Conan Doyle）

亚历山大·杜玛斯（Alexandre Dumas）

伊迈尔·加布鲁（Emile Gaboriau）

查尔斯·加维斯（Charles Garvice）

埃里诺·格林（Elinor Glyn）

阿奇保德·凯沃林·甘特（Archibald Clavering Gunter）

安东尼·豪伯·霍金斯（Anthony Hope Hawkins）

海顿·赫尔（Hedon Hill）

D. 哈姆富雷斯（D. Humphres）

威廉·魏玛克·雅克（William Wymary Jacob）

豪尔·科恩（Hall Kane）

莫里斯·里伯兰克（Maurice Leblanc）

赖斯顿·洛陆（Gaston Leroux）

A. W. 玛琪孟特（A. W. Marchmout）

理查德·玛斯（Richord Marz）

塞格斯·罗莫（Sax Rhomer）

特姆伯尔·托斯顿（Temple Therston）

图米尔·史密斯（Thoumill Smith）

路易斯·特来西（Louis Tracy）

赫尔伯特·乔治·威尔斯（Herbert George Wells）

从上面的名单中我们也可以看出初期的泰国翻译家的审美取向：他们选择的只是一个引人入胜的故事而不管其作品的文学价值如何。他们选择的作家和选择的作品也很少是一流的，所以泰国一位评论家朱拉加格拉蓬称这些早期的翻译作品"都是些应该扔到字纸篓里的东西"。

一个大潮袭来，一窝蜂是不可避免的，这在各国文学历史上都曾发生过，程度不同而已，所以初期在翻译上有点"滥"，情有可原。以笔者看来，这可能出自三方面的原因。一是初期的翻译家几乎没有学文学的，懂文学的也不多，对文学多是门外汉，趣味不高，看文学不过是看热闹；二是这些翻译家多是留学生，是些王公贵族高官子弟，如果这些人的观点不加以改变，也难以赞赏西方文学珍品中对贵族的嘲笑以及反封建的深刻思想锋芒；三是泰国的读者是"加加翁翁"作品培育出来的，他们喜欢轻轻松松粉饰太平而不喜欢描写严酷现实的作品，要他们接受这些作品还需要有个适应的过程。

笔者曾谈到最早的西方文学是传教士们送来的，那么泰国有了自己的翻译家以后该是自己拿来的了吧？问题正出在这里，六世王以后，情况稍有改善，但没有彻底解决问题：拿来的并不是精华。取法的不当造成了后来的泰国现代文学先天不足和后天营养不良，这是后话。

当时长篇翻译小说的印装也有特点。它们通常是先在杂志和报纸上分段连载，然后结集出售，这个习惯今天的泰国文学界仍然保持着。但当时大部分是装订成许多小本，很少是一本书印成一册，这和今天已经不同。也没有译好以后不经过报纸杂志连载而立刻出售的。

这些翻译小说，按其内容，可以分成六大类，即生活小说、冒险小说、侦探小说、历史惊险小说、诙谐小说和科学小说。

生活小说

生活小说是描写人们生活的某一侧面，如爱情、痛苦、欢乐和仇恨的小说，而写爱情的又占了最大的分量。爱情小说又可以分为两种，一种是爱情喜剧，另一种是爱情悲剧。爱情小说最先被译成泰文，其中最受欢迎的作家是玛丽·考勒莉、查尔斯·加维斯、玛丽·莫里森。对泰国长篇小说的创作产生了巨大影响的作家是玛丽·考勒莉和查尔斯·加维斯。

最早翻译的玛丽·考勒莉的生活小说，是那些表现主人公的激烈感情、关于爱情和仇恨，而且常常有引人入胜的情节的作品，除《仇敌》之外，还有1911年中暹文字印刷厂出版的、未注明出处和译者的《爱情的能力》，蒙昭赢·素卡西沙莫·格森西和蒙昭·盘西格森·格森西合译的《典尔玛》（*Thelma*），译者用的笔名是绍劳。蒙昭赢·素卡西沙莫翻译的极受欢迎的另一部小说是《艾伯盛斯》（*Absinth*），銮乃维占从 *Treasure of Heavens* 翻译过来的《天国宝物》，用的笔名是西素旺。

玛丽·考勒莉很受泰国翻译家赞誉，她被认为是个能洞察人心、在描写大自然景物上有高超技巧的人。

查尔斯·加维斯的小说的情节是灰姑娘式的，就是说，男主角是高官豪门子弟，爱的却是一个美丽、穷困的姑娘，所以不能不是非迭起、障碍丛生，但是后来姑娘却成了一笔巨额遗产的继承者。或者反过来，女主角是名门望族闺秀，荣华富贵，爱的却是一个出身低微、贫寒的青年男子。但后来男主角却一跃而为巨商、体面之人，于是故事便以男婚女嫁幸福而终。如占姆朱莉（讪塔娜·探沙南）从 *Love the Tyrant* 翻译过来的《叶高顿》，陶道骚从 *Beauty the Season* 翻译过来的《战果》，玛杜里翻译的《李奥阿丹》。这种情节的长篇小说在泰国读者中间大受欢迎，以至成了泰国最初的爱情小说的范本。

当时翻译的爱情小说数量很大，但大多数却没有注明原作书名和作者，这很可能是出于对自己翻译的忠实程度和质量没有信心。还有一个现象是喜剧故事多于悲剧故事。那时的读者也很喜欢惊险故事，所以翻译的爱情喜剧小说常常要耸人听闻和夹杂冒险故事，读者才能为在危难中的主人公担忧，才能随着书中主人公的如愿以偿而心满意足。

冒险小说

冒险小说的内容写的是主人公在各地的险遇。故事引人入胜，有时夹杂着一些神秘情事，却又是无法验证的。这类作品中很受读者欢迎的作家有亨利·策德尔·海卡德、威廉·洛克、盖·布斯比、路易斯·特来西、罗尔夫·本内特、劳伦斯·克拉克、罗文·托马斯等。对泰国初期长篇小说的写作影响最大的是亨利·策德尔·海卡德。

最早翻译过来的这类作品是《两千岁少女》，是銮威腊沙巴里瓦用诺奴里的笔名从 She 翻译过来的，刊登在 1901～1905 年的《暹罗拳》上。同一个译者翻译的另一部作品是《所罗门国王的宝窟》，原名为 King Solomon's Mines。在同一时期，海卡德的其他长篇小说，被其他译者翻译的还有《索莱达》，是披耶安奴曼拉查吞用沙田哥塞的笔名，从 The Virgin of the Sun 翻译过来的。《阿沙塔梯威》是炮洛黑从 Allan Quarterman 翻译过来登载在《快乐的泰国》（1924～1935 年）杂志上的。《布帕梯威》是从 Allan and the Holy Flower 翻译过来登在《文苑》上的，等等。

写作此类小说的著名作家除亨利·策德尔·海卡德之外，就是威廉·洛克，他被那个时代的读者和翻译家称为"神秘圣手"。翻译他的小说的人有：銮奇从 The Czar's Spy 翻译的《沙皇间谍》，诺·巴金帕雅译的《谁是这个女人的赐予者》，卡君译的《女人是祸水》，顺岸译的《奇怪的女子》。此外，在《军事教育与科学普及》杂志上也有许多这类作品。突出的有由米德军官学校学生从 The Lost Million 翻译的《埃亚库珀的财产》，诺·巴金帕雅上尉从 Rasputin Minister of Evil 译的《拉斯普金——罪恶的使臣》，等等。

翻译其他作家的长篇小说有丘比特（拉默·希本良）从盖·布斯比原作翻译的《皇帝的挚友》，保·加加巴（北·本亚拉达潘）翻译的《勇敢的威力》，汕通（銮本雅玛诺帕尼）译的《古老的财产》，西甘加纳从威廉·彭斯的小说翻译的《动物戏剧的主人》。

除了上述提到的作品外，还有关于海的冒险小说多部，计有昆东（銮阿格森帕萨）翻译的《大海的秘密》，从罗尔夫·本内特的长篇小说翻译的《埃劳莱斯船长的行为》；六世王帕蒙固告国王用"潘连"的笔名翻译的劳伦斯·克拉克的小说《条约之光》；吞挪翻译的劳维尔·托马斯（Lowell Thomas）的小说《海魔》（*The Sea Devil*），等等。

侦探小说

侦探小说是以侦察破案为内容的小说。破案必须寻找确凿的证据，因此需要观察、推理、判断。这类小说因为有打斗、冒险和各种神秘情节，很能引起读者的兴趣。作品最早被翻译成泰文的这类作家有阿瑟·柯南道尔、莫里斯·里伯兰克、塞格斯·罗莫、罗伯特·莫雷。对泰国侦探小说的创作影响最大的是阿瑟·柯南道尔、莫里斯·里伯兰克。

侦探小说第一位翻译家是銮本雅玛诺帕尼，他在1912年用讪通的笔名翻译了《女侦探家》登在《暹罗拳》杂志上，但没有注明原文出处和作者。译者在谈到翻译这部小说的动机时说："那时《腊维特亚》杂志已停刊很久，之后《暹罗拳》作为月刊出版，大受欢迎。该刊的所有者每日邮报印刷所愿意以每页一铢的价钱付给稿酬，于是我便译了《女侦探家》送给他们。这是我生平第一次用散文写作，不久，印刷所便登了出来……"①

同一年，銮乃维占第一次翻译了阿瑟·柯南道尔的《歇洛克·福尔摩斯》，第一篇作品是从 *The Adventure of Sherlock Holmes* 翻译的、取名为《第二个侦探》，这是 *The Adventure of Sherlock Holmes* 的一段，登在1912年的《帕冬维特亚》杂志上，用的笔名是"西素旺"。后来其他翻译家翻译了其他段落，诸如，銮沙拉奴巴潘翻译了《歇洛克·福尔摩斯》，接着銮乃维占翻译的一段，开头的一段题目译为《旷野的秘密》，译自 *The Hound of Raskervills*，登在1915年的《泰厄》杂志上。后来各种故事汇集为 *The Adven-ture of Sherlock Holmes* 一册，登载在各种杂志上，如《军事教育与科学普及》《喜格隆》之上。这些段落都有其专名，如《金眼镜》《法国间谍》《歇洛克·福尔摩斯最后的事业》《荒屋》《红头发公司》和《红圈》等。后来翻译了一部长篇作品，名叫《灾难的峡谷》，译自 *The Valley of Fear*，銮乃维占校对，首都印刷厂出版发行。

《歇洛克·福尔摩斯》一书中别的故事，《侦探中坚》译自 *A Study in Scarlet*，《四个签名》译自 *The Sign of Four*，但未透露译者的姓名。《惊人的提醒》是索·安德里加诺从 *Memoirs of Sherlock Holmes* 中节译的一段。《歇洛

---

① 銮本雅玛诺帕尼：《銮本雅玛诺帕尼（阿仑·本雅玛诺）的生平》，载卡宗·素卡帕尼《泰国报刊的第一步》，曼谷：泰帕尼查亚干版社，1963，第4页。

克·福尔摩斯》最后短篇故事集是 The Reminiscence of Sherlock Holmes，或者叫 His Last Bow，所收的 8 篇故事都曾以《歇洛克·福尔摩斯生平》在《喜格隆》《沙姆善》杂志上登载过。

侦探家歇洛克·福尔摩斯的故事可以说是泰国早期侦探小说的样板。

人们喜欢翻译的另一组侦探故事《阿赛路邦》，是莫里斯·里伯兰克的作品，第一个把它翻成泰文的銮拉查甘古甸，用的笔名是"邦昆蓬宏"，发表在 1915 年的《喜格隆》杂志上。

1915～1917 年所翻译的侦探小说比其他任何小说都多，有登在报纸、杂志上的，也有印制成书的，比如 1915 年瑙瑙翻译的《匿名信》；1916 年珊弗劳沃尔翻译的《家族的坏遗产》；素昆吞露翻译的《四寸金湖》；天通翻译的《波尔担医生》。1917 年翻译的有拉帕武里（春·纳邦冒）翻译的《英国的灾难》；珊弗劳沃尔翻译的《丹艾尔丝的首饰》和朝·扎卡皮隆翻译的《诈骗协会》等。

在杂志上发表的作品有丘比特翻译的《傻瓜鲍里斯》，登在 1912 年的《帕冬维特亚》杂志上；昆冬翻译的《侦破三个贼窝》刊登在《喜格隆》杂志上；邦昆蓬宏翻译的《外国府尹》等。

1920 年以后，好几位翻译家转而翻译威廉·洛克的作品，比如 1921 年六世王帕蒙固告国王以"兰吉滴"的笔名，从 Mystery of the Great Cities 翻译的《大城市的神秘案件》；三等御侍官培·蓬巴里查翻译的《坏心的女人》和《神秘人》，登在 1923 年《快乐的泰国》杂志上；以及 1918 年胡瓦南翻译的《一只左手套的秘密》等。此外，帕蒙固告国王还以"兰吉滴"的笔名翻译了赛格斯·罗莫的长篇小说。

历史惊险小说

这种小说常以历史或传说作为依据，以打斗为故事的主要情节，内容较吸引人。男主人公通常为勇士，或者是格斗的能手，他勇敢无敌，视荣誉重于生命。而女主人公则必是沉鱼落雁的大家闺秀，贤淑文静。情节中总有激动人心的故事发生，而故事又总以幸福为其结局。这种作品，依其受欢迎的程度以这样的顺序排位：亚历山大·杜玛斯（大仲马）、阿瑟·柯南道尔和安东尼·豪伯·豪金斯。

用刀剑打斗的故事是翻译家一开始就很感兴趣的，从 1904 年起就有人翻译这类短篇小说登在《特威班亚》杂志上，比如《断桥》，译者用的是西洋帕阿拍的隐名。第一部这类翻译小说是《拿破仑皇帝之军》，或者叫《艾丁涅格拉德》，是銮乃维占从阿瑟·柯南道尔的 The Exploit and Adventure of Brigadier Gerard 翻译的，登在1913年的《帕冬维特亚》杂志上。从那以后这套书的其他段落被陆续翻译过来，登在《喜格隆》杂志上，比如《拿破仑皇帝士兵和野牛》于1913年译出，《救援》和《即将得到殖民地》于1916年译出。在同一时间，也有其他人重译这部小说，发表在别的杂志上，其中也有印刷成单行本的。

亚历山大·杜玛斯（大仲马）的小说虽然翻译得比阿瑟·柯南道尔的作品迟，但也同样受到了极大的欢迎，对泰国小说的创作发生了重大影响。泰国翻译他的第一部作品是銮本雅玛诺帕尼用"汕通"的笔名翻译的《玛连娜》，登在1915年的《喜格隆》杂志上，这是一个中篇小说。以后翻译的一部是大家所熟知的《三剑客》①，1916年出版，未署译者姓名。西伊沙拉翻译的《弗拉维娅公主》和《大帝的女儿》，分别登在1915年和1916年的《百汇》上。

其他作家的作品，除了上面提到的以外，还有汕通译的《考安东尼奥》；从安东尼·豪伯·霍金斯的作品翻译的《帕加玛斯的心情》和《女运动家》；1910年瑙冒绍译的《承继王位》，1917年翻译的《玛丽·安东尼公主》和《亚历山大王的末日》，1920年潘安译的《仇恨的灰烬》，等等。

值得注意的是，这些翻译小说的名字常常用些"剑"啊，"枪"啊，"夺"啊的字眼，比如绍·本沙诺译的《刀剑夺爱》，迈松吉译的《刀剑荡平叛逆》《抢皇后》，克立卡翟译的《用剑通名报姓》，帕冬吉译的《剑的威力》，等等。正因为此，新创作的泰国小说也颇受影响，取的名字也与此大同小异。

诙谐小说

这类作品一般被称为滑稽故事，写作的目的是使读者轻松，并不是要表达多少思想见解，而且大部分是用一套人物联系起来的短篇。作品被翻译成泰文的这类作家有威廉·魏玛克·雅克和 E. F. 本森等。在泰国翻译家中最受欢迎的是威廉·魏玛克·雅克，大家最熟知的名字也是 W. W. 雅克。

雅克小说的特点是，故事都发生在海上或者是有关于海的，小说中的人物大部分是水手，故事的展开总是通过岸上船坞里亲身经历过此事的人的看

---

① 或译《三个火枪手》。——作者注

法来表现的，或者通过船上人的讲述而展开的。雅克所制造的笑料常被泰国作家改头换面用到了自己的创作上。雅克作品的译者和改编者有查瓦黎·赛塔卜（古曼买）、銮沙拉奴巴潘和銮乃维占。另一部对泰国作家的写作有重大影响的作品是英国作家查尔斯·狄更斯的《匹克威克外传》（The Pickwick Papers）。

科学小说

这类小说要求作者把科学知识和道理贯穿到惊险的故事中去。泰国这类小说的译文大部分出自于赫尔伯特·乔治·威尔斯和詹姆斯·白璧的作品。威尔斯的小说翻译得不多，但是他的丰富想象力却给后来的写这类小说的泰国作家以启发。封·乍朗威将詹姆斯·白璧的小说 Peeps at the Heavens 译成泰文，取名《游天堂》，很受读者的欢迎。但是这类小说数量不大，因为即使在其本国这类小说的数量也不可能是很多的。

总体来说，在泰国近代文学的早期和中期，翻译的数量极大，而且十分芜杂。阅读翻译的西方作品，对读者说来是开阔眼界，熟悉异域，扩大知识，也是培养新的鉴赏口味和能力。对译者和作者来说，则是借鉴、实习，是创作上的一个准备，研究透了这些翻译作品，也就了解了泰国近代文学的早期创作，因为从这些创作中都能找到外国文学作品的影子。

翻译，作为一个文学门类，始终是不可缺少的。20 世纪 20 年代以后，泰国现代文学诞生，它肩负的重任已经减轻。作家摆脱了模仿别人的窘境，再去欣赏外国文学，他便自信和自由多了。

第二节　泰国第一篇短篇小说和第一部长篇小说的诞生

《沙奴的回忆》的诞生以及它所引起的风波

第一份泰国人自己办的、普及到人民中去的报纸是一份名叫《都诺瓦》的周报，创刊于五世王在位的第六年，即 1874 年 7 月 7 日，所有者、主编、发行人都是一个人——卡塞善索帕王子，第二年终刊。这份周报除了登些新闻、记事、文章之外，还登些用非韵文写的娱乐性作品，比如故事和传奇。但这些故事情节简单，写法单一，内容也不大新鲜。10 年之后《瓦奇拉奄》（月刊后改为周刊，1884～1895 年）和《瓦奇拉奄维塞》（1886～1896 年）

相继问世，这两个刊物最初所刊登的故事与《都诺瓦》所刊登的故事具有同样的性质，但从外文翻译过来的居多。

五世王帕尊拉宗格劳时代的后期，散文类作品开始摆脱故事、传说、传奇的特点而向西方式短篇小说转化。内容虽然依然是平铺直叙的，但它已不像古代故事那样，读了开头就知道了结尾，因而更能吸引读者。作品也常常渗透着作者对那个时代所发生的某些事情的观点，因而更能引起关注。叙述的方法也打破了故事的模式而把故事的叙述与人物的对话穿插起来，人物显得像活人，背景又以社会为依托，这就使读者感到真实，增加了兴味。

最初的重要的短篇小说作家有功姆帕纳拉堤巴潘蓬、颂德功姆披耶丹隆拉察奴帕和功姆銮皮期巴里察贯等。这三位短篇小说作家都在《瓦奇拉奄维塞》杂志上发表作品，他们有各自的风格。大部分作品是反映那个时代思想和社会情况的，此外还喜欢在内容和对话中加上一点噱头。那时最著名的短篇小说是功姆銮皮期巴里察贯的《沙奴的回忆》，功姆帕纳拉堤巴潘蓬的《慢慢吞吞》《鱼目混珠》《为什么我会变成老处女》，颂德功姆披耶丹隆拉察奴帕的《咄咄怪事》《田螺》《骑象捉蚱蜢》等。其中《沙奴的回忆》发表于1886年，最早，因而被视为泰国短篇小说的源头而载入史册。

《沙奴的回忆》是功姆銮皮期巴里察贯模仿他所熟悉的英国短篇小说写成的，小说一开头就写到宝文尼维寺，在僧舍之前，凯姆、沙普、陵和松汶等四个年轻和尚在谈论出夏节快到了，还俗之后各人有什么打算。凯姆、沙普和陵都没什么问题，因为他们都早已有了工作。沙普在警察厅，凯姆当文书，陵是中国人的子弟，很富有，吃穿不愁。但松汶没有工作，也没有亲戚帮助，只有一个富婆寡妇媚茵接济他一点，同为指望他和自己的女儿媚占结婚，做她的养老女婿，但松汶主意未定，还不知道将来怎样才好。凯姆建议他认真学点本事，不愁将来没有用，而且要学，就得学好。小说还没写松汶究竟做何打算，可见是个未完稿。小说的最后也注明"未完、待续"。可能作者是真会"续"的，可后来所发生的预料不到的情况，便使这篇小说永远无法再"续"了。

作品选择了曼谷一座有名寺院宝文尼维寺院作为背景，因为作者曾在那里出家，十分熟悉那里的地理环境。作品发表以后，读者都以为是件真事，舆论大哗，致使那座寺院的方丈颂德功姆帕巴哇雷沙哇叻雅隆功大为光火。事情发展到如此地步，《瓦奇拉奄维塞》杂志的编委会不得不发表帕翁昭顺班狄的一则启事，予以澄清：

> 读贵刊《瓦奇拉奄维塞》第323页所载《沙奴的回忆》一文，我深感遗憾。此文将一座十分受人尊敬的寺院——宝文尼维寺院的名字写进赏玩故事之中而并无半点事实根据，此种做法极为不妥，不知底细之人会产生许多误解，以至损害此寺院的声誉。倘编辑主任能予以澄清，不至由于《沙奴的回忆》一文使大家信以为真，那将是一件好事。

但"澄清"并未平息此事，风波反而越闹越大。那时的"文学界"圈子还十分狭小，争执的双方又都是皇族中的显赫之人，好像是皇族自家之事，这便惊动了五世王。五世王怪罪《沙奴的回忆》的作者功姆銮皮期巴里察贯，这就使宝文尼维寺院的方丈也不得不请罪，并上书五世王，反而为《沙奴的回忆》作者求起情来。五世王在给宝文尼维寺院方丈殿下的手谕中说：

> 那周之《瓦奇拉奄》杂志，朕因于挽巴因勾留日久，返曼谷前并未读过，如已拜读，是可以早一点说话的。获悉你为此文而忧虑，朕甚焦急。你年事已高，心情不快，朕甚不安。你在佛教界倍受尊敬，在皇族中亦复如是，所以大家对功姆銮皮期颇为不满。
>
> 据朕所知，功姆銮写此文之目的，正如成千上万之西方小说一样，是供读者欣赏而创作的。但说到底，写此类小说当须与今人有某种相似之处，但不是样样行为都如真的一样，而只取其模特儿，有所增减变异，才能发人深思。功姆銮皮期写此文时把宝文尼维寺院名字写出，朕相信目的不在于讲述现今之真事。倘说是冒犯的话，那我本人也未想到会对宝文尼维寺院造成诋毁，因为我已读过此文。但并未读过英国小说之绝大多数人，大概会以为作者所说，是取自真事或借他人之口诋毁别人，而不理解作者之本意并不是让人相信其为真事，而只是让读者感到乐趣而已。所以，朕曾嘱功姆銮皮期消除下述几点误解：文中所谈是否为真事，倘不是真事那又为什么用宝文尼维寺院之名？功姆銮皮期还没有解答这个质疑，向你赔礼道歉。你不欲朕处罚功姆銮皮期，朕当予以赦免。然朕十分遗憾的是，功姆銮不是别人，而是在宝文尼维寺出过家

的，又被推崇为长辈亲王，而竟处事不周，使得不明真相之人诋毁这座寺院，这是很不应该的。现在你已知晓他之错误，且此错误已公之于众，看来此举已给寺院洗去污点，亦给应受指责之作者加上了过错，已是"罪有应得"，这你亦当满意了。此事即当完结。

泰国第一篇短篇小说出世所引起的戏剧性风波，是相当耐人寻味的，它至少反映了下列事实：①证明新小说是有生命力的，虽然它是模仿之作，今天看来又是十分幼稚的，但还是比过去的故事真实，人们都以为功姆銮皮期写的是真事就是证明；②人们对新的文学形式还很不熟悉，更谈不上对生活真实与艺术真实的理解与分辨；③五世王对这个"案子"断得很高明。他懂英文，对文学很内行，在"手谕"当中又初步接触到了文学的真实性问题，而且给功姆銮皮期出题，让他解答"文中所谈是否为真事，倘不是真事，那又为什么用宝文尼维寺之名"。倘泰国翻译家和作家循此钻研一下文艺理论问题，那对泰国文学的发展将是莫大幸事，可惜有心人不多，失去了一次难得的为文艺理论奠基的机会。

《并非仇敌》的诞生

泰国第一篇短篇小说问世 30 余年之后，泰国出版了泰国人自己写的第一部长篇小说《并非仇敌》，作者为銮维腊沙巴里瓦（克鲁连），这是对《仇敌》的反其意的戏作。可见，没有第一部翻译长篇小说《仇敌》，也就没有这部泰国人自己写的长篇小说。《并非仇敌》描写了一个多妻的男子，妻子与别人有染，他又娶新妻。结局是不忠的妻子回心转意，与新婚的妻子和睦幸福地与丈夫生活在同一屋檐下。从文学形式和体裁上去评价，它具有开创的意义，不容抹杀。但从作品的内容上去审评，则完全是封建意识和封建趣味的流露，缺乏近代意识。看来，泰国第一部长篇小说本身就是新旧的结合体。

这部长篇小说的确切出版时间不详，19 世纪 80 年代以前还只知有这部作品，却没有找到原作。可是约在 1915 年出版的该作者翻译的书籍的插页里，却有此书的广告，上面写道：

《并非仇敌》能够打动泰国读者，能够成为泰国作者习作的范本。善恶故事牵动人心，可以相信！不拾洋人牙慧，故事有趣，语言华丽。

七百三十页，附有照片注释，装帧精美，比《仇敌》长，但售价相等，分为两册。①

从这则广告可以推断，这部长篇小说出世当然会在《仇敌》面世之后，也就是1900年以后，否则怎样去"反其意"，去"戏作"呢？另外，广告的时间约在1915年，那么也就是说小说出版当在此之前。但一般来说，登广告总是在新书出版之际或出版不久，总不会隔的年代太久而为旧书去做广告，所以可以推断，泰国第一部长篇小说《并非仇敌》很可能出版于1913或1914年左右。

第三节　模仿：生吞活剥与改头换面

泰国近代早期小说可以说绝大部分是模仿之作，把西方小说当样品，依样画葫芦。

五世王时期西方思潮和文化已大量涌进泰国，但文学上出现显著的变化是在五世王在位的后期，那时已有了日报和周刊，出现了翻译的、改编的西方文学作品，体裁则有短篇、中篇、长篇小说、记叙文、电影说明书和各种戏剧，但最流行的是短篇小说和西方电影的说明书——人们还是喜欢篇幅较短的作品。翻译和写作长篇小说那是在1900年出现第一部翻译小说《仇敌》之后。那时翻译的、写的主要是三方面的内容：侦察破案故事、生活故事和冒险故事。熟悉西方文学的能译能写的作家还不多，主要的有帕昭包隆翁特功姆门披特雅隆功、帕翁昭拉查尼俭乍拉（瑢冒绍）、披耶素林特拉察（迈宛）、銮威腊沙巴里瓦（乃讪兰—诺奴里），以及后来的六世王帕蒙固告（攀连、乃告—乃宽）等等。作品数量不多，读者也不多，因为那时能看书的人很少，只是一部分受到良好教育、家境较好、社会地位较高的人，或者是政府官吏。

《通因的故事》：模仿的实例

这一时期写的长篇小说，现在能够找到的只有两种，即侦探小说《通因的故事》，是后来继承王位的六世王帕蒙固告的作品，他用了"乃告—乃

---

① 乃讪兰（銮威腊沙巴里瓦）：《下凡仙女》书中插页，1915，第161页。

宽"的名字，从 1904 年 4 月开始在《特威班亚》杂志上分段连载。还有冒险加爱情的小说《达拉婉》，它是帕昭帕纳拉堤巴潘蓬以巴硕阿卡顺的笔名创作的，1908 年出版。那时，纯粹的爱情小说是没有的，因为读者和作者对它都不大感兴趣。

我们以脱胎于《福尔摩斯探案集》的《通因的故事》为例，探讨一下那时的作家是怎样模仿西方作品的。

《通因的故事》可以称为长篇小说，但实际上是众多短篇连缀，和现在的电视连续剧相似，《福尔摩斯探案集》原书采用的也是这种结构。《通因的故事》是一部侦察破案小说，主人公是个五世王帕尊拉宗告时期的官方密探，名叫通因（称乃通因亦无不可，因为较正式）。他有一个助手，名叫乃瓦，职业是律师，这个名字听起来也很像《福尔摩斯探集》里的华生医生，而且同样是小说中讲故事的人。《通因的故事》有两集，共 15 段，上集 11 段，下集 4 段。每一段有专门题目而且自成故事，有始有终。《通因的故事》十五段的情节是这样的：

上集

第一段　帕卡侬的第二个女鬼娘娜

通因和他的同伴捉住了一个鬼，人们传说这个女鬼是帕卡侬地方的区长潘措的妻子，乃通因侦察后得知原来是区长的儿子装神弄鬼欺骗父亲，使他不敢续娶。

第二段　乃素万被盗

通因侦察素万的珠宝店被盗的案件，素万诬告说是店里的伙计乃功干的。但通因终于侦察清楚，店主素万因为赌博输光了钱而把自己店里的珠宝变卖，制造了假证据陷害乃功。

第三段　土地的秘密

通因寻找公务员偷偷印刷卖给洋人的巴拉吞查隆的书籍，他用计化装潜入坏人家里搜出了赃物。

第四段　沙瓦杀父

印刷厂的老板比连的儿子沙瓦被诬告杀了自己的父亲，通因侦察的结果是比连为逃避贩卖假币的罪责而自杀。

第五段　邦卡罗骏马中毒记

马场的主人金乙给自己最好的名叫邦卡罗的马喂了一种药，让它在赛马时跑输了，可他反诬这是他弟弟干的。通因侦察的结果证明金乙给自己的马投药是为了在别的马身上下赌注。

第六段 八千铢的项链

老头乃台刚刚还俗,和一个名叫璀的少女结了婚,乃台十分宠爱妻子,甚至买了价值八千铢的宝石项链给她戴,后来璀死了,而且那个项链也没有了。通因侦察后得出结论,璀把那个项链给了别的男人而买了个假的自己戴着。

第七段 串花针

乃本死得很蹊跷,通因侦察后得知是乃本的妻子用花的芒刺把丈夫扎死的。

第八段 寄自百拉城的信

通因因为能够识别他们通信的暗号而侦破了向掸邦叛乱分子提供武器的案件。

第九段 区长控制育奇村

通因在沙拉武里府捉住了坏蛋之中的一个重要分子铁手艾曼,艾曼逃跑了,通因捉住了区长,得到了坏蛋的证据。

第十段 铁手艾曼

接上段。捉到了铁手艾曼后,通因消失得无影无踪。

第十一段 危及亲朋

通因消失得无影无踪还未回来,通因的亲朋好友被诬指为小偷,通因的朋友乃瓦帮助破了这个案子。

下集

第一段 塔光县长

塔光县长正把自己怎样从铁手艾曼那里逃出来的事讲给通因的好朋友乃瓦听,而通因依然音讯全无。

第二段 邦困朋人命案

通因侦察这件邦困朋杀人案,其结果是,案犯却是一个没有拴好的凶恶的猴子,因为饥饿而杀了人。

第三段 百万富翁乍伦

通因侦察乃乍伦的杀人案,乃乍伦的弟弟被控为作案者。通因侦察的结果表明,乃乍伦为岳父所杀,目的是抢夺遗产。

第四段 乞丐王子

通因侦访常常外出的从欧洲留学回来的乃翁,结果发现乃翁假扮乞丐到处游荡讨钱。

熟悉福尔摩斯探案故事的人读完六世王的《通因的故事》，他立刻就会得出这样的结论：《通因的故事》虽然把故事的发生地、人物、侦探和他的助手都变成了泰国和泰国人，但整个作品的构思、情节、人物的设计、叙述方式等都模仿了阿瑟·柯南道尔的《福尔摩斯探案集》，许多段落是十分明显的，比如铁手艾曼一段，通因匿迹的构思是来自 The Final Problem 一书；《串花针》《邦困朋人命案》等是从 The Adventures of Sherlock Holmes 的短篇故事中吸收其情节的。

聪明的模仿：改头换面；笨拙的模仿：生吞活剥

六世王帕蒙固告执政的初年，外国文学作品开始普通受到欢迎，各种娱乐性作品几乎登载在那个时代出版的每份杂志上，而且还印成单行本出售。所有这些表明泰国的文学创作在这一时期比前一时期繁荣许多，正如1915年《喜格隆》月刊上一位作者所说的那样：

> 这一时期，写作比十年前要繁荣几百倍。如果谁想考察一下的话，不必去看别的而浪费时间，只消注意一下过去不曾出现而今则堂堂正正地印在书页上的奇奇怪怪的词汇，就可以一目了然。①

外国文学作品受欢迎，有其客观原因，当时的文化界名人、《炮维特亚》的编者萧佛成就指出：

> 通常，西方作家所创作的文艺作品，不管是哪一部，都是要以事实作为基础的，比如当引证历史，文学人物或者地理等的时候，大概不会出现常识性错误和与典籍相悖谬的事情。这类书籍常常有些新思想，可以在不知不觉之中把人们的精神引向小说所主张的善良、忠诚、纯洁和勇敢的境界，这当然比老百姓曾经读过的"加加翁翁"之类的故事对读者更有益处。②

当时流行的文学作品除了翻译作品和长篇小说之外，还有歌剧剧本和电

---

① 《喜格隆》1915 年第 2 期，第 1230 页。
② 萧佛成：《前言》，《炮维特亚》，1915，第 1 页。

影说明书，因为看歌剧和看电影已经成为时尚，其实歌剧剧本何尝不是外国作品，电影说明书也是编译而成。长篇小说因为是刚刚在泰国人中间流行的一种新的文学形式，作家还很少，而且缺少生活经历，他们绝大部分是先前的翻译家，因此这一时期所写的小说大部分仍具有模仿西方小说或加以改头换面的特点。这一时期著名的作家有銮威腊沙巴里瓦、銮阿格森帕萨、琪·布拉塔和包·干乍纳兰等。内容则是两大类：爱情小说和侦探小说。爱情小说大部分是大团圆式的，写爱情悲剧的也有一些作者，但读者不爱看，侦探小说虽然大受欢迎，翻译得也很多，但泰国作家创作出来的却很少，因为作者需要有生活经历，需要研究案件和专门知识，写好不易。

1911～1919年出版的，现在能找到的长篇小说如下：

爱情小说

《情侣之爱》，探玛拉沙米·高·劳，1913。

《举止适度的暹罗人》，昆冬，1914。

《歧途》，苗考，1915。

《我是个薄命女》，苗考，1915。

《男人的心》，苗考，1915。

《小夫人》，阔苏达，1915。

《爱情的危难》，金友京，1915。

《爱情的滋味》，西发—绍，1917。

《两对情侣》，佚名，1917。

《作家的愚蠢》，发枚，1919。

侦探小说

《地下的秘密》，绍瑙，1915。

《椰瓢追踪》，乃参蓝，1915。

《私人侦探家》，瑙冒绍，1915。

《特殊侦探家乃查劳》，诺奈，1915。

《匿名信》，瑙瑙，1915。

《女人之魔力》，瑙瑙，1915。

《堂披耶》，包·干乍纳兰，1915。

《侦探家的秘密》，包·干乍纳兰，1915。

这时期的长篇小说情节比较简单，有点像短篇小说和中篇小说。表达的主题思想也较单一，人物的数量取决于故事，少则三个，多则十余个。长篇小说中90%是青年男女的爱情故事，而爱情故事又可以分为两类，即爱情喜剧和爱情悲剧。但不论是哪一种爱情，在写法上都相差无几。常见的情节是，男女主人公的互相爱慕钟情总是经历同样的阶段：首先，以书传情，逐渐亲密。后来就面对面地倾诉衷肠，作者便要叙述一通，使读者明白，男主人公为向女方求爱鼓起了很大的勇气。而女方如果也情同此心则必定羞涩忸怩，或者故意沉默以对，秘而不宣。如果爱情失意或者遇到障碍，失意者便要苦痛烦恼，甚至于生病和企图以死殉情，如此等等。这类故事不很真实，与现在的小说有明显的不同。如果是爱情喜剧则常常穿插一点诙谐，男女间的障碍也不大，不过有一点不理解或误会而造成一方失意，结局总是雪化冰消，终成眷属，如发枚的《作家的愚蠢》的故事情节就是这样的：男主人公想当作家，朋友就为他找到一个在写作上很有才能的美丽姑娘为他修改作品。后来男主人公深深爱上了这位姑娘，朋友答应从中帮忙，但却食言背叛，自己和姑娘结了婚。当姑娘得知真情，十分怜悯作家，于是把自己的妹妹介绍给他。男主人公终于转而爱上了妹妹，但当一求爱，又一次大失所望，因为妹妹故意装作不接受他的爱情。男主人公柔肠欲断以致病倒，女主人公前来探望，解除了其中误会，作家和妹妹终成眷属。

假如是爱情悲剧，那就是男女之间遇到了极大的障碍，不能如愿以偿，比如一方（大多为男子）爱情上的欺骗和不忠、长辈的嫌弃、门第的差别以及预料不到的事情和死亡等，使得男女主人公分离，如苗考写的《歧途》：一个孤苦伶仃的美丽的农村少女和老伯父相依为命，由于听信了一个衣着华丽、富有的京城青年男子的花言巧语，和他一起私奔到曼谷，享受幸福的时光不长就被遗弃，受到了种种蹂躏折磨。她带着心灵上的巨大伤痛决定回老家，而此时她的老伯父也已奄奄一息，可他并不愿意原谅她的过错，丧事办完之后，她便终身削发为尼。

前面已经说过，六世王时代的初期和中期的长篇小说，包括六世王本人的作品都是模仿西方作品写成的，但这时的模仿已比五世王时期"进步"许多，"聪明"许多。整本整本的、近乎翻译的"模仿"已经不多，特别是爱情小说。有的取其情节，有的取其立意，有的模仿男女主人公或反面人物的塑造，有的模仿叙述方法和表现方法。高明一点的则不拘泥于一部作品，而像蜜蜂采蜜一样，东取一点，西取一点，加上自己的"拌"在一起。所以模仿也有程度上的差异，也有高低之分、优劣之别。有的作品一看就知道是"抄"来的，因为它不符合国情和民情。有的大概是"抄"得太匆忙，太马虎，连自己的国家终年如夏、老百姓根本无缘见到雪都忘了。比如《歧途》中有这样一段景物的描写：

> ……月亮把它柔和、皎洁、冰冷的清辉投射到海滩的沙砾上，好像把一些珠宝涂上了金光。冰冷的雪丝轻轻散落下来抚弄着树叶。美丽的草叶闪烁耀眼。风儿筑起海上的波浪，又推动着它拍打海岸发出哗哗声响，然后碎成闪光的泡沫，真是好看极了。①

类似的破绽并不难找。

模仿：将外在的化为自己的一个必经的过程

鲁迅先生在《门外文谈》一文中说："旧文学衰颓时，因为摄取民间文学或外国文学而起一个新的转变，这例子是常见于文学史的。"东方各国文学从古代文学到现代文学的转变，都经历过师法西方的过渡时期，开始不免幼稚。谁都知道独创比模仿好，但当作家还没有读过几部长篇小说，自己也没写过小说的时候，就要求他"独创"，这无异于要他一步登天，在空中造出楼阁。模仿当然是一种无奈的选择，但也是一种革新的起步，是一种实习，是把外在的化为自己的一个必经的过程，不必为此而难为情，但有主见的作家、艺术家都不会止于模仿，因为模仿毕竟不是艺术，超越模仿，才能达到独创的彼岸。

第四节　从借鉴到融合：文学的必由之路

六世王帕蒙固告在位的后期，国家的经济有了发展，公路和铁路的修建使交通大为方便；泰国有了第一所大学；新式建筑拔地而起。这一时期泰国人的生活，特别是在曼谷，比较舒适方便。但七世王帕朴告昭国王登基以后，国家的经济形势却发生了逆转，由于六世王时期开支过大，导致七世王国库空虚。世界经济萧条又波及泰国，国家财政入不敷出，对人民生活造成了很大影响，为了寻求财政收支的平衡，帕朴告昭国王从削减自身的开支到裁减官吏千方百计寻找解决办法，但未能奏效，人们把这件事

---

① 《歧途》，1915，第 47 页。

叫"平衡"，文学作品写到这一时期，没有不谈"平衡"的。但经济的凋敝却没影响文学创作。总的来说，这一时期文学进一步得到了发展，文学作品有了较多自己的东西，对西方文学作品，从生吞活剥、改头换面渐渐走向了融合。

读者口味的"逆转"

这一时期的最初几年读者仍然喜欢翻译小说，但1921年中国历史演义小说热重又回潮，《泰文》杂志主编曾在该刊1921年9月号的《编后记》中说："此刻，正是读书人的世界对中国小说着迷的时候，因此，《泰文》也想投合一下这个世界的胃口。"但是这种回潮的中国小说热维持得并不长久，很快就衰落了。《军事教育与科学普及》杂志指出了其中原因。

……由于风行的时代已经过去，我们决定不再登载中国故事，因为登载中国故事使读者和编辑人员感到厌烦，其原因是：

一、要连载几个月之久，读者感到不过瘾。

二、新的中国式小说消遣性多，启示性少。

三、登载这类稿子润色工作使人筋疲力尽。①

读者对中国小说兴趣减少，翻译小说和新创作的泰国小说便大受欢迎。模仿小说数量增加，即使是从西方文学翻译过来的长篇小说，作品中西洋人的名字也尽量让它"洋气"一些，以便让读者意识到这是从西方语言翻译过来的作品。那一时期享有盛誉的翻译家、作家和报人，在谈到此事的时候说：

一般地说，这个时期的作家不是从泰国人的思想出发而去独立写作，更多的是满足于翻译外国作品。解决这一矛盾有点困难，因为大部分读者执意认为西洋作品总比泰国作品好，泰国人便战战兢兢，不敢写泰国作品，即使故事的构思怎样新奇和紧凑也仍然无济于事。这一点使有些作家不满，他们责怪读者喜欢西洋小说有点过分。而要写真正的泰国小说，也要借助诸如迪克、鲍勃、菲利浦等的洋名字，把它硬塞到故

---

① 銮沙拉奴巴潘：《编者的话》，《军事教育与科学普及》1923年第6期，第779~780页。

事人物的身上，使它变成西洋故事，如此这般，他的书就会畅销。①

但1922年以后，作家和读者却转而喜爱泰国式的文学作品了。銮沙拉奴巴潘有这样一段记述：

> 这个时代是世界正发生变迁的时代，人们的思想和兴趣莫不依着世界的运转而发生变异。七八年以来，你大概记得，我们是多么爱读译成泰文的西方作品，而不喜欢真正的泰国作品，以至有些人创作的泰国作品男女主人公竟要取个西方的名字，借以蒙蔽读者。但现在呢，事情恰恰走到了反面，我们喜欢泰国作品反而甚于西方作品，所以现在的各种月刊便纷纷调转指针以投读者之好，即胡乱地找些泰国作品来登，……可是找到真正的泰国作品却不是件易事……

1925年《沙拉奴功》杂志编辑部对于读者的爱好做了一次调查，结果表明，大多数读者喜欢真正的泰国文艺作品，即故事中的人物、背景和事件都是泰国的。

读者的这种喜好说明泰国小说渐渐有了自己的特点，同时又反过来促进了泰国小说的创作，使它比先前有价值，内容更加充实和更加接近于真实生活。因此有些长篇小说的出版者便在征文中做了文字规定，比如长篇小说《情敌》的出版者就规定，陆续出版的文艺作品应有如下特点，即内容应该是合乎情理的；符合时代精神的；不冒犯任何人；真实和富于教益的。这正符合了当时社会和读者的客观需要。

各类小说创作的特点

这一时期小说创作的数量很大，按其内容可以划分为这样五类：爱情小说、侦探小说、冒险小说、历史小说和诙谐小说。前三类小说是先前就有了的，而后两类是这个时期刚刚出现的。现分述如下。

爱情小说

以爱情为内容的散文文艺作品从泰国长篇小说创作的第二个时期起就在

---

① 銮沙拉奴巴潘：《编者的话》，《军事教育与科学普及》1923年第6期，第1305页。

读者之中受到了广泛的欢迎，在这一时期更加繁荣。这一时期的最初阶段，以爱情为题材的作品，不论是长篇还是短篇，都是罗曼蒂克式的作品，大部分受了查尔斯·加维斯爱情小说的影响。从现在所能找到的原作看，内容可分为两类，即爱情悲剧和爱情喜剧。爱情悲剧作品比爱情喜剧作品更受读者欢迎，所以作者颇多。1923~1924年前后是这类小说最繁荣的时期。作家们喜欢结成团体，如"写作联合会""翻译协会""写作合作会"等，团体内的作家常把同人的作品结集成册销售。

写爱情悲剧小说最受推崇的作家是朝诺，真名是卡信·内德拉云，他在1923年写了《北方人的血》，是取材于历史的爱情小说。深受读者欢迎的作品还有纳卡雷（文·纳昆塔）的《奉送的命运》，差·良信的《我走了》，操包道的《舅母的心》和马来·楚皮尼用笔名迈阿侬写的《美人战》，等等。现举差·良信的《我走了》为例，看看这类小说情节上的特点。

男女主人公自幼相爱，在男主人公即将出走留学的时候互相发誓永不相忘。后来女方为父所逼，让她和另一个男人成婚。父亲欺骗她，说男主人公已结婚，她不得不怀着极大的伤感遵从父命。但婚后不久丈夫就变了心，千方百计折磨她，并且告诉了她男主人公的真实情况。心灵上的重压，使她决定投河自尽。此时，男主人公已回国，闻讯前来搭救，但为时已晚，于是他也开枪自杀了。

这一时期爱情喜剧小说不如爱情悲剧小说多，最受欢迎的作品如西瓦查拉和素金达的《海军中尉的心》，培拉的《情敌》或称《不妒之果》和瑙绍的《爱情的生命》。比如《爱情的生命》就是一个小康之家的年轻警察和富翁女儿的爱情故事。男主人公由于搭救了被人拐骗的女主人公而与她偶然相识，女主人公很感激男主人公的恩惠，二人很快亲密起来，并未受到女方父亲的阻挠。一天，男主人公和他的朋友们到女主人公家里赴宴，被一个早就垂涎女主角的年轻人诬指为杀人犯，说他杀死了一个要来赴宴的客人。男主人公的朋友们为他作证，澄清了事实。其实事实刚好相反，诬指者才是杀人犯。后来，男主人公毕业要担任公职，不得不离开女主人公。可是发生了不幸事件，女主人公及其父亲神秘失踪，于是男主人公便有机会表现其勇敢，他不顾个人安危前去搭救，终于抓住了坏人，证明了自己对爱情的忠诚。他的高尚品格赢得了女方父亲的心，消除了由于地位差别所造成的障碍，最后终于结了婚。

侦探小说

銮沙拉奴巴潘讲到写作这类小说所遇到的障碍和问题时曾说：

>写真正的泰国侦探小说，我在先前的杂志上说过，那是万难之事。难在情节的构思，难在人物的描绘，难在背景的叙写，难在给故事中人物取名字……我很坦率地承认，在写《黑绸蒙面人》这部作品时心理上的负担很重，因为除了情节和对话不能与政府、宗教和国家的法律相抵触之外，还必须对故事和人物的姓名小心翼翼……①

銮沙拉奴巴潘是写侦探小说的一位极其重要的作家，他在1922年写的《黑绸蒙面人》几乎影响了一个时代，以至于那个时期的侦探小说中的坏人都蒙起面来作案，分析一下他的创作历程，完全可以看出泰国侦探小说在吸收外来营养中所走过的道路。

《黑绸蒙面人》是模仿西方惊险影片《家庭劫难》写出来的。

其实，外国影片对泰国早期小说创作的影响并不下于翻译小说。自从电影进入泰国以后人们就对它产生了极大兴趣，以至可以说六世王时期人们爱看电影、歌剧和话剧甚于读书。

日本是把电影带到泰国来放映的第一个国家，时间大约是在1904年。后来首都出现了好几家电影院，订购西方影片前来泰国放映。其中法国的百代公司和美国的环球制片公司的影片最多。20世纪20年代泰国的电影院在首都已有十几家，而且发展到了外府。但1926年以前这些影片还都是默片。为了看懂影片和增加兴味，在影片放映之前都要出售影片说明书，这些影片说明书大部分是专业作家和翻译家撰写的，其内容一般分为两部分，第一部分是有关片名、长度、出品的公司、作者姓名和印刷单位以及影片中人物的姓名、导演、编剧的姓名，第二部分才是影片的情节，和小说一样，里面也夹着一些描写和对话。这些说明书慢慢变成了一种读物，很受观众的欢迎，影响越来越大。

《黑绸蒙面人》出版于电影《家庭劫难》放映后的第五年。我们把二者的情节和人物做一比较就可弄清它们之间的关系。

在影片《家庭劫难》中，案件是发生在一个富翁的家里，当时他正与亲友聚会，以便宣布自己的女儿（女主人公）将成为他遗产的继承人，而大家预料她将和她的一个表亲结婚。那天夜里，坏人蒙着面孔混入屋子加害

---

① 銮沙拉奴巴潘：《编者声明》，《军事教育与科学普及》1922年第6期，第753页。

于她，并杀死了她的父亲。以后的事情就是警察（男主人公）审理案件，缉查仍旧蹂躏和拐骗女主人公的坏人。最后男主角终于将坏人逮捕归案，原来这个坏人是和女主人公的家庭关系密切、交往很久的人，而且查明女主人公的未婚夫的亲戚也参与了这件坏事，而到头来却被坏人杀掉，因为凶犯误认为他已叛变。坏人在临死之前坦白了所有事情，结尾男女主人公结成了夫妻。

侦探小说《黑绸蒙面人》的故事是在一个豪富的退休高官家里开始的。他仅有一个儿子，但也赡养了已过世的至交的女儿，把她从小养大，并且已决定让她和自己的儿子结婚，她便是故事的女主人公。当坏人蒙着面孔闯进来加害女主人公的时候，令人震惊的事情便开始了。这使得警察（男主人公）与此事发生了关系。最后坏人在房子的主人——退休高官的儿子的帮助下得以把女主人公拐走，于是男主角和坏人发生了搏斗，最后男主人公取得了胜利，并且查出那个坏人是长期以来和女主人公的家庭和高官都有瓜葛但以后成了冤家而来报仇的人，在临死之前，坏人即蒙面者把房间的主人——始终帮助他的高官的儿子杀了，因为误认为他是叛徒。当诸事圆满解决以后，男主人公与女主人公便结了婚。

请看，两部作品都是侦察破案故事，坏人蒙面作案。作案的方法，男主人公与坏人搏斗所用的武器和各种计谋；坏人的结局和故事的结尾都是相同的。

再看人物。

电影《家庭劫难》和侦探小说《黑绸蒙面人》人物数量相近，人物的关系也大致相同，也就是说大部分人物是亲人或是亲密的朋友这种关系。此外，故事中的主要人物和坏人，特点也一样。为使这种相似看得更清楚起见，我们把电影和小说的人物名单拿来进行一下比较。

电影《家庭劫难》有 8 个人物：

温特罗伯·瓦尔顿　百万富翁；

芬·瓦尔顿　女儿（女主角）；

埃斯特拉·瓦尔顿　瓦尔顿之弟；

海内司·瓦尔顿　侄子（坏人的合作者，女主角的未婚夫）；

诺密·瓦尔顿　侄女；

哈尔维·格雷海姆　侦察员（男主角）；

达沃德·赫利克　侦察员（男主角的朋友）；

蒙面人　坏人。

侦探小说《黑绸蒙面人》有7个人物：

披耶康奴吞沙　富有的高官；

巴云·占芬小姐　家长亲密朋友的女儿（女主人公）；

巴永·占芬　女主角的姐姐；

乃巴顿·塞特翁　高官的男孩（坏人的合作者，女主角的未婚夫）；

占农·维拉朋中尉　警官（男主角）；

乍仑·巴柏中尉　警官（男主角的朋友）；

黑绸蒙面人　坏人。

电影《家庭劫难》和侦探小说《黑绸蒙面人》在情节和人物上的相似当然不会是偶然发生的，而是出自一方的影响。在这个事情上当然是电影和电影剧本《家庭劫难》给了銮沙拉奴巴潘以启示，使他写出了《黑绸蒙面人》。因为是影片出现在先，而且在那时大受欢迎。

因为侦探小说大受欢迎，銮沙拉奴巴潘后来又写了不少作品，其中重要的有《黑绸蒙面人》第二部、《厉鬼之面》和《血与铁》，此时他已走出了模仿，开始将外来的营养化为己有，融会贯通，开始了独立创作。在《厉鬼之面》完成之时，銮沙拉奴巴潘曾说："这部小说是真正的泰国作品，它是独立写作而全然没有翻译、改编或模仿放映的电影以及任何小说之处。"① 这既是对《黑绸蒙面人》模仿的确认，也是他摒弃模仿的一个声明。

同时代的其他作家所写的侦探小说还有许多，其中最著名的有焦·罗加纳潘于1924年写的《不祥的镯子》，鲍·胡瓦诺于1926年写的《白布蒙面人》，等等。

历史小说

这类小说1924年才出现。昆吞吉维占用笔名阿延寇写了《魔剑》，登载在《快乐泰国》月刊之上。这部小说被推崇为泰国第一部历史小说和最好的小说之一，它内容生动有趣，文笔优美，比喻贴切，成了后来的历史小说如潘安（蒙昭朋路加·路加维差）的《奥帕坦搭提功》，库鲁帕或喜瓦亚诺（帕温威皮喜）所写的《大帝勇士》（1925年），沃·炮玛尼所写的《近卫军奥昆》，喜瓦西亚诺写的《吞武里王朝皇家军》，拉帕武里（冲·纳邦

---

① 銮沙拉奴巴潘：《编者的话》，《军事教育与科学普及》1923年第4期，第1305页。

昌）写的《未留名的勇士》（1926年）等的典范。

历史小说常常用素可泰王朝到大城王朝的时代作为背景，截取历史的某一段或历史故事，对人物加以重新塑造，使其具有时代作用。这类小说中经常出现的事情不外乎搏斗和战争，这给男主角表现其勇敢、战场上的才能和高超的武艺提供了机会，从而得到大家的认可，胜利之后又和所爱的女人完婚。现仅举阿延寇所写的《魔剑》为例，以见这一时期历史小说情节之一斑。

这是一个帕纳来宣大帝在位时期大城王朝的名将乃姆宽的战斗生活和英雄行为的故事。乃姆宽到塔怀城去接任官职，遇见女主人公。她正在受难，乃姆宽救出了她，但并不知道她是隐姓埋名的府尹的女儿。后来乃姆宽受命去和缅甸打仗。他夜袭敌寨，英勇善战，功勋卓著。凯旋以后，晋升高官，并且和女主人公结为夫妻。

考察这类小说的内容及其一般特点，和从西方语言翻译过来的同类作品进行一下比较，就不难发现情节上和语言风格上的近似。因此可以断定，泰国这类充满了惊险事件和搏杀的历史长篇小说是受了同类西方翻译作品的影响，特别是受了銮乃维占翻译成泰文的阿瑟·柯南道尔的小说《拿破仑皇军》的影响。

冒险小说

这时期的冒险小说，情节上有两类，即在自然界的冒险和对于某些神秘的、超自然的事情的冒险。

写冒大自然之险的小说常常需有科学的原理和知识来辅助，比如素金达的《沧海小岛》：一艘船遇风暴而沉没，男女主人公幸免于难，两个人孤零零地滞留在一座荒岛上。他们利用科学知识在那个岛上活下来，比如用阳光引火；做日晷和用一些植物的种子充饥；等等。在岛上遇到了各种来自大自然的危险，如巨型章鱼；要和抢夺女主人公的海盗作战；眼看不能力敌之际，海军寻找沉船的遇难者的舰艇救了他们。回到祖国以后，男女主角结了婚，并且由于在岛上发现了海盗藏在洞穴里的财产而成为富翁。

写神秘事件的冒险小说常常是在过去神秘国土上的遇险故事，或者是让人回溯过去的故事，例如潘安的《加姬岛》：故事发生在大城王朝的都城第二次沦陷的时候，男主角是一个乘船逃出敌人重围的军官，遇到了一种神奇的力量，船被毁，于是他登上了一个岛。岛上人很凶蛮，都在娘加姬的管辖之下，她因为洗过圣水而有魔法并且长生不老。娘加姬见到男主角知道是昆坦转世，用尽了礼遇和计谋，以便把男主人公从同行的未婚妻那里夺过来。男主角和他的军队滞留在岛上相当长的时间，后来由于娘加姬的势力衰落，才从那个岛上逃出来。

从内容就可以看出，《加姬岛》模仿了海卡德的《两千岁少女》和《抑差女皇》。另外还有一个证据，就是娘加姬和故事中的男主公奥帕因吞德之间的对话，说到娘加姬等了奥帕因吞德或昆坦两千年之久，这和帕娘阿沙玛等自己的爱人一模一样：

"我等你已经很久了，你漂亮的身影和那时我的昆坦分毫不差，我的心肝！我真心爱着你，我心满意足了。"

我惶惑了，但时过不久，我便说道："你说的是什么，我一点儿也不明白，你为什么把我和昆坦相比？"她回答道："那是因为你就是昆坦呀！我的记忆虽然已过去了两千年的时间，但它并没有被抹掉，我记得很清楚，你就是昆坦——我的统帅丈夫，噢，我的宝贝心肝，你真的把妻子忘得一干二净了吗？"[1]

诙谐小说

这些滑稽轻松的读物在六世王时期即已出现，銮乃维占，笔名是西素旺，写些小段的滑稽故事，模仿 W. W. 雅克的作品，改写成泰国的诙谐故事，比如《坠子》《将计就计》《魔鬼乃波隆》等。后来，这类作品的作者多了起来，如提梅·纳巴南（昆顺吞帕喜）、讪通（銮本雅玛诺帕尼）、銮善塔阿卡顺善和沙姆宏（本潘·胡来）等。上面所提到的作家所写的滑稽故事也是不尽相同的，提梅·纳巴南写互不相连的小段滑稽故事，讪通写《坤特·西卡吞故事集》，是一段段的诙谐故事，但坤特这个人物每段都在其中。而銮善塔阿卡顺善和沙姆宏则模仿中国历史故事。

值得一提的诙谐故事是《坤特·西卡吞故事集》[2]和模仿中国历史故事的作品，他们的区别如下：《坤特·西卡吞故事集》的作者銮本雅玛诺帕尼

---

[1] 潘安（蒙昭朋路加·路加维差）：《加姬岛》，《快乐》杂志 1926 年第 1 期，第 547~548 页。

[2] 坤特即乃特，泰国的习惯成年男子在名字前都加"乃"，说明是男性成年公民。名字前加"坤"是尊称，即先生、女士、小姐之义。——作者注

受了查尔斯·狄更斯诙谐小说《匹克威克外传》的影响,但是经过改造,使其在情节、人物和对话上具有了泰国的特点。上半段取名为《巴塔坤特》,登在 1923 年的《泰文》杂志上。后半部名为《赛马赌》,1934 年登在《冲农贴西林》杂志上。1929 年第一次出版单行本,作者在 1934 年第一次合订为一册的时候,在前言中解释了这部诙谐作品的来历,他说:

> 现在,我把以乃特·西卡吞、乃查·班加甚困、昆怵顿尤迪功和昆素万纳诺顿为主人公,散见于各种杂志上的 16 篇作品汇编成一册了……这部书的许多篇来自于查尔斯·狄更斯的《匹克威克外传》。这部作品主要人物的个性和我任何一位友人都无共同之处。乃特·西卡吞是摹仿 Mr. Tupman,昆索万模仿 Mr. Snodgrand,后来又出现一个阿朋,那是模仿 Samuel Weller 塞进来的。当我把西方的作品改编成泰国的,很快完成了五六篇之后,就想在这四个故事中罢手。但是不少杂志的主编坚持说公众需要这类作品,于是就挤我写这类东西,不时登在被称为重要的杂志之上。于是我就不得不把自己变成一个浪漫诗人,随心所欲地信笔写来,把耳闻目睹、在英文书上看到的一些笑料搜集起来,移花接木,写成可以交差的短篇、长篇,以偿还他们对我的恩德,而从各种杂志所得到的一两笔钱也微乎其微。这样一共写了 16 篇,如果时间从 1923 年 8 月登载在《泰文》上的第一篇《巴塔坤特》算起,直到 1934 年 12 月登载在《冲农贴西林》的最后一篇《赛马赌》为止,那么可以看到,在长达 11 年的时间里,我写这种东西仅仅 16 篇而已。[①]

另一类诙谐故事是模仿中国的历史故事来开玩笑,这类作品用情节、语言和书名来戏谑,鼻祖是銮善塔阿卡顺善,写过《国货》登在 1921 年的《泰文》杂志上。另一个写这类作品的是沙姆宏,作品有《糟了》《好极了》《哎呀》《无用》《宪帝之军》等。[②] 语言上可笑的例子在这类作品中随处可见,现把銮善塔阿卡顺善的《国货》录下译出一段:

---

① 汕通:《坤特全集》前言,第 4~5 页。
② 以上的题目都是潮州话的泰文音译,下面的题目和词句中亦有,不再注明。——作者注

很久以前，那时还没有我们这个世界，而且玉皇大帝也没生出来。在天堂，也没进入到文明阶段。油条佛祖统治着天堂，众仙女和魔鬼并无处所，总是飘浮在空中。到了夜里，就躲在云丝里，权当睡处。身上也并无衣裳饰物，众仙只能用头发把小片云彩串穿起来，做成筒幔，缠在腰间，用来遮盖……①

另一个例子是沙姆宏写的《好极了》：

……于是，红毛花娘子便用甜蜜婉转的歌喉唱起了优美的歌。她并未掩盖从父亲那里所学来的技艺，比如说，到了高亢的地方就放开喉咙犹如猿叫，到了该低的地方就压低嗓门好如蛙鸣，一边时紧时慢地打着手鼓，合着节拍，更加好听……她一张鸭蛋脸，油光光的红头发很像干枯的树叶整齐地卷着，上面插着珊瑚玉簪，末端镶着像鸟蛋那样大的一块宝石。弯弯的眉毛好像一勾新月，细长的眼睛，眼梢差不多连到了耳朵，像锅底一样黑的圆圆的眼睛好像宝石一样闪着清澈的光，小小的高鼻子好像擅长丹青的高手画出来的。小嘴红红的，像黄姜和灰一样颜色不可调和。圆圆的脖颈好似玉砌，胳膊如同象牙一样白皙，柔弱无力地摆动着。在她击鼓的时候看起来很匀称，细腰多姿。脚缠得小得如同大拇指。②

---

① 銮善塔阿卡顺善：《国货》，《泰文》1921 年第 1 期，第 1425 页。
② 沙姆宏：《好极了》，《泰文》1923 年第 1 期，第 1168～1169 页。

第三章
泰国近代文学的重要作家

　　如果将泰国近代作家和古代作家做一比较，那么可以发现以下三个区别和特点：①近代作家在单位时间里产生的数量比古代作家多得多。这证明学校培养人才的优势是寺庙无法比拟的。教育的兴办不但培养了读者，也造就了作家；印刷机的传入又使文学作品的传播发生了一场革命。报纸杂志把作家和读者连在了一起，书籍市场的形成又极大地促进了创作。②泰国的近代文化是由旧到新、新旧交织的一种过渡文化，反映在文学上，泰国近代作家是既起到了由"旧"过渡到"新"的桥梁作用，他们自身的思想上和作品里在向往新的同时，往往存在恋旧的烙印。这种现象虽然随着时间的推移是递减的，但又应该说，在整个近代文学这个阶段，它并没有消失。③泰国作家由"半创作"走向了"全创作"。我们在古代文学中已经讲过，泰国古代文学作品的绝大多数的内容是取材于印度的两大史诗、本生经故事、爪哇故事或民间故事。作家在立意、构思、情节、人物方面可以几乎不用动什么脑筋，花费什么大力气，他们只是在诗的表现形式上争高下，久而久之便成了习惯，成了传统。所以笔者将其称为"半创作"。但近代文学时期"加加翁翁"故事渐渐退出历史舞台，走老路已不可能，这时作家的思想、眼界、识见、对生活的感受，情节的构思，人物的设置已成为作品成败的极其重要的组成部分，不进入"全创作"已不可能，这也是泰国文学的新与旧的重大差别。

第一节　五世王时期的重要作家

五世王帕尊拉宗告（1853～1910，在位时间：1868～1910）

　　五世王除了是一位有眼光有作为的君主外，他还是一位不错的作家，其作品有：诗歌，其中包括克隆六种、律律体译诗一种、禅一种、卡普一种、格仑三种，散文七种，戏剧两种。

其中较为的重要作品有：

1.《皇家礼仪十二月》

这部作品相当详细地介绍了从当年 12 月到第二年 10 月（未提 11 月）的一年当中皇家的各种庆典、礼仪，表达了对婆罗门教和佛教的虔诚信仰，是一本具有史料价值、民俗学价值的一部作品，对老百姓的祭祀活动也有参考价值。它笔调生动、有趣，不时流露出幽默之笔，1914 年被文学俱乐部评为记事文的典范之作。

2.《远离家门》

1906 年，五世王第二次游历欧洲，在旅行期间，他给当时正担任宫廷文牍总管的尼帕纳帕顿王子写了 43 封私人信件。这些信件相当详细地记录了五世王在欧洲的所见所闻以及一些感受。归国之后，他将这些信件加以汇总，取书名为《远离家门》，刊印出来。丹隆亲王赞扬这部作品"通达晓畅，动人心弦……描写了欧洲绮丽的国土和奇异的风俗习惯，加上恰到好处的评论，使人手不释卷，其乐无穷"。

《远离家门》也是一本较早记述欧洲各国情况的书，对于研究泰国和西方的关系以及五世王本人的思想，也是有价值的。

3. 律律梦醒诗

这是五世王 1879 年的作品，是他在新年之际献给皇族的一份礼物。作品的内容取自 Arabian Night Entertainment（《一千零一夜》）的"The Sleeper Awalcen"故事编译而成。故事的内容是这样的：阿布哈桑由于交上了酒肉朋友而弄得倾家荡产，但是他想出了一个好主意而重新恢复了元气。和从前不一样的是这回请人吃饭他都经过了精心挑选，而且恰巧遇见了走入民间微服私访的国王阿里，哈桑告诉国王说他将要惩罚贪赃枉法之人，于是国王便帮助他实现了这个愿望。阿里国王在哈桑的酒杯里下了蒙汗药，之后便把他弄到了宫中，嘱咐官员与左右之人必须异口同声认定哈桑就是阿里，以至哈桑自己也毫不怀疑，他惩治了贪官污吏，如愿以偿。这时，阿里国王又往哈桑的酒杯里下了药，把他弄回了老家，哈桑仍然以为自己是国王阿里，邻居都认为他发了疯，因而吃尽了苦头。这时候阿里国王又来了，又往他的杯子里下了蒙汗药，把他又弄回宫中，但这回哈桑说什么也不信了，这时阿里才表明身份，并且让哈桑与王后的婢女诺沙多尔成婚。婚后他们过了一段好日子，但由于过于奢侈，便又穷了下来，于是他心生一计，与妻子合谋，夫妻二人轮流装死，然后去国王那里求助，再到王后那里讨钱，阿里国王虽然识破了这个诡计，可也没有惩罚他们。

这部故事诗写出以后很受欢迎，有人曾将这个故事的梗概写成唱词，当国王理发之时演唱给他听，也有人把它改编成话剧，演出给国王观看。

4. 剧本《马来土著小黑人》

1906 年五世王病后初愈，休息 8 天，赋闲之时写了此剧。五世王写此剧的起因是，昭披耶瑶莫拉献给五世王一个十一二岁的马来土著小黑人，名叫卡朗，五世王从他的嘴里知道了一些马来土著黑人的事，甚至还学会了几句马来土话。此时他正有时间，于是以马来的地域、风俗为依托，凭着想象虚构了这个戏。作者在此剧的《前言》中说：

> 我写此剧本并不是想上演这个剧，而且也不知道好不好，因为这个剧是以极其贫困的山民为主角的，我把一切文绉绉的高雅词句都去掉了，凭我的想象写了出来，但也混有一些真实的事……这个剧本没有想写得符合事实，也没有遵从什么样板，我心里怎么想的也就怎样写了出来……辞章和写法对于现在的人说来也都相当陈旧，想读它的人大概也都是想读奇文的人。

从剧情和作者的说明中我们不难看出，这是一部消闲作品。

总的来说，五世王诗歌和散文作品都有较高的造诣，特别是散文记事作品。笔调轻松，思想活跃，不时流露出诙谐之笔。

帕昭銮皮期巴里察贯（1846～1913）

四世王帕宗格劳昭与王妃所生之子，原名卡朗尤顿王子。他是五世王治国的得力助手，在五世王的改革中出过大力。做过皇家图书馆委员会主任，最后的职务是公正部部长。

銮皮期是泰国第一篇短篇小说《沙奴的回忆》的作者（参看本编第二章第二节），也是第一批将西方小说"搬"到泰国来的人，他的诗与文大都篇幅短小，登载在《瓦奇拉奄》和《瓦奇拉奄维塞》杂志之上，后来这些作品又被收入《帕昭銮皮期巴里察贯作品集》之中。

披耶素林特拉察（诺勇·维塞恭）

帕因吞拉察与坤普姆之子，曾到英国留学，归国后做过教师，后调内政部任职，他是泰国第一部翻译西方长篇小说《仇敌》的译者，所用的笔名为"迈宛"。《仇敌》的情节是这样的：考纳特·法比奥·罗马尼是意大利人。他有一个漂亮的妻子，名叫宁娜，有一个好朋友叫基多。法比奥对自己的生活很满足，乐天而知命。后来城里流行霍乱，他被传染病击倒，昏迷过去。当他恢复知觉以后却发现自己被装在棺材里抬到了家族的墓地。在他寻找逃出来的通道的过程中意外发现一个大箱子，里面装满价值连城的珠宝。他断定这是哪一个强盗得手后把赃物埋在墓地，年代已经很久。当法比奥离开墓地之时，他发现自己的面貌变了，头发也已完全变白。但给他打击最大的倒不是面容的改变而是他发现自己的妻子宁娜和自己的好朋友基多通奸已经多时，但他却从未警惕。他深为后悔，怒火中烧。他用计谋稳住二人，还让他们以为自己死了，尸首仍在祖坟之中。然后法比奥乔装成老绅士，结交宁娜和基多，终于如愿以偿，让这两位破坏了他的声名和荣誉的人用生命赔偿了他的损失。

《仇敌》刊出后，成了泰国新小说的范本，译者迈宛也被载入了泰国文学史册之中。

帕昭纳拉堤巴潘蓬

四世王与钱妃所生之子，原名沃拉宛纳恭王子，做过皇家图书馆委员会主任，最后的最高职务是皇家国库财政部副部长。他的作品极多，诗歌、散文、小说、戏剧都有较高的造诣。他先在《瓦奇拉奄》杂志上发表作品，后来又创办了《慰心》杂志，用巴硕阿卡顺的笔名写作。他的一大功绩是倡导了在泰国的第一次歌剧演出。乃沙迪·社玛宁说帕昭纳拉堤巴潘蓬所写的剧本不下于 400 部，但散佚的很多，留下来的只有 48 部。

这里介绍他三部作品：
1.《拉鲁贝尔闻见录》

公元 1687 年法国国王路易十四派莫西奥尔·德·拉鲁贝尔出使泰国，当时泰国正值大城王朝的帕纳莱时期。拉鲁贝尔归国之后，用法文写成此书，后来又有人将它译成英文。纳拉堤巴潘蓬将它编译为泰文，在他认为需要的地方做了一些分析和评论。

《拉鲁贝尔闻见录》全书共分 25 章，以写泰国的地理开头，记录了泰国人和在泰国的外国人的生活情况、民宅建筑、风俗习惯等。最后以佛教的介绍结束。

2. 歌剧《科华少女》

纳拉堤巴潘蓬所写的歌剧《科华少女》，内容出自于法国作家约翰·路特尔松写的小说《巴特弗莱夫人》，吉科莫·普其尼将其写成戏剧，纳拉堤巴潘蓬于 1909 年又将其改编成歌剧，演出引起轰动，巡回剧团又将其推向外府，同样受到了欢迎。

3. 爱情冒险小说《达拉婉》

这是纳拉堤巴潘蓬用巴硕阿卡顺的笔名于 1908 年写的泰国第一部半是爱情半是冒险的小说，小说的情节比较完整，但许多的情节也"借鉴"了西方文艺作品。小说写的是一个门第高贵、声名显赫的泰国人的冒险和爱情故事。他讨厌曼谷，于是就买下了靠近马来半岛的一个小岛，但当他动身去该岛的时候却受到了预谋的伤害，而且被土人赶了出来。因为他是岛上的合法主人，所以他坚持斗争，把岛上人的土司的侄女达拉婉抓到做了俘虏。女主角的未婚夫沙来曼是故事中的一个反面角色，岛上人的一方以他为首还在继续作战。由于男主人公的优秀品格使达拉婉对他深表同情并且愿意站在他这一边。在被岛上人包围的时刻，男主人公得知了岛上的一切秘密。最后英国殖民地的巴杭地方的土司来救，但土司被岛上人所杀。男主公和达拉婉以及他的随从乘船逃走，并且得到了泰国战舰的帮助，最后平安地回到了曼谷。

颂德功姆披耶丹隆拉察奴帕（1862~1943）

四世王与楚王妃之子，原名迪宣古曼王子。他在很小的时候父王已经去世，童年在宫中接受泰语和英语教育，在五、六、七世王期间担任过各种高级政府职务，八世王执政期间去世。

丹隆亲王是一位大学者，是贡献巨大的历史学和古典文学的专家，有"历史之父"的美誉。他对泰国古典文学如《帕罗长诗》《昆昌昆平》《伊瑙》《帕阿派玛尼》以及从中国翻译过去的《三国》都有开拓性的考证和研究，直到今天仍有指导意义。在其他领域他也很有成就，比如他写过《僧家轶事》《佛像轶事》《钱币考》《前宫考》《乐器考》《佛城记游》等有价值的著作。

现介绍其两部著作：

1. 《我们与缅甸战争的历史故事》（《缅泰战争的历史故事》）

这其实是一部历史文学著作，写的是历史，但也有文学意义。

这本书的来历是这样的：一位官员，懂缅甸语，他得到一本名叫《宝馆版伟大王朝》的缅甸出版的书，丹隆亲王便和这位官员一起把这本书译成了泰文，该书大部分又是缅泰战争的叙述，许多地方与泰国的记载不同，于是丹隆亲王便综合泰缅两国的历史记载写成《历史故事第六集》，后来丹隆亲王又发现一些古代资料和外国记载的资料，于是他又将《历史故事第六集》推倒重写，并做了补充，取名为《我们与缅甸战争的历史故事》，后来又改名为《缅泰战争的历史故事》，重新收入《历史故事第六集》中。

这本书叙述了泰缅之间总共发生的44次战事，其中大城王朝期间24次，吞武里王朝期间10次，曼谷王朝期间10次。这本书资料丰富，来源多样，是一本有价值的著作。

2. 《佛城记游》

这是一本诗歌、散文游记，记述了作者1924年游历柬埔寨吴哥窟的经历和感受，同时也介绍了柬埔寨的地理古迹、文化、社会等情况。这部作品写法特别，前部是26首格仑诗，后面却是散文。这部游记内容丰富，行文流畅，融知识与趣味于一体，很受推崇。

颂德昭华功姆披耶纳里沙朗奴瓦迪翁（1863～1947）

四世王与潘纳莱王妃所生之子，原名吉泽隆王子。幼年和其他王子一样，学习泰文、柬埔寨文和英文。由于他的年龄和丹隆亲王相仿，幼年是一起玩耍的伙伴，成年之后仍然十分亲密，他们互致的信件付印之后成了很有价值的文学著作，他们俩都被联合国教科文组织在其诞生百年纪念的1962年与1963年推举为世界文化名人。

颂德昭华功姆披耶纳里曾任高官，如工程管理厅厅长、工程管理部部长、财政部长、内务部部长等职，还做过艺术厅主任助理、七世王顾问委员会特别部长。1933年在七世王退位前出国期间任摄政王。

颂德昭华功姆披耶纳里知识渊博，是一位泰国艺术专家，在艺术、建筑、造型艺术、文学、音乐、歌舞艺术方面有很深的造诣，他设计过寺院，改革过泰国民族音乐和传统剧，创作过歌曲，在文学方面他有如下作品：

（1）歌曲与戏剧：传统剧如《金海螺》《伊瑙》《桑信猜》《拉马坚》等。

（2）诗歌：如克隆、船歌等。

（3）游记：《1889年缅甸游记》《马来角游记》等。

（4）传记：《披耶西普里巴里查（卡穆·沙拉）传》等。

（5）散文：《拉查提腊》《颂德帕马尼翁》等。

（6）评论：评《丹隆亲王整理之唱词》。

（7）书信、记事：如《关于顺吞蒲之帕阿派玛尼之书信》《传统戏剧集》等。

昭披耶探马沙门德里（沙难·台波哈沙廷纳阿尤塔亚，1876～1943）

披耶猜亚素林之子。在宝皮皮穆学校毕业后入师范学校，结业后做了教师。1892年五世王第一次游历欧洲，他与另外18位留学生随驾去欧洲学习，他去了英国。归国以后在教育部任职，在政体改变之前他最高的职务做到了教育部长，君主立宪以后做过议会主席、公正部部长。

昭披耶探马沙门德里作品极丰，有短篇小说、诗歌、话剧等，常用笔名"科鲁贴"和"乔宛"。现在体育比赛所用的《加油歌》的作者就是科鲁贴。他的作品都收入在两部集子中，一部是《科鲁贴诗歌集》，另一部是《科鲁贴散文作品集》。

科鲁贴是一位思想家、作家、诗人和教育家。他实际是泰国新诗的鼻祖。他写短诗，通俗易懂，把内容看得比形式更重要，对旧诗，这显然是一场革命。诗歌中著名的作品有《虽然乌云还在蓝天边上》《运动员》《我很辛苦》《教鞭》等。他的散文作品多数都能阐发一方面的观点和看法，对人极有启发。

他从五世王时期起发表作品，创作活动走过了六世王、七世王两个时期，八世王时才逝世。他是一位相当重要的作家，特别是在诗歌的创作上。

高绍劳古腊（1834～1913）

高绍劳古腊生于三世王时期，自幼学习泰文和柬埔寨文。做沙弥的时候，波拉玛奴期期诺洛给他取了个名字叫凯沙洛沙弥，后来他就把这个名字的泰文缩写字母加在了自己原名古腊的前面，变成了高绍劳古腊。还俗之后，从法国主教那里学了拉丁文、英文和法文。后来做了洋行的文书，有机会游历了新加坡、苏门答腊、印度、香港和欧洲。

高绍劳古腊于1897年创办了一家月刊《暹罗美言杂志》，出版了7年后停刊。这家刊物很会招徕读者，订户达到两千多，而且开放栏目，读者可以自由提问。如果用诗歌提问，那么高绍劳古腊也会用同样的诗体去回答。他还批评社会，批评滥用语言，评论泰国古典文学作品，介绍名人生平、历史、文学知识，但后来有人指责高绍劳古腊所写的文章和所回答的问题假话多于真话，人们对这本刊物的兴趣便逐渐减少，最后不得不停刊。

作为泰国早期的报人，在传播新思想、新知识方面都做了不少事情，但说假话，做假文章，也坐过牢，损害了他的名声。

刀沃绍宛纳普（天宛，1842～1915）

原名乃天·布罗天，天宛是笔名。据说原名叫天，后来将天改为宛，所以笔名就用了"天宛"，至于"宛纳普"可能是他剃度出家时的法名。

天宛曾在帕彻都蓬寺学习，在拉查巴迪寺出家，和洋人一道工作过，后来做律师，1900年曾创办半月刊《文字天秤》杂志，1906年停刊。1908年他又出版《吉里帕加纳帕》杂志，一年后又倒闭了。

天宛是泰国具有民主思想的早期思想家、报人、律师、作家，孙中山的三民主义思想对他产生过重大影响。他攻击君主专制制度，主张实行民主政体，要求废除奴隶制、赌博、一夫多妻等陈规陋习。40岁时向五世王呈了奏章，被治重罪，一生坐牢达17年之久，但他始终不屈服。出狱后虽已高龄，但还建立了律师事务所，为穷人打官司，出版杂志，宣传自己的主张。《文字天秤》和《吉里帕加纳帕》这两份杂志具有重要价值。他的诗是泰国新诗的开创性的作品。他还是泰国最早的评论家。五世王时期就评论过叙事故事长诗《帕阿派玛尼》，泰国现代文学的奠基人西巫拉帕称他为"平民之圣"。

第二节 六世王时期的重要作家

六世王帕蒙固告（1880～1925，在位时间1910～1925）

曼谷王朝六世王帕蒙固告是一位多才多艺的作家、诗人、戏剧家和翻译家。五世王第二十九子。12 岁赴英留学，1903 年毕业后回国，1910 年继位，在位 15 年辞世。在文学艺术方面，他主张大力介绍和效法西方作品，同时也要弘扬民族文化。他建立了精校古籍的机构，出版古典文学作品，为保存民族文学遗产做出了贡献。1914 年他倡议成立的"泰国文学俱乐部"，成了古典文学作品最高的学术评价权威机构，陆续评选出一批泰国优秀文学作品。

六世王的创作和翻译数量惊人，其中绝大多数作品是翻译，现在已经发现的就有 1000 多篇（部），其中有散文、诗歌、戏剧；分别用泰文、英文、法文写成，署名有御名的缩写以及笔名如阿萨瓦帕虎、洛克迪、西阿尤塔亚、诺拉、帕坎佩、潘连、南告芒本等。他写的话剧《战士的心》于 1914 年被泰国文学俱乐部评为最佳话剧剧本。其另一诗话剧《玫瑰的传说》（《玛塔娜帕塔》）于 1924 年又被选为优秀剧作。除此之外，其主要作品还有《觉醒吧，泰国！》《帕暖》《那罗廷那十世》《拉马坚溯源》《誓言之光》《海神的婚配》等。

现介绍其有代表性的作品三部：

1. 律律体诗歌《那罗延那十世》

此诗作于 1922 年，主要由莱丹和克隆丹体诗歌构成。六世王写此诗的目的是献给因吞沙迪沙吉王后的，因为她很喜欢读那罗延那转世的故事。

《那罗延那十世》转世故事帕昭功姆銮巴廷吞拍善索蓬曾印过一次，但故事颇为简略，未说明出处，也不符合婆罗门教教规。所以六世王便以 Hindu Mythology by I. N. Nilkins 一书为依据，描述了那罗延那为了消除人间的灾祸十次下凡。他已投胎转世九次，包括《拉马坚》中叙述的转世为帕拉姆，之后还有一次转世，共十次。

那罗延那第二次转世，以龟相出现。图拉瓦教士把天堂花丛之中飘起的一个花环献给了因陀罗，因陀罗接过去，把它放在了象颈之上，浓烈的香气使象有些迷乱，于是它便用鼻子将花环拂到地上，踩得稀烂，教士认为这是大不敬，很生气，于是便咒骂天堂之神的软弱，竟然败给了阿修罗。因陀罗将此事禀报给那罗延那，建议用须弥山搅乳海制成甘霖给众仙喝，以使他们长生不老，能够打败阿修罗。众仙正搅乳海之时，那罗延那变成一只大龟，驮起了须弥山。龙王用身子缠绕着须弥山腰，众仙一起扯起龙尾，须弥山旋转起来，越转越快。这次搅乳海搅出了月亮、吉祥仙女和如意树，也搅出了许多有毒的东西。富有慈悲之心的湿婆神怕人类遭殃，便自己吞食了这些东西，由于毒气浸淫身体使他全身变得青黑。

得到了甘霖以后，众仙分食，仙女却没喝，自那以后，天神和过去一样可以战胜阿修罗了。

《龟相往生篇》銮巴廷吞柏善索蓬的版本十分简略，没有讲到搅乳海，六世王的新作不但内容比较充实，文笔也比较优美。

2. 三幕话剧《战士之心》

"野虎团""童子军"都是六世王为激发泰国人民热爱祖国的热情而建立的准军事和儿童组织，这出话剧也是为此目的而写的。剧情是泰国人轰轰烈烈纷纷参加"野虎团"，年轻人踊跃投身"童子军"之时，帕皮隆沃拉慕却讨厌这些举措，不让小儿子参加童子军，让大儿子逃兵役。他宠爱的是软弱的老二，其实这二儿子正和自己的小老婆媚内通奸。媚内有个哥哥叫顺平，他常常鼓励帕皮隆沃拉慕干这干那。后来真的发生了战争，帕皮隆亲眼看到了野虎团和童子军的作为，大儿子投笔从戎，死在疆场，小儿子接替哥哥战斗，帕皮隆的思想发生了变化，从帮助军队找医生到自己也拿起枪去和敌人战斗。敌人的势力很大，占领了他的家。当帕皮隆端着枪的时候敌人捉住了他，帕皮隆受到了盘问。敌人拼命想从他的嘴里得到军事秘密，帕皮隆宁死不屈，后来敌人撤退，泰军收复了土地。帕皮隆终于参加了"野虎团"。

这出话剧除了情节比较简单、人物较少外，已和现代话剧相差无几，特别是语言方面。

3. 诗话剧《玫瑰的传说》

发表于1923年。这部诗剧取材于一个古老的传说，塑造了一个宁为玉碎不为瓦全的仙女玛塔娜的美丽形象。

天上有位大仙，名素贴，爱上了美貌的仙女玛塔娜，但玛塔娜并不爱他。素贴的车夫找到许多美女，画下像来献给素贴，素贴都不满意，因为觉得谁也代替不了玛塔娜。车夫于是找来了法力无边的巫师玛亚温，让他用魔法使玛塔娜回心转意。巫师问明了大仙的意图，掐指一算，立刻明白了玛塔娜不爱素贴的原因。原来在前世，素贴是班占国的国王，玛塔娜是素拉国的公主，素贴曾派使臣到素拉国求婚，但素拉国国王却不愿将女儿许配给他。素贴大怒，发兵踏平了素拉国，捉住了国王，要把他处死。玛塔娜上前为父王求情，并表示愿意顺从素贴的意志，做他的宫女，素拉国国王这才免于一死，但是论真情，玛塔娜并不爱他。所以在素贴把她带到寝宫的时候，她便直言相告，自己曾立下誓言，在爱情上绝不屈从任何人。她之所以甘愿做素贴的一名宫女，目的完全是为了救父王一命。现在目的已经达到，她情愿一死。说完突然拔剑自刎，死在素贴的面前。死后的玛塔娜上了天堂，而过完了人世间的生活，素贴也随即进入天国。他们异地相见，素贴依旧旧事难忘，而玛塔娜却因前世仇怨，依然不爱他。

素贴听完巫师的讲述，半信半疑。他想再试试玛塔娜到底爱不爱他，于是让巫师作法，让玛塔娜像梦游人一样来到素贴面前，素贴虽百般调戏，玛塔娜却冷若冰霜，素贴终于弄清楚：玛塔娜不爱他。但要改变一个人的真心，巫师也无能为力。素贴大怒，把她贬到人间，等她胸中升起爱他之心的时候才能回到天庭。玛塔娜并不后悔，她只求生为一朵玫瑰，而那时人间还没有这种花。

素贴同意了玛塔娜的请求，并且规定每月十五月圆之时她才能变成美女一天一夜，什么时候她爱上了一个男人，才能变成人。但即使产生了爱情，她也要遭受失去爱的磨难。说罢素贴大施淫威，一个霹雳闪电把玛塔娜打到了人间，变成一朵雍容华贵的玫瑰。

有一道士，名叫甘拉坦信，见这棵玫瑰艳丽无比，便把它移栽到庙里，每逢十五月圆之时，玛塔娜都要变做人形，细心服侍道士，就像女儿服侍父亲。

一天，哈沙迪纳国国王猜沙内出游打猎，得遇玛塔娜，双方一见钟情。猜沙内向道士表白了心意，请求和玛塔娜结婚，道士慨然应允。猜沙内国王把玛塔娜带回宫中，王后占娣见玛塔娜有倾城之貌，妒火中烧，心生一计，一面请求父亲玛昆前来攻打哈沙迪纳国，一面诬陷玛塔娜与国王近身武士素旁有奸，猜沙内国王闻之大怒，命大臣将二人推出斩首，自己重回战场。事后不久，女巫晋见国王，揭露了王后的奸计，猜沙内国王欲杀王后，也为自己处死无辜的玛塔娜和忠心耿耿的素旁深为悔恨。大臣南堤宛塔纳见国王已经醒悟，便禀告说，深知此事有冤，所以接到国王命令时并未执行。玛塔娜已到森林暂避，素旁则战死疆场以示忠心。

战争结束，玛昆被擒，猜沙内将玛昆头设祭，将占娣王后逐出国门，为素旁举行隆重葬礼，事毕去森林接玛塔娜回京。

森林中的玛塔娜困苦不堪，便向上天祈祷。素贴得知后下到人间接她。素贴希望她回到天堂仍做他的宫女，但又被玛塔娜拒绝，因为她不想成为两个人的妻子。玛塔娜请求素贴让猜沙内回心转意接她回去。素贴听后大怒，认为她恩将仇报，是非颠倒，降下御旨，把玛塔娜永远贬为一朵玫瑰，再也不能转化为人。当猜沙内来到之时，他只能拾起这朵玫瑰，无限珍爱地捧着她。

《玫瑰的传说》全剧情节起伏跌宕，律诗音韵和谐，华丽流畅，是六世王戏剧创作的一部代表作。

銮探马皮门（特·吉洛特，1858~1928）

生于尖竹汶府，幼年移居曼谷。伯父披耶探马巴里查教会了他读书写字。后在布帕拉寺出家当沙弥与和尚。1884年还俗之后做了公务员，在教育厅当文书，那时正好是丹隆亲王做厅长。当他的职务晋升为一所学校的校长之后开始了写作。他的散文作品、诗歌被《瓦奇拉奄维塞》采用。后来因病请假回到故里尖竹汶，病愈之后在尖竹汶做过一段不长的工作，即回已改名为教育部的教材处。因工作成绩突出，六世王赐姓，主管皇家图书馆泰文书籍，1927退休，次年逝世。

銮探马皮门曾用笔名"托莫抛来巴达"。他的作品绝大多数为诗歌，形式上是旧的，但在内容上已有新意。值得提及的作品有以下两部：

1.《洛寺记行诗》

采用克隆诗体，形式与原有的记行诗一样：记述了从洛寺到佛足印寺一路上的景物、见闻和感怀，共252首，莱体开篇一首。

2.《禅体威尼斯商人》

这是探马皮门在教育厅任职时所作。内容出自英国伟大戏剧家莎士比亚的戏剧《威尼斯商人》，是丹隆亲王所提供的故事情节，但探马皮门不是把它写成了戏剧而是写成了故事。《禅体威尼斯商人》讲的是威尼斯商人安东尼奥慷慨大方，贷款与人从不收取利息，他的好友巴萨尼奥成婚，急需3000块钱，但安东尼奥手头一时缺乏现金，只得向犹太高利贷者夏洛克转借现金。夏洛克早与安东尼奥有隙，但是却愿意借钱给他，并且不要一点利息，唯一的条件是到公证人那儿签一借约，上面写明，如安东尼奥不能到期归还，夏洛克可以从他身上割下一磅肉。巴萨尼奥感到夏洛克不怀好意，安东尼奥却觉得条件不过是句戏言，于是签了借约。但是后来安东尼奥破产，不能按期归还借款，夏洛克告上法庭，真的欲取安东尼奥身上的肉以报私仇。巴萨尼奥的未婚妻假扮律师出现在法庭上，"他"允许夏洛克从安东尼奥身上割下一磅肉，但不可出一滴血，因为契约上没有关于血的条款，夏洛克终于败诉。

銮探马皮门用古老的诗歌形式，介绍了世界名著，做了普及工作，还是有意义的。

帕拉查沃拉翁特·功门皮特亚隆功（瑙冒绍，1876～1945）

王公之子。原名帕翁昭拉查尼金乍拉，就学于玫瑰园学校，后来学习英文，1896年五世王游历欧洲，他随驾去英国大学学习，由于国内需要，提前于1899年归国，一直担任公职，直到1933年辞职，最后的职务是翰林。

瑙冒绍在青年时代即向《瓦奇拉奄》《腊威特亚》《特威班亚》等刊物投稿，"瑙冒绍"的笔名渐为世人所知，1934年创办《巴莫玛》和《巴莫善》周刊，1935年创办《巴莫宛》日报。"二战"末，他的印刷厂被盟军燃烧弹所毁，8年的报刊资料全部烧光。1944年完成《三朝之都》，这是他最后的作品，被文学界称为"史诗"。

现介绍他以下两部作品：

1.《黄金城》

这是一部故事诗，用六言格仑诗写成，而一般的故事诗都是用八言格仑诗写的。在作者所写的前言中透露，这部作品1915年开写，写写停停，1922年才完成。《黄金城》的故事雏形可能取自《故事海》，原文为梵文，有英译，瑙冒绍是根据英译本改编的。

《黄金城》讲述的是在天堂上因陀罗的乐手乾达婆有个小首领，名叫卡门密，他虔诚地膜拜湿婆神，为的是想找到一个眼睛像湿婆神脖子那样漆黑的美女为妻，湿婆神满足了他的心愿。当卡门密膜拜完湿婆神回去走到一座花园之时，就看见一位美女安奴沙云妮荡舟于园林的小湖之中。自从得到安奴沙云妮之后，卡门密就到处吹嘘自己的妻子如何美丽，结果引起争议，于是争执双方打起赌来：如果安奴沙云妮真的美得倾国倾城，它一定会搅乱禅定的婆罗门教士的心，结果卡门密赌输，于是丈夫和妻子被咒，转世人间，受尽分离之苦，何时自相残杀，才能解咒。卡门密转世叫帕阿玛拉星，阿奴沙云妮叫卡诺卡雷卡，他们相爱相聚又离散，依照咒语受尽了颠沛流离之苦。当咒语即将完结之时，帕阿玛拉星在林中游玩，错把卡诺卡雷卡看成老虎，一剑将她刺死，铸成大错的阿玛拉星也随之悔恨而自杀，死后夫妻双方回到天堂，湿婆神祝贺他们解咒。

2.《张旺朗书信》

这是身为父亲的张旺朗写给他在英国留学的儿子乃顺的家书集，开始是在《特威班亚》杂志上写一段登一段。《特威班亚》杂志倒闭以后，又在《军事教育与科学普及》杂志上续登。作者在本书的前言中说最初是想从英文直接翻译过来。从内容上可以判断这大概译自于美国作家 George Horace Lorimer 的 The letters from a Self-made Merchant to His Son，但后来他却渐渐改变了主意，想使这本书具有真正的泰国特点。这本书包括七封信，表现方法是父亲对儿子的教诲、指导。在孩子还在学习即将毕业之际提到了选择配偶的问题。最后的一封信和乃顺无直接关系，而是对人之子的一般教诲。张旺朗又把他做生意赚来的钱捐献给了慈善事业。张旺朗与精神失常的男子的一段对话十分滑稽，总之，这本书在笔法上充分显示了瑙冒绍幽默、深刻和发人深思的个人风格。

瑙冒绍的作品还有故事 27 则以及从英文转译的印度《吠陀》的故事等。

披耶安奴曼拉查吞（永·沙田哥赛，1888～1971）

父姓李，母姓谢，中文名李光荣。在易三仓学校受教育直到 17 岁，英文达到了四级可以应用以后，在东方饭店工作过一段时间，后来又去国家税务厅做了公务员。在此期间得到在税务厅的外国顾问的指点，读了许多外国书，语言、历史、文化知识大有长进，官职也一步步升至税务局长助理，后来又担任了艺术厅厅长、翰林院主事、字典修改委员会主席、百科全书编委会主席，另外还是几所大学的特聘教授。他和帕沙拉巴硕（德里·纳卡巴替）保持着终生的亲密友谊，二人将各自的姓"沙田哥赛—纳卡巴替"加在一起作为笔名，许多著作都是一起完成的。

沙田哥赛是泰国语源学的创始者，是研究泰国艺术、文学、历史和文化的大学者。他和纳卡巴替合作的著作有：《朋友的权利》四卷、《嘉言集》、《拉马坚》两卷、《洛尼迪德莱帕》等。佛学小说《卡姆尼》是从英译者 John E. Logie 的英译本 The Pilgrim Kamanita 转译的，原作者为德国人 Kari Gillerup。

帕沙拉巴硕（德里·纳卡巴替，1889～1945）

帕沙拉巴硕是一位颇有成就的学者、作家，梵文、巴利文的造诣很深。曾任教育部教材科副科长、文牍厅厅长助理、陆军学校讲师、泰语字典编委，最后的职务是佛学教育处处长，同时在朱拉隆功大学教授梵文、巴利文，直到逝世。

他的大部分作品是和沙田哥赛合作的，自己也有一些作品，主要是有关梵文和巴利文的文学著作。

琪·布拉塔（1892~1942）

琪·布拉塔的父亲名叫巴里，是一位教巴利文的老师，琪自幼便从父亲那里学习作诗。中学毕业以后出家当沙弥6个月，还俗以后到警察局工作。但是父亲让他辞去工作，重新剃度当沙弥直到20岁正式出家当了和尚。第二次还俗以后，他做了学校的老师，但是由于沾染了吃喝游荡的毛病不适于为人师表因而辞职，后来又做了许多工作，如《屏泰报》的助编，以及在《西格隆报》和一些公司工作。

在写作上琪获得了成功，他以"埃卡春"的笔名发表了许多体裁的诗歌，许多作品发表在《新门报》上，有的直接献给了六世王，六世王对他的诗很称赞，布拉塔的姓就是六世王赐的。他的另一个笔名是"苗考"，他用这个笔名写了不少小说如《歧途》《我是一个薄命女》和《男人的心》等。诗歌著名的有《禅体团结歌》等。

泰国现代文学史

第 二 编

序　篇
泰国近代文学的终结与现代文学的诞生

　　时间到了20世纪20年代中后期，即曼谷王朝七世王时期，泰国的近代文学在思想内容上大体已经泰国化了，在形式上虽仍以借鉴西方文学作品为主，但已经有了自己的创造。这时，作为一种过渡形态的文学，泰国近代文学已经完成了它的历史使命，泰国现代文学时期随即开始了。

　　回顾一下泰国近代文学的历程，我们不难发现，是两方面的变革构成了近代文学的血肉和灵魂。

　　一个是思想方面的变革，即是所谓的"近代意识"的来临。虽然在泰国它是朦胧的，大多数的文人、作家、学者也没有这种自觉的时代意识，像天宛那样的思想家、报人又如凤毛麟角，但我们却难以否定它的存在。四世王的倡导学习西方，五世王的改革，六世王的继往开来，他们治国维新的核心思想就是力图摆脱西方殖民者的欺压和凌辱，用"师夷"的方法达到富国强兵的目的，从而实现"制夷"的目标。这并不仅仅是他们个人的行为，而是反映了开明贵族对国家民族命运思考之后所取得的共识。虽然这种改变落后的方法几近天真，但是却是几代人的梦想和不懈的追求。这种思想反映在文学上，是打开了文人、作家、翻译家的眼界，使他们的时代感增强。面对世界和新的潮流，面对社会的变动和人生的转折，文学界形成了一股求新、求变、求用的新风。尽管泰国的近代文学在思想内容方面还相当幼稚，但是泰国近代所发生的大事在文学作品中还是或多或少都有所反映，近代文学的后期又初步接触到了反对封建的人身束缚的问题。文学与人民的爱国激情，文学与人的生活和命运的这种联系是古代文学所无法比拟的，这正是近代文学得以生存、得以发展的灵魂。

另一方面的革命发生在艺术形式上。

近代著名作家申通（銮本雅玛诺帕尼）在回顾泰国新文学的创作历程时曾说：

> 我感到泰语开始了革命，是《仇敌》出现的那一年。因为在《腊威特亚》杂志上所印出来的这部小说的语言对于不熟悉英文的泰国人说来是全新的，故事和新的趣味都是引人注目的。
>
> 那个时代，"加加翁翁"之类的故事很受老百姓的喜爱。从中国历史演义故事移植过来的如《三国》《水浒》《薛仁贵征东》等也很受中产阶级人家的欢迎——这一阶层的人是不看《瓦奇拉奄》杂志的。当他们从像《瓦奇拉奄》那样的杂志所刊登的各种消遣故事中找到了乐趣，从那时候起泰语的革命便开始了。[①]

其实，如果谈到"泰语革命"，笔者认为，它的发生应该追溯得更早一些，即1802年翻译《三国》时就开始了。

泰国是个诗歌之国，散文类作品稀少，《三国》等36部中国历史演义故事的翻译促成了散文类文学语言划时代的发展，这就为后来吸纳西方文学准备了语言上的条件。文学是语言的艺术，没有这个条件是不可想象的。只不过中国的历史演义故事还属于旧文学的范畴；同是汉藏语系的中泰文的对译也远不如与印欧语系的西方文学的对译反差巨大以及新鲜感强烈。这一点笔者在谈《三国》的移植时已有论述，在此不再啰唆。

像东方各国一样，由于泰国古代文学向近代文学的转变"是嫁接杂交"式的，所以在艺术形式上也不能不是一场革命，因为许多文学体裁都不是泰国原来就有的，即使原来就有，艺术形式、表现方法也有差异。这就好像一棵树，被拦腰截断，嫁接的父本是西方文学，长出新的幼树便是泰国的近代文学。当幼树亭亭如盖，能够遮阴避阳之时，即宣告了现代文学期的到来。

泰国文学向西方文学学习、移植了许多东西：从立意到构思；从情节的安排到人物的塑造；从环境的描写到心理的刻画；总之，从取材的方法一直到表现的手段，无不照搬、模仿、改造、应用……久而久之，便部分地、全部地变成了自己的东西。

[①] 申通：《语言与书籍》，奥丁沙多出版社，1961，第6页。

从这里我们不难看出：泰国的古代文学转变为现代文学经过的是一场脱胎换骨的改造，而这之间的过渡期便是近代文学。近代文学与现代文学的衔接虽然界限有些"模糊"，但二者仍有阶段性的差别而不能混同。举例来说，我们当然应该把《沙奴的回忆》和《不是仇敌》看成是泰国短篇小说和长篇小说的源头，但是却不能把它们归类于现代文学之中，因为它们更多地像一个中间体，还不是一个成熟的东西，就像蝌蚪对于青蛙一样。

由于当时的世界形势，泰国所处的环境和自身的特点使泰国近代文学形成了许多自身独具的特点，而这些特点有的则变成了基因遗传给了泰国的现代文学。

（1）泰国的近代文学反帝反殖反封的思想内容相当薄弱。

19世纪中叶以后，泰国经历了丧失部分主权和领土的痛苦，经历了半殖民化的过程。前面已说过，这一切在文学作品中或多或少都有反映，但大多不过是偶尔提及，发发议论，以此作为作品主要内容的一部也没有。后来英法为了满足他们之间既要利益均沾又不火并的需要，又把泰国作为缓冲国，和邻国的命运大不一样，保持了形式上的独立，这又助长了社会上的乐观情绪，把西方视为朋友比看作敌人的恐怕更多。

泰国启蒙思想运动也很微弱。取法西方，改革维新，是王室领导的，在当时，很少有人能看到封建统治的弊病。反对王权是现代文学时期才出现的。后来，1932年发生了资产阶级维新政变，但是却没有发生深刻的政治革命和思想革命。泰国虽然确立了君主立宪制，却没有触动封建主义的根基，旧思想、旧文化、旧的价值观念依然如故。在这一社会大背景下产生的文学作品要有深刻的思想内涵是很不容易的。反封建的作品也只停留在对民主、自由、平等的向往和对婚姻自主等个性解放的追求上，所以在泰国现代文学的初期，也没有产生彻底反封建的力作。

（2）泰国近代文学的早期翻译家、作家把赏玩当作文学的第一要义，所以他们向泰国读者介绍的大多不是西方文学的精华而是二三流货色或等外品就毫不奇怪。即使他们想介绍好的，恐怕也做不到，因为他们的出身、思想感情、文学修养都限制了他们的眼界。由于本身的审美趣味就不高，因而也谈不上去提高读者的审美情趣，所以，随波逐流，甚至去迎合小市民的口味也是常事，这就造成了泰国消遣文学的畸形发展，形成了近代文学、现代文学的大宗，而消遣文学中爱情小说和家庭生活小说又是主潮。有人做过统计，1933～1974年出版的1670部长篇小说中，爱情小说、家庭生活小说就

65

有 993 部,占总量的近 60%,其他惊险的、打斗的、侦探的、恐怖的、滑稽的小说又占 17%,反映社会的小说只占 13%,这不是个正常的比例。

(3) 文学批评难于开展,理论上的研究和指导还相当欠缺。

1886 年泰国第一篇短篇小说《沙奴的回忆》所引起的风波,经五世王书面调停才算了结,但是没有人出来从理论上阐述文学创作和欣赏等一系列问题。长篇小说《生活的戏剧》1929 年出版以后,有的评论文章又激起了作者的不满。发生在泰国新文学初创之时的这两件事,对文学的创作和评论都产生了消极影响,文坛上从此把评论视为畏途。第二次世界大战后,古立·因图萨和集·普密萨等人运用马克思主义文艺观评论泰国古典文学和现代文学,引起过震动,但是由于进步文学很快被镇压下去,这种评论和研究也被腰斩。20 世纪 70 年代以后文学评论有所发展,那是大学里有文学硕士研究生,要做论文,对整个文学的影响仍然有限。文学的发展听其自然,理论研究薄弱,已经成了文学发展的制约因素。

(4) 政治上的压迫和禁锢摧残着泰国的现代文学。它像大海中的波浪时起时伏,政治气候稍有宽松,文学随即出现繁荣;政治气候严酷,文坛随之凋零。这种禁锢和摧残远的如銮披汶执政时期,1952 年和 1957 年,近的如 1976 年,都给文学带来了劫难。

(5) 20 世纪 70 年代以来,文学受到电视、泛滥成灾的录像带和声色犬马的娱乐的挤压和争夺,读者日益减少,于是出版商便诱使作家媚世趋时,出现了一股文学商业化的逆流,降低了文学的审美品格和陶冶情操的作用。

列举上述特点,乍看似乎讲的都是不足,但是绝不意味着要贬低泰国近代文学和现代文学。请注意,这里讲的仅是特点,而并不意味是给整个文学定位。再者,文学也是一种客观存在,它的优点或缺点,一个作家的成与败,得或失,都是客观的,都有世界的、民族的、时代的根源和自身的因素,找出其中的原因,促进文学的发展,是文学研究者不可推卸的责任。

泰国现代文学和当代文学大致可以分为以下几个时期:1928~1938 年是现代文学的初期,爱情小说、家庭小说和以国外为背景的小说流行,小说大多充满了罗曼蒂克情调。1932 年以后出现了一些现实主义作品。1939~1945 年由于銮披汶政府推行文化专制主义和日军进驻泰国,文学走入低潮,有影响的作品不多。政见小说和向政府道德规范挑战的作品较为引人注目。1946~1957 年由于民族民主运动的高涨,各类文学作品都有了较大的发展,出现了许多著名作品,而"文艺为人生,文艺为人民"文学的勃兴和发展是这一时期最突出的文学现象。1958年至1973年"10·14"运动前是文化上的黑暗时期。由于军人独裁政权的统治，消遣文学畸形发展，大众文学和现实主义文学销声匿迹。1963年沙立元帅死后，青年的反叛和他们不满现状作品的出现以及20世纪60年代末通俗小说作家向现实主义的靠拢，是这一时期最有积极意义的两大潮流；1973年"10·14"运动至1976年"10·6"事件这三年中由于他侬、巴博政权被推翻，民主自由成为社会潮流，文艺成了表达政治思想的一种工具，各种思潮相当活跃，被称为百花齐放时期。1976年他宁政权对学生、工人、农民领袖大肆逮捕和杀戮，封闭出版机构，查禁书刊，作家逃亡，创作又一次跌入低谷。1978年江萨政府实行"招安"政策，对文艺的控制有所松动，逃亡作家纷纷回城，文学渐渐复苏。20世纪80年代以来，文学平稳发展，多元化趋向明显。

第一章
泰国现代文学的初创

自20世纪20年代中后期至1938年銮披汶上台推行文化专制主义，可以视为泰国现代文学发展的第一个阶段。

西巫拉帕等一批青年作家登上文学舞台并写出了奠基性的作品，这是泰国现代文学诞生的一个标志。这些作家在文学上至少有两大功绩：第一，在文学形式上他们接过了前辈作家手中的接力棒，最后完成了西方文学形式泰国化的任务；第二，在社会思想和文学思想上他们比前辈作家跨出了一大步。他们要求改变现状，不满封建思想的束缚。渴望民主、平等、自由，追求个性解放，反对封建的伦理道德是他们思想上的一个共同点，而其中的激进者又表现为政治上的觉醒，否定王权，反对贵族，站到了时代的前列。

这是泰国社会近代化进程所必然导致的结果。

学习西方是王室倡导的，其目的显然在于拯救泰国的独立，在列强压迫的夹缝中不至于遭受灭顶之灾，以期封建王朝的江山永固。但历史的辩证法却与倡导者的愿望相反：旧有生产关系的破坏导致工人阶级和民族资产阶级的诞生，西方资产阶级政治思想的传播又使新型知识分子看到了君主专制的痼疾，王室培养了自己的掘墓人。五世王时期，皇家派出去的皇亲国戚留学生就曾进谏，劝五世王下决心改革；天宛攻击王权，下狱17年；1912年，由受过西方教育的中下级军官秘密组织的"党团"起义，虽然失败，却已表明君主专制的统治已呈危象。

1920年以后，泰国经济逐年恶化，国库入不敷出。1929年以后又受世界资本主义经济大萧条影响，危机加深，物价上涨，民不聊生。七世王虽大力裁减官吏，紧缩开支，但已无力回天。1926年留法学生比里·帕侬荣等人秘密组织"民团",回国之后于1932年6月24日联合军官举行政变,七世王被迫接受君主立宪政体。皇权衰落,贵族地位下降,是这次革命的直接结果。但由于泰国民族资产阶级的软弱,革命很不彻底,很快与封建势力妥协,人民并没有从中得到任何实际利益,所以也难以得到人民的支持。封建势力企图复辟,新贵们的内部又争权夺利,泰国国内的局势在相当长的时间里陷于动荡不安之中。

泰国现代文学在这样的情势下诞生,必然带有这一时代的特点。另外,由于旧统治者已自身难保,新统治者又立足未稳,他们都无暇顾及文学,加之当时文学本身又未过多地"干预"政治,当权者也就难以找到借口"干预"文学,所以这一时期的文学是泰国现代文学史上少有的自由发展时期,文学一度繁荣,史家称之为"黄金时代"。

第一节　泰国现代文学的奠基者西巫拉帕

任何一位不带偏见的文学史家在撰写泰国现代文学史时,都不能不首先写上西巫拉帕(1905~1974)的名字。

作为一位作家,西巫拉帕在文坛上活动了将近半个世纪,他把文学从旧式文人手中接了过来,大声疾呼"要把赏玩变成严肃的工作",大胆地看取人生,在漫长的创作道路上刻意追求,不断探索,写下了近20部重要作品,丰富了泰国的文学宝库,为泰国新文学的发展奠定了坚实的基础。他是一位勇敢的开拓者和始终如一的先锋战士。

作为一个新闻工作者和社会活动家,西巫拉帕始终为国家的真正独立和人民的民主自由而呼号,他舍弃了安逸的生活,选择了一条与人民同呼吸共命运的道路。他屡遭迫害,两次被捕入狱,晚年被迫流亡国外。但也正因为此,他赢得了读者和人民的极大尊敬。

西巫拉帕是在泰国的旧文学向新文学的转折中,在君主立宪和封建专制的交替中,在西方消遣文学的影响下走上文学创作道路的。

西巫拉帕本名古腊·柿巴立,1905年3月31日生于曼谷的一个职员家庭,父亲在铁路局工作,35岁便亡故了。古腊的童年是和母亲、祖父、祖母一起度过的,祖父是个泰医眼科医生。小学毕业后,古腊曾入一所少年军事学校,后转入曼谷一所有名的刚刚对平民开放的贵族学校——贴西林中学,这便是他后来所写的长篇小说《向前看》中的泰威特·銮沙律书院的原型。

在中学期间，古腊就已显露出文学创作的才能。他在一位他的文学启蒙老师的赞助下，和当时的同学，后来也都成了作家的蒙昭·阿卡丹庚和索·古拉玛洛赫一起办过两种校刊，很受同学的欢迎。中学毕业以后，古腊经老师介绍，到了勾顺·勾莫拉占开办的翻译合作讲习所，这个机构的另一块牌子是教学合作学校。为了生计，古腊在这里白天教泰文，晚上教英文，空余的时间学习写作。勾顺·勾莫拉占是泰国最早的专业作家之一，当时颇有些名气。在这个讲习所里，他向有志于写作的青年人传授一些写作方法。而当时翻译、模仿、改编西方作品被认为是正宗，勾顺教学生也是拿西方小说作蓝本，第一步先把它翻译出来，作为日后写作参照的基础。西巫拉帕这个笔名也是勾顺·勾莫拉占给起的。

在翻译合作讲习所期间，在勾顺·勾莫拉占的倡导下曾办了一个名曰《同人》的旬刊，西巫拉帕是该刊的编者和撰稿人之一，后来又担任过当时颇有名望的杂志《军事教育与科学普及》的主编助理。1929年年中，西巫拉帕已是一位有名作家，他邀集了一些志同道合的青年朋友创办了《君子》杂志。他们以"君子"为该刊命名是要显示他们在创作上堂堂正正，不搞邪门歪道的君子之风，该刊受到当时许多知名作家的支持，发行量创造了当时的记录。这份杂志存在不到两年，但它却是泰国现代文学史上影响最大的杂志之一，它培养了像迈阿侬（良恩）、雅考、幽默等一批知名作家。君子社也是泰国最早的一个新文学团体，他们不满现状，主张变革，反对陈规陋习，要求民主自由，在创作上取得了很大成绩。

西巫拉帕早期的主要作品有长篇小说《降服》《人魔》《男子汉》《共存的世界》《结婚》（以上1928年出版），《爱与恨》（1930年）及中短篇小说集《向往》（1928年）等。

西巫拉帕的早期作品是和泰国现代文学一起诞生的，因而它也不能不具有当时文学作品的一般特点。从内容上看，这些作品都是罗曼蒂克式的爱情故事，情节曲折，引人入胜，人物黑白分明，善恶有报，结局多是大团圆。从写作手法上看，注意编织故事却不大注意细节，情节安排多巧合、有破绽，人物不够真实，不大注意反映社会现实，或多或少仍带有一点洋味儿。

但是西巫拉帕的作品与当时流行的作品相比，与当时同样享有盛名的贵族出身的作家多迈索和阿卡丹庚的作品相比，显然站得高些，思想意义大些，他的作品透露出资产阶级改良运动前夜的时代信息，对传统的封建伦理道德提出了挑战，反映了社会的某些情况，表达了当时小资产阶级知识分子的愿望和追求。概括起来有以下几个方面：

（1）反对封建的等级观念，主张人与人之间是平等的，指出区分好人和坏人的标准并不是出身的门第和爵位，而是一个人在社会上的行为。

在《男子汉》中作者塑造了一个具有大丈夫胸怀，对友谊忠贞不渝，甚至不惜牺牲自己的爱情和幸福而成全别人的平民出身的知识分子形象。玛诺经历种种磨难，终于在英国获得了博士学位，回国当了法官，获得了爵位，可是他出身低微，父亲是木匠，从这里不难看出作者的创作意图：平民并不低能，贵族能做到的事，平民也可以做，以前被贵族垄断的高位，平民通过自身的努力和奋斗，也可以达到。

在着力描写平民形象的同时，小说也把贵族出身的知识分子中的开明之士树立为正面形象，他们没有贵族的偏见，并不自视高贵，反而主张正义和平等。兰潘先是对玛诺产生了真挚的爱情，这种爱情没能实现以后则对他保持了深厚的友谊。兰潘曾对玛诺说："门庭不高并不是你的过错，因为生在什么家庭是不能选择的。如果能选择的话，大家可能都选择王子。"她举出拿破仑、莎士比亚、林肯作为例子，说"我的家庭并未使我觉得比别人崇高"。她对玛诺倾诉爱情的时候说："我降低身份去爱你，根本不重视爵位和门庭，不重视金钱和财富，不理睬人们的恶言和骂詈……我把爱情和心地看得高于一切。"显然，兰潘重视的是"人"，是人本身的价值，而不是他的附属物。小说中写的另一位贵族坦侬，也把玛诺当成知己。当别人侮辱自己朋友的时候他挺身而出，维护正义，憎恶以贵族的势力压人。泰国当时的社会等级是很森严的，一个贵族女子如果和平民结婚，她将失去贵族的头衔。舍弃了贵族的地位就等于丢掉了体面和特权，这不是一般人所能做到和乐意去做的，从这里也可以看出作者对平等的向往和追求。

西巫拉帕一方面塑造了"如果我活在世上而不能再做好事了，那我就不再想活下去，这是我生活的宗旨，就是天王老子、地狱鬼神也是动摇不了我的"这样一个具有崇高精神境界的平民知识分子，另一方面他则把贵族写成了反面人物，对贵族的这种大胆否定在以前是不可想象的。《男子汉》中贵族子弟基里是个毫无道德的丑类，他少年时就有劣迹，长大之后则骗人妻女，嗜好赌博，最后发展到抢劫，被关进了监狱。《降服》中的銮玛赫提生性嫉妒，行为卑鄙。《人魔》中的帕阿里阿迪赛简直是个恶魔。在《降服》中作者就借人物之口直率地说出："我只跟君子说话，如果诸位是君子的话，那就请把贵族的头衔删去，因为只是贵族并不能证明他是一个好人！"

在泰国的近代文学时期，翻译家、作家出身平民者几乎没有，西巫拉帕等人算是平民出身作家中的第一代。但是千万不要以为平民出身就会成为攻击封建等级制度的先锋。其实平民出身者在那时是要往上巴结的，见了权贵膝盖就变软了的更多。同样也不要忘记，西巫拉帕写这些作品之时，泰国的君主立宪制还未发生，贵族还是真老虎，即使到了今天，以与贵族"搭界"而引以为荣者也不乏其人。从这里不能不看出西巫拉帕的眼光和勇气。

（2）追求个性解放，主张婚姻、恋爱自由，反对强迫和包办婚姻。

前面说过，西巫拉帕早期的作品都是爱情小说，这也是那个时代泰国文学作品最普通的热门题材。那时有穿上洋衣服的"加加翁翁"故事，也有"灰姑娘"式的老套爱情。如果说西巫拉帕的作品是对传统的封建习俗的反叛，那么一个重要内容就是他通过这些爱情故事反映了泰国当时社会的政治、经济、文化、道德的某些问题，表达了当时青年的某些愿望和追求，虽然现在看来它还不能说是尖锐和深刻的，但与同时代的其他作家比较，仍然高出一筹。

婚姻、恋爱自由的问题是妇女的人身自由问题。虽然在封建社会里男子同样受着封建宗法制度的压迫和束缚，但是受害最深的还是妇女，父母之命就可以决定一个人的终身。西亚拉帕在《结婚》这部中篇小说中就对没有爱情的婚姻提出了异议。一个家道中落的贵族子弟班勇对一个穷女子卡贤产生了真挚的爱情，但是母亲为了家道重兴硬是拆散了这对有情人。和富家女结了婚的儿子不但没有幸福，遇到的却是妻子的背叛，而卡贤也落入了恶棍之手。小说借卡贤之口对妇女的命运提出了控诉："像我这样的穷人家的女子，就像是路旁的野花，谁喜欢上了就可以把它折下，看它香味不浓了，不对心思了，就可以把它踩到脚下，扔掉。"

妇女是特权阶级的猎获物。西巫拉帕的作品也写出了她们悲惨的命运。美丽的少女拉达被富翁的儿子鲁吉勒诱奸，怀了孕，因而不得不和这个坏蛋结婚，但事实上她另有所爱（《女友》）。作者诅咒了鲁吉勒这种人的恶行，也对社会的不公平提出了抗议。

束缚青年男女婚姻和恋爱自由的不仅仅是有形的东西，传统的封建习俗也是束缚青年男女的无形枷锁，青年男女争取个性解放受到重重阻拦，使他们步履维艰，这也是原因之一。人们主张"三从四德"，主张"男女授受不亲",《女友》中就借人物之口反映了这个社会问题。青年男女只对流言蜚语"不理不睬"看来是不行的,"因为说这话的人不是一两个人,整个国家的几乎所有的人都这样认为,这是谁也不敢改变的风俗习惯,而正是由于这种发疯的风俗习惯才使我不敢和女人交往"。

西巫拉帕一方面对旧的东西进行了谴责,同时也塑造了一些新的青年男女形象,他们力图掌握自己的命运,和阻碍自己的一切羁绊进行大胆的抗争。在《男子汉》中作者借玛诺之口大胆宣称:"我们不是宗教的神仙,而是世界的神仙,我们是世界最美的情操的寻求者"。当玛诺让兰潘等待"下一辈子的爱情"时,兰潘说:"为什么要下一辈子呢?下一辈子对神仙才有意义……我们是普通人,没有下辈子,我们只有这辈子,命运有什么权利来欺负我们的爱情!"在《降服》中作者塑造了一个勇敢、泼辣、自尊、傲慢的女性形象,她我行我素,行为举止、穿着打扮都不随俗,然而她嫁给的不是高官显贵,而是一个普通人。作者这样写道:"芸采选择了一条道路,这是一条大多数女人不想走的路,虽然她要冒风险,正像人们喊喊喳喳议论的那样。但她并不感到惊奇,她反而为此而感到自豪,她勇敢而毫不动摇。芸采认为,那些喊喊喳喳的私语者才是真正的胆小鬼。"芸采追求新生活,大胆反叛传统,有独立的人格,这样的人物,在当时是要遭到冷眼的,但西巫拉帕却对她大加赞美。在众多平庸、逗趣的爱情故事中,芸采这一形象令人耳目一新。

西巫拉帕的早期作品也接触到了婚姻中的阶级地位差异问题。《第一次死亡》的女主人公安瑞生活优裕,但内心空虚,她渴望爱情,但并不懂得爱情的真正意义。当她的司机——一个"下等人"爱上她时,女主人公轻率地委身于他而双双私奔,但冲动、甜蜜过后却"恍然大悟",发现这种生活和自己昔日生活的差距以及丈夫的"粗俗",于是毅然地抛弃了丈夫,回到家里。阶级地位、生活境遇的差异与安瑞的轻浮、幼稚相比,前者显然是这桩婚姻破裂的更主要的原因。

(3)对资产阶级的自由、民主的向往,对社会不平的抗议。

资产阶级的自由民主思想是西巫拉帕早期作品的思想核心。在泰国人的心目中,国王、宗教、国家是高于一切的,但在作者笔下的新人形象几乎找不到这种影响的影子,相反,他们把西方社会作为自己理想的社会。玛诺在国外留学,作者对此有这样一段议论:"再有三四个月,他就要动身去英国——一个具有高度艺术、科学、文明的国家——一个会给他以荣誉和地位的国度!"玛诺回国时作者又写道:"英国把潇洒作为礼物赠给了他。"(《男子汉》)作者在这里所写的英国是作为封建社会的泰国的对立物而出现的,作者笔下的人物向往的是西方社会光明的一面,而不是它的压迫和剥削的另一面。对英国的颂扬自然意味着对泰国落后东西的否定,这在当时是有进步意义的。认识到资本主义社会的弊病当然更好,不过这对刚刚迈入文坛的一个二十几岁的作家,对于生长在当时君主专制的泰国环境下的一个青年则是苛求了。

说作者向往的是西方社会文明的一面,这是有根据的,因为西巫拉帕在他的小说中同时也表达了对社会不平的抗议,对于为富不仁者的憎恨和对下层人物的同情。作者借人物之口说道:"我最痛恨以特权谋私利。""毫无心肝的人把穷人视为畜类,却受到人们的尊敬……卑污者在社会上有名望,而正直的人却不分昼夜地工作,生活得像奴隶,合理吗?"(《男子汉》)在《共存的世界》这部小说中就写了贫与富、崇高与卑污共存在同一世界上,作者诅咒了为富不仁、敲骨吸髓的房东内夫人和她的儿子班铃,小说的结尾,前者成了乞丐,后者成了罪犯,正是作者愿望的体现。

西巫拉帕早期的作品不是尽善尽美的。当时的泰国新文学正处于幼年时期,题材相当狭窄。创作上没有明确的指导思想,全凭作家的直觉,因而反映生活、表现社会必然失之肤浅。在写作上只追求情节的曲折和故事的生动,常常忽视对人物性格的刻画,这样一些不足在西巫拉帕的早期作品中都可以找到。但是正像老作家素帕·西里玛暖在回忆西巫拉帕时说的那样,与同时代作家相比,"不同之处在于,西巫拉帕的作品除了给人以乐趣之外,他总是使他的小说具有某种意义。"这就是他对草创之期的新文学的一大贡献。

长篇小说《降服》内容概要

勾莫·都喜沙密从泰南的宋卡来到京城,准备入大学学习法律。一次,他和朋友朗善一起遇见了一位绝代佳人。这位佳丽很像挂在天上的一颗星星,对她所遇见的男人都不屑一顾,这倒引起了勾莫的兴致,他决心迎接挑战,战胜一切富豪,赢得她的爱情。

这位佳丽名叫芸采,她像一朵玫瑰,明丽、娇艳,却有很多刺。她很傲慢,而勾莫并不示弱。为了接近她,勾莫隐瞒自己的身份到她所开的书店里当了伙计。由于语言唐突,勾莫第一天就碰了壁。但在看戏之时,勾莫的朋友朗善却认识了芸采的妹妹,她天生丽质,但很随和,年方十七,朗善很快喜欢上了她。

一位贵族的纨绔子弟銮玛赫丹隆千方百计想要讨好芸采,但芸采并不买账。由于銮玛赫丹隆实在无理,勾莫顶撞了他。对于勾莫的"犯上",芸采十分恼火,但勾莫据理力争,芸采也感到难以对勾莫苛责。她心想,这个男人的争强好胜之心,可真有点像自己。她从未想到怎么会有一个傲慢无礼的男人向她挑战!她发誓要报复一下,但同时也感到奇怪,自己为什么不赶走他?后来又在一次晚会上勾莫大出风头,銮玛赫丹隆却大出其丑,这使芸采很不高兴。由于晚会结束得实在太晚,第二天勾莫迟到了三个小时。芸采很想借机整整勾莫,不料反被勾莫戏弄。但是不打不相识,芸采小姐从那以后终于把勾莫当成了一个平等的朋友。

芸采和勾莫来往密切以后,銮玛赫丹隆恨得要命。他感到在情场的角逐中自己有可能成为一个失败者,但他却极不甘心。在一次化装舞会上,一个戴着面具的舞伴很讨芸采的欢心和好感,他们交换了礼物。那个人乘其不备吻了她,她虽然很感恼火,但是心中却升起了异样的感觉,可她也忐忑不安,害怕这个陌生人是欺骗女人的骗子,但从这个陌生人的举止言谈中她又得不出这样的结论。事有凑巧,她被吻的一幕又被銮玛赫丹隆看到。醋意大发的銮玛赫丹隆与几位贵族朋友在酒席宴上诽谤芸采,勾莫为维护芸采的声誉与他们大战一场。

勾莫受了伤,他向芸采请假,在家养伤。芸采得知勾莫是为自己而受了苦,内心十分感动,对銮玛赫丹隆的卑鄙行为极为气愤。芸采前去看望勾莫,在勾莫枕边发现了自己的胸针,于是真相大白。他——勾莫·都喜沙密就是晚会上扮演强盗而吻他的人。他们打开心扉,互诉衷肠,有情人终于成了眷属。

长篇小说《男子汉》内容概要

玛诺在中小学时代就和兰潘结下了深厚友谊。因为玛诺富于同情心,常常见义勇为,保护兰潘免受坏小子基里的欺负。但两个人的家境却相去甚远,玛诺是个木匠的儿子,生活相当清苦,备受贵族、富人的歧视,可兰潘却是个昭坤(贵族)的女儿。他们的死对头基里是学校的一霸,因为他父亲的爵位是帕(相当于伯爵),官大,同学们都很怕他,他也有恃无恐,干了许多坏事。

几年之后玛诺长成了大人，他考上了法学院。但家境的贫寒，却不能不使他半工半读，但他刻苦努力，成绩优异，法学考试得了个第二。长大以后的基里仍然本性难移，他养尊处优，飞扬跋扈，当众侮辱玛诺，被玛诺的朋友坦侬教训了一顿。

美丽的少女阿帕很喜欢玛诺，但这是单方面的感情。玛诺不知道兰潘早已暗恋自己，只知道自己的朋友坦侬喜欢兰潘。在一个雨夜，坦侬来到玛诺的家，希望他为自己穿针引线。这对玛诺说来是十分痛苦的事，因为在内心深处他早已爱上兰潘，只是由于家庭地位等原因，无法向她表达心迹，这使他内心深处矛盾万分。如果拒绝帮助朋友，他与坦侬的友谊可能就此完结；如果成全坦侬，则意味着自己牺牲。他曾试探兰潘对坦侬的情意，兰潘的反应十分冷淡，最后对他这种愚钝的行为竟然哭了起来。玛诺十分痛苦，以至病倒。

兰潘对玛诺的爱无以表达，陷入了深深的失望之中。由于内心对玛诺的激愤，使她匆促地答应了坦侬的求婚。结婚的日子快到了，玛诺仍然躺在床上，日见消瘦，但他却无法透露自己内心的真情。

在坦侬和兰潘结婚以后，失望的玛诺像在梦中一样和阿帕结了婚。但他对阿帕无情无绪，于是只能把精力转移到学业上去。他终于以第一名的成绩考取了公费留学英国的资格。玛诺登上轮船，亲朋好友相送，此去将一别七年。青梅竹马一起长大的少女拉莎米终于打开心中的秘密，告诉他，自己是何等爱他，但玛诺只能感叹唏嘘。

基里为了报复玛诺，很快把玛诺的妻子阿帕搞到手，玛诺走了还不到一个月，他们就公开双宿双飞了。为了安慰远在英国的玛诺，坦侬不得不伪装玛诺的妻子阿帕的笔迹给玛诺写信。

八年过去，玛诺归国，他已成了一名法学博士。得知妻子的背叛，他深深地意识到自己被基里战胜了。在寂寞的日子里，他和兰潘的往来多了起来。一次偶然的机会，玛诺看到了兰潘记载她对玛诺感情的小本子，于是一切都明白了，可是大错已经铸成，他痛悔莫及，这炽热的爱情之火只能在心中燃烧。

基里偕玛诺的妻子阿帕逃到了呵叻，遗产差不多已经吃光，基里又染上了赌博的恶习，最后发展到抢劫，基里和两名同伙被判20年徒刑。无地自容的阿帕面见玛诺，想为自己的孩子求情，玛诺以为这是自己和阿帕所生的孩子，但他却没有徇私，仍旧执法如山，秉公处理。

后来，他收到基里的一封信，基里在信中承认自己输了。

一切真相都已大白。坦侬知道了兰潘和玛诺早已相爱，为了报答玛诺，他将长得和当年兰潘一模一样的自己的女儿兰派许配给了玛诺。遗憾终于得到了补偿。

长篇小说《共存的世界》内容概要

黄昏，雨下个不停。塔纳·古沙拉尼匆匆赶到松拉·探马皮塔的家里，告诉她，他将要去外地找个工作，挣点钱，这样他们才能结婚有个家，因为他们太穷了。这时一位不速之客闯了进来，她是房东内夫人，是来讨房租的。松拉拿不出钱来，请求内夫人宽限几日，内夫人脸色立刻变了，说出许多羞辱人的话。塔纳强压怒火，但除了顶撞她几句之外也无可奈何，因为曼谷不是穷人容易待的地方，没有钱，也就没有了一切。

松拉和查安是孤苦伶仃的两姐妹。她们幼年丧父，是母亲把她们养大成人的。但是当19岁的松拉成了一所有名学校的小学教师之后，母亲却撒手人寰，16岁的妹妹只能由她抚养。亲戚本来希望这对失去父母的两姐妹搬到乡下去住，这样一来省钱，二来也好照应。但学校认为松拉是位好老师，执意挽留她，于是姐妹只好在曼谷住了下来。

塔纳出走三个月，在外地找到一个伐木领班的工作，生活有了保证。他想攒点钱。一年之后就回来和松拉团聚。信的末尾他嘱咐松拉要注意房东内夫人的儿子班铃，说班铃不是个好东西。松拉自己倒不怕班铃，她担心的是早熟的妹妹。

交房租的日子又到了。穷凶极恶的内夫人又来催，这次又要两个月一起交，说的话比上回更难听，松拉火了，表示要搬出去，当她出去找房子的时候，班铃却蹿到家里来与妹妹查安纠缠。班铃自幼死了父亲，是内夫人唯一的儿子。由于当妈的溺爱，使他从小就游手好闲，长大了也不务正业，但搞女人却极为内行。当松拉搬到这里之时，他就起过歹心，由于松拉爱上了塔纳才摆脱了他的纠缠。班铃在姐姐身上没有得手，便转向了妹妹查安。他认为查安的美貌并不逊于姐姐，况且年纪又小，情窦初开，易于欺骗。在查安面前，班铃极善伪装，他甜言蜜语，使查安觉得他是个既彬彬有礼又能体贴别人的人。松拉回来之时正好撞见班铃，姐姐正告妹妹，班铃不怀好意，他的播种是为了收获，劝妹妹提高警惕。

夜里，松拉思绪万千，想着困苦的生活，她睡不着觉，拿起书来读，想安定一下自己的情绪，油灯被猫打翻，此时她却恰好睡着了，大火烧毁了房子。内夫人叫来警察，松拉被判刑一年。妹妹查安只好请自己的朋友乌泰代为照看。

松拉在狱中忍受着非人的生活，也惦记着妹妹。每次探监，她都发现妹妹脸色鲜艳而红润，她问妹妹班铃是否还来纠缠，妹妹说了谎。其实，班铃没有放过她。一天乌泰不在家，班铃便带她到湖边散步，傍晚他拥抱和亲吻了她，还给她戴上了订婚的戒指。天真的查安听信了班铃的甜言蜜语，和他结了婚。她本想会有高楼大厦，会有蜜月旅行，但婚后的日子却是另一番景象。她住在一间小房子里，第二个月丈夫就常常不来，第三个月就难得见到他的影子了。他要把她一脚踢开，所以百般挑剔、侮辱查安，最后竟毒打她，要把她置于死地，正在此时后面有一青年男子大吼一声："住手！"

来人名叫巴风·翁西瓦，是这间房子的主人。这对夫妻的关系早已引起他的注意，这天他刚好路过此地，看到班铃正向查安大施淫威，他便教训了他一顿，班铃完全被制服了。查安对他非常感谢。巴风表示他愿真诚相助，帮她摆脱困境而不想得到任何报答，他派一个女孩为查安做伴儿，至于何去何从则完全由查安自己决定。

查安受到了巴风无微不至的关怀和照顾，心里早已萌发了炽热的爱情，但她觉得自己曾经失足，不配巴风，难以启齿，长期的积郁使她生了病。巴风也早已爱上查安，但说出来又怕别人误解当初搭救查安的目的。查安的病日见沉重，眼看不起，她终于透露了自己对巴风的爱，并且把姐姐的遭遇告诉了他，希望他不要忘掉自己的姐姐，尽可能给她一点帮助。巴风怀着深深的悲痛在查安的要求下吻了她。三天之后，查安终于怀着对爱的留恋离开了这个世界。

一年的刑期已满，松拉走出监狱，她寻找着相依为命的妹妹。妹妹不见了，乌泰家也早已搬到了外埠，她走投无路，想给塔纳写一封信，但偶然在一家报纸上却看见了塔纳的"泰国商业公司"开张的消息，她欣喜若狂。情人相见，恍如隔世。但是由于消息阻隔，塔纳以为松拉已死，他在三个月前已结了婚，听到这个消息松拉昏了过去。原来，巴曼是在暑假认识塔纳的，那时她还是一个在寄宿学校读书的学生，那时就有些好感。接触一多巴曼已偷偷爱上了塔纳而不知道他已有恋人，当她得知塔纳的恋人杳无音讯以后，她不但心无芥蒂，反而更加爱他，身为"帕"的父亲也很赞成，于是他们便结了婚。

塔纳把松拉暂时安顿在自己的家里。塔纳向自己的妻子巴曼述说了松拉的遭遇，巴风也在座，原来巴风是巴曼的同父异母的哥哥。巴风越听越惊奇，于是就把查安的事也说了出来。塔纳希望巴风遵照查安临终的嘱托，照看好松拉。

松拉在塔纳的家里细心调养了一个月，身体已经康复。塔纳对她极好，巴曼很相信丈夫的为人，并不嫉妒。相反她把松拉当姐姐看待。巴风常来探望，他们之间的感情日深，终于相爱。令人惊讶的是，在巴风和松拉结婚的当天，报纸上登载了一条消息，班铃贩鸦片死在了警察的枪口之下。

巴风和松拉心心相印，生活过得很幸福。一天门口出现一个衣衫褴褛的老太婆求乞，她说让她干什么都可以，只求混碗饭吃。松拉定睛一看，原来是过去的房东、班铃的老娘内夫人！内也认出了松拉，匍匐在地，满脸羞愧。松拉是个善良之人，不念旧恶，收留了她。原来的富翁变成了穷人，而原来的穷人变成了富翁。

长篇小说《结婚》内容概要

纳拉赛之家曾是个名门望族，但现在却有些没落，父亲给妻儿留下的是3000铢现金和一幢不错的楼房，此外的财路就没有了。儿子班勇·纳拉赛24岁，生活无忧无虑，从未受过苦。他对母亲很孝顺，但现在却在婚姻问题上和母亲发生了冲突。母亲为了家道重兴，为了儿子的"前程"，要他和维贴的女儿拉迈结婚，因为拉迈模样好，更主要的是家里有钱，日后是个依靠。然而班勇早已和昆查冷的女儿卡贤信誓旦旦。母亲软硬兼施，百般规劝，却不能动摇儿子的决心，因为班勇觉得他不能和一个自己不爱的人结婚。谈到未来的生活，他认为自己能够自立。卡贤家虽穷，但凭他每月125铢的工资是不必发愁的。母亲的强迫毫无效果，一怒之下，她要断绝和这个不肖之子的关系。

班勇陷入极大的痛苦之中，但想到母亲自幼的养育之恩感到再也不能坚持下去了。他来到情人卡贤家，正好她的父亲不在。他怀着深深的不安、歉意和悲哀告诉了卡贤自己家中发生的一切和自己最后的决定。卡贤觉得他太软弱，如果他们的爱是真诚的，那就可以私奔。卡贤觉得自己是路旁的弱草，而班勇却说像自己这样的男人是俯拾即是的，而像卡贤这样的女子才是百里挑一。班勇希望情人忘掉自己，说唯有如此他才能安心些。

班勇终于和拉迈结了婚。婚礼极其体面，来宾不少是显赫的大人物，这使拉迈兴奋得有些发抖，母亲也喜出望外得不知如何是好。但喜悦的日子没有维持多久，不愉快便接踵而至。拉迈希望这个世界只有他们两个人。她喜欢音乐，在度蜜月的时候碰见了昭巴朗——现在有了爵位，是昆阿吞了。他们脾性相通，一起吹拉弹唱，回到曼谷后依然如此。拉迈对班勇总不满意，但昆阿吞一来她便喜笑颜开了。拉迈根本没有征得丈夫的同意便和昆阿吞出去吃喝看戏，深夜 12 点才回来。班勇的母亲把事情告诉了班勇，班勇十分生气，质问拉迈为什么这么做，可拉迈不但不认错，反而以离婚相威胁。

拉迈离家而去了，屋子变得空荡荡的。班勇多次想去找妻子，可是碍着大丈夫的面子而没去。他想起了昔日的情人卡贤，但当他前去拜访之时，房屋却是空的，挂上了招租的牌子。听邻人说，卡贤的父亲已死，卡贤本人在三个月之前和一个漂亮的青年男子结了婚，走了。

又过去了一段时间，班勇听说拉迈生下一个男孩，他满心欢喜，想去看看孩子，但当他走到妻子住所的窗前看到的却是昆阿吞拥抱和亲吻自己妻子的情景，听到的是他们之间偷情的秽语。倘在此之前有人告诉他妻子是不忠的，他也许不会相信，现在，一切都摆在眼前！班勇的心里激起了复仇的火焰！

班勇回到家里，想着白天他所看到的事，决定和妻子离婚，这当然是拉迈求之不得的。不出班勇所料，拉迈和昆阿吞很快就结了婚，而且在报上登出了消息，不过这消息不是他们自己愿意登的，而是记者挖出来的新闻，这使昆阿吞十分惊慌。

班勇在报上看到他们结婚的消息，决定用手枪报仇。但当他潜入昆阿吞家里的时候却看到一个黑大汉一闪隐到了暗处。班勇清楚地看到了拉迈和昆阿吞，而且注意到昆阿吞在看到一个女人脸时，他吃了一惊。

婚礼正在进行。在客人致了祝词以后，突然听到一声枪响，昆阿吞倒在血泊里。开枪的正是那位黑大汉，他是为自己的妹妹报仇的。班勇很快跑出来，他对拉迈说，若不是大汉杀了昆阿吞，"我这只手枪也要报仇的"。当班勇正要离去之时，他却撞到了卡贤，原来卡贤也是被昆阿吞遗弃的。三个月前，在一个朋友家里，卡贤遇见了昆阿吞，卡贤误以为他人品不错，跟他结了婚。但婚后他常不在家，后来卡贤从报上得知他又结婚的消息，感到自己受了骗，追到这里。

意外的重逢，使班勇和卡贤重新结合。

拉迈受到了深刻的教育，发誓一生不再嫁人。后来她来找过班勇，求班勇让她把儿子养大，班勇同意了，这使她的心里也得到一些安慰。

中篇小说《向往》内容概要

塔侬·拉沙纳布一行五人到西玛哈拉查去玩，天已不早，海上又起了风，他催促远亲的妹妹赶快回去。塔侬今年23岁，妹妹19岁。拉莫·本雅皮隆带着她的男佣人，瓦莉和她的使女内·纳瓦慕也在船上。乃文把帆船舵上的铁环弄掉了，船失去了控制，随时都有翻沉的危险，船上的女人个个惊慌失措。塔侬不顾风浪，不怕鲨鱼，毅然跳下水去系好了舵，使大家转危为安。瓦莉很为他担心，这时才长长地出了一口气。

拉莫·本雅皮隆其实并不是和瓦莉·勾莫赛一起来的，她们成为朋友仅仅不过十天，但一见如故，感情十分亲密。拉莫21岁，是两年前来到西拉查的，因为她的叔叔是这地方的府尹，至于她为什么来到这里谁也不知道，但可以看出，这位动人的姑娘心里隐藏着一股淡淡的哀愁，原来她结过婚，受过骗。

汽车上坐着塔侬、他的姑母和瓦莉。车子在素可泰路的拐弯处抛了锚，司机乃文和塔侬一起动手，但未能把车修好。正在无计可施之际，前面过来一辆小汽车，瓦莉误以为是出租车，便挥手让它停下来。一位打扮潇洒的男子跳下车来，脸上带着愠怒，但当看到瓦莉如此美艳，气便消了一半。问明原因之后，他表示愿意帮忙，但他又把塔侬当成仆人，态度十分傲慢，连司机乃文也看不下去。

这位"潇洒男子"名叫维吞潘·宏派，从那以后，他成了瓦莉的朋友和家中的常客。瓦莉对他的印象极好，因为他仪表堂堂，说话彬彬有礼。瓦莉征求塔侬对他的看法，塔侬推说时间太短还难下结论。

维吞潘的父亲是位高官，爵位"披耶"，虽然去年退休靠养老金过活，但对他的生活并没有丝毫的影响，因为他家是极其富有的。维吞潘虽然只有27岁，但朋友极多，男的有，女的也有，他生活中的隐秘，人们难以说清。

维吞潘又来请瓦莉和她母亲看戏。瓦莉也请塔侬一起去，塔侬借故推托了。在看戏的过程中维吞潘变换着各种方法挑逗瓦莉。瓦莉由于塔侬的不快心里也有点闷闷不乐。回到家里看到塔侬的房间灯火通明，看到内姑娘正和塔侬拥抱，她几乎晕了过去。

瓦莉所看到的情景原来是塔侬觉得晚饭不大好吃，内姑娘为夫人做好花环之后，看塔侬还在工作，于是便把夜宵送了进去，不料此时有一条蛇居然爬上了书桌，内姑娘大吃一惊，抱住了塔侬。

塔侬与使女"拥抱"的场面对瓦莉的心灵是重重的一击，她久久不能入睡。第二天她终于按捺不住问了内姑娘：昨天晚上干了什么，内姑娘爱不爱塔侬。少女的羞怯使内姑娘难以启齿，但内终于承认她爱塔侬，虽然有点自不量力，这使瓦莉陷于极大的痛苦之中，因为她对塔侬的爱在心里已埋藏很久了。

瓦莉误认为塔侬不爱自己，所以就故意加倍对维吞潘表示亲热，刺激塔侬。塔侬觉得自己孑然一身，在这场爱情角逐中自然敌不过维吞潘。他病了，病得很沉重，内姑娘和文姑娘每天照顾他。瓦莉听到塔侬病重的消息也十分难过，她暂时搁下了对他的"恨"，前去看望，但彼此都怀着心病，都没有把话挑明。

塔侬病了十天，身体渐渐好起来，因为他已想开了。当他得知瓦莉和维吞潘订婚的消息，他感到应该接受这场失败。瓦莉选择了维吞潘，内心情感十分复杂，一是自己得不到塔侬的爱，只好降而求其次；另外爸爸也觉得和维吞潘的这门亲事是门当户对。

瓦莉给分别已久的拉莫写了一封信，告诉她自己订婚的消息。心绪怅惘的塔侬感到他需要换个环境，于是决定出走。临行前，为了感谢内姑娘，约她谈了话。内姑娘隐瞒不了内心的真实感情，说离开了他她很难活下去。塔侬的心痛苦极了。第二天，塔侬和内姑娘都不见了。瓦莉的父亲推断说两个人私奔了。

瓦莉收到了拉莫的回信，真相大白，维吞潘竟是拉莫的前夫，信中还附上了一张照片，瓦莉感到极为震惊！这时维吞潘也正好来到，瓦莉摊牌，维吞潘狼狈不堪，虽百般抵赖，但在事实面前也不能不低头，原本决定三天之后就结婚的这桩喜事宣告彻底完结。

瓦莉在家终日闷闷不乐。乃文来到面前，交给他一封信，这是塔侬两天前临走时留给她的，信中讲出了一片真情，瓦莉十分感动，大哭一场。但她却不知塔侬现在何处，还是司机乃文提供了线索，他很可能住在一位朋友家。但他们赶到那里才得知塔侬已去了火车站，他要到北方去。他们又赶到了火车站，在已经启动了的火车车厢里看到了塔侬的身影，塔侬看到瓦莉招手，终于跳下车来，两人拥抱在一起。

塔侬和瓦莉结了婚。失踪的内姑娘在吞武里做了尼姑。乃文爱她，她却执着地爱着塔侬。深感歉疚的塔侬觉得她的感情是那样圣洁和珍贵。

第二节　多迈索——泰国家庭小说的创始者

多迈索（1905~1963）是泰国现代文学史上享有盛名的第一位女作家，她开创了泰国家庭小说的先河，不仅促进了长篇小说的发展，而且对后来的作家特别是女作家如高·素朗卡娘、劳·占塔萍帕、楚翁·差雅金达等产生了深远的影响。

多迈索这个笔名是鲜花之意。原名蒙銮·布法·功春，出身于贵族，曾在宫中生活过九年，后入教会学校习法文至中学八年级毕业。她在宫中即开始戏剧表演并尝试戏剧写作。后来觉得戏剧不适于阅读，遂转向小说创作。她一生创作了《她的敌人》《第一个错误》《妮》《三个男人》《銮纳勒班的胜利》《祸事》《百里挑一》《贵族》《旧罪》等12部长篇小说，话剧1部，短篇小说20篇。她的作品除了少数曾在刊物上发表然后出了单行本外，大部分是自费印行的，这和一般作家是大不相同的。

一　多迈索笔下的家庭生活——泰国社会的一面镜子

多迈索于1929年在《快乐的泰国》杂志上发表了她的第一部长篇小说《她的敌人》。她走上文坛和创作最旺盛的时期是20世纪20年代末和整个30年代，这正是泰国社会风云激荡的岁月。作为一位贵族青年女子，多迈索并没有像先进的知识分子那样站到时代的前列，但是思想的影响是没有界限的，西方式的教育和西方各类文学作品仍然在她的身上发生了作用。另外，因为生活于贵族之家，她对这一阶层的人物、思想、习惯、礼仪、言谈、情趣和嗜好了如指掌，这就给她在创作上提供了许多便利。她通过家庭这个社会细胞，相当真实地折射出了泰国社会特别是上层社会的某些生活场景。

《贵族》这部小说对我们认识贵族的腐朽和家庭关系有很高的价值。这个封建大家庭妻妾成行，仆人成群，骄奢淫逸，耗费巨大。支撑这个封建大家庭的昭坤欧姆拉腊生前就觉得捉襟见肘，死后这个显赫之家就一下子衰落下去。这个家庭的解体还有内部原因，这就是妻妾的争斗。争宠是这个家庭的主题。坤赛失宠最早，离开了这个家庭，坤汶为取得丈夫的欢心，竟为丈夫物色小老婆，但她还是失势了，最后也离开了这个家庭。妾的地位最低下，但她们在相貌和年龄上有优势，而生子仍然是最好的办法。但是男人一死,便树倒猢狲散,大家便争夺财产,演出一幕幕丑剧。这个家庭里并没实行什么温良恭俭让,亲人之间是势不两立的。这几乎是贵族大家庭必有的一种通病。这种内里蛀空的现象正是行将没落的剥削阶级家庭生活中所特有的。

《旧罪》虽然写于1934年,但它的背景却是政体改变之前。小说对贵族人物仍然满怀感情,这是作者的阶级地位和政治观点决定的,但是小说也鲜明地描绘了社会上的阶级差异给人们造成的精神和生活压力。奴是在一个贵族之家里长大的,但她真正的父亲是一个犯罪的军官。奴两次恋爱失意都是因为对方知道了她真正的出身,感到门不当户不对。姐姐也因此在爱情上受到挫折,她变得孤僻而内向,劝告妹妹对人不要轻信,不要轻易爱上什么人。作者不赞成阶级差异的鸿沟,所以安排了一个真贵族和一个假贵族的幸福婚姻,这表现了人生下来是平等的这一民主思想。

贵族少女的爱情生活是如此,那么她们结了婚之后的家庭生活是一番什么情景呢?《第一个错误》这部长篇小说对此有相当精彩的描写。女主人公是一个美丽而爱虚荣的贵族少女,她选择了一个已有妻室的丈夫,婚后丈夫故态复萌,喜新厌旧,暗中纳妾,终于使感情破裂。读者可以看到多迈索对贵族男子生活上的腐朽和糜烂是采取揭露和批判态度的。銮巴莫是一个名门望族的纨绔子弟,早在英国留学时就是个出名的花花公子,他已娶妻,妻名婵隆,但她是个警察士官的女儿,地位低下,銮巴莫觉得让她出入社交场合有失体面,心里对她早已厌倦。后来銮巴莫遇见了贵族少女瓦莱,见她生得端庄、美丽,又是大家闺秀,于是心里顿生邪念。瓦莱生性自尊、嫉妒,她知道了銮巴莫的婚姻内幕,不是退出,而是决心要和婵隆这个充满醋意的女子较量一番,她要闯一闯婵隆这块"禁地"。瓦莱终于和銮巴莫结了婚,条件仅仅是銮巴莫不能再娶小老婆。但是幸福甜蜜的婚姻仅仅持续了两三个月,銮巴莫又和使女私通了,又带着婵隆和小老婆出入茶馆酒楼。

在小说中作者谴责三妻四妾、丈夫有外遇这个"泰国的规矩",是个"不干不净的规矩",是个"花花公子的规矩"!銮巴莫认为玩弄女性是天经地义,就像换一顶帽子一样方便。他说,玩女人,讨小老婆,这种错事哪一个人没干过!当朋友指责他在爱情上变心的时候,他竟然恬不知耻地说:"怎么能叫变心呢?爱了一个人,就不能再爱另一个人吗?如果那样可就太心胸狭窄了,爱情是没有止境、没有界限的,说爱情只有一次、再不会重现的人,那是在说谎,其实爱情可以产生千百次,车载斗量也是算不清的。"

从銮巴莫这个人的身上，我们不难看出养尊处优的公子哥儿是怎样一副道德面貌。

作者塑造的瓦莱这个女子形象也是有警世作用的。不错，在封建社会里，贵族是高贵的，但是作为女子，还有男尊女卑的压迫，夫权的压迫。瓦莱如飞蛾扑火，这是由于她涉世不深和性格弱点造成的。她妹妹的一席话非常简洁地剖析了她的"爱情"，"姐姐爱的不是銮巴莫，或者说爱得并不深，其实你爱的是他的体面浮华，现在他大出风头，是个人人都需要的男人。另外一点，是你对婵隆挑战式的口气感到生气……你想跟她较量较量……你玩火，总有一天会烧到手，像銮巴莫这样的人是绝不会只满足于一个女人的。"

在宗法制度下女人永远是牺牲品，即使是像瓦莱这样敢食"禁果"的人也不能幸免，她们在强大的社会压力下仍然是个弱者，丈夫的背叛便使她无能为力。虽然銮纳勒班真心实意地在爱着她，等着她。但她还是不能和丈夫一刀两断，请听听这个女人的苦衷吧！"我能做什么呢？有了孩子就要想到孩子，过去所犯的第一个错误就是和这个孩子的父亲结了婚，他剥夺了一个女人的权利，蹂躏了她的心。如果我重新结婚，就等于自己放弃了做母亲的权利。这个罪孽将使孩子受到欺侮，这第二次错误更使人痛心。错了第一次已经够了，不能再错第二次了。"争取自身的解放、爱情和幸福，竟然是个错误，竟会使孩子受苦受难，这就是社会给予母亲和孩子的"公正"！

瓦莱外表争强好胜，但她的内里仍然不是一个强者。她并不反对纳妾，或者说不敢奢望过一夫一妻的生活，她和丈夫的交换条件仅仅是不能把妾养在家里。她和丈夫破裂的原因，是丈夫没有在这一问题上给她面子，这种要求既是虚荣的又是可怜的。

在这部小说中我们也可以看到新思想的积极作用，贵族青年男女追求婚姻自主和爱情幸福，但这种追求又是如履薄冰，战战兢兢的。由于銮巴莫和瓦莱感情的破裂，这又不能不影响到他们弟弟和妹妹之间纯真的爱，为了包办婚姻，男的只好暂时出家，女的只好害相思病，最后还是请人说合，父母回心转意才成眷属。这种半是追求，半是恩赐的爱情在泰国社会仍是极为普遍的。

在封建社会里妻子是丈夫的附属品，她们的命运是不能自主的，即使是贵族女子也不例外，在小说《妮》中的女主人公就是这样的。妮自幼受的是西方教育，在家顽皮、活泼而大胆，而且很受父母的宠爱。但是婚后过的却是另外一种生活,因为婚姻是父母包办的,丈夫不爱她,他正迷恋着表妹,不得已才娶了妮。公婆赞成这桩婚事则完全是为了钱,一是找一个富有的亲家为自己在银行的债务作保,二是自己的儿子将来可以继承岳父的遗产。妮到了这个家庭尽了一切妻子之道,但是得到的是丈夫的斥责、公婆的歧视、情妇的排挤,可她仍然委曲求全,逆来顺受,"因为离婚的女人只能成为人们的谈资"。她唯一的办法是取得丈夫的欢心,挤掉丈夫的情妇,因为"他既然成了你的丈夫,你就得爱他,不管他对你怎么凶,怎么坏,你还得一心一意爱他,可是,你爱他,他不爱你怎么办?为了赢得丈夫的爱,就得和对手去争"。那时泰国妇女只有这一座独木桥,走也得走,不走就会堕水而死。她们靠的是自己的"运气"和"福气",她们的幸福与其说是自身去争取,还不如说是丈夫和家庭的恩赐。

多迈索用她的笔勾画了那个社会的主宰——贵族的家庭生活场景,对社会某些积存的弊病和"少数"纨绔子弟的腐败和堕落进行了揭露,在道德上进行了批判。对妇女问题的关注和对她们命运的同情更是她作品的一个特色,难怪当时的少女是那样"钟情"于她的书,因为她们在这里找到了"知音"。

二 社会的剧变和多迈索笔下人物价值观的变迁

泰国的资产阶级民主革命虽然是不彻底的,但是王权却不能主宰一切了;贵族虽然是"高贵"的,但空有头衔却不值钱了。资产阶级地位的上升,给人们的思想、观念带来了新的变化;青年人在生活中有了新的追求,钱虽然代替不了高贵的出身,但是却比高贵的出身更"顶用"。社会的变化已使多迈索的创作守不住老的格局,她在政体改变后所创作的小说也恰恰反映了贵族价值观的变迁。

封建社会里女性的最高"美德"是中国礼教所"规范"的"三从四德",泰国也差不多。为了当贤妻良母,就要逆来顺受,听命于别人。可是时代唤醒了妇女,多迈索笔下也出现了与传统道德规范决裂的女性。她们自信、坚毅、果敢,人格是独立的。她们受过教育,甚至是西方的高等教育。《三个男人》中的帕查丽就是一个善于交际、敢作敢为、对政治也很懂行的新的女性。她的穿着打扮使人侧目,单就这一点,旧式妇女就是望尘莫及的,而她们对爱情的态度则是大胆追求的。"强迫一对不相爱的人结婚,是一种真正的蹂躏",这是她们的信条。从这里也不难看出新时代曙光对她们的映照。

泰国贵族的世袭职业是做官，中国有"士农工商"的排法，在泰国，"商"在革命前也不高贵，在政体改变之初世人对富裕的资产阶级常常冠以"新贵族"的雅号，这里显然含有轻贱、戏谑之意。但在《三个男人》的小说中作者把经商作为主人公的理想和志向，并说这种职业是有利于国计民生的，而这经商的贵族也并不是"下九流"了。可见贵族为求生存，也不得不改变自己固有的癖好。

以前贵族与平民交往是屈尊，但帕查丽选择的朋友却是个商人的儿子，她不选择贵族，不选择门第，看中的是人品，而且提出，即使是贵族，也应该有相应的人品，才能算一个堂堂正正的贵族——在这个至高无上的贵族头衔上也有了附加条件。

最有意思的是多迈索笔下的正面人物都是当时最时髦的形象——高贵的贵族出身，西方的教育，实业家的才能，这真是封建主义和资本主义的奇妙结合。比如《她的敌人》中的男主人公巴颂就是披耶的儿子，他毕业于西方的大学，回来经营柚木生意，手下工人500多名，资本充裕，自任经理，外加上一个堂堂正正的仪表。女主人公的父亲也是高官，母亲是泰美混血儿，她也受了西方的教育，美丽又加上一点傲慢。

多迈索虽然热衷于写贵族，但是我们可以看到她笔下的人物随着时代的剧变，价值观已发生了变迁，这是由多迈索本人的思想决定的，这种思想是西方的资产阶级民主思想、1932年资产阶级革命家的社会思想和封建贵族思想的混合物。这些思想之所以能够混合，是多迈索的社会地位、家庭境遇、生活道路，特别是泰国当时的特定环境造成的。泰国虽然爆发了一场资产阶级维新政变，资产阶级的民主共和思想、自由平等博爱的思想得到了传播，并为知识分子所接受，这是一方面；但是另一方面，是在政体改变前与后都没有产生一次强大的反封建的思想运动和文化运动，封建思想和封建文化以及一些陈规陋习并没有被批判、被清除，它们是和资产阶级的思想和文化共存的、结合的。另外，政体改变以后，民族资产阶级的代表人物由于自身的软弱性很快向封建势力妥协，资产阶级和封建阶级之间的联合多于斗争，因而在政治界限和思想界限上都是混沌不清的，所以像多迈索这样的贵族作家能把二者熔于一炉是没有什么奇怪的。也可以说她的作品这一思想倾向也正是当时泰国社会政治倾向和思想倾向的逼真反映。

三 多迈索家庭小说的艺术价值

多迈索的小说和西巫拉帕、蒙昭·阿卡丹庚的作品一样，是和泰国新文学一起诞生的，他们虽都是新文学的开拓者，但早期的作品仍然没有完全摆脱西方文学的影响，从情节、人物到写法都有欧美消遣文学的印记。多迈索的处女作《她的敌人》表现得就很明显。巴颂和玛尤丽两小无猜，青梅竹马，双方的父亲看他们相亲相爱，便在十几岁时给他们订了婚。后来由于各自家庭的搬迁，他们便分手了。玛尤丽在法国商业学校毕业，又在美国留学，她聪明、漂亮，又受了西方的影响，回国后对这种包办婚姻十分反感，她想拒绝这门亲事，但是已经成长为一个干练的企业家的 28 岁的巴颂却对玛尤丽十分倾慕，他要用自己的行动赢得玛尤丽的爱情。此时恰好玛尤丽的父亲开办了一个纺织厂，正缺少一个能干的秘书，于是巴颂心生一计，他隐姓埋名，假托是其生父的一个养子来到了玛尤丽的家。巴颂表面傲慢，实则处处取悦和保护玛尤丽，又揭露了正在追求玛尤丽的一个医生的丑行，最后当这位医生用哥罗芳麻醉了玛尤丽，企图强奸之际，巴颂又搭救了她。后来未婚夫登门，原来这位秘书正是小时候定亲的巴颂，巴颂用自己的行动终于赢得了玛尤丽的爱情。

文学并不反对虚构，但要遵循生活的逻辑；文学需要奇特，但必须寓于情理之中。然而这部小说的情节是经不起推敲的，它是完全建立在偶然、巧合之上的，既不严谨，也不周密。假扮另一个人虽然有趣，但在实际生活中却难以行得通。多迈索的这部小说和西巫拉帕的长篇小说《降服》很相似，这些小说都受到西方小说和一些西方电影的影响。作者追求的是故事情节，并不是着力于人物性格的刻画。从小说创作上看，这种小说还是幼稚的。当多迈索成了一个成熟的作家之后，她也发现了这一点，她想改写这部小说，但怕面目全非，所以仍然保留了它原来的面貌。

多迈索后来的大部分小说完全摈弃了这种写法，这是她小说创作在艺术上的一个飞跃。如果与同时代的大多数作家相比，从艺术上说，多迈索的小说是"最像小说"的。它不再有离奇的情节，不再有偶然的巧合（当然，合情合理的巧合并不是缺点），作者所描写的是平淡无奇的日常生活、家庭的关系，而人物性格却是栩栩如生的。描写这些东西，想要抓住读者，没有很深的艺术功力是很难办到的。

与同时代的小说相比，多迈索在作品的真实性方面是略高一筹的，这就是说，她的小说所写的人物、事件、环境与现实生活本来的样子是切近的，人物的感情、性格、思维、生活是与现实生活中人的感情逻辑、性格逻辑、生活逻辑相吻合的。她通过笔下的人物对纷繁复杂的社会生活，特别是贵族生活的认识对人们是有启迪的。我们通过她的作品可以看到贵族生活的奢侈与豪华，他们的排场和礼仪，他们的困顿与苦恼，他们对于"暴发户"的嫉妒与羡慕的矛盾心理，这是对往日生活万分眷恋而又深感前途未卜，自命高贵，但又即将失势的一个阶层在一个动荡年月里特殊的生活场景。这种生活是既发人深思又耐人寻味的。

多迈索以一个贵族女作家特有的细腻笔触，描绘了众多的人物形象。比如在《妮》这部长篇小说中我们可以看到妮的温柔和善良，昭坤顺拉申的豁达大度和君子之风，銮吞善的孤僻和生硬，娘沙汶的自私、狭隘和昭坤在夫人面前战战兢兢的丑态。

多迈索最成功之处是她笔下的女性形象，她对拉沙米这个人物（《妮》）是这样刻画的：当銮吞善从欧洲学成回来，拉沙米正当妙龄，銮吞善为之倾倒。拉沙米发现有人迷恋自己时，心中窃喜，她施展浑身本领，对銮吞善多方诱惑，可是却不接受他的爱情，她要待价而沽，也许是对銮吞善的没有翩翩风度，不善辞令不甚满意。但是当对方结了婚，她感到失去了宝贵的东西，这时她又不顾一切对銮吞善缠住不放了。这一擒一纵，一纵一擒，就活画出这个贵族女子的刁钻、狡诈、贪欲、嫉妒、患得患失又工于心计的形象。在《第一个错误》和《銮纳勒班的胜利》中对瓦莱复杂性格的描写也是极有深度的。她有一副端庄美丽的外貌，举止文静、优雅，透露出她内心的自尊；她需要人们喜欢她，奉承她，需要别人不要伤她的面子，显示出她的虚荣；她对自己内心的真实感情藏而不露，表明她城府很深。她不爱銮巴莫，但他的风度和炙手可热却又使她倾倒，这说明她浅薄和眼热而且还不老到；婵隆对她醋意大发，却激起了她把对方的"心爱之物"弄到手的决心，这就不难使人体会到她的嫉妒和争强好胜；当她身陷网罗，丈夫故态复萌，她又一筹莫展；与丈夫长时间分居，却又不肯一刀两断，这展示了她内心的矛盾和性格的软弱。通过这些由表及里、待人接物、生活波折的描写淋漓尽致地刻画了人物的思想感情和性格特征，由此不能不看出多迈索确是一个写人物的高手。与当时流行的热热闹闹但读后即忘的小说相比，多迈索的小说却值得品味，值得思索。

多迈索的语言也极有特色，平易、细腻、又有感情韵味。她很注意语言的提炼，不少人物写得成功，和其个性化的语言也是分不开的。

多迈索的小说在艺术上也不是无懈可击的。据说她写作时常常写完再拟书名，这不完全是写作的习惯问题，从她作品可以看出来，有些作品的酝酿、构思并不充分，所以便带来行文拖沓，描写过于琐细，情节不够紧凑，结构松散的毛病，这是她作品的一大缺憾。

四 贵族的世界观——多迈索创作的一根绳索

多迈索的作品大部分写的是贵族，这些小说既是贵族的赞美诗，又是这一阶级行将没落的一首挽歌。多迈索不熟悉下层人民的生活，她的贵族小姐的狭小生活圈子决定了她作品的题材，固然是问题的一个方面。然而，题材并不能决定作品的思想内容和它的意义，关键是作者的立场和态度。贵族的世界观成了束缚她创作的一根绳索。

多迈索笔下的贵族是多种多样的，有好的，也有坏的；有飞黄腾达的，也有受苦受难的。但是贵族作为一个阶级应该怎样评价？她认为坏的是个别的，好的是贵族的代表；受苦受难的，她是同情的；飞黄腾达的，她是赞美的。总之一句话，她对贵族是袒护的、溢美的。这从她写的不少正直、无私、自我牺牲的贵族形象中可以看得出来。《百里挑一》的威奈就是这样的人。由于家庭的变故，他当军官的理想成了泡影，担负起了家庭的重担。当父亲的冤案得以昭雪，他才能够读完大学，成了法官。两个妹妹的婚事在他的保护下才得到幸福。他爱上了沽，但这唯一的幸福也被弟弟夺去（是不知情造成的），然而他深明大义。本来从弟弟手里夺回自己所爱的人轻而易举，但是他却忍受极大的痛苦，承受着母亲的反对和辱骂，为弟弟办成了婚事。他这一行动终于感动了少女阿侬，主动对他表达了爱情，他的高尚道德得到了应有的报偿。他的妹妹曾经说他"就像一尊佛，谁在他的身上撕金他都情愿，人家都想在他身上得到点什么，而不想给他任何东西"。

《銮纳勒班的胜利》中写的銮纳勒班，聪明、能干、见义勇为、乐于助人，甚至不考虑自己。他自幼就和瓦莱在一起，很早就喜欢她。在她和丈夫离异之际，心里的爱又开始萌动，但他看出瓦莱虽嘴上坚决，但内心的情意未泯，他抑制着自己的感情促成了他们夫妻和好，自己却陷入苦痛、愁闷之中。欧莫拉（銮纳勒班之友、瓦莱之妹）看出他的心事，略施小计，促成了安芬和銮纳勒班的婚姻——好心终于得到了好报。

《贵族》中的披耶蓬拉瓦这位贵族则是在人家危难之际，伸出了援救之手,他租给威莫一家房子,房租极为优惠,帮助威莫的一个弟弟从失恋中摆脱出来,平息了这个家庭的一场官司,帮助威莫的弟弟办成了公费留学。他本人的出发点只是"想做好事,没有别的目的,并且坚持到底,不管人家是否看见"。作者感叹道:"在一个充满了猜忌、尔虞我诈和互相倾轧的世界里,有什么能比人与人之间的爱,同情和信任更使人欣慰的呢?"

多迈索塑造了这么多贵族的"光辉形象",我们不敢说贵族中就没这种人,但可以这样说,多迈索这样写有她理想化的成分,她害怕贵族的精神传统会湮灭,她要拯救道德沦丧的贵族的灵魂。她希望贵族在精神和财富两方面都能传宗接代,这样多迈索就不肯在现实面前拿起她的解剖刀,更深刻地解剖一下贵族,她是适可而止的。在《贵族》中多迈索更进一步,她写了一个大家庭的败落,但又写了它的中兴。这个家庭的子女不失贵族的气质和风骨,在艰难困苦中顽强奋斗,卧薪尝胆,自强不息,终于如愿以偿。作者通过小说中人物之口,评论他们是"穷得像贵人""人穷志不短",可见多迈索对一个即将灭亡的阶级是多么留恋,多么不甘心啊!

多迈索的小说也充满了宗教思想和佛家教义。她的小说中坏人能够悔改,好人总得好报,追求团圆结局,一切以慈悲为怀,不少作品是劝世之作。《百里挑一》就引用佛经的几句话,劝导人们"要用不怒战胜愤怒,用好战胜坏,用给予战胜吝啬,用堂堂正正去战胜邪恶和毁谤"。这些宗教思想无助于作者理解和认识社会,更无助于她表现社会。

多迈索虽然全神贯注于反映贵族的生活,作品中也不乏时代精神和民主要求,但是贵族的世界观仍然禁锢了她,减弱了作品的现实意义。她描写社会现实,但她并不完全清醒,她的眼前有一层封建云雾,使她看不清现实的本质。我们试举《妮》的例子,来看看她对于某些社会问题的态度(其他小说的倾向也大体近似)。

(1)作者不赞成封建包办婚姻,但是对这种婚姻的批判和谴责是不彻底的。妮在出嫁之前可以说是带有某种"野性"的贵族姑娘,但是对这种婚姻她不但不反抗,而是想尽一切办法去做一个贤妻良母,作者强迫这个人物就范,不怕这个人物性格逻辑上出现矛盾,这个事实本身就说明作者的暧昧态度。妮的遭遇说明了这种婚姻的不幸,但是作者没有深入下去批判谴责这种婚姻本身。

(2)妮所受的虐待和折磨是没有爱情的婚姻造成的,但小说却把它归结为一个不道德的女人拉沙米对其丈夫的引诱。在封建社会里,男子三妻四妾是一种特权，正是这种陋俗破坏了家庭生活和幸福。銮吞善结婚以后仍然迷恋表妹，小说没有对这种不道德行为进行谴责，说明作者对夫权的危害认识不足。

（3）小说把妮的命运转折完全放在銮吞善的转变上，这是完全靠不住的。因为妇女在社会、家庭和经济上是无权的，她们必须依附丈夫，这就决定了她们的命运。銮吞善的转变靠的是道德的自我完成，在某种意义上说，妮的幸福结局是作者的幻想，现实生活不只有这一种可能性。

长篇小说《旧罪》内容概要

蓬是个律师，年已32岁却未娶。他很爱自己的外甥女奴，但是身为舅父，又怎能向外甥女求婚？！他只好把自己的感情深深地埋藏在心底。

但是，奴并不是坤仁双·甘拉雅纳维的亲生女儿，可奴自己却根本不知道。有一年的夏天，甘拉雅纳维一家去朗宣拜访一位伯父，姐姐安芬告诉了奴她的身世：原来他们真正的生身父亲就是这位名叫阿德的"伯父"。他原是一名军官，很爱自己的意中人，但是由于父母的阻挠，他们不得不私奔而到处躲躲藏藏。但是他们生活得很幸福，并且有了两个女儿，大女儿叫安芬，小女儿就是奴。

一天，阿德酒后回家，推门进屋以后他看见一条大汉正强奸自己的妻子，盛怒之下他开枪杀死了大汉，也杀死了自己的妻子。酒醒之后，他痛悔不已，但大错已经铸成，阿德成了罪犯，被判监禁15年。但两个女儿，年龄幼小，无人照顾，于是阿德找到朋友，把女儿托付给了坤仁双，另外，为了两个女儿今后的前途，她们改姓了甘拉雅纳维。

安芬和奴变成了贵族小姐。时光荏苒，安芬和奴都长成了大姑娘，坤仁双又把她们送到英国留学多年。

奴知道了自己的真正出身，好似晴天霹雳，她为自己的出身而感到痛苦、惶惑，她如果接受这个现实就意味着她将失去贵族身份，地位将一落千丈。然而这是客观事实，她又不能不接受，但为自己的父亲是罪犯而感到羞耻，奴陷入了深深的苦痛之中。

蓬在奴最痛苦的时刻又来到了奴的身边，他劝奴原谅自己的生身父亲，其实父亲的罪孽已经偿还。

由于弄清了奴的真正出身，也就消除了舅舅与外甥女之间的血缘关系，这对有情人终于成了眷属。

长篇小说《妮》内容概要

妮是披耶素拉申松堪的独生女,她和披耶威猜参尤的儿子銮吞善订了婚。他们从前不相识,现在也不相爱。銮吞善早在从国外回来以后就迷恋上了表妹而无力自拔。结婚之后,妮遵照父亲的家教,处处体贴爱护丈夫,但丈夫却对她十分冷淡,甚至憎恶。銮吞善不但不远离表妹,反而变本加厉。婆母是个狭隘而自私的人,公公则极为惧内。在这个家庭里妮的地位还不如一只猫。

妮的朋友查劳对她十分同情,她多次给妮出主意,分析目前的处境,让她面对现实,指出出路只有一条,就是和銮吞善的表妹拉沙米竞争,把她"挤"出去,重新夺回丈夫。

妮听信了朋友的劝告,她使出计谋,把丈夫拉到华欣海滨。暂时摆脱了拉沙米,銮吞善对妻子的态度有所改变,但回来以后丈夫又旧态复萌。妮一计未成,又施一计。她要让丈夫吃醋,促他回心转意。銮吞善见自己的妻子常与一个男人在一起,又气又悔,他在精神和肉体两个方面折磨妮,把本已感冒的妻子弄成肺炎。其实,常与妮在一起的男人是女人假扮的。

妮的病势已很沉重,她一个人躺在屋子里,无人过问,查劳来看望她才知道这一情况。披耶素拉申松堪接回了自己的女儿,把她送进了医院,但妮的病已被耽误很久,生命处于危险之中。

銮吞善知道是自己酿成了大错,前去医院看望妮,遇见岳父。岳父严厉地谴责了他的行为,指出他已无可救药,让他在离婚书上签字。披耶素拉申松堪揭露了这桩婚姻的内幕,銮吞善的父母赞同这桩婚姻本来就心术不正。因为当时披耶威猜参尤开办的碾米厂行将倒闭,需借银行的贷款才可以维持,但是银行贷款需有财产作为抵押担保,可披耶威猜参尤办不到,他们需要有钱人做靠山,为这个目的他们才缔结了这桩婚姻。本以为结婚之后,做丈夫的能够尽到职责,实际情况却恰恰相反。

銮吞善听着岳父的教训,哑口无言,他知道自己错了,希望夫妻破镜重圆,自己一定改邪归正。经过医院的精心治疗,妮的病渐渐痊愈,最后终于健康出院。

转眼又是一年,夫妻和好之后的妮生了一个男孩,阖家庆祝,分外快乐。

长篇小说《贵族》内容概要

昭坤欧姆拉腊 22 岁时同时娶了两个妻子，坤汶是个旧式妇女，但端庄美丽，媚赛是个受过教育的新式妇女。按说坤汶应该是正室，但是媚赛却坚持在昭坤欧姆拉腊与坤汶结婚之前的两天结了婚，所以在两个妻子之间分不出大小。但这两个妻子各住一处，几乎是不相往来的。

三年后，坤赛（媚赛）生了一个女儿，身价大大提高，两房妻子因为小孩的关系有了一点来往，不料女儿两岁便夭折，坤赛从此便不再生育。时间未过多久，一向被认为不能生育的坤汶却生了一对双胞胎。大的是女儿，名叫威莫，小的是男孩叫威帕。威莫的长相与性格不像生母而像坤赛，而且是坤赛带大的，所以这两个孩子反而把养母称为母亲，把母亲称为"坤"，很疏远。

昭坤欧姆拉腊接连又娶了两个妾，娘阿生了玛丽和玛诺，娘帕罗姆又生了一男一女。

坤赛第一个走出了这个家庭，丈夫喜新厌旧，妻妾纷争的失势使她搬到了尖竹汶府，在那里经营园林。坤汶为了讨好丈夫，竟为丈夫物色小老婆，但也未能挽救她在家庭中的地位。小老婆排挤了她，于是她想把小老婆赶出去，但是丈夫不高兴，一气之下，她也离开了这个家。

昭坤欧姆拉腊预感到自己身后会有纷争，所以事先立下遗嘱。一天晚上昭坤突然去世，家庭的所有重担一下子落在了威莫一人身上。

昭坤欧姆拉腊家庭耗费巨大，他生前已感到不支，死后经济来源断绝，大家庭顿时陷入困境。威莫尽量节约开支，办完丧事，把原住的大宅子租给了披耶蓬拉瓦，遣散了仆人。她紧缩开支，资助远在英国留学的弟弟威帕。家庭生活一下子由富变穷，但威莫不颓丧，不气馁，她说：穷有两种，一种是穷得无志气，另一种是穷得像贵人。穷得无志气，是人穷志也短，穷得不想去奋斗、想办法，只是嫉妒别人，整天叫穷；穷得像贵人，只是人穷，志不短，他们无论怎样也不去巴结别人而求一点好处。

不久，从英国传来一个噩耗，威莫的未婚夫患肠梗阻死在英国，可是不久又传来一个好消息，威帕获得了政府的奖学金，这就解救了家里的经济问题。原来这一切都是披耶蓬拉瓦所为，他患难相助，起码为这个家庭做了下面几件事：①租他们的房子不还价；②帮助威莫同父异母的弟弟玛诺从失恋中摆脱出来；③平息了娘帕罗姆挑起的一场官司；④为威帕办成了公费留学。

虽然小说结尾已透出信息，披耶蓬拉瓦的夫人久病不愈，她也很想在自己身后威莫能代替自己。但披耶蓬拉瓦做这些事"都是一心想做好事，没有别的目的，而且他能坚持到底，不管人家是否看见"。

第三节　泰国以国外为背景的长篇小说的开拓者蒙昭·阿卡丹庚

泰国的早期长篇小说数量最多的是爱情小说，造成这种局面可能有多种原因，但主要的则不外乎两个原因。从作家自身说来，这种小说比较好写；从市场上说来，它比较好销；于是大家都写爱情，可是写出新意并不容易，而雷同和老套则是大部分作品的毛病。一些别开生面的作家便把眼睛移向了异域，以期吸引已经腻味了的读者。以国外为背景的小说便应运而生，它的开拓者就是蒙昭·阿卡丹庚·拉披帕（1905～1932）。他的长篇小说《人生戏剧》（1929年）使他成了文坛上一颗璀璨的新星。

蒙昭·阿卡丹庚具备了写这种作品的条件。他自幼聪颖好学，中学时期就对文学饶有兴趣，18岁起就翻译西方文学作品。另外，他幸运地出生在一个皇族家庭，是一位亲王的儿子，因此有机会到英国和美国求学，学习法律，而平民在当时是不大可能留学的。

蒙昭·阿卡丹庚在国外生活了5年，在他23岁的时候回到了泰国，在内政部公共福利厅谋得了一个职位。在他风华正茂、事业刚刚起步的时候，由于嗜赌而一文不名，在香港用煤气自杀。他只活了28个春秋。与他同时代的名作家、他的朋友在悼念文章中说："我再次敬请读者记住，我写这篇文章不是为了表彰这位年轻王子的功绩。我写它，是为了歌颂暹罗一位年轻作家的伟业；我写它是为了悼念使人类受益的人，而不必去管做出这一贡献的是什么人。"具有革命民主主义思想的西巫拉帕对蒙昭·阿卡丹庚的贵族出身并不感兴趣，他痛惜的是一位有才能的作家的夭折，一位文坛明星的陨落。

蒙昭·阿卡丹庚在短短的创作生涯中留下了四部作品，长篇小说除了上面提到的《人生戏剧》之外，还有一部《黄种人与白种人》（1930年）。《崩坍的天堂》与《万灵药方》是两部短篇小说集。

《人生戏剧》是作者最负盛名的作品，这是一部自传体小说，它写了

"我"——维属·素帕拉-纳阿尤塔亚缺乏爱抚的童年，父母对子女的偏爱，使主人公产生的自卑心理和对弱者的同情，自幼对于赌博的嗜好和朦胧的初恋的感情。小说的国外生活部分是主体，它不但以泰国人的眼光观察了西方，揭开了对于泰国大多数人来说十分神秘的西方社会的朦胧的面纱，也具体写了一个泰国人在西方的生活。例如，他在去英国的船上结识的美国人，沿途各国的见闻，英国安德鲁上尉夫妇的热情款待，《泰晤士报》记者玛丽·格雷小姐对他真挚的爱，他放弃法律学业充当记者的欢娱，病中的苦闷，在美国的经历，友人的背弃，世态的炎凉，等等。

小说成功的很大因素是题材抓住了当时读者的心理。主人公的经历对大多数读者说来是既陌生又新奇的。当然，现在的读者去看半个世纪以前维属的经历和生活是没什么稀奇之处的，今日世界由于交通的发达，科学技术的进步，各国之间的距离是大大缩短了，在某种意义上说，世界已经成了一个互相影响的整体。但是在半个多世纪以前，情形是大不一样的。19世纪中叶，东来的西方殖民主义者敲开了东方各国的大门，西方的物质和精神文明也随之而来。东方的刀枪剑戟挡不住西方的洋枪洋炮，海外的舶来品把东方各国的手工业产品变成了次等货，连东方的精神文明在西方生活方式的冲击下也不得不败下阵来，对洋人的恐惧、惊羡、拜倒是当时的统治者所患的一种普遍的"软骨病"，而一般人也很自然地把西方国家看成是文明富裕的天堂而趋之若鹜，这"天堂"的生活究竟是怎样一番情景，显然是令人感兴趣的内容。

小说的难能可贵之处是没有沾染殖民地人的卑怯心理，没有夸大西方社会的富足并以此吓唬本国的老百姓——这本来是极容易犯的毛病。作者像讲故事一样，朴素地道出了一个留学生的经历，他的苦恼和欢乐，一个置身于西方社会的东方青年的感受和见闻。作者介绍给读者的西方社会并不是天堂，不是仙山琼阁，而是东方人也可以理解的和本国虽有差异但不是不可捉摸的社会。小说发表以后，社会的反响很大。大多数人以为书中的主角维属·素帕拉-纳阿尤塔亚就是作者自己，继而又问兰娟是谁，玛丽·格雷是谁，朱莱是否真有其人？而亲戚甚至认为作者诋毁了自己的父亲（书中有批评"我"父亲的内容），把家丑外扬。作者因而不得不声明小说是虚构的。产生这场风波的原因，一方面固然是社会对艺术真实的不理解，但另一方面也可以证明作者在艺术上的成功，因为在泰国早期小说创作上"假"几乎是一种通病的情况下，这可以说是他创作上的一个突出成就。

谈到这部小说的写作动机时，蒙昭·阿卡丹庚曾经说："我虽然是个王子，却有一个穷人的名声，这是大家都知道的。运气而不是财富给我提供了机会，使我游历和看到了许多发达国家，当我回到自己国家的时候，很自然地想起泰国也和他们一样。"他认为"教育使英国成了海上的霸主，势力扩展到了四面八方，使美国成了现在这样富足的国家。雄心和痛苦使世界前进，我写《人生戏剧》就是因为有这方面的感触"。从这里我们不难看出，作为一个贵族子弟，蒙昭·阿卡丹庚是忠君爱国的，他的富国强兵的理想和当时国王所倡导的精神是合拍的，他笔下的主人公维属也是具有这种理想的人。当时虽然这种理想对于连独立都受到威胁的泰国说来近乎奢望，不过是一种空中楼阁，但是对于振奋民族精神仍然不失为一件好事。

作者虽然有富国强兵的理想，有给泰国人开开眼界的想法，但是这个创作意图并没有在作品里贯彻始终，它反而被主人公维属对生活的感叹淹没了。我们从这部作品的名字就可以看出作者对生活的理解。他把生活比喻为一出戏剧，戏剧有正面人物，有反面人物，有高潮，有低潮，有插曲，有倒叙——戏剧是人为的，生活是无常的，这就是作者的潜台词。从这里我们可以看出，作者对生活的看法和佛家教义是没有多大差别的。

蒙昭·阿卡丹庚虽然是个身居上层的贵族，但他毕竟是个青年，而且受了西方民主思想的熏陶，他的作品虽然在思想性方面不能和当时较为激进的西巫拉帕相比，但他走上文学舞台的时候，正是泰国山雨欲来的资产阶级革命的前夜，他虽然只差几个月未能亲眼看见这场革命的发生，但是在他的作品中还是透露出某些革命信息，这主要表现在蒙昭·阿卡丹庚对泰国某些陈规陋习的攻击和对妇女命运的关心上。因为作为这场革命的前奏曲的思想革命正是从这些问题上开始的。

一夫多妻制是封建统治阶级在生活上的特权之一，它侵犯人权，奴役妇女，作者对它是深恶痛绝的。他反对一夫多妻制，主张制定这方面的法律，指出一夫多妻必定破坏一个和睦的家庭。在小说中作者通过人物的对话，指出"泰国是个男人作乐的国度"。这里是非是颠倒的，"女人被禁锢，婚前她没有机会了解丈夫，婚后，她的丈夫和别的女人发生了关系，社会却把责任归咎于她。""咱们国家有一个奇特的爱好，如果一个男人还没结婚，那么他和女人有什么风流韵事都是不能允许的，人们会骂他，诋毁他，给他打上坏的印记；但是一个男人结了婚，有了家庭，他和几个女人勾搭，人们却不说什么。"蒙昭·阿卡丹庚在谴责夫权的同时对泰国妇女的命运怀有深切的同情，为她们的处境和地位鸣不平，他在小说中写道："不管丈夫的行为如何恶劣，女人还是得爱，得忠诚，得甜美。女人只能哭泣，等待着后果的发生。她们随时准备原谅男人。女人生下来仿佛就是为了受苦的，这就是我从小到大看到的泰国妇女。"纳妾也是有钱有势的富人的一种恶习，女人年轻的时候，生活即使过得去，到了中年，厄运也会降临。小说主人公维属的母亲就是这样，她虽然儿女绕膝，但仍免不了被抛弃的命运。蒙昭·阿卡丹庚这样写道："母亲要离开她居住了20多年的家而搬到吞武里去了，这对高官显贵的泰国大家庭说来是一桩平常事，妻子老了，满足不了丈夫的需要，她要'卸任'了。而丈夫，虽然在年龄上也和妻子相仿，但他只要还有精力，还有财产，他就要寻求他没有权利得到的东西，而且会如愿以偿，使同甘共苦几十年的妻子的心灵蒙受摧残。如果出于某种必要，妻子必须忍耐，她就要目睹丈夫的胡作非为，而她的心里大概还在淌着血，啊，这就是泰国的妻子，泰国的母亲！如果哪位妻子忍耐不了，能够找到一条躲避的路，那么她就要把几十年共同积下的财产献给一个喜新厌旧的人，而这财产最终会落入一个脸蛋长得漂亮的女孩子手里，而昔日的妻子和儿女们只能听其自然，去喝西北风而已。"这些文字都是混合着血和泪的控诉，而她们控诉的对象正是享受着特权的达官贵人。这种对封建特权和陋习的攻击，对作者自己是离经叛道，而对社会的思想解放无疑是一种启蒙。

《黄种人与白种人》是《人生戏剧》的姊妹篇，它以英国为背景，中心写的是泰国的一位青年贵族蒙昭·瓦拉巴潘与英国少女艾琳没有结果的爱情。艾琳并不真心爱蒙昭·瓦拉巴潘，她之所以和蒙昭·瓦拉巴潘形影不离，只不过是逢场作戏而已，因为她觉得对方无害，是个黄种人，而蒙昭·瓦拉巴潘却蒙在鼓里。在一次俱乐部的舞会上，瓦拉巴潘亲耳听见了艾琳和菲利浦上尉蔑视自己、表达其真实感情的谈话才如梦方醒，他深知自己受到了戏弄，艾琳感兴趣的是白人军官菲利浦上尉，而不是一个皮肤黝黑的东方暹罗人。

小说还塑造了自幼生活在英国的一个被废黜的印度公主阿鲁娅的形象，她家的王朝是被英国人推翻的，所以她对英国人从来就没有好感，她企图以宗教的力量恢复自己的统治。不管她从什么目的出发，反正她对白种人和黄种人之间的婚姻和爱情有最清醒的认识。她认为白种人有一种优越感，他们是看不起有色人种的，黄种人和白种人之间的生活方式、信仰都不同，生活在一起是很难幸福的。蒙昭·瓦拉巴潘和艾琳的"爱情"及其结局，不幸都被她言中了。小说反映了民族意识的觉醒，隐隐约约地接触到了种族歧视问题，只是作者还没有能力从政治的角度去理解这个问题罢了，但在当时仍然是空谷足音。

蒙昭·阿卡丹庚在短篇小说创作上也取得了很大的成就。

《没有佛龛的神像》写了一个流落在异国的泰国皇族的困苦生活，表现了作者对皇族命运的忧虑。《爱情萌发的时日》写了两姊妹之间真诚和邪恶的斗争，读起来引人入胜。《上流社会》用曲折手法讽刺了社会的虚荣和不正常，它描绘了社会一幅幅被扭曲了的图画，比如说爱情吧，"通常我们爱上一个女人，我们必得和另外一个女人结婚。对于女人也是如此，如果她爱上一个男人，她就得和另外一个男人结婚，因为这是正常的规矩！"社会就这样把不正常的事情变成了正常的"规矩"。作者对上流社会的实质的揭示也是耐人寻味的。作者写道："上流社会的成员一定要有财产，又有高贵的门第，二者缺一不可，如果只有钱财而没有门第，还要拼命往上流社会里钻，那就无异于驾着一叶扁舟往暴风雨里冲……如果只有门第而没有钱财，想在上流社会里出出风头，那只会身心交瘁，一事无成，最后一定会发疯。"巴潘基里的命运就是如此的，他有高贵的出身但没有钱，爱情的破灭是很自然的。一对恋人都说爱着对方，但最后却分了手，事实也许是可笑的，然而却发人深思。

《世俗之路》是泰国短篇小说中的名篇，它讲的是一个耐人寻味的故事，一个出狱的囚犯抛弃了对他一往情深、等了他七年的未婚妻，爱上了一个妓女，找到了知音。这个故事并不能用简单的"忘恩负义"概括，它包含有巨大的社会内容。沧海桑田，物换星移，作怪的是时间老人！銮吞沙迪颂奔已不是泰国金融界的一个颇有名气的专做股票生意的经理、一个小小的富翁，而成了一个被剥夺了爵位、地位一落千丈、被释放的囚徒乃彭。帕瑶姆也不是一个天真活泼的少女了，她把身心、感情和灵魂都献给了宗教，成了按宗教教义生活的一个木头人。对于乃彭说来，帕瑶姆是太纯洁、太正经、太好了，他高攀不上，也无法引为同类，他过惯了监狱生活，对于帕瑶姆及其家人的热情接待，他始之受宠若惊，继之又感到从天堂跌到了地狱，他感到这是一种折磨。帕瑶姆对于佛家说教听得出神入化，乃彭却对这个说客十分反感；帕瑶姆希望乃彭忘掉过去，开始新的生活，要求他改名换姓，乃彭却感到无法接受这番好意；帕瑶姆认为乃彭坐牢前偷偷地存下的5万铢是肮脏钱，应该还给客户，乃彭却认为7年的牢狱生活他已经偿还了这笔债务，没有钱，他又会坐牢；七年的时间既改变了銮吞沙迪颂奔，也改变了他的未婚妻帕瑶姆的精神和道德面貌；他们之间的爱情基础已被动摇，那么离开就是不可避免的。乃彭并没有想到帕瑶姆的好处、爱情和忠诚，"按说他应该爱她才对，为了他，他牺牲了许许多多的东西，男子汉应该忠实、知恩必报。"但是他勉强不了自己的感情，他感到和帕瑶姆格格不入。

乃彭爱上了查柳，这也不是偶然的，"她的父母是穷人，因为贫困坐过牢。查柳是个美人儿，从小就饥寒交迫，长成少女之后，她对人世间的残酷就习以为常了，成了一个为生活而不怕死的女孩。痛苦和幸福对她来说都不是奇怪的东西，她常常嘲笑它们。她只有一个信念，穷困是唯一的罪人，为了能摆脱贫困，摆脱监狱，她用各种办法苦斗。由于她出身低贱，没有哪一个男人愿意娶她为妻。在查柳的感觉中，丈夫不过是男人，只要能给她钱，她可以做任何人的妻子。"然而，她虽然"低贱"，却无矫饰，她虽不高贵，但有真情，她懂得生活的艰辛和命运的严酷，她实际得很，也不会讲什么佛家大道理。这位25岁的女子与乃彭萍水相逢，就告诉他，自己是个"坏女人"，"没有心肝，没有爱情"，但得知乃彭是个刚出狱的一文不名的囚犯，就给了他40铢钱，让他安身立命。可见美好的东西不论被灰尘埋上多久，有机会它还是要闪光的。如果说爱情是感情的选择，那么乃彭从查柳那里真正觅到了知音。

这篇小说在艺术上达到了很高的成就，情节安排起伏跌宕，三个主要人物性格鲜明，写得栩栩如生。这篇作品也有不足，这表现在作者对人物的矛盾态度上。从情节的安排看，作者完全否定了按宗教教义生活的"正经人"，赞扬了查柳的真挚和热情，然而小说的结尾却又说："我们的宗教和佛祖的教诲曾经帮助过她，现在也还会来帮助她……像帕瑶姆这样的人在世界上应该得到奖赏，我相信总有一天她会遇到与她般配的好男人，这个男人会使她得到幸福。"这是不是作者发自内心的祝愿我们不得而知，但小说的主题思想和社会效果却与此相反。这是为什么？可能是作者创作思想的矛盾，也可能是社会环境造成的，试想，在一个宗教有着至高无上地位的国度，否定按宗教教义生活是不是会冒天下之大不韪呢？

蒙昭·阿卡丹庚开创的以国外为背景的小说，在当时还是凤毛麟角，但半个世纪以来已形成了小说当中的一个重要类别，产生了像西巫拉帕的《画中情思》《后会有期》，社尼·绍瓦蓬的《婉拉雅的爱》，伊沙拉·阿曼达恭的《罪恶的善人》，拉皮蓬的《红鸽子》等一系列有影响的作品，虽然这些作品在思想性和艺术性方面已经大大超过了《人生戏剧》和《黄种人与白种人》，但是奠基者的功绩是永远不能抹杀的。

第四节　泰国现代文学初期其他重要作家作品

对泰国现代文学初期的发展做出贡献的当然不仅仅是西巫拉帕、多迈索和蒙昭·阿卡丹庚三人，其中较为重要的必须提到的还有松·贴帕西、马来·楚皮尼和帕·内德拉朗西等人。

松·贴帕西，碧武里府人，曾去英国留学，留学期间就开始写短篇小说寄回国内发表，是 1926 年创刊的《良隆》杂志重要的投稿人之一。他很有才华，热爱写作，思想激进，作品富有鼓动性，紧凑而感人。他的重要作品有《终身伴侣》《无声的美》和《娜拉的心》，特别是发表于 1927 年 5 月号的《良隆》杂志上的《娜拉的心》更是开创了写妇女争取爱情和婚姻自由的先河，这部作品的女主人公是一个美丽的少女，门庭高贵，但生活穷困。为了家庭的利益，她不得不遵从父母的意愿，同意嫁给一个高官做小老婆。但在她结婚之前有机会随同亲戚的长辈到海滨避暑，遇到了一个面目清秀的年轻留学生，彼此性情爱好十分投合，产生了爱情。她违背了父母的意愿，拒绝充当小老婆，决意和他结婚。

作者在小说中通过女主人公给男主人公的一封信，非常明确、大胆地表达了反对封建婚姻以及关于女子贞操的新观点，考虑到当时的社会情况以及一般人的思想，它显然是对传统的一种挑战。

坤玛纳，我亲爱的：

很对不起，离开华欣①的时候并未向你道别。这种做法对于我是不得已而为之。当你读这封信的时候，我正在去尽自己的义务——这是不少女人过去所乐于从命的义务，以后也还将如此。我没有给家里带来荣耀，也不会给谁带来吉利。我的义务是条狭窄小路，它在黑暗之中，谁会知道呢？即使阳光大概也照耀不到。

我要去做人家的小老婆，坤玛纳，我说出来并不觉得羞耻，你尽管嘲笑好了。你是男人，是留学生，怎么会同意像我这样处境的一个女子

---

① 华欣，泰国的一个避暑胜地。——作者注

的看法！我相信，我牺牲自己，为的是父母的欢欣，为的是家庭和兄弟的富贵荣华，这是多么美好的义务！

当我对父母之命这样言听计从，你可能想到我会为我们之间曾经有过的关系而感到遗憾。不，坤玛纳，我相信我做对了。我应该遵从父母，遵从义务，直到死的那一天。我服从爱情只有一次，难道还不可以吗？……我是个负责的人，因为是我要那样做的，是的，那是我的意愿。这种贞洁是我自身的财产，我保留它，为了夫妻之道。我的贞洁给我以荣耀，那是为了献给一个男人，但结局却是另一个样子，你难道会不同意吗？我把我的贞洁用在对的地方，它是为了爱情，为了我的玛纳，而我献给别人，则没有爱情，丢掉了羞耻，为的是他的快乐和满足，这是这个时代妇女所能做的唯一的事情了……

由于松·贴帕西的带头使这类故事风靡一时，这对于打破作家的写作框框，赋予作品以新意，做出了巨大贡献。当时以及后来的名作家如西巫拉帕、马来·楚皮尼、汕·台瓦拉、奥拉万等人都深受松·贴帕西的影响，可惜这位前途不可限量的作家只活了 28 岁。

马来·楚皮尼（1905～1963），甘彭碧府人，在家乡接受了启蒙教育，后来到曼谷，1924 年毕业于玫瑰园中学，之后教了两年小学，同时开始了文学创作。他曾办了个刊物名曰《南方泰国》，后又加入以西巫拉帕为首的"君子社"。1936 年曾在春蓬府办了一年农场，后又回曼谷，办《巴查密日报》《暹罗时代》等刊物，从事写作直到逝世。他的作品有短篇小说、长篇小说、序、散文、体育评论，特别是拳击比赛的消息及评论以及翻译等，全部作品 2500 多篇（部），结集成册的约 50 部，电视剧 50 部。他的笔名很多，常用的有迈阿侬、良恩、内·因塔暖等。

马来·楚皮尼在现代文学初期相当活跃，能写各式各样的作品。当时的主要作品有《看来是命运》《生为女人》，短篇小说《白藤花的香味》《洪汜之水》，等等。这些作品也都是写青年男女的爱情故事，如《生为女人》就是写在父母包办下的婚姻的不如意，逃跑之后又不能彻底冲破牢笼，最后只能抑郁而死的故事。

这部小说的情节是这样的：一个出身名门的京城青年男子，受过良好的教育，家境很好，但生活荒唐以至不名一文。为躲藏债务的诉讼来到巴蜀村的小弯区，乐天知命地住下来。在这里他遇见了女主人公并爱上了她。她是个柔弱的女子，亲王的女儿。由于被逼要和她所不喜欢的男人结婚，为了拖延婚期才来到这儿休息，医治身心的创伤的。后来男主角知道她是亲王的女儿，但仍然像过去一样地爱她。最后，当女主人公知道男主人公已有未婚妻时，便决定牺牲自己。她骗了男主角使他相信，她要回去和父母为她找的男人结婚，并要求男主人公回去和未婚妻成亲。当男主人公回去以后，女主人公等待着男主人公和他的未婚妻结婚的消息，由于心情极度悲痛而死去。

《白藤花的香味》发表于1929年。小说以浪漫主义的笔法，写了一对青年男女为了真挚的爱情双双殉情的故事。小说歌颂了他们炽烈纯真的感情，他们用自己的生命控诉了封建包办婚姻。一个美丽的少女正值妙龄，她爱的却是一个仆人。父母为了自己家庭的声誉，不同意他们结婚而把男青年赶走。但是爱情之火并未熄灭，少女找到了小伙子并常在一座小茅屋里幽会（后来人们把它称为"伤心屋"），可是好景不长，父母把女儿嫁给了一个已近中年的丧偶之人。在压力下少女只能屈从，并且说服了青年，但此后青年却失踪了。四五年之后青年回到这里已是奄奄一息，他想见情人一面却不可能。与此同时少女梦见自己生了一个男孩，它是自己情人的灵魂，后来事情真的发生了，但孩子生下之后就死了，少女也跟着死去。

《洪汜之水》是马来·楚皮尼的代表作，也是泰国短篇小说的名篇，是泰国作家协会选编的《泰国百年优秀短篇小说》的入选作品。小说用忧伤的笔调，写出了一个纯情少女为追寻爱情而葬身鱼腹的悲惨故事，读起来使人难以平静。小说的梗概是这样的：昨天夜里滨河又涨了半尺，使得巴昂寺的河湾处与对岸之间形成了一片汪洋。水流湍急，水面极其凶险，一个少年却驾着小船在浪涛和漩涡中"打转"。"我"为弄险的孩子担心，我租的船上的艄公却回忆起30多年前的另一个孩子，她也想在洪水期强渡这条河，不同的是，那时更可怕，因为那是个没有月亮的夜晚，而且驾船的又是个女孩。她渡河不是为了回家，而是为了到巴昂寺去，见她的心上人，可是船沉了，人也不见了。谁也想不到她敢于做出这样的事，就是寺里和她约会的人也没想到，否则就不会说出口。

她的名字叫春，是一个16岁的早熟的农家少女，在一年一度的庙会上，春爱上了一个讲经的和尚，论年龄这个和尚比她大两轮还多，论长相也完全不及倾心于她的众多小伙子，迷倒春的是这个和尚讲话的声音，而和尚本人其实是完全没有想到或者说是无动于衷的。春一个人陷入了单相思，她迷恋他竟不顾脸面，每天殷勤地做好僧饭，划船过河到僧房里去布施，愿望只有一个——就是去看看他，听听他的声音。春的这个举动时间一长就变成了一件有辱佛门的事情，于是和尚请她不要再来，可是春却哭了起来，她道出了心里的秘密，竟请求和尚脱下袈裟和她一起生活，和尚开导她，规劝她，拒绝她的要求。此后一个多月春没有再来，那个和尚和寺里的住持都松了一口气。可是在一个月夜的晚上春又突然出现，仅仅几个月未见姑娘的形容已经大变，那双绝望的痛不欲生的眼睛告诉了和尚摆在春面前的只有两条路：要么和自己所爱的人生活在一起，否则就告别人世。和尚不忍心再去折磨姑娘，可他却敷衍说阴历三十的晚上告诉她最后的决定，因为他断定那时她无论如何是来不了的。这句话对春说来简直是起死回生。

阴历三十这天晚上终于来了，天一黑，春便立刻跳上小船，面对劲吹的北风，滚滚的浪涛，漆黑的水面，在泛滥得无边无岸的江上向对岸划去，在这个季节，在这样的夜晚，轮船都要停驶，而春连泅水都不会……清早人们才发现春的小船斜卧在水湾的后面……那个和尚得知这一消息上了吊，但幸运地被人救起，之后便没了踪影……"我"不解艄公本人为什么对此事知道得如此详细，怀疑他本人就是那个讲经的和尚，艄公说，他不是那个讲经的和尚，而是寺里的住持，三十晚上约春来正是他出的主意……

这篇小说写法独特，悬念丛生，情节波澜起伏，情境与心理刻画结合得十分紧密，把一个近于童话的爱情悲剧写得入情入理，表明作者在艺术上已相当成熟。

帕·内德拉朗西（1906～1975），吞武里人。班松德昭披耶中学毕业后，做了三年小学校长，先后在土地局、宣传厅、工业银行工作，辞职后经商，但没有成功。他在中学四五年级时即开始写作，大部分作品发表在《泰国文学》杂志上，处女作是约在1930年写的小说《戏剧世界》。其作品有长短篇小说、传记等500余篇，最著名的作品是长篇小说《贤妻良母》。早期小说有《不爱之病》《女人的价值》《自然之火》和《人间》等，是泰国现代文学初期一位相当重要的作家，但在思想内容和艺术上突出的特点不多。如他的小说《人间》讲的是女主人公遇见了被害而受伤的男主人公，获悉他举目无亲，便把他送进医院治疗。由于男主人公举止稳重，女主人公便对她颇有好感，两人心心相印，互相爱慕。后来因故女方产生了误会，以为男的已有妻室，抛弃了妻子而来欺骗她，于是对他疏远起来。男主人公不明个中原因深感痛苦。后来女主人公终于弄清事实真相，原来男主人公是个高官的儿子，因为某些不称心之事离家出走。她误以为是妻子的来信，其实是妹妹恳求他回家而写来的。于是误会雪化冰消，他们相爱如初。

《自然之火》写一个男人和两个女人的恋爱故事，作者的意图显然要表现人们在处理爱情上也要恪守道德，必要时也要做些牺牲。

故事发生在一所租赁的房子里，里面住着五个不同职业的人，男主人公是个作家，和一个以成衣为业的少女过从甚密，但他却不知道少女早已钟情于他。后来女主人公也来租房，和他们住到一起，因为她是个讨人喜欢的人，所以大家也都喜欢接近她。后来男主人公和女主人公相爱。钟情于男主人公的少女十分悲伤，因而病倒，但是却竭力抑制自己的感情，因为女主人公是自己的好朋友。当女主人公得知自己是朋友痛苦的起因，便从这里逃了出去。男主人公得知此事后伤心至极，以致又病倒一人。女主人公得到消息后前往探望，消除了误解，结了婚。而迷恋男主角的少女做了一个牺牲者，拼命抑制自己的感情，成了一个感伤的人，但仍不失为这对夫妻的好友。

帕·内德拉朗西的作品比较琐细，社会意义不很大。

这一时期的冒险小说也值得一提，出现了第一部不是模仿别人而是自己独创的作品，这就是昆维吉玛德拉用甘加纳卡潘的笔名写的冒险小说《瓦仑妮》，情节是这样的：一个考古学家从一个家庭里得到了一个古镯，他看到这个古镯很神奇便对它十分注意。他拼命研读随同这个古镯一起的一块刻写的铭文，从中得知，这个古镯本为瓦仑妮所有。她被咒语变成了石头，压在皮迈①的一座石头大厦下面。如果她能重新戴上这个镯子，她就能生还。于是这个年轻人出发去寻找那个地方。他遇到很多来自野人、猛兽袭击和大自然的灾难，如地陷、吃人的植物和各种神秘现象，但最后还是使瓦仑妮生还过来。当瓦仑妮帮助他平安地回来后，身子就化了，附在人们叫作娘拉乌的一尊石像上，以示对青年人的尊崇。

这一时期刚刚出现的科学小说也颇引人注目，但是由于科学小说需要想象力，更需要以渊博的科学知识做基础，所以写起来不容易。总体来说是数量不大，好的不多，较为突出的有皮特亚拉和差亚瓦的《月亮的女儿》。

小说的男主人公是个泰国天文学家，是个清迈富豪的后代。他发现了住在月亮上的人，并且可以和他们联系，以至和月亮上的国家的国王和月亮国的公主熟悉起来，后来和公主结了婚，并且和朋友、妹妹一起乘飞船到了月亮上，到达时受到了月亮国人的欢迎。他们的面貌很像地球上的人。在他们

---

① 皮迈，地名，在泰国东北呵叻附近。——作者注

游历这个国家的时候，飞船误入奥利国界，受到巫师的迷惑而失去知觉。当男主人公醒来之时不见了国王和公主，于是赶去营救，但自己被擒，同来的男主人公的朋友搬来了月亮国的军队终于将他搭救。

第五节　现实主义文学的萌芽及其开创性的作品

1932年泰国成了君主立宪制的国家之后，旧有的社会矛盾并没有解决，新权贵代替了老贵族，金钱成了社会地位的标志，贫富悬殊、阶级压迫和剥削问题变得更加突出，具有民主思想的知识分子渐渐对这次革命感到失望，这是泰国现实主义文学萌生的社会思想基础。

从文学自身看，泰国的早期现代文学经过一段时间的发展，已日趋成熟，作家观察社会的能力大大提高。读者已不满足于单纯的娱乐，对文学反映生活的深度和广度提出了新的要求。1932～1938年的泰国文学虽然仍以爱情小说、家庭小说为主，但开始关注社会问题却是这一时期文学的一个新现象。作家从人道主义思想出发，描写了穷人、妓女、农民、渔民的生活，对他们的苦难表示了怜悯和同情，不同程度地揭露了社会的黑暗和不公平，比如迈·芒登和玛纳·詹荣描写农民、渔民生活的作品，迈阿侬（马来·楚皮尼）的长篇小说《我们的土地》，奥拉万等人对贵族生活的暴露性作品在当时都产生了一定的影响。这些作品虽不能说是严格意义上的批判现实主义作品，但与以往那种浪漫的爱情小说已有很大不同。它多了现实主义的成分，接触了人民生活的实际，有了较多的社会意义。西巫拉帕在此期间创作的《生活的战争》和《画中情思》，高·素朗卡娘的《妓女》等，影响很大，可以说是这类文学的开创性作品。

《生活的战争》是泰国现实主义文学中诞生最早的一部作品，它出版于1932年5月底，距"6·24"革命不到一个月的时间。这部小说以陀思妥耶夫斯基1845年创作的《穷人》为蓝本，故事情节基本保持原貌，人物有所改动，社会背景是泰国的而不是俄国的，语言则是西巫拉帕自己的，所以说这部小说不是翻译，也不是抄袭（作者指出了出处），而是一种移植或再创作。

《生活的战争》和《穷人》一样，采用的是书信体裁。它以一对青年男女的爱情为主线贯穿全书。主人公拉宾是泰国社会的小人物，他出身低微，自小困顿，一贫如洗，生活中最大的安慰和幸福是，一位美丽的少女波芬在爱着他。波芬原是高官的女儿，生活阔绰，养尊处优，万事如意。后来由于意外的变故，父亲出逃，母亲亡故，家道中落，成了穷人。拉宾和波芬在困苦中相爱，同舟共济，对未来充满了希望，但波芬终于受不住贫困的煎熬，应聘当了电影明星，获得了一大笔钱，地位为之一变。她随即抛弃了拉宾，转而决定和年轻富有的电影导演结婚，拉宾的爱情成了一场梦幻。波芬最后对拉宾吐露了真情：她17岁时曾和一位地位相称的青年相爱，但家庭的败落使她失掉了爱情，她发誓从此对任何一个男人都不忠诚，她结婚是需要的选择，而不是出于爱情。

"生活的战争"是权势和金钱与纯洁感情和道德的战争，胜利者是前者而不是后者。读者在这部小说中，听到了这样的画外音：阶级地位的变化不只是金钱和财富的变化，它还会葬送人们纯真的感情。

值得注意的是，这是第一部不是从西方的娱乐消遣小说而是从俄国的批判现实主义作品中汲取营养的泰国文学作品。小说通过两位主人公的耳闻目睹，直言不讳地抨击了当时社会的某些不合理现象，揭露了社会的卑污和人们的伪善：贵族乐善好施，希图为来世造福，但对挣扎在死亡线上的老人和小孩却置之不理；拉宾母亲的朋友以拯救孤儿为名，实际上把他变成了家奴；社会上一切东西都可以买卖，甚至荣誉和爱情也是如此。金钱可以装饰一切，那些打扮得花枝招展的贵夫人就好像肉桂，只是外壳有价值而已，穷人拼命挣扎，为的是必要的温饱，而富人却为敛财而斗争。

在历史的转换期中作者的笔不但瞄准了生活的阴暗角落，也对未来怀着憧憬，作者借人物之口说道："新的世界是梦中的世界，你应该用真正的工具开辟道路进入新世界，而不是让我去假设。"这一点正表现了作者对变革的期待，看来这部小说成为"6·24"革命的一首迎春曲并不完全是巧合。

西巫拉帕是泰国现代文学史上把政治内容引入小说的第一人。敏锐的社会观察力使西巫拉帕写出了泰国作家以前所没有涉及的内容。这与他办报的实践也不无关系。《君子》杂志停刊以后，西巫拉帕在原来同人的协助下主编了《曼谷政法报》和《新泰报》，他进步的政治观点和实事求是的办报作风赢得了读者的信任。此后，1931年，《西格隆报》的老板因为景仰他的文笔，请他到编辑部工作，为报纸撰写政论文章，西巫拉帕随即写了《人道》一文，登在《西格隆报》上，文章触犯了封建权贵，结果报纸的营业许可证被吊销，印刷厂被封闭，这一事件震动了当时整个泰国报界，这和他写作《生活的战争》发生在同一时间里。《人道》这类文章和《生活的战争》所表达的观点是一致的，作者所阐述的人道主义思想实质上是资产阶级的民主思想。

《生活的战争》是一部有定评的作品，名家们对它都有很高的评价。老作家素帕·西里玛诺在回忆西巫拉帕时写道："如果说《生活的战争》是第一部把社会正义的思想传达给读者的小说的话，那就意味着古腊·柿巴立最早敲响了这样的钟声：他把这一要求渗透到为新时代而斗争的人们的意识中和血管里……这一钟声有着怎样的影响，那么看看现实就可以明白。"著名作家素哇·瓦拉迪罗认为：《生活的战争》使西巫拉帕站到了同时代作家的前列，它是一部被广泛称颂的作品，是追随着前辈的后代作家创作的"样板"，他"非常喜欢这部作品"。著名的文学研究家、教授泽·沙达维廷认为，"还没有任何一部作品能与《生活的战争》媲美，这部作品思想价值很高，语言，特别是爱情语言是不朽的，它非常华丽、动听，青年男女读了无不被感动得热泪盈眶。"

如果说《生活的战争》只是作者对现实主义的探索的话，那么《画中情思》则是一部真正意义上的现实主义作品，它有着深刻的思想内涵和重大的社会意义，标志着作者已摆脱了前期作品的罗曼蒂克式的才子佳人气，走向了创作的成熟阶段。

1936年5月，西巫拉帕动身去日本考察报业，同年年底回到泰国，动手写了这部作品，次年出版。从写《生活的战争》到写《画中情思》的四五年间作者的思想发生了较大的变化。他曾经以兴奋的心情迎接了"6·24"革命，接受了《民族日报》主编的职务，积极传播民主政体的知识。但是不久，他便看出这场革命挂的只是金字招牌，人民所期望的变化并没有发生。他辞去了《民族日报》的工作，对有人请他参加"民团"的建议也加以拒绝，这表明他对当权者的不信任及政治上、社会思想上与他们的分野。另外，日本之行也开阔了他的眼界，西巫拉帕对泰国社会有了更深的认识。

是什么东西触发了作者的创作冲动呢？西巫拉帕的儿子素拉潘·柿巴立先生曾经告诉笔者，当时西巫拉帕住在曼谷的一条名叫皇后的胡同里，那里住着一些贵族，西巫拉帕目睹了不少贵族女子被束缚在封建家庭里，三四十岁仍然不能结婚，即使结婚了，也没有得到幸福，这引起了作者的思索，激起了他深深的同情，这便是这部小说最原始的素材。作者根据这普普通通的素材经过艺术的想象、虚构、提炼和加工，写出了贵族女人蒙拉查翁·吉拉娣的爱情悲剧，塑造了一个十分鲜明、感人的被封建宗法制度葬送的贵族女子的典型形象。

吉拉娣自幼生活在一个王公之家，幼小所受的是严格的封建家教，父亲希望孩子走他的路。少女时代就深居简出，与世隔绝。她虽然受过正规教育，也跟洋人女教师读过书，但没有人教会她独立思考，她好像一只美丽的小鸟被锁在笼子里，不能与外界接触。时光易逝，岁月陡增，吉拉娣的青春已从她的身旁悄悄溜走。两个姐姐的相继结婚对她是个极大的震动，但是，当她意识到她将要在爱情上遭遇不幸的时候，她已经29岁，可是凭着年轻的体态，动人的容貌，她仍然对爱情和幸福抱着一线希望。为了打发寂寞而冷落的光阴，她每天花几个小时美容，学习绘画。时间又过去了6年，当她35岁的时候，昭坤却突然闯入了她的生活，让她抉择。

蒙拉查翁·吉拉娣像所有的女子一样憧憬过爱情，梦想过婚姻，期待过家庭和子女，她要把自己的青春和美丽献给自己所爱的男人，她向往着充满甜蜜的爱情生活，但是等待和迎接她的却是年过半百、老妻新丧、准备续弦的老贵族昭坤！

蒙拉查翁·吉拉娣的悲剧也正在这里。

她并不是在青春妙龄、情窦初开的时候一往情深地爱上了一个青年；不是由于种种外来的原因使他们不能结合；而是由于她特定的社会地位，狭窄的天地，规定好的道路，使她没有爱的机会，也就是说，事实上被剥夺了爱的权利。

她和昭坤的结合并不是强迫的或买卖的婚姻，而是她自己在仔细地权衡了利弊之后所做出的选择——要么是终身不嫁，老死闺阁；要么是走出牢笼，和一个与之无法产生爱情的男人结婚。这并不是在幸福和痛苦之间选择，而是在较大的痛苦或较小的痛苦，是在这种悲剧或那种悲剧之间的选择，这是比强迫或买卖的婚姻更令人痛苦、更令人难以咽下的一服苦药。

如果说蒙拉查翁·吉拉娣和昭坤的结合是个悲剧。那么她和诺帕朋之间的爱情则是更大的悲剧。她在随丈夫到日本去度蜜月的时候，遇见了年仅22岁的这位泰国留学生，诺帕朋狂热地爱上了她，她自己的心里也第一次燃起了爱情的熊熊烈火，但她却不敢大胆地表现出来，她甚至不敢指望这种爱情，因为她觉得彼此的境遇和差距是十分明显的，这种爱情之果并不是轻易就可以摘到的，而她自己虽然不爱丈夫，却觉得自己只是个"行星"，"只能围着昭坤这个太阳转"，做一个无可奈何的贤妻良母，因此她劝诺帕朋好好学习，把自己忘掉。几年之后，时过境迁，诺帕朋真的把她忘掉了。

但是爱情之火从未在她的心头熄灭。

当蒙拉查翁·吉拉娣得知诺帕朋将要结婚的消息时，她受到了极大的震动；她病入膏肓，但为见情人最后一面，盛装打扮自己，以给他留下美好的印象；她用整个生命和心血画了一幅他们爱情的发生地的油画，把它送给诺帕朋，作为他结婚的礼物，并且对诺帕朋说："你的爱情产生在那里，也死亡在那里，但另一个人的爱情却在行将崩溃的身体里熊熊燃烧。"她在临死的时候留下了一句充满血泪的话："我死了，没有爱我的人；但我感到满足，因为我有了我爱的人。"这句话是她一生爱情悲剧的写照，淋漓尽致地表现了她的悲凄、寂寞、孤苦和追求。她是令人同情的，但她又是个屈服于命运的弱者，她的"满足"是一种寄托和追求，但又是可怜的，因为里面包含了无可奈何的苦涩味道！

蒙拉查翁·吉拉娣的性格是复杂的、矛盾的。她憧憬、追求着幸福和爱情，但她得不到；她要求解放，但又走不出牢笼。内心的矛盾和性格的软弱正是她的出身和生活道路所决定的。

有些泰国评论家认为蒙拉查翁·吉拉娣是个没落的形象，她整天沉溺于打扮，精神空虚，并不是一个值得肯定的人物，其实并不尽然。作者对这个人物寄予深厚的同情，并没有鞭笞的笔墨。蒙拉查翁·吉拉娣并不是劫掠别人幸福的压迫者，而是在特定的条件下被禁锢、被牺牲的弱者，她对幸福的渴望和对爱情的追求正是新时代女性解放的曙光在她身上的映照，她内心的矛盾和性格的软弱又是旧时代所留下的印记。她当然不是新的女性的典型，但她却是预示着旧时代即将过去、新时代即将诞生的妇女争取自身解放的一个过渡人物的典型，一句话，她是特定的历史转换中的一个典型。

小说写的是一个爱情故事，但不是一个普普通通的爱情故事，它不但与同时代的不少作家的同类作品有质的区别，也和西巫拉帕以前的爱情小说不能同日而语。通观全书，读者很难发现一处作者用直白的语言把蒙拉查翁·吉拉娣的爱情悲剧和社会联系起来，但是当你读完了这部小说，却又不能不感到这位贵族女子的生活道路无一不是社会造成的。不错，1932年以前的泰国，作为一个君主专制的国家，贵族的地位当然是优越的，就是政体改变以后，政治地位虽已下降，然而在经济上、社会上他们还是比普通人优越不知多少倍。但是这也绝不意味着幸福会自然而然地降临在每一位贵族的身上，封建的宗法制度即使对它本阶级的女子也是不宽容的。阶级地位、价值观念、社会舆论、风俗习惯等无一不是束缚她们的绳索。除非有莫大的离经叛道的勇气，否则她们是无力冲破这一束缚的。

小说中有许多发人深思的东西，人们在有意无意之间制造着悲剧便是其一。蒙拉查翁·吉拉娣的父亲（作者对这个人物着墨只是寥寥几笔）面对35岁的嫁不出去的女儿一筹莫展，他似乎对女儿是体贴和疼爱的，但是，把吉拉娣幽禁在闺阁里的是谁？希望她循规蹈矩，在传统的道路上亦步亦趋，让女儿效法自己的是谁？当女儿（虽然生得如花似玉）心灰意冷之际又是谁"规劝"她"自愿"选择了一个没有爱情的婚姻？也许父亲对女儿的体贴、疼爱和怜悯是实心实意的，但是这种体贴和疼爱的效果不正是对女儿幸福和爱情的扼杀吗？也许父亲本人无法理解这一点，但这不恰恰说明是一个社会的悲剧吗？

对昭坤的处理也一样，作者没有写他的坏，而是写了他的"好"。他为人友善、豁达，是个贵族富翁，在物质生活上他可以满足妻子的一切要求。但是读者恐怕很难喜欢他，因为他是蒙拉查翁·吉拉娣命运的主宰，是个占有者和美的破坏者，是个制造悲剧的人，尽管这一切并非完全出于他的本意。

至于诺帕朋，作者并没有把他作为一个重要人物来写，他虽然是个留学生，但很难说是个时代的先进人物，他对蒙拉查翁·吉拉娣的爱情，更多的是一种惊羡于她的美丽的冲动，很难说他们志同道合。他的爱情是热烈的，但是并没有深厚的基础，因而它就经受不住时间和距离的考验，在爱情与银行业之间，倘有矛盾和冲突的话，他选择的是"事业"，他不会为蒙拉查翁·吉拉娣去牺牲。蒙拉查翁·吉拉娣的看法是对的，诺帕朋从一开始就不理解她，这是蒙拉查翁·吉拉娣的爱情悲剧的更直接的原因。

这篇小说的成功也是艺术上的成功。

最值得称道的是这部小说已不再像作者前期作品那样较多注意的是故事性，作者调动了一切艺术手段刻画了一个永生的贵族女子蒙拉查翁·吉拉娣的悲剧形象，一个美的形象，展示了她性格上的矛盾和内心世界的复杂性，这是一个有血有肉的、活生生的艺术形象，直到今天仍然活在读者的心里。次要人物（如昭坤、吉拉娣的父亲）的刻画也摒除了脸谱化的方法，给读者以思考和咀嚼的余地。

作者追求的是恬淡的、抒情的、散文式的风格，它不雕饰，也不造作，在恬淡之中却蕴含着人物内心感情的激烈风暴。小说的情节并不复杂，却写得波澜起伏，凄婉动人，令人爱不忍释。

《画中情思》的语言也极有特色。作者采用的是生动、流畅的口语，但它却是经过加工、提炼了的形象、传神的文学语言。这部作品之所以在艺术上相当完美，和语言的恰当运用不无关系。比如蒙拉查翁·吉拉娣在临死前给诺帕朋所留下的那一段话早已成为人人传诵的佳句，这样的句子用"千锤百炼"来形容它是不过分的。

《画中情思》在泰国现代小说史上占有重要的地位，它在思想性和艺术性的结合上创造了一个完美的典范，是西巫拉帕最好的一部作品。它在反映生活的深度和广度上所取得的成功在那个时代还是无人可比的。它既是作者早期、中期创作的一个总结，又为作者后期的革命现实主义作品架设了一座桥梁。

《妓女》（1937年）是高·素朗卡娘（1911～1995）轰动文坛的第一部长篇小说，也是一部具有现实主义品格的文学作品。

高·素朗卡娘本名甘哈·婉塔娜帕。她两度结婚，最后的夫姓为康西里。她1911年2月26日生于吞武里的一个官宦之家。皇后女子中学八年毕业后教了三年书，之后辞去了教职，专门从事写作。创办过文学艺术出版社及《芒通日报》，并自任总编辑，做过《妇女之家报》的部主任。1931年发表第一篇短篇小说，几十年来共写了短篇小说约百篇，长篇小说45部、翻译作品1部、剧本3部、诗集1部、散文多篇。晚年荣获"国家艺术家"称号。

《妓女》写的是一位乡下少女被骗到曼谷，沦为妓女。后来与一位前来嫖妓的"上等人"相爱并生有一子，但世俗的偏见使他们无法结合，最后在贫病交加中死去。在临死之前又意外与这位"上等人"重逢，把儿子托付给他，成了她最后的遗嘱。

从世界文学的角度看这部作品，可以说它并没有什么了不起的内容，但是，不应忘记，在泰国它却是史无前例的。在当时，一位男作家写这样的内容还要有点勇气，何况作者又是一位年仅25岁的女子！

如果把泰国的近代文学与现代文学做一比较，那么在作家和作品上所表现出来的差异也是明显的。近代作家可以说绝大多数是王公贵族皇亲国戚，现代作家却打破了贵族的垄断，平民作家登上了舞台。近代作家很少或不屑于写下层"贱民"。在泰国长篇小说诞生的初期，大部分作品的主人公仍然被贵族、官僚、小姐、太太占据着。虽然随着新文学的发展，平民知识分子取代贵族成了作品的主人公成了一种趋势，但是把妓女作为主要描写对象不能不说是对传统的价值观的一大挑战。

妓女是社会的一种畸形产物，这个"行业"出现的本身就是一种严重的社会问题，是政治、经济、人身压迫和不平等的表现，妓女是被压迫、被蹂躏、被污辱、被损害的人。贵族高官们三妻四妾，可是仍不满足，而嫖妓则是他们的"业余爱好"。可是妓女却被谥以恶名。这是一种是非颠倒！高·素朗卡娘毫不隐讳对妓女的同情，在这部小说的"前言"中她宣称："在这个世界上有几个人相信，即使在被人称为'坏女人'的人当中，具有优秀品格的仍然不乏其人！"这就是作者在小说中所要表达的中心思想。

仑是个天真、善良的农村少女，她向往美好的生活，却被坏人送进了魔窟；她从未压迫和损害过别人，是别人在天天压迫和损害着她。她有真挚的爱情，可这种纯洁的感情也无法救她出水火，因为她"不干净"，她没有权利和"干净"的上等人过正常的家庭生活。作者虽然没有能力找出产生这种不平等的根源，但是揭示这一人们司空见惯的问题本身就是惊世骇俗的。

作者在小说中明确告诉人们，像仑这样的女孩子干这种行业，并不是天生的低贱和爱好，而是生活所迫身不由己的，社会应该给予她们的是同情，而不是雪上加霜。这种看法又是与世俗偏见完全对立的。对那些道貌岸然的被社会称之为好人的人，作者也大胆地进行了批判，指出他们其实比"坏女人"更坏，比如那些法官、医生，在大庭广众之下，可以大言不惭地劝告人们不要嫖妓，以免染上性病，可在私下，他们也需要妓女供他们"消遣"！讲品格，妓女们至少要比这些"好人"更诚实！

虽然《妓女》这部小说主题的开掘还不够深，作者也没有达到像西巫拉帕的《生活的战争》和《画中情思》所达到的思想高度，没有把妓女的问题与社会的政治、经济制度联系起来，但是它毕竟是现实主义范畴的作品，作者所要反映的是生活的真实而不是幻想，这部作品与"尝玩文学"拉开了距离，对泰国小说更贴近生活做出了贡献。

长篇小说《画中情思》内容概要

我的墙上挂着一幅油画，画面上一条小河流过山脚下，小河的对面长着茂密的树林，一条小路蜿蜒于山石之间，路旁是两个人。画是很普通的，但是就在这幅画的后面却有着我的一段魂牵梦绕的生活……

那是几年之前，我父亲的一位朋友昭坤阿堤甘巴迪带他的新婚妻子蒙拉查翁·吉拉娣到日本来度蜜月，当时我正在日本留学，所以当向导的职责便自然而然地落到了我的肩上。

初次见面，我对蒙拉查翁·吉拉娣的年轻美貌感到震惊，继之我才对蒙拉查翁·吉拉娣内心的痛苦和这不般配的婚姻的缘由开始有所了解。蒙拉查翁·吉拉娣出生在一个名门贵族之家，幼小时所受的是严格的家教，长大了也一样循规蹈矩。她像一只小鸟被锁在笼子里，不与外界接触，难以深刻认识社会，自然也没有爱情。时光在悄悄流逝，岁月在不知不觉中叠加，吉拉娣的青春已在她身旁悄悄溜过。在她35岁的时候，昭坤却突然闯入了她的生活。

昭坤是蒙拉查翁·吉拉娣父亲的朋友，年已五十有余，因为老妻新丧，准备续娶。他看中了吉拉娣，父亲也认为门当户对，他们就这样结了婚。但是他们的婚姻却不曾有过爱情，年龄像一座大山阻隔着他们，使他们俩走不到一起。昭坤是个不大不小的富翁，蒙拉查翁·吉拉娣生活优裕，但感情却被幽禁着，她十分痛苦。

蒙拉查翁·吉拉娣的遭遇使我十分同情，朝夕的相处，使我们彼此都萌发了热烈的感情，在我单独陪伴她去热海的时候，我热血沸腾，不能自持，热烈地拥抱和亲吻了她，当时我只有22岁，爱情之火被她点燃，在我的心中燃烧。可是离别日益临近，我惘然若失，但蒙拉查翁·吉拉娣却相当冷静，她把一切藏在心里反而鼓励我好好学习，希望我把这一段难以割舍的感情忘掉……

蒙拉查翁·吉拉娣离我而去了，我望着远去的轮船，肝肠欲断，把所有的感情都倾吐在给她的信中……但是随着时光的流逝，我对她的感情逐渐冷了下来。两年之后，我在日本听说昭坤已经去世，又过了四年我毕业回到了泰国。我去探望孀居的蒙拉查翁·吉拉娣，她住在一所很舒适的小洋房里，我们诉说别后的情景，她似乎很高兴，但当初的那种激情却难以在我的心中重现。当她得知我即将结婚时受到了极大的震动。两个月后，蒙拉查翁·吉拉娣生了病，生命垂危。她心里想着，嘴里念着的只有一个人的名字，那就是我。

得知这一消息，我来到她的床前。她为了掩盖自己的病容，让人扶着，盛装打扮自己，我发现她仍然像昔日那样美丽，竟看不出生命垂危的迹象。她对我说："从我们认识的第一天起，你就不理解我。"她亲手画了一幅画，画上写着"山鹰"两个字,那正是日本热海我拥抱亲吻她的地方。她把这幅画作为我结婚的礼物并告诉我,这幅画里有她的生命,有她的心。她指着画对我说:"你的爱情产生在那里,也死亡在那里,但另一个人的爱情却在行将崩溃的身体里熊熊燃烧。"

七天过去,蒙拉查翁·吉拉娣死了。临死之前,她在一张纸片上给我留下了最后一句话:"我死了,没有爱我的人;但是我感到满足,因为我有了我爱的人。"

第二章
民族沙文主义时期对文学的禁锢和
被禁锢中的文学

1938~1944年，銮披汶掌握了泰国的军政大权，推行一系列民族沙文主义政策，提出"相信领袖，国家免灾"的口号，加强独裁专制，对外甘当日本军国主义的附庸。太平洋战争爆发以后，同意日本在泰驻军，向英美法宣战，并想借日本的势力扩充领土。对内，垄断进出口贸易，号召城里人到乡下去，解决食品问题。在文化上，实行新闻、出版检查，改革泰文字母及其拼法。对文艺创作提出了"道德规范"，不许作家越雷池一步。为了便于控制，还成立了泰国文学协会，銮披汶自任主席和理事长。

由于战乱、经济生活的不稳定，特别是对文化的严酷统治，许多作家搁笔，以示抗议。写作空间极为狭窄，得宠的是几个御用文人，特别是銮披汶的心腹谋士，当过外交部部长和驻日大使的銮维集瓦塔甘。在这一时期，他虚构历史，写了不少小说、"历史"剧和歌曲，为銮披汶的民族沙文主义张目，造成了极为恶劣的影响，至今尚难以完全消除。文坛变得荒芜寂寥。

第一节 高·素朗卡娘在此时期的创作：对銮披汶"道德规范"的挑战

在这个文化上的黑暗时期，高·素朗卡娘的创作具有某种代表性。作为一位专业作家，为了生计，高·素朗卡娘无法搁笔，此时她写了《思念》《归宿》《纪录》《夫妻》等长篇小说，较有意义的是《潘蒂帕》和《台帕拉》。这是作者流离到巴真府的乡下时写的。

为了使自己的作品能够出版，高·素朗卡娘在写作上步履维艰，她不能不在某些方面迎合"领袖的心愿"和当时政策的潮流，比如《归宿》写的是贵族的家庭生活，但作品从一个并不十分重要的人物的生活道路上"挖掘"出了一个附和当时潮流的主题——"爱国"。帕尼迪纳·瓦拉甫的女儿赛沙瓦远离故乡去了美国，嫁给一个美国人，但这位美国人的爱情并不专一，失去家庭的赛沙瓦只好当了歌女，觉得无颜回家见"江东父老"，但由于思乡心切，她还是鼓足勇气回到了故国，意外地感到了家乡和亲人的温暖，终于找到了归宿，结论是"还是泰国好"。

《潘蒂帕》这部小说故事与农村关系不大，但是为了"符合政策"，作者还是写了曼谷人迁到乡下，从事种植，做了小说的引子。同样，《台帕拉》的男主人公是位留学菲律宾的农业大学的毕业生，来到乡下办了个养鸡场，并在那里和从曼谷前来探亲的女主人公邂逅，产生了爱情。

然而，"顺应潮流"并不是高·素朗卡娘创作的主要倾向。相反，她以自己的见解对銮披汶的"道德规范"进行了大胆的挑战。从作品的思想意义上说，高·素朗卡娘这一时期的创作是她整个创作生涯中最有光彩的时期。

銮披汶政府规定，在文学作品中不能写不正当的男女关系，甚至只是"想入非非"也不行。而高·素朗卡娘在《潘蒂帕》这部小说中却向人们指出了这样一个问题："正常"的婚姻常常是不正常的，婚姻应该以爱情为基础，潘蒂帕追求真正的爱情并没有错。

以世俗的眼光看来，"正常"的婚姻不过是父母包办的婚姻，买卖的婚姻，3万铢高价的"奶水钱"落入了市侩母亲的腰包，便决定了潘蒂帕的终身。和一个只知爱钱，不懂爱情为何物的商人阔佬生活在一起，在物质生活上可以说应有尽有，也许人们认为这就是幸福，但潘蒂帕感到寂寞和苦闷，她说："我仅仅有钱，有所有的一切东西，但是缺少我爱的人，缺少爱我的人。那么金钱、财富和豪华宽敞的住宅又有什么用处呢？"在这里作者向人们提出了一个令人深思的问题，夫妻生活的基础是什么？是金钱、财富还是感情？潘蒂帕认为精神生活比金钱、财富更重要！这显然是对世俗观念的挑战！潘蒂帕怀孕了，生了孩子，但她愤愤地想，这个儿子为什么不是和自己所爱的人生的，却是自己不爱的人送给她的果实！潘蒂帕的"不安分"并不仅仅是"想想"而已，她曾付之于行动，要求情人带她逃走，但是情人想到亲戚、朋友和舆论，退却了。一筹莫展的潘蒂帕下了决心，她说："如果家里仍像现在一样，那我只好到这个家以外的地方去寻找幸福。"她有了外遇，终于大胆地越轨了！

一部作品重要的不是写什么，而是怎么写。虽然作者慑于当时的政治环境和伦理道德观念，忍痛扼杀了这个可爱的女子，但是细想起来这个结局也并不是荒诞无稽的。潘蒂帕虽然蔑视金钱，但自己并没有独立的经济基础，勇气代替不了现实的生活。叛逆、理想、追求和希望必须以物质条件作为附丽。她拒绝了丈夫给她的一大笔钱，但离婚后便生活无着，死于贫病交加也并无悖理之处。这更证明了社会生活的不平等、不公正。

这部作品最突出之点是作者对潘蒂帕命运的极大同情和对世俗观点的抗争。作者以充满感情的笔触悲愤地写道：

> 可怜的潘蒂帕，有谁用同情的目光看过你，有谁原谅过你的过失！而这种过失在每一个人的一生中说不定会有一次或多次！……
>
> 我是怀着不平来写出潘蒂帕的一生的，我认为她是纯洁无辜的，是我所见到的比任何其他女子更有天赋的人物。我坚信，如果有人理解和赞赏她天生的绘画和音乐方面的才能……那么潘蒂帕就可能不会进入如我所写的那样悲哀的另一个世界。……
>
> 但是我仍然禁不住要诅咒大自然的神力，因为它造就了一个美丽的弱女子，赋予她以天才，然而它不但不保护她，反而用最残酷的手段把她推入了深渊……
>
> 我深感悲哀的是，我呈现给读者的是这样人生的一个记录，我绝不会忘记，我种了一棵与潘蒂帕一生平行的花树，当这棵花树枝繁叶茂结蕾开放之际，是我自己用滚烫的开水向她的头上浇去。潘蒂帕的生活以美好开始，而以枯萎告终，在漫长的人生道路上她只走了一小段而已！

读完这一段文字，任何评论和说明也许都是多余的了。这语言是用血泪凝成的。它是悼词，又是赞歌；是控诉，又是抗争！潘蒂帕的悲剧具有震撼人心的力量，的确会唤起人们对生活的深深的思索。

同一时期的另一部作品《台帕拉》在艺术上不如《潘蒂帕》，但在思想内容上也有一些值得注意的特色。

在泰国，贵族一直有较高的地位，宫中更是人人向往的地方，哪怕是去做个仆人也觉得是个莫大的幸运，因为它是地位、身份和荣誉的象征。1932年虽然改变了政体，但遗风尚存。小说虽然没有正面描写宫中的生活，但是却写了女主人公对宫中生活的感受，而且与农民的质朴做了对比。与流行的看法完全相反。卡妮塔认为："宫中玉女只是把人分成等级的美妙称呼而已，对我来说，它和普普通通的雇工没什么区别！"她由于出身于农民家庭，所以在宫中是郁闷的，但是回到故乡，却呼吸到了新鲜空气，"农民都用好奇的眼光看着她，但是这眼光丝毫没有歧视和轻蔑的意味，这和把自己称为贵族的对她满是排斥、嫉妒、居高临下的态度完全不同。"对贵族贬斥，对农民赞扬，以这种否定的态度去写宫中生活在当时的文坛上还是相当罕见的。

小说对男女主人公爱情的处理也反映了作者对传统观念的蔑视。卡妮塔是个有自由平等思想的女性，在宫中她就对皇家"恩施"的婚姻极为反感，把它讥刺为"拿一些男男女女的玩偶配对"，并且直率地说，"我们就是这些玩偶——宫中的玩偶。"回到故乡以后，她一口拒绝了贵族和有钱人的求婚，她轻蔑地说："有钱就让它有钱去吧，我这辈子谁让我和一个我不爱的人结婚，办不到！"她对小姨对她婚事的"关照"也不屑一顾。她选择的终身伴侣既不是贵族，也不是有钱人，而是一个孤儿，一个试办养鸡场的大学毕业生，一个有理想、有事业心的人。她不怕别人对自己爱情风言风语的议论，可以勇敢地站起来予以证实，这使她的小姨"惊得几乎晕了过去"。像卡妮塔这样的女人在当时不会被人普遍理解，会遭到非难，然而她却代表了一种新思想、新观念，而新的必然战胜旧的，这也是不以人们的意志为转移的。

长篇小说《潘蒂帕》内容概要

一天，舅舅来到我们家，他带来了他的三女儿也是最小的女儿妮，要把妮寄养在我家，因为妮的母亲——我的舅妈人品很差，舅舅担心孩子在她身边会学坏。

妮聪明伶俐，长得又很可爱，没用多久就和我们混熟了，我们之间就好像同胞姐妹一样。隔壁邻居贵族昭坤家的男孩阿皮猜对她也很好，妮一点儿也不想家。

我已经到了13岁，爸爸要送我到一个教会学校去读书，妮自然也得选一个好学校，我的父亲请妮的父亲给她起个大名，但舅舅已病了一个多月，卧床不起，这事就委托给爸爸了。爸爸请会算命的昭坤起名字，昭坤说，这孩子命不好，与家相克，于是起了个潘蒂帕的大名。

从南邦传来噩耗，舅舅死了，潘蒂帕要回家奔丧。此一去不知潘蒂帕能否回来，我们对她有点恋恋不舍，阿皮猜怅然若失。潘蒂帕给阿皮猜留下一条自己手制的围巾，作为他生日的礼物，给我画了一幅油画作为纪念。

潘蒂帕的家搬了。听说舅妈将在两三年内搬到曼谷来。虽然丈夫死了，但舅妈生计不愁。潘蒂帕的大姐很能干，对人说话和气可亲。但那眼神却有点锐利可怕。

潘蒂帕千方百计，终于冲破舅妈的阻挠，回到曼谷。新学期开学以后潘蒂帕得了学习成绩、音乐、绘画三个第一，加上人又长得漂亮，很受男孩子的关注。阿皮猜每天都到学校去接她。我告诉潘蒂帕，让阿皮猜在半路上接就可以了，免得别人说闲话。阿皮猜送给潘蒂帕一只美丽的小鸟，潘蒂帕很珍爱她，可是一天放学回来发现被家里的小花猫吃掉了，潘蒂帕很伤心，但是原谅了小花猫，因为她觉得小花猫并不知道吃小鸟是错的，就像自己以后做错了事，人家也可以原谅她。

潘蒂帕对我说，在她回家的时候，姐姐曾经告诉过她，早在父亲在世的时候，母亲就瞒着父亲放债，借债的都是县里的那些杂役、文书。父亲生病时吃药的钱都没有，利息比人命更重要！潘蒂帕害怕母亲搬到曼谷来，害怕和母亲住在一起。

我发觉潘蒂帕和阿皮猜已经相爱，但潘蒂帕对于我的追问却不置可否，但夜里她却辗转反侧，难以入眠。

令人担心的事果然发生了，潘蒂帕因为长得可爱，人人喜欢，接她送她的人络绎不绝，阿皮猜倒被冷落一旁。有一位贵族小蒙昭更殷勤，阿皮猜很恼火，向我倾诉他对潘蒂帕的感情，希望我提醒她一下，但潘蒂帕却不以为然，她觉得人家没有恶意，别人对自己好，自己就应该对别人好。她被小蒙昭家里的阔绰、气派和豪华迷住了。

为了祝贺潘蒂帕的生日，阿皮猜煞费苦心，征求我的意见之后，决定做一个戒指，上面刻上两个人的名字，让潘蒂帕永远记住。可是潘蒂帕又收到小蒙昭的信，说生日那天专门为她举行茶话会，潘蒂帕要我陪伴她。说是茶话会，其实不过有些茶点，玩玩网球而已，但潘蒂帕始终兴高采烈。我觉得只是如此，还不如在家玩玩好些。

这些贵族连肖邦是哪国人都不知道。

我和潘蒂帕对茶话会的评价不同。我觉得礼仪不周，连祝贺的人都没有，冷落了潘蒂帕。她却觉得人家请她本身就是一种荣幸。回去之后本来要和阿皮猜一起去看电影的,但走进家门却得知大姐从乡下来了,家里的房产土地都卖了。母亲也到了,见到她,潘蒂帕很不高兴。本来大姐已和县里的一个男人私奔,但又被母亲追了回来。

阿皮猜向潘蒂帕的母亲求亲,但是潘蒂帕的母亲不说可以也不说不可以。阿皮猜海誓山盟,决心等着潘蒂帕。我劝潘蒂帕不要再去深宫大院的贵族之家,因为他们是否真心我们很难弄清楚,不如与普通人家来往更踏实一些。

潘蒂帕离开这个家与母亲同住去了,潘蒂帕自己不高兴,我们也觉得生活中似乎缺少了什么。不久就听说潘蒂帕已经辍学,因为她母亲要她做生意。潘蒂帕心情郁闷,人瘦了许多,母亲不许她给阿皮猜写信,别人也难以知道她的消息。

与阿皮猜信誓旦旦的潘蒂帕和查拉·丹纳拉结了婚。请帖的信封是潘蒂帕的笔迹。我的父母参加了他们的婚礼,他们说她是兴高采烈的。但是没人把这个消息告诉阿皮猜,怕他精神上受的刺激太大,考试过不了关。潘蒂帕的丈夫查拉是什么人,谁都说不清楚。我的父亲参加婚礼回来也只是知道他父亲很富有,有好几家碾米厂,之后又搞进出口生意。但他的父亲已死多年,他是二儿子,大儿子在国外学贸易,不幸横死,于是所有的遗产便落入了查拉一人之手,新房豪华舒适。

我终于见到了婚后的潘蒂帕,她比过去更丰满更漂亮。她告诉我,她母亲要了许多"奶水钱",这比潘蒂帕从出生到现在的整个吃饭、穿衣、上学所用的钱的总和还要多得多,她母亲看重的只是钱。她说丈夫对她很好,要什么有什么,整天没有什么事,也不大了解丈夫整天忙什么事。

在物质生活上潘蒂帕应有尽有,但时间一长,她在精神上就感到空虚和寂寞了,她对我说:"在一个人的一生中能像我这样拥有一切,应该说是够幸福的了……但仅仅有钱,有一切一切的东西,但缺少我爱的人和爱我的人,那么金钱和财富、豪华宽敞的住宅又有什么用处呢?"我敏锐地感觉到潘蒂帕的不幸生活已经开始了。

潘蒂帕宴请宾客,查拉却姗姗来迟。吃饭的时候他不尽主人之职,而只顾自己闷头吃饭,脑袋里整天装着的是他的生意。朋友莫德里却十分善解人意,他送来玫瑰花,潘蒂帕弹琴的时候他也"洗耳恭听"。

潘蒂帕的生活枯燥乏味。她怀了孕,生了孩子,可丈夫却跑出去做生意,是母亲用3万铢把女儿"卖给"了查拉。她感到遗憾的是这个儿子为什么不是她和自己所爱的人生的，却和自己不爱的人结出了"果实"。

阿皮猜拒绝结婚，他忘不了潘蒂帕。我记得潘蒂帕的生日，前去祝贺，但她的丈夫却不理会。潘蒂帕对我说："如果家里仍像现在一样，那我只好到这个家以外的地方去寻找幸福。"我把潘蒂帕的处境告诉了阿皮猜，潘蒂帕和阿皮猜见了面，她要求他一块逃走，但阿皮猜想到朋友、亲戚和舆论，退却了。从那以后潘蒂帕常常深夜不归，整日整夜出现在社交场合上，和查拉的关系也越闹越僵，和莫德里却越来越亲，终于发生了关系。查拉和潘蒂帕离了婚，潘蒂帕拒绝了丈夫给的一大笔钱，不久之后就和莫德里双双逃走了。

潘蒂帕的踪影消失了一年，有人说她搬到了东部，有人说她在北部，也有人说看到她和莫德里到普吉岛玩去了。12月的一天，阿皮猜突然来见我，要我和他一块去看潘蒂帕。原来她和莫德里已经分手，钱也花完了，病倒在一个朋友家里，捎信给阿皮猜，他已经服侍她三个月了。潘蒂帕得的是肺病，容颜已经大变。她见了我依依不舍，我答应第二天再来看她，可第二天阿皮猜却先来了，并且带来了潘蒂帕永远离开了我们的噩耗。

第二节　尼米蒙空·纳瓦拉的政见小说《理想国》

泰国的政见小说数量不多。蒙拉查翁·尼米蒙空·纳瓦拉（1908～1948）1939年写的《理想国》是其中较为重要的一部。

蒙拉查翁·尼米蒙空·纳瓦拉出生于一个贵族家庭，自小受的是军事教育，在陆军军官学校毕业以后，做了歼击机飞行员，25岁时晋升为空军中尉，以后他便卷入政治旋涡，与监狱结下了"不解之缘"，其原因还得从当时泰国复杂的局势说起。

1932年泰国成了君主立宪制国家之后，政局动荡。在"民团"内部有左翼右翼之争，左翼希望清除封建势力，建立民主和法制，右翼却主张与列强势力、封建势力妥协。在外部有保皇势力的疯狂反扑。而军人头目时时在窥测方向，以求控制政权。民团的政权诞生不到一年帮拉德亲王便在外府发动了军事叛乱。在平定叛乱中，以銮披汶·松堪为首的军人势力进一步控制了政府，他借此机会剪除异己，大肆进行逮捕和杀戮，为他日后的上台和独裁铺平了道路。

尼米蒙空第一次入狱就是因为涉嫌帮拉德亲王叛乱而被1933年的特别

法庭判处九年监禁的。服刑五年以后，遇特赦释放。但获得自由不久，又因企图推翻政府的罪名，被 1938 年的特别法庭定为叛乱罪，判处无期徒刑，第二次入狱。在服刑的第二年，即 1939 年，他偷偷地用英文写了长篇小说《一个理想家的梦想》，请看守把原稿带到家里，不料却落入警察之手，被译成泰文。政府要员认为这是一桩严重的造反行动，遂把他流放到人迹罕至的龟岛三年。第二次世界大战结束，政府更迭，他又遇特赦出狱。尼米蒙空自己将这本书译成了泰文。1947 年他与班久潘小姐结婚，此时他的身体已十分衰弱，次年 4 月 11 日，由于监狱的折磨、肺病和疟疾死于寓所，年仅 39 岁，而他的儿子才刚刚出世 45 天。

《一个理想家的梦想》在作者逝世后印行多次并改名为《理想国》。文坛名人克立·巴莫、索·古拉玛洛赫、威腊·玛尼瓦等人以及他的夫人为这部作品先后写了序。

《理想国》并不是尼米蒙空·纳瓦拉唯一的作品，在此之前他还写过一部表达政见的小说《前世注定》，此外还有短篇小说、戏剧、文章等，但以《理想国》最为著名。

从尼米蒙空所参与的政治活动上看，不能说他是进步的，因为帮拉德亲王叛乱的性质是保皇的。但有趣的是，尼米蒙空在他的作品里主要表现的却是资产阶级范畴的自由思想，这和人民的当时愿望和思想要求又是吻合的。

隆是小说的主角，作品从他被释放走出监狱写起，以他被重新关进监狱作为结局。作者精心编织了一个颇能吸引人的故事，写出了主人公的理想和追求，描述了作家对政治、政府、教育、传统观念以及爱情等问题的看法。应该说这是一部表达政治理想的书。作者注重的不是人物形象的塑造，而是"问题"的阐发，这本来是文学作品的大忌，但作者注意了文学的形式，所以读起来还不感到生硬，这是这部作品的难能可贵之处。

隆是个农民的儿子，留学英国，27 岁回来成了一个生物学家。他在司法部谋得一个职位，但是不久就成了异端，因为他想改变现行的某些制度程序。他认为，1932 年政体改变以后，"民主和法西斯是一同到来的"，要消除这种弊病，"国家的前途必须掌握在人民手中"。1933 年帮拉德亲王与成立不到一年的政府对抗，隆成了亲王的拥护者，他赶到呵叻，发表了指责政府的演说，于是他便进了监狱。

1932 年的泰国资产阶级革命，无论怎样不彻底，但对泰国社会生产力的发展的促进作用是不能否定的。隆攻击这次革命是"民主和法西斯一同到来的"，虽在某些方面也不无道理，但并不完全切合实际，但主人公敏锐地感到"国家的前途必须掌握在人民手中"，却是发现了一个真理，可惜那时的改革者并没有把人民摆在应有的地位，致使革命半途而废，内里蛀空。但是人民怎样掌握国家的前途，隆没有阐述，说明作者和主人公一样是朦胧而茫然的。但是隆对政府却有一些设想。他认为政府应该代表大多数人的利益，而那时的政府是官员的政府，"奴隶阶层是没有地位，也无工作保证的。"他主张同工同酬，主张政府要保证全体人民的利益，要采取措施，防止水灾、旱灾，消除疫病。"小国要变成大国，政治国家要变成经济国家。"隆的最高理想是世界大同，主张"世界要携起手来""世界要有统一的语言"，全人类的敌人是"旧的传统习惯、自然灾害和疾病"。

  隆对经济问题也有自己的看法。他走出监狱，遭受的不但有情人背弃的个人感情上的打击，而且有金钱拜物教的歧视，在这样的社会里的人的价值"不过是财产的多少""是别人喜欢自己的程度"。他在一家印度商人开的文具店里找了个文书的工作，亲眼看到了经商中的舞弊和欺诈，认识到经济是基础，是国计民生的大事。改造社会就得改造经济，这又是作者的一个重要思想。

  在《理想国》这部小说中，作者还宣传了科学和民主思想，批判了封建和迷信。

  在封建社会，长幼尊卑、高低贵贱是一种专制的王法，是封建压迫的一个思想支柱。在文艺复兴时期，意大利的人文主义先驱薄伽丘（1313～1375）早在600年前就对阶级的不平等提出了异议。但是在泰国当时的条件下谈起平等，它仍然是犯忌的。隆引用卢梭的话，指出"人并不是生下来就会注定成为皇帝和乞丐的，人生下来都是一样的，而后才有高低贵贱之分"。这一思想虽然不合老贵族口味，但新贵们也不会欢迎。作者指出，环境是决定的因素，这种见解又是对"天命"思想的一个反叛。他举例说，你把两个孩子一生下来，一个送到中国，另一个送到印度，20岁的时候让他们见面，彼此一定觉得对方是外国人，这就是说，人的思想、性格、情操是后天的，是环境造成的。人可以变革社会、改造环境，环境又反过来塑造着人。《理想国》根本否定了世间万物取决于命运的说法，而把笔触指向了社会。

  尼米蒙空也不同意"龙生龙，凤生凤"的观点，认为"果子总会落到树跟前""看象看尾，相女看妈"这些古训是荒谬的，因为道理很简单，"母亲得了天花，儿子并不一定长麻子"。作者还用了一些篇幅，讲解了肺结核致命的原因，否定了鬼魂附身的说法。指出世界并不存在地狱，真正的地狱就是监狱。他用科学反对愚昧，强调了教育的重要性，设想了一种新的教育制度。

小说还通过主人公隆的爱情波折，阐述了作者对这个问题的观点。

在一个偶然的机会，隆在车上遇到了一个有着闭月羞花之貌的女子，他一见钟情，一直跟踪着她，后来才弄清楚，原来她就是自己朋友的妹妹乌莱婉。他和乌莱婉情投意合，互为补充，是理想的一对。那时他很穷困，后来他辞掉了文具店的工作，专门从事写作。他的政论文章受到读者的热烈欢迎。一家出版社出版了他的一本关于泰国政治的书，一笔稿酬改变了他穷困的地位。"爱情在秘密中产生，开放在半遮半掩之中，凋谢在公开之下。"隆认为自己已经可以向乌莱婉提出结婚的要求，但是却遭到了姑娘意外的拒绝，乌莱婉对爱情的看法使他大吃一惊，她对隆说："当你是穷人的时候，我可以嫁给你，你现在不穷了，我便改变了主意，因为爱情和结婚是两码事。""我是富人，并不再需要钱。但是因为我是女人，取得名誉的机会就很少，我要跟能给我带来名声的人结婚。"

乌莱婉追求的是爱情以外的东西，是虚荣，这使隆不能不感到她也是个俗人，从而愤然离开了她。作者认为爱情是和社会的因素紧密相连的，所以"它不是稳固的东西，是飘忽不定的，好像鸟落在树枝上，站得并不长久。"隆追求纯洁的爱情，把它作为理想，但是理想在现实面前却碰了壁。小说的结尾写到隆收到乌莱婉和解的信，当时他正准备到外地旅行。但隆的文章惹了祸，警察再一次以造反的罪名逮捕了他。隆离开了读者走向死亡，他祈祷的只有一点，就是泰国能尽快地摆脱黑暗的时代。

作者断言，"政府用不了多久就会改朝换代，我自己也用不了多久就会死亡，但我的书，作为给小人物的生活引路的指南针将会永远存在。"这本书在文坛上的影响表明，作者并没有言过其实。在泰国，把政治理想、政治见解作为小说的中心去写的，《理想国》是第一部，显然具有开创的意义。但是，也应该指出，《理想国》中所抒发的政治理想和主张只是对美好社会的一种愿望，一种憧憬，是对当时存在的社会黑暗现实的一种不满和否定。它空想的成分居多，也没有实际实行的意义，对封建专制思想的批判也不彻底，并不透辟。尽管如此，在当时的泰国社会环境下，这部小说对启发人民的觉悟，鼓舞人民去追求民主、自由和思想解放，摆脱封建的枷锁和羁绊，仍然具有重大意义。

这部小说在艺术上也是成功的。前面说过，小说着意的是问题而不是形象的塑造，所以笔者也无意于浪费太多的笔墨在与作者原意相反的方向多加探讨。但是应该指出的是，作者注意了情节的趣味性、结构的严谨性和语言的生动性。这就是说，作者始终没有忘记这是一部小说而不是一本政治性小册子，剪裁得当也帮了这部小说的大忙。这是部自传体的小说，虽然作者虚构了不少情节，但大体轮廓还是作者自己的遭遇。作者没有从小写起，没有写狱中生活，他只截取了生活中的一段，这是作者艺术处理的高明之处。总之，艺术上的成功给这部作品的思想内容插上了翅膀，它受到读者的欢迎，其原因恐怕就在于此吧！

第三节　一位相信命运而不甘心于命运的失意者——索·古拉玛洛赫

索·古拉玛洛赫（1908～1978）是泰国现代文学史上一位并不多见的作家。他一生走着一条奇特的道路。他憎恶压迫和强权，但他找不出铲除社会不平的正确方法；他热衷于政治，但在政治上却一直不得志；他有理想，然而这理想不过是幻影；他一生在追求，得到的是梦幻的破灭；他生活坎坷，四处碰壁，因而在作品中流露的是苦闷、矛盾和惶惑；他的芜杂的思想和矛盾的世界观使他的作品呈现出复杂的倾向；他在文坛是有影响的，但是步他后尘的人却不多；他是一位迷惘的误入歧途而不能自拔的作家。

"人类是运气的玩物，是没有自由可以随心所欲地去决定做什么的剧中人。运气告诉我们去做一切事情。我几乎相信，运气规定了我们生的日子，同样地，命运也规定了我们死亡的时刻。"这是索·古拉玛洛赫在长篇小说《北京——难忘的城市》中所发过的议论，在他的作品中类似的议论比比皆是。看来他是一个宿命论者，可命运却总和他开玩笑。如果索低眉顺眼地听从命运的摆布倒也罢了，具有讽刺意味的是，他并没有达到"大彻大悟"的程度，他在"命运"面前要苦斗，要挣扎，要顽强地表现他自己。他选择的又是难于成功的道路，这就使他陷入了失望的困境之中。

索·古拉玛洛赫1908年4月27日生于尖竹汶府的旧官僚之家，生活小康。在贴西林学校读中学时就表现出文学才能，与后来成为作家的西巫拉帕和蒙昭·阿卡丹庚·拉皮帕等人办过壁报。毕业时因为成绩优异得过"白象奖章"。他本来想去英国深造，但两次公费留学考试相继落第，对他的精神打击极大。在教育部任职期间,当局为了管理国内的华人学校,选派他公费去中国留学,学习中文。索的命运因此发生转折,他不是和西方而是和中国结下了机缘。1928年到了香港,学习中文。1931年到北京又补习两年,1933年入北京大学,学习哲学、历史、经济、英文和中国文学,毕业时获得了教育学学士学位。

索·古拉玛洛赫在中国期间,泰国发生了1932年的资产阶级维新政变。鉴于他与某些旧官僚的联系,政变当局怀疑他是保皇派,所以取消了他的公费,他不得不向政府借贷求学(要付利息),生活相当清苦。索对这场变革一直持否定态度,与此事不无关系。

1936年,索·古拉玛洛赫回国,成了"国家所不需要的好人"。他在教育部的职责是"防止共产党在华人学校捣乱",虽然他对此十分卖力,亲手收缴了课本,送到警察局,关闭了许多华人学校。但是由于他的某些政见与当局相左,而某些昏聩的官僚也根本弄不清共产党为何物,于是大水冲了龙王庙,索也"有幸"被怀疑为共产党,曾受到过监视,被警察副总监"请去"过。另外,由于他是留学中国的而不是留学西方的,工资便低人一等,而且还要偿还留学期间所借的债务,精神上感到十分压抑。债务还清之后,1946年他终于离开教育部专门从事写作。为了与书商抗衡,保护作家的权益,他办过多种期刊和艺术家王国出版社。

在政治上索·古拉玛洛赫标榜第三条道路,主张劳资合作,鼓吹合作主义。为了实现他的政治理想,1942年和1948年两次在巴真府和春武里府办过名曰"泰国庄园"的合作主义的示范农场。前者由于中间商人杀价,竹林农场失败,后者由于"资金短缺、气候不佳、作物收成不好、工人怠惰、管理人员不称职"而再度破产。

1958年沙立政变,扼杀创作自由,进步作家受到迫害,索更加向右转,他的反映社会问题的小说从此绝迹。《仇恨的灵魂》(1957年)、《生活梦一场》(1966年)、《罪孽的完结》(1967年)都是些为了卖钱的爱情小说,其中充斥着迷信和因果报应。1973年10月14日泰国爆发了反独裁的群众运动,他侬、巴博政权被推翻,索稍感振奋,他上书讪耶总理和国会,陈述自己的政治主张,但无人理睬。他又以农民党的身份竞选议员,也遭失败。晚年,笼罩他的是一种失望情绪,他责问自己:"为什么要生在深感苦闷和倍受折磨的时代?"他"没有工作,生活困苦,灰心失望,年老多病,无法治愈……"索终于不得不承认他的合作主义不过是"书本上的思想",是

"人们想要创立,想要看到的理想",是"对世界的一种美好希望……"1978年3月22日索·古拉玛洛赫怀着这种深深的失望情绪离开了人世。

索·古拉玛洛赫早年参加过新文学团体"君子社",后来他的思想便与这个团体的大多数人分道扬镳。他的创作生涯可以分为两后两个时期,1936年回国以前的作品,思想比较幼稚,表现的是人道主义和佛家的善恶观,在他的整个创作中显得无足轻重。后期,1936年以后的作品已经定型。他留下的作品相当多,计有诗集1本,长篇小说19部,剧本几十个(舞台剧10部、广播剧五六十个、电视剧五六部),电影剧本4部,翻译作品2部,政治论文集13本以及短篇小说等。

第四节　索·古拉玛洛赫的成名作《北京,难忘的城市》及小说《世界所不需要的好人》

索·古拉玛洛赫的重要作品是他的长篇小说。这些小说从内容上看可以分为两类,一类是以中国为背景的,另一类是以泰国为背景的。前者的主要作品有《北京,难忘的城市》(1940年)、《世界所不需要的好人》(1942年)、《中国自由军》(1950年)、《蒋飞》(1953年)和《当积雪融化的时候》(1969年)等。《北京,难忘的城市》是他的成名作,《世界所不需要的好人》对于研究他的思想也相当重要。

《北京,难忘的城市》写的是十月革命以后被逐出国门流落中国的一位白俄少女瓦莉雅失意的爱情,她的伤感和哀愁。她的父亲弗拉基米尔是帝俄时代的高官,她的家庭是罗曼诺夫家族的一支,虽然大势已去,"父亲的举止还像皇狮一样雄伟"。母亲在十月革命中死去,弟弟的尸骨埋葬在哈尔滨。弗拉基米尔为了不使自己成为女儿的累赘,开枪自杀,葬身在北海的薄冰之下。瓦莉雅最后进入了教堂,找到"新的生活"。

小说中的"我"——即拉宾·蓬拉洛是作者自己感情的化身。作者对瓦莉雅及其一家的遭遇和命运是无限同情的,并以此揭露十月革命的"残酷"和"非人道"。

虽然十月革命及其产生的政权现今已经不存在了,然而这场震撼人类历史的大革命留下的令人思考的问题却并没有完结。这里有一个十分简单然而却是个极其重要的问题,即你是站在沙皇一边,得出索·古拉玛洛赫一样的结论,还是站在人民大众的立场上,承认这是一场千百年来挣扎在死亡线上的劳动人民对以沙皇为代表的大地主、大资产阶级革命的合理性？

完美无缺当然好，可惜世上却少有。一场革命不管如何伟大，如何改变了人类历史的进程，但任何革命也不可能是尽善尽美的，它会"伴有血污"（鲁迅语）。索一向标榜憎恶暴政、强权、压迫和剥削，那么为什么要把无限的爱献给失去天堂的一小撮压迫者和剥削者而不献给获得解放的最大多数的民众呢？

索·古拉玛洛赫没有为日本帝国主义侵略中国张目，而是对中国的抗日斗争采取了同情的态度，这一点当然是值得肯定的，鉴于当时的泰国政府已成了日本侵略者的附庸，说这是一种大无畏的精神也不为过。但是应该指出的是，正面描写中国抗日战争是1950年出版的《中国自由军》。那已是世界反法西斯战争胜利五年之后的事情，而本书不过是作者抒发个人情怀借助的一个背景。说《北京，难忘的城市》这部小说中作者有什么"反对侵略战争的伟大表现"[①] 是言过其实的。

《北京，难忘的城市》在写法上很像是随笔、散文或者回忆录。笔调忧郁、感伤。在叙述主人公悲剧命运的同时，融入了北京风土人情和名胜古迹的描写。人物的内心刻画也是细腻的，这就使这部作品在读者中产生过不小的影响。

泰国的大多数评论家在谈到这部作品时称赞的也是其艺术表现形式，而对作者所宣扬的观点苟同者并不多见。

《世界所不需要的好人》是一个支离破碎、结构杂乱的小说。全书360页中有200余页叙述的是从义和团到北伐战争这段中国历史，其他部分则是北京的风土人情、作者的议论和感慨。它有人物，但没有一个完整的形象。写主人公张林直接做的事一件也没有，他和当局的矛盾冲突究竟在哪里也令人不可捉摸，可以说他是个抽象的、概念式的人物。作者写这个人物其实是借此抒发自己怀才不遇的感情。

为了弄清这位"世界不需要的好人""世界上最可怜的傻瓜"的思想和主张，我们必须把小说中支离破碎的东西贯穿起来加以考察。

张林30多岁，是《北京晨报》的编辑，很受政府的注意。他受梁启超的影响，走上了办报的道路。"我要竭尽全力为同胞服务。为正遭受痛苦的人服务总比为正享受着幸福和安逸的人服务要好。"这是张林的理想。他有

[①] 见黄勋文章，泰国《中原报》1982年5月12日第17版。

一个伯伯在马来亚，是个富翁，他本来可以去那里当个锡矿的经理，但他没有去。他依靠伯伯的接济，用很少一点钱在美国读完了大学。他想用报纸告诉同胞：国家最大的危害就是争权夺利和互相残杀，他宣传合作。张林认为，如果康、梁成功，中国不至于像现在这样混乱，中国的王朝也可以延续至今。坏的并不是中国的皇帝而是慈禧，是袁世凯。列强的入侵只是中国衰败的很小的原因，最大的原因是中国人太自私，没有受过教育。他们没有国家观念，只有家族观念。自由的滥用，政治的分野，就使国家纷争不已。他不赞成流血，孙中山把政权让给袁世凯，他对此特别赞赏。他不肯接受洋人的庇护而宁愿为同胞做一些好事而死去。

在作者的笔下张林是个不畏强暴、不屈不挠、忧国忧民、不谋私利、甚至不惜牺牲自己的爱国主义者，似乎是大可钦敬的。但是人们为什么不理解他，甚至连他所爱的人（娟芳）也离开了他，成了世界不需要的"好人"呢？这是作者提出的问题，然而他自己却回答不了。其实，这个问题并不复杂，最根本的原因是张林并不是人民根本利益的代表者，他为之奋斗、牺牲的事业也不是人民的事业。人民需要摆脱做奴隶的地位，自己当家做主，他却要求人民在他们的头上骑上一个"好皇帝"；人民要推翻压迫他们剥削他们的统治者，他却号召人民和这些敌人合作；中国衰弱的原因是因为帝国主义的侵略、官僚资本主义和封建主义的勾结，他们对老百姓敲骨吸髓，可张林却诬蔑中国人都自私。

作者在谈到他的写作目的时明确地说，他要宣扬的是孟子的仁爱思想。作者也鼓吹康梁改良主义的保皇思想。作者竟未顾及时光到了 20 世纪 30 年代，世界变了，中国的阶级关系也变了，康梁的保皇理论成了与革命对抗的东西，成了企图复辟的清王朝遗老遗少和封建军阀的强心剂，而作者笔下的人物张林却拿来予以鼓吹，人民不理睬他是很自然的事情，军阀更不不喜欢与他"合作"，他的命运是可想而知的。

作者写这本书的时候，正是他回国之后书生意气受挫之际，我们在张林身上不难找到作者的影子，他是"顾影自怜"，哀叹命薄，无人赏识而已。张林的主张和他对中国革命的看法，正是索先生自己的主张和看法。

在这本书中作者还宣扬了当时流行的由泰国当权者的御用文人銮维集瓦塔干等人无中生有地制造出来的一种有害的民族沙文主义的"历史神话"，如说云南过去是泰国的领土，北京和四川也是泰人曾经居住的地方，等等，在这里索先生显然把历史也当作了小说，可以随心所欲地虚构了。

长篇小说《北京，难忘的城市》内容概要

在一次舞会上，我遇见了瓦莉雅·拉内芙斯卡雅，她给我留下了很深的印象。瓦莉雅正和梁相爱。我深信瓦莉雅并不像一般见到的白俄少女，在她美丽、温柔和快乐的外表的里面，隐藏着一种人们未知的东西。一次，在游圆明园的时候，我发现了她忧郁的内心世界和她对宗教的信仰和虔诚。我和她逐渐熟悉起来，成了莫逆之交。我同情她，喜欢她，懂得了她的内心世界，理解了她的伤感和哀愁。随着时间的流逝，我逐渐了解了她的身世。父亲弗拉基米尔是帝俄时代的高官，现在虽然流亡中国，举止却还像皇狮一样雄伟；母亲在十月革命中死去，弟弟的尸骨埋葬在哈尔滨。

梁并不真爱瓦莉雅，他另有新欢，并且很快要结婚，终于抛弃了她。这是瓦莉雅在爱情上的第二次打击。心灵上的巨大伤痕使她失去了生的欲望。为了安慰她，我们相约一起到颐和园的龙王岛上去消夏。一次偶然的机会，我发现瓦莉雅在自己的屋子里用手枪对着自己，幸好被我发现，才没有酿成大祸。但瓦莉雅不愿讲出自己真实的意图，她否认自己要自杀。她曾经问我，在泰国有没有爱人。我回答说，有，而且很爱我的未婚妻。瓦莉雅听后沉默无言。我内心万分痛楚，因为我狠心地说了谎，没有道出我的心里话，我对我的未婚妻没有什么感情。

弗拉基米尔为了不至于使自己成为累赘，为了自己唯一的女儿能走上新的生活道路，在一个初冬的凌晨，踏着北海的薄冰，向湖心走去，开枪自杀，葬身在薄冰之下。瓦莉雅怀着巨大的悲痛将父亲埋葬在西山。弗拉基米尔在遗嘱中希望女儿离开北京，到哈尔滨，希望瓦莉雅进入教堂，寻找新的生活。

我最后一次和瓦莉雅相见的时候，她透露自己的家庭是罗曼诺夫家族的一支。她把自己母亲留下的唯一纪念品，一个结婚金戒指交给了我，要我交给在泰国的我的未婚妻，这是瓦莉雅对于我对她的爱的报答。

瓦莉雅走了。1933年2月，她写来一封信，说她在七天之内就要进入教堂开始新的生活，这是我收到的她的最后一封信。

北京是系着我昔日生活的城市，北京是我永远难以忘怀的。

第五节　社尼·绍瓦蓬的早期作品

社尼·绍瓦蓬（1918～　）本名萨差·班仑蓬，出生于北榄府的一个农民家里，父亲担任过村长，他是兄弟姐妹中最小的一个。社尼在帕皮德拉皮姆德语中学毕业以后，考入了朱拉隆功大学建筑系，因为交不起学费，没有注册就退学了。1936～1937年他曾在《西格隆报》《沙炎呐报》任职，1936～1943年在法政大学学习，同时在经济部商业局工作。1944年始进入外交部，先后被派往苏联、法国、阿根廷、印度、澳大利亚，担任过驻英使馆参赞（1974年），最后的职务是驻缅大使（1977年）。1979年退休，重回文学界。

社尼·绍瓦蓬是位业余作家，创作数量不很大。从作品的倾向看来，大致可以分为20世纪40年代、50年代、60年代和80年代四个时期。

20世纪40年代，作者初登文坛，那时他仅仅是个20多岁的青年。

在法政大学学习期间，社尼考取了公费，准备去德留学，学习经济学。那时，第二次世界大战已经爆发，战火在欧亚大陆燃烧，但德国还未入侵苏联。社尼途经香港、中国内地，路过当时伪满洲国统治下的东北，打算经西伯利亚去德国。他在哈尔滨等苏联的签证等了三个月。"那时我在政治上还十分幼稚，不懂得德国所提供的奖学金是为了培养崇尚纳粹的各国青年的。正因为此，俄国不愿给我签证。我去不了德国，只好取道日本回国。"[①] 这次远东之行的生活经历，使作者写成了两部长篇小说《失败者的胜利》（1943年）和《东京无消息》（1944年）。这两部小说的发表使作者在文坛上成名了。

《失败者的胜利》以伪满治下的哈尔滨和大连为背景，《东京无消息》则从上海写到东京又写到曼谷，改换了三个场景。社尼·绍瓦蓬的作品大部分是以国外为背景的，这成了他创作的一大特点。这主要是由作者的职业、生活环境和生活经历决定的。那时的文坛正流行以国外为背景的小说，异域的风情，主人公的坎坷命运，曾使一部分青年读者如醉如痴。社尼·绍瓦蓬的这两部小说显然也受了文坛风气的影响，作者所追求的与其说是内容的坚实，不如说是题材的新奇和形式美的一种时尚。

---

① 见《社尼·绍不蓬对〈书籍世界〉发表的谈话》，《曼谷读者》1980年1月号，第25页。

这两部小说在风格上与蒙昭·阿卡丹庚的《生活戏剧》，索·古拉玛洛赫的《北京，难忘的城市》一脉相承，写的是爱情的苦闷，失望的痛苦和对于命运无能为力的感伤。然而时代不同了，作者的思想状况也大不相同了，作为一位青年，社尼·绍瓦蓬有着自己的追求。老一辈作家，如西巫拉帕、蒙昭·阿卡丹庚、多迈索、玛来·楚皮尼是在泰国资产阶级民主革命之前登上文坛的，束缚他们的是封建的政治和伦理道德的桎梏，如果说他们的作品表现的是对民主、自由、平等的追求，是对个性解放、婚姻自主的渴望，是对陈规陋俗（如一夫多妻）的批判，那么，社尼·绍瓦蓬的这两部作品则是对人生的价值和生活意义的探求。

在《东京无消息》中作者对这两部小说的主题思想有一段画龙点睛的宣示："莎瑶姆芬让我懂得了爱情和背弃，玛丽亚·伊万诺夫娜让我懂得了战胜自己的心是最高的胜利，扶西亚特斯基和阿丽雅·玛利诺娃让我懂得了生活是时间的上帝和命运导演的一个令人悲哀的故事……"在《失败者的胜利》中作者塑造了一个为正义、事业而勤奋努力的苏联女记者玛丽亚·伊万诺夫娜的形象，从她的身上小说中的男主人公社尼悟出了"人生的价值在于工作和为大众谋利益"的真谛。他们之间产生了真挚的爱情，这对正经历着情人（莎瑶姆芬）背弃的痛苦的社尼说来无疑是感情上的一笔巨大财富，但玛丽亚有她自己的事业，社尼也准备报效自己的国家，他们都没有把爱情置于事业之上。"没能结合的爱情不是成功的爱情，我是头上戴着爱情的王冠，但是却缺少王位宝座的国王，我是一个失败的胜利者，但我们，我和玛丽亚，却是用灵魂里最珍贵的东西换来的爱情。"

作者没有把苏联女记者写成一个怪物，而是把她塑造成一个楚楚动人的正面形象，这是难能可贵的。作家的正直和对事实的尊重使他冲破了统治阶级散布的偏见，这比敌视十月革命的索·古拉玛洛赫不知要高明多少倍！当然这也并不意味着20世纪40年代的社尼·绍瓦蓬已是一位社会主义者。这两部作品中他也写了白俄，但毕竟不是为了向读者灌输某种政治偏见，这又和索·古拉玛洛赫有本质的不同。白俄少女达妮娅陷入了舞厅老板（也是一个白俄）的魔掌，使她失去一切自由。深深爱着她的阿卡季为了弄钱为她赎身，死在风雪交加的内蒙古，这正暴露了把妇女当玩偶的旧制度的黑暗。《东京无消息》中的扶西亚特斯基作为一个反对十月革命的军官并没有什么值得称道的东西，他和阿丽雅的爱情悲剧的原因，作者并没有把它归结为十月革命，而是由于他们自身的生活道路——阿丽雅的吸毒自戕造成的。

应该指出的是，第二次世界大战期间，泰国政府的态度是众所周知的，对外，在日本的军国主义的压力面前，它采取了为虎作伥的态度；对内，采取了高压政策，对言论出版的控制极严，社尼·绍瓦蓬却写了玛丽亚的抗日活动，写了她的被捕，写了社尼对她事业的同情和为营救她所做的努力，虽然行文上避去了锋芒，但采取这种挑战态度也是值得钦佩的。

《失败者的胜利》和《东京无消息》虽然表现了作者对美好事物和未来的憧憬、渴望和追求，不乏其积极的意义，但是读完了整个作品，不难发现作者的憧憬和追求又是虚幻和模糊的。正如人类对大自然的蒙昧会产生对"神"的崇拜一样，对人类社会没有一个科学的本质的认识，也会把生活中的种种不平和挫折，简单地归结为"命运"的捉弄。社尼·绍瓦蓬当时的思想状况也是如此。当他登上文坛的时候，君主立宪政体已经确立十余年，但是人民所期望的民主、自由仍然是一种幻想，封建势力并未从根基上发生动摇，拜金主义的风行反而拉大了贫富之间的差距。政局的动荡，政府对日军的依附，受害最深的依然是中产阶级知识分子和下层人民。不甘随波逐流的青年向何处去？谁能回答这个问题？这就使仅从书本上认识世界、社会阅历不深的社尼不能不陷入苦闷和彷徨。在这两部小说中除了女记者玛丽亚之外，其他人物都可以说是"命运的产物"。作者目睹了当时上海的情景，曾感叹道："我曾看见在战场上获得勋章的人变成了下等苦力，看见美国名牌大学的毕业生成了水手，看见高贵的美女成了妓女。在我们的生活中没有什么——哪怕是一种东西能够使它处于永恒的地位……除非是被我们称作神秘、轮回的命运这个东西！"在这种心情的促使下作者把他笔下的人物都处理为悲剧人物是毫不奇怪的。作者说："我喜欢写悲剧，因为悲剧在很大程度上能够消除人们心里的欲望，它能够安慰那些失望的人，那些世界不需要的和被诅咒的人……"《东京无消息》中社尼和约瓦迪的对话也透露了同样的意思。

社尼·绍瓦蓬是20世纪40年代崛起的两位具有代表性的青年作家之一（另一个是伊沙拉·阿曼达恭），他在小说写法上锐意创新，追求散文诗式的华丽语言和散文的风格，叙事中有抒情，有议论，还常插上一些哲理式的警句，这就使他的作品有起伏，有波澜，有节奏，这种艺术风格上的追求产生了效果，使他的作品受到了读者的欢迎。

泰国现代文学史

第 三 编

第一章
"文艺为人生，文艺为人民"的文学

　　第二次世界大战期间，战火虽未蔓延到泰国本土，但是由于銮披汶政府追随日本侵略者，让日军"过境""驻扎"，借助日本侵略者的势力在国内实行专制独裁统治，泰国人民仍然蒙受了深重的灾难。稻田荒芜，农民流离失所。橡胶园被毁，柚木采伐停滞，采矿业萧条，外贸逆差严重，通货膨胀率极高，1941~1946年这几年间，物价上涨了10倍。民主、自由成了寡头们的专利品。

　　第二次世界大战给人民带来了浩劫，但也锻炼了无产阶级和劳动人民。战后，科学社会主义思想传播迅速，世界范围内民族、民主运动的高涨使泰国人民深受鼓舞。泰国工人阶级有了全国性的工会组织，仅1947年便爆发了173次罢工，工人不但提出了经济要求，而且提出了民主改革、制订劳动法、惩办战犯等政治要求。农村在战争期间就有自发的抗日武装斗争，战后则发展成为反对地主、豪强的以土地为中心的斗争。知识分子中的先进分子和劳动人民站在一起，探寻着新的道路。

　　战后世界形势的特点是以美国为首的世界资本主义阵营和以苏联为首的世界社会主义阵营的对立和斗争，反映在意识形态上，文学上也是两个营垒，阵线分明。在泰国，当时有亲王室的《文学界》和《巴里查》团体，有官方支持的《文学俱乐部》，他们虽居于统治地位，但政治观点与进步潮流格格不入，作品多为歌功颂德或附庸风雅，内容远离生活，在读者中的影响不大。1950年，不属于上述派别的作家成立了作家联合会，虽然组织并不严密，也没有正式纲领，但为了适应文学发展的需要，他们讨论了作家的任务和责任、文艺的目的、文艺与政治的关系等重大问题，先后提出了"文艺为人生"和"文艺为人民"的口号。因特拉尤翻译了毛泽东的《在延安文艺座谈会上的讲话》，列宁、斯大林、高尔基、鲁迅等关于文艺问题的论文也被陆续介绍到泰国。文艺评论家班宗·班知达信、诗人乃丕、作家社尼·绍瓦蓬用历史唯物主义观点系统地论述了"文学艺术的源泉是人类的社会生活""社会生活决定了作家、艺术家的思想""文艺应为生活服务，是阶级斗争的一翼"，指出作家不应该仅仅是观察家，而要亲身参加斗争。他们用新的世界观和文艺理论评论了泰国古典作品和当代作品，产生了重大影响。但是一些作家持不同意见，这就不可避免地爆发了论战，导致了这个松散联合会的分化和改组。

"文艺为人生，文艺为人民"的文学运动，其实质是无产阶级领导的进步文学运动，其作品既包括革命现实主义作品，也包括新的批判现实主义作品，如西巫拉帕的《后会有期》《向前看》及短篇小说；社尼·绍瓦蓬的《婉拉雅的爱》《魔鬼》；西拉·沙塔巴纳瓦的《奴隶城》《市井悲剧》《这块土地属于谁》；伊沙拉·阿曼达恭的《等到人人皆兄弟的世纪》《罪恶的善人》；素瓦·哇拉迪罗的《上帝》《浴血的土地》；奥·差亚瓦拉信的《瓦比的半个月亮》；奥·乌达恭的短篇小说；乃丕、乌切妮、集·普密萨的诗以及青年作家隆·拉狄万、杰·节达纳探、西·沙拉康、纳·布拉纳的创作；等等。这些作品以其崭新的姿质、色泽、形象系列，开辟了泰国文学历史的新纪元，使无产阶级和劳动人民第一次有了自己的文学。

无产阶级的大众文学本来具有对于艺术形式、技巧、风格的最广阔的包容性，但由于"文艺为人生"这个文学运动受各方面条件的限制，如世界无产阶级文学的历史就不长，经验和教训积累得都不够；苏联文学对世界无产阶级文学影响巨大，但苏联文学本身在理论上和实践上就有错误和偏差；泰国的工人运动还处于较低的水平；马列主义的知识在泰国作家身上还相当贫乏等，使作家们机械地理解了文学与政治的关系，忽视了文学的其他属性，产生了一些令人遗憾的缺点。然而，进步作家不但用笔战斗，还亲身参加了反对侵朝战争，保卫世界和平，争取创作和新闻自由的斗争，并为此付出了血的代价。1952年和1957年进步文学两次遭到血腥的镇压。1958年沙立政变之后，这场轰轰烈烈的文学运动终于被镇压下去。

第一节 "文艺为人生，文艺为人民"文学运动的旗手西巫拉帕

西巫拉帕能投入泰国"文艺为人生，文艺为人民"文学运动并成为它

的旗手不是偶然的，这是他的思想和创作合乎逻辑的发展。

1938年銮披汶上台，加紧了对文化界的控制，文学艺术几乎窒息。鉴于身为全国报业协会主席的西巫拉帕的巨大影响，銮披汶极想笼络他，但被西巫拉帕所拒绝。太平洋战争爆发以后，西巫拉帕由于反对日军侵略和泰国政府卖国求荣、为虎作伥的政策遭到过逮捕。从1939～1949这10年间他几乎没有什么创作问世，可见压迫之甚。现实教育了他，使他对泰国的社会有了更清醒的认识。1941年他在《1932年革命的背景》一文的后记中就提出了"使民主制度消亡，还是存在下去"是一个"令人深思的问题"，他指出"15年的民主制度（指君主立宪制——作者）给了他们以新的形象。然而昔日'民团'的人在另一个时代成了凶徒，上述形象的改变并不是别人手造的，或者出自哪一位上帝的意愿，而是他们自己的所作所为"。

在逆境中西巫拉帕不能创作，但他决心"保持自己的尊严，不违心地向自己头脑中不正常的感情低头"。他不同流合污，而有自己的目标。"在我还有些气力和能够思考的时候，我还想写点东西，而不愿用这气力和陈腐的旧思想去赚钱……"① 他在文学创作上永不满足，决心努力探索，走自己的路，他说："我不想耗费时间去回顾过去而对自己的旧作津津乐道，不论是我15年前的旧作，还是去年写的，之所以如此，是因为我还坚信在未来的日子里我会写出更伟大的作品（如果说我曾经写过一些伟大作品的话）……只要我的脑子还没有残废，力气还可以握住钢笔，我还要写下去，以我自己负责的态度写下去，以我的观点写下去，是好是坏，是对是错，只能听便，但这却是我的决心和意愿。"②

1947年7月西巫拉帕作为一名政治学学者去澳大利亚进行了两年研究，在那里他接触和研究了马克思主义学说和社会主义思想，目睹了工人运动，使他的思想发生了重大变化。1949年2月26日西巫拉帕回到泰国，出版了他和他的夫人合写的在澳大利亚的考察记《我的见闻》，立刻投身到当时轰轰烈烈开展起来的泰国进步文学运动中去。

1952年西巫拉帕以及其他一些进步人士以"在国内外制造动乱"的罪名被銮披汶政府逮捕，判刑13年4个月。1957年2月21日逢佛祖诞辰2500周年被大赦。在被监禁期间西巫拉帕坚持写作，长篇小说《向前看》

---

① 《生活的战争》再版《前言》，1944。
② 《男子汉》再版《前言》，1944。

的第一部《童年》就是在狱中完成的，此外他还翻译了高尔基的《母亲》的一些章节。1957年应邀访问了苏联，参加了十月革命40周年的庆祝活动，回国后写了一本见闻录《到苏联去》。次年他应邀访问了中国。在访问期间，泰国发生了沙立政变，当局进行大逮捕，他的安全受到威胁，不得不在中国避难。在中国期间，他代表泰国作家参加了一些国际作家会议。1974年6月16日，这位泰国当代杰出的作家病逝于北京。中国人民为他举行了隆重的葬礼，周恩来总理向他献了花圈。

西巫拉帕的后期作品有中篇小说《后会有期》（1950年），长篇小说《向前看》的第一部《童年》（1955年），第二部《青年》（1957年，未完），此外还有短篇小说、报告文学、政论、专题文章、演说和翻译等。

《后会有期》写的是一个无所事事的泰国留学生勾梅在澳大利亚受到教育，走上了新的生活道路，立志献身于人民的故事。

值得注意的是，小说通过人物的对话，写出了"物产丰饶，人民贫困，社会充满了剥削和压迫的非正义"的泰国现实，明确指出"只有社会主义才能解决国家的根本问题"。

小说塑造了背叛了自己剥削阶级家庭的勾梅和牺牲自己照亮别人的澳大利亚姑娘南希·汉德森这两位社会主义者的新形象，表达了作者的理想和愿望。

勾梅是个大官僚的长子。他家有高楼大厦、大笔田产和几家大公司的股份，商业利润、土地交易和其他收入一年总有百万铢，这是一个五口之家几辈子也用不完的。在战争期间普通老百姓忍受着艰难困苦，可勾梅却可以出入俱乐部、运动场和舞厅。战争结束以后，勾梅重进大学，但是游荡惯了，学不下去，成了一个游手好闲的人，可是他却可以不受指责，因为阔人都是这样生活的。后来父亲为了使他"成才"把他送到澳大利亚留学，但是来到澳大利亚仅仅六七个月的时间里他却换了六七个学校，他整天出入高尔夫球场、夜总会，心里想的只是取得一个留学生的桂冠，能说英语，有洋朋友，时髦而气派。但是在澳大利亚他并没有找到"贵族朋友"，发现的是人们勤恳的工作。他感到厌倦，感到孤独，但同时也促使他思索生活的价值是什么，过去的生活有什么意义。

是南希·汉德森小姐把他领进了新的生活领域，使他懂得了自己虽然富有，却是个精神空虚的"可怜人"。南希对勾梅说："你没有劳动，就被称为上等人，而那些勤劳的却成了仆人，这是为什么？……你不应该认为凡是法律规定了的都是正确的。因为法律是少数人制定的，它所反映的只是少数人的意志。况且你父亲的财产也不都是来路清白的。"南希还介绍他看了不少书，这些观点对勾梅无疑是一种极大的震动。然而促使勾梅的思想发生根本转变的与其说是南希的言传，倒不如说是她的身教。

南希是个端庄、沉静、温柔和富有同情心的姑娘。她19岁就离开父母，到墨尔本工作，业余时间除了自学以外还无偿地为工会工作。她要自己洗衣、做饭。她身体瘦弱，理应得到别人的帮助，但她却诚心诚意地帮助东方人，为了东方人的利益而与政府斗争。但是她认为，"要反掉种族歧视，还得靠有色人种自己斗争。因此不能满足于奴隶式的逍遥自在，必须掌握知识和技能。"在南希的鼓励下，勾梅上了墨尔本大学，第一年学习虽然艰苦，但是有南希的帮助他终于坚持下来，可南希却吐血了。

南希和勾梅的最后一次谈话集中地反映了她的生活目的、人生观和价值观。她说："你可能感到奇怪，当我得知我得了肺病的时候为什么不停止工作，这是因为我不知道假如我对别人已经没有用处，那我活着干什么……我从不认为，活着只是一天天地为了温饱和寻欢作乐，然后便等着病和死的来临的这种生活是有价值的。我的看法是，那种生活是空虚的，正如没有生出来一样。只是单纯地活着对我是没有意义的。如果我活着，就要生活得美好，而美好的生活应该比为生计、为寻欢作乐而忙碌，然后便等死更多些什么，而且应该用在为别人谋利益上。"南希离开这个世界之前的最大希望是勾梅回到自己的祖国，报效同胞，使他们得到"永远的平等和幸福"。

小说中关于爱情的观点也是全新的，勾梅认为"爱情这个东西应该从牺牲的基点出发，而不应该从索取的目的出发"。"南希教会了我怎样去认识存在于公众之中的广泛意义上的爱情，应该把爱情献给人类，应该把爱情献给生来就很不幸地遭受贫穷和困苦的人们。"

这部中篇小说表明西巫拉帕的思想发展到了一个新阶段，集中反映了他澳大利亚之行在思想上的巨大收获。

《向前看》是作者最后的一部长篇小说，是计划中的三部曲，但没有完成。第二部《青年》只写了19章。《向前看》的主人公是一个来自穷乡僻壤的苦孩子詹塔。作品通过他的身世、他在瓦查林公馆和贵族学校泰威特·兰沙律书院的遭遇以及他走上社会后的觉醒，再现了1932年泰国资产阶级革命前后的社会生活，真实地刻画了那一时期各阶层人物的思想面貌。

这部作品虽未完成，但仍可以看出这构思中的三部曲是企图通过一代知识分子追求真理的曲折道路，表现从 20 世纪 20 年代到 50 年代泰国社会的历史变迁的。把小说中的人物和作者的经历相对照，不难看出在尼塔和詹塔身上显然有作者本人思想演变的影子。

《向前看》对社会的黑暗揭露得相当深刻。瓦查林公馆可以说是封建等级社会的缩影，泰维特·兰沙律书院是贵族和富人的天堂。一个封建大家庭，奴仆成群，但其实主子却只有几个人。同是主子，权力大小不同；同是奴仆，却又分成等级。主子骄奢淫逸，颐指气使；奴才媚上欺下，尔虞我诈，构成了一幅特殊的封建图谱。

詹塔作为一个农村的孩子，虽然身份仍然是半个仆人，但是能来到这个贵族之家，能陪主人进贵族学校，无疑是幸运地跨入了天堂，但是他很快就发现这个天堂并不是属于他的。不要说主人他不能冒犯，连地位稍高的奴才他也是惹不起的。他对社会的认识也就从这儿开始的。虽然詹塔的成长经历了漫长而曲折的路，但是在第二次世界大战前他已经成了一个为民主自由而斗争的热诚战士。

小说还塑造了詹塔周围一些先进知识分子的形象，乌泰老师始终是个鼓舞詹塔和他的同学前进的人。尼塔思想敏锐，常能在困境中助詹塔一臂之力。阿诚这个华人钟表匠的儿子从一个虔诚的基督徒，通过自身所受的压迫终于认识到"新"政府是不会施舍给他自由的。

小说还塑造了两个截然不同的"下等人"。媚巴朗从小受苦，但是她害怕穷困，一心高攀。瓦查林娶她为妾，她认为是中了彩，被遗弃后又嫁给了一个银行家当小老婆，虽说如此，她却始终感激损害她的人的"恩惠"。而典由于生活所迫长期偷窃，可是在一个女工的帮助下却从堕落走向了光明，成了一个心地纯洁掌握了自己命运的人。这两个类型，前者是剥削阶级思想腐蚀下的牺牲品。而后者的弃旧图新显然寄托着作者对泰国工人阶级的希望，因为这时的西巫拉帕是坚信"工人能干大事业的"。[①]

有一点特别需要指出的是，西巫拉帕笔下的"中国人"是和某些人笔下的"中国崽"是有区别的，他从未用华人语调不纯的泰语发音去嘲笑他们，而是写他们和泰国人一起受难，一起奋斗，一起成长。他们并不是与泰国人民毫不相干的"外来者"，和泰国人一样，他们大多数也是被压迫、受剥削的，这就和一般的狭隘的民族主义观点划清了界限，这是十分难能可贵的。

---

① 1957 年在法政大学关于工会的演说。

《向前看》的最大价值是它的思想意义。这部作品把革命者放在历史的中心地位，把推动历史前进的人民群众当作小说的主角，时代哺育着他们，他们也经受着时代的风雨和考验。这种对待历史、对待人民群众的态度是在以前的文学作品中根本不可能见到的。

这一时期西巫拉帕在短篇小说创作上也取得了很大成绩，这些作品有的向青年提出了为谁学习，为谁服务的严肃问题，塑造了追求真理、毅然抛弃传统的升官发财道路的觉醒的青年一代的形象（《新的道路》《回答》）。有的歌颂了劳动人民的优秀品质，揭示了谁养活谁的真理（《帕罗姆老头》《帮帮忙吧！》），有的塑造了为新社会的诞生而去拆毁社会阶级高墙的叛逆青年的典型（《那种人》）。这些作品十余年后，在10月14日运动中成了青年的行动指南和生活的教科书。

西巫拉帕在文艺理论上也有重要建树。他运用辩证唯物主义和历史唯物主义的观点，阐明了"文学是现实生活的反映""是受历史制约的"，作家应该重视"对生活的态度"，并且"寻求在那个时代所能寻求到的艺术手段和经验"，使作品更加完美，这对当时蓬勃兴起的进步文学都是有指导意义的。

西巫拉帕后期的作品从创作倾向看，是属于革命现实主义这个范畴的。由于作者掌握了唯物史观，所以他看清了人类历史发展的进程。这就使他的作品从整体上把握住了时代的特点，他对腐朽事物的暴露是着眼于其必然灭亡的基点上，对新事物的歌颂是着眼于新事物必然战胜和代替旧事物这一历史发展的趋势上，这就使他的作品达到了一个历史真实的新高度。这些作品不但能给人们以艺术上的享受，而且给了人们以思想上的启迪和斗争的勇气和信心。虽然由于政治环境的压迫和社会生活本身的限制以及艺术创作上的匆忙，这些作品在思想内容和艺术形式的结合上还不很完美（比如议论太多，人物形象不够丰满，有些概念化的毛病等），但这些作品的诞生对泰国文学界却有划时代的意义。鲁迅在评论白莽的诗时曾写道："这《孩儿塔》的出世并非要和现在一般的诗人争一日之长，是有别一种意义在。这是东方的微光，是林中的响箭，是冬末的萌芽，是进军的第一步，是对前驱者爱的大纛，也是对于摧残者的憎的丰碑，一切所谓圆熟简练、静穆幽远之作都无须来作比方，因为这诗属于别一世界。"[①] 把鲁迅的话移用于西巫拉帕的这

---

① 鲁迅：《白莽作〈孩儿塔〉序》，《且介亭杂文末编》。

些作品恐怕也不会不合适,因为这些作品也并非要和那些热门小说"争一日之长",它"属于别一世界"。

由于西巫拉帕对当权者长期采取不合作态度,由于他对真理的渴望和追求,由于他晚年坚定地站到了人民的一边,成了劳动者的代言人,由于他的作品的巨大影响,西巫拉帕的生活历尽磨难,作品长期被禁,他作为泰国现代文学奠基人的地位得不到确认。但是,1973年10月14日运动却冲开了这道闸门,他的作品被一再翻印,得到了空前的传播。青年们拨开了掩埋的泥土,惊喜地发现泰国现代文学还有这样一批闪闪发光的珍珠。人们称他为英雄,尊他为泰国文化界的"元帅""泰国文学天空中的王鸟",可见时间能考验一个人,也能检验一个作家的作品,更能确立一个人在历史上的地位,时间是一位极其公正的审判官。

中篇小说《后会有期》内容概要

那是一个夏天,我(多罗蒂)到塞德吉尔达海滩去玩,同车结识了一个人,他不是澳大利亚人,英语却说得不错。谈到饮茶,他可以说出澳大利亚每年的消费量是多少,国家给予多少补贴,如数家珍。经过公路,他可以告诉我,这条路是何时修建的。我猜不出他是印度的婆罗门,是爪哇人,还是中国人。分手的时候他只告诉我一个大概的地址。如果我去找他,等于大海捞针。

一个澳大利亚女人一天是闲不着的。工作之余,我看看报,有时也运动运动。在高尔夫球场上我又一次遇见了那个面孔黝黑的东方小伙子。他高尔夫球打得不错,他告诉我他打这种球是从16岁开始的,那时因为战争,大学无法开学,于是便迷恋上了这种运动。我终于知道这个名叫勾梅的小伙子来自于一个我意想不到的、人民的情操高尚、社会却充满了非正义的国家,这个国家从前叫暹罗,现在改名为泰国。

勾梅告诉我,泰国物产丰饶,水中有鱼,田中长稻,人民好客。占全国人口80%的农民创造了国家60%~70%的财富,但处境却极其低下,他们一生只走过田埂,却没有跨上过马路。过去一个小秘书的工资就是400个农民的收入。90%的人生活在艰难困苦之中,这能叫"自由"的国家吗?

勾梅说,他不想回自己的国家,因为看到那些不公正的现象感到痛心。虽然他自己的地位优越,不存在别人欺侮自己的问题。想起过去自己的生活，勾梅深感痛心和厌恶。勾梅告诉我，他是一个大官僚的长子，家有高楼大厦和大笔田产，有几家大公司的股份。商业的利润、土地买卖和其他收入，一年总有百万铢，他们这个五口之家是几辈子也用不完的。在战争时期，老百姓很痛苦的时候，勾梅却可以出入俱乐部、运动场和舞厅。"二战"结束以后他又重进大学，可是游荡惯了，心散了，学不下去了，他成了一个游手好闲的人，但是却可以不受指责，因为阔人都是这样生活的。后来父亲看他这样下去不行才在三年之前把他送到澳大利亚。当时勾梅觉得父亲的想法是可笑的，澳大利亚也会有"贵族"的，会投其所好的。第一年的前六七个月他换了不少学校，常常出入高尔夫球场、夜总会，希望自己以后能说英语，有洋朋友，是一个镀过金的留学生。

但是，在澳大利亚他却没有找到"贵族"朋友，发现的是人们勤劳的工作。他感到厌倦，感到孤独，但同时也促使他思考生活的价值是什么，过去的生活有什么意义。

那一年的8月末，在庆祝印度尼西亚的国庆活动上，勾梅认识了南希·汉德森小姐，是她把勾梅领进了新的生活领域。

南希·汉德森是个端庄、沉静、温柔和富于同情心的女性。她身体瘦弱，理应得到别人的帮助，但她却总是帮助别人。勾梅曾告诉她自己如何富有，但她却说他"是个可怜的人，是一个罪人，是站在空中的人，是个无依无靠的人"。南希对勾梅说："父亲的财产并不是你的，你没有劳动，就被称为上等人，而那些勤劳的却成了仆人，为什么？……你不应该认为凡是法律规定了的都是正确的。因为法律是少数人制定的，它所反映的是少数人的意志，况且，你父亲的财产也不都是来路清白的。"南希希望勾梅走一条新路。

勾梅听了南希的话，反复思考了好几天，他觉得这些道理很新，一时还接受不了。但是他觉得这些话是使人开窍的。

南希19岁就离开父母，到墨尔本工作，业余时间还努力学习，无偿地为工会工作。帮助东方人，为了东方人的利益常和政府斗争。她要自己做饭、洗衣。谈到工作的辛苦，她总是说："这是我所满意的，这是我的一种幸福，并没有人逼我这样做。"南希成了勾梅的榜样。她反对种族歧视，但她认为要反掉种族歧视还得靠有色人种自己斗争，他们不能满足于奴隶式的逍遥自在，必须掌握知识和技能，必须好好学习。南希的话振聋发聩，勾梅下决心要走一条新路，走一条为人类的利益而奋斗的路。

在南希的鼓励下他上了墨尔本大学学经济,第一年,学习很艰难,但是有南希的支持,他战胜了困难。他们相邀在暑假期间将到一个地方去休息,房间已经订好,但南希却吐血了,她患肺病已经很长时间,在和勾梅最后一次谈话中南希说:"你可能感到奇怪,当我得知我得了肺病的时候为什么不停止工作?这是因为我不知道假如我对别人已经没有用处,那我活着干什么……我从不认为,活着只是一天天地为了温饱和寻欢作乐,然后便等着病和死的来临,这种生活有什么价值。那种生活是空虚的,正如没有生出来一样。只是单纯地活着对我是没有意义的。如果我活着,我就要生活得美好,而美好的生活应该比为生计,为寻欢作乐而忙碌,然后便等死更多些什么。我亲爱的朋友,我当然想继续活着,假如我对别人还有点用处的话,但是我已经没有时间了……我亲爱的朋友,你能否再一次向我保证,当你回到你的祖国的时候,你能用你的知识和坚忍不拔的精神去帮助你的同胞,使他们得到永远的平等和幸福。"

两天之后南希去世了,临死的时候她还想着和勾梅一起度假的事儿。

听到南希和勾梅的事情,使我夜里长时间不能入眠。勾梅在那个夏天取消了度假的想法。我和勾梅很快成了亲密的朋友。但和南希不一样,我是平庸的女子,反倒是勾梅成了我的引路人。

一天,我们在一家中国餐馆里吃饭,勾梅告诉我,如果他能通过考试,明年初就要离开澳大利亚了。我对此毫无思想准备。从感情上说勾梅并不愿意回去,"但为了国家,为了困苦不堪的同胞,那我还是应该回去的。"我曾经问过勾梅和南希是否相爱过,勾梅说,她是个高尚的人,"我们在一起的时候是快乐的,但是除了心灵上的联系之外,我们没有谈过爱情。"

勾梅顺利地通过了考试,就要离开澳大利亚了。为了纪念,我们一起游览了他和南希约定而没有去成的菲利浦这个地方。他对我说:"我要感谢澳大利亚,她使我成了一个新人。"他告诉我,如果可能,如果父母愿意,他将用父亲的财产为公众造福。他告诉我,在工作安定下来以后,他要花一点时间考察一下东方各国如印度、缅甸、印尼、中国等国家人民的生活,以便更好地为自己的民族尽力。

勾梅决定1月30日离开墨尔本。在离别的时候我们都有说不出的话语,但勾梅说只好用工作来补偿。他穿着我手绣着我的名字缩写的内衣离我而去了。他也许还会回来,但那不知该有多久……

长篇小说《向前看》内容概要

16岁的詹塔进了名门贵族、王公大臣子弟求学的泰威特·兰沙律书院，陪着小主人读书。他是中学四年级里年龄最大的学生。这座书院对他这个庙童来说好像一座天堂，是使他眼花缭乱的另外一个世界，他处处感到新鲜和不可思议，但他又觉得自己是"凤凰群里的一只乌鸦"，他不能不谨小慎微，安分守己。

詹塔是来自东北部普通农家的一个苦孩子。父亲是个勇于反抗恶势力的硬汉，因为被债主诬陷，蹲了4年监狱，出狱后仍不得安宁，因而被逼出家，继而母亲又在一场天花瘟疫中死去。于是，父亲便把小詹塔交给了他尊敬的一位师父做了庙童，希望老师父能把詹塔教育成人。詹塔12岁时，老师父带他进了京城，并且让他进了佛寺的学校念书。老师父和内务部长昭坤是老知交，是昭坤到詹塔家乡做官时认识的。把詹塔托给他，是想找个主人做靠山，将来能有个出头之日，而昭坤之所以让他上学，是看他已是个大孩子，可以保护少爷。

詹塔在学校里结交的第一个朋友是尼达，在他的心目中尼达是个异乎寻常的勇敢的小战士，因为尼达回答老师的提问，声音总是那么响亮自然，詹塔认为这是最美的仪态；他成绩优秀，王孙公子们也不得不敬服他。尼达不随波逐流，凡事总有自己的见解。使詹塔感到意外的是，尼达的出身并不高贵，他的父亲是个生病退休的公司司账，母亲也仅仅是个做杂货铺生意供养全家的人，生活虽然清苦，但是家庭却充满了友爱和温暖。

詹塔虽然住在富丽堂皇犹如王宫的公馆，但他的居处是杂乱、肮脏的角落，并不比在佛寺里或在农村的家里所住的地方强多少。人家吃的是山珍海味，但他吃的却同佛寺里化缘来的僧饭差不多，由于厨娘的冷酷无情，有时他甚至吃不饱。他必须做一切杂务，以至休息和看书的时间都没有。他目睹了婢仆之间互相倾轧竟比主人还厉害。有人俨然以主人自居，其声色之厉，比主人有过之而无不及。詹塔生了一场大病，要不是司机乃曾夫妇的照料，恐怕性命都难保。在这座大楼里，等级的划分，人与人之间的明争暗斗，这一切都使他感到迷惑，但他勉励自己要勤奋学习，永远安分守己，他认为像他这样一个野孩子进入这座"天堂"，是他最好的归宿。

泰威特·兰沙律书院这座贵族子弟学校虽然由于时代的变迁，已向平民开放，但等级依然森严。校长对贵族学生鲁吉勒、大臣的儿子西立拉百般亲近爱护，但是对穷苦的华裔钟表匠的儿子阿诚这个品学兼优的学生，只因其憋不住在玉兰树下撒了一泡尿而对他严加惩罚。不过，他们的级任老师乌泰还不错，他是个青年教师，除了担任学校的功课外，还在研究法律，他不像老年教师那样处处偏袒贵族学生，他主张学生人人平等，学生有为自己辩护的权利。他认为阿诚的错误并不值得大惊小怪。

在"王宫"里，詹塔不懂得什么叫作生活的权利，而在学校里他的地位稍可改善，尝到了一点权利和平等的滋味并为此而感到欣慰，但同时他也看到了偏袒和不公平。在中学五年级的时候，他的朋友阿诚因为父亲病故，不得不离开学校去谋生，而无才无德的贵族子弟蒙銮·伊提蓬却到德国留学去了。

一次鲁吉勒吹嘘他的祖先，说是他的曾祖父及其家族拯救了泰国，而尼达却反驳说保卫泰国的不只是他祖先这一两个人，牺牲于敌人刀剑之下的无数的农民英雄同样值得敬重。他举出许多历史上的事实把鲁吉勒驳得体无完肤。鲁吉勒恼羞成怒，大打出手。詹塔为了保护朋友，一拳把这位小亲王打翻在桌子上，使他动弹不得。这下子闯了大祸，詹塔受了处罚，校方宣布如若再犯，定要开除学籍。詹塔成了一些贵族学生的眼中钉，而同时他这种见义勇为的精神却赢得了一些同学的尊敬。

詹塔初到学校的时候，充满了苦尽甘来的希望，但他升入中学六年级，渐渐懂事之后，先前的希望已经逐步破灭了。阿诚的善良、刻苦耐劳使他感动，尼达的崇尚真理、追求正义对他是个莫大鼓舞。先前他曾惊羡贵族子弟的阔绰，但现在却感到这些人灵魂空虚、生活乏味。他开始对生活中司空见惯的现实进行观察、比较，而且对先前想都不敢想的事情表示了怀疑。

詹塔结束了自己的中学生活，因为他的小主人瓦查林要到英国去留学。承蒙主人的恩典，让他在内务部里做了一个文书。他犹如攀上高山之巅，浑身沉浸在幸福里。詹塔走上了社会，开始了摆脱迷茫的曲折的新生活。

第二节 《婉拉雅的爱》："文艺为人生"的一部重要作品

在"文艺为人生，文艺为人民"的文学运动中，社尼·绍瓦蓬做出了杰出的贡献。他的长篇小说《婉拉雅的爱》和《魔鬼》是这一文学运动中的两部重要作品，特别是后者更是泰国20世纪50年代文学所取得最高成就的标志。

社尼·绍瓦蓬进入外交部以后，大部分时间在驻外使馆工作，他耳闻目睹了法西斯暴行和欧洲各国人民反法西斯的可歌可泣的斗争，看到了欧洲各国日益高涨的民主运动，这使他的思想发生了巨大的变化。在谈到自己的经历时，他曾经讲到，在使馆遇到过一位来使馆做翻译工作的西班牙人，他参加过西班牙内战和反弗朗哥的战斗，他告诉社尼，只做一个"道德作家"还远不是进步的。他向社尼讲述了"社会唯物主义"，从那时开始，社尼"才知道文学是什么，有怎样的作用"。这意味着社尼·绍瓦蓬已经从一位不断追求和探索的作家变成了一位肩负起历史使命的作家，他思想的这一巨变，具体反映在《婉拉雅的爱》这部长篇小说中。

《婉拉雅的爱》是在他驻苏使馆工作期间写成的，1950年出版。这一时期他曾有机会游历巴黎，小说就是以这个城市为背景展开的。

与作者早期作品《失败者的胜利》《东京无消息》相比较，与20世纪40年代以前的泰国文学相比较，《婉拉雅的爱》是一种崭新的文学思索和表达，这可以从两方面看出：

（1）作者对笔下的人物进行了与以往大不相同的探寻，找出了他们的世界观、幸福观、爱情观的根据，体现了一种新的人生价值的追求。

这集中表现在两个人物身上，一个是婉拉雅，另一个是永·尤邦央。

婉拉雅的家庭并不富裕，但她聪颖勤奋，才华出众，所以才能远离故国来到巴黎学习音乐，两年以后就将毕业。摆在她面前的有两条路，一条是成为阔人家庭中的摆设，这对她来说轻而易举。她有一位男朋友，名叫雷瓦，是名门望族之子，家庭富有，自费留学，他希望婉拉雅成为自己的附属物，他认为"船需要广阔的大海，鸡需要高高的栖木，而女人需要的是幸福和安静的生活"。但婉拉雅拒绝了这条道路，她"不需要这样的幸福"。她说，"我的幸福存在于追求、奋斗和冒险之中，但这种冒险并不是生意人所追求的发财致富，而是为了有益于人民的工作所做的奋斗和冒险。这意味着可能拿着砍刀走进没人涉足的森林，这没人认识的路可能成为后人走向繁荣和幸福的道路。"这是婉拉雅为自己选择的另一条路。她有着与雷瓦截然相反的幸福观，"踏着山坡的青草，听着溪水的流淌，吃着用蕉叶和荷叶包着的米饭，搜集记录老百姓简单而动听的代代相传的民歌"，这种清贫的农家生活是她的一种幸福。

婉拉雅立志成为一名人民的艺术家。她认为"中立的艺术是没有的，艺术不是为这个阶级服务就是为那个阶级服务，说艺术是中立的、纯粹的人，其目的正在于为高踞于一般人之上的特殊人服务"。"当大多数人生活在困苦之中，我们怎么能唱欢乐的歌呢？"

婉拉雅一针见血地指出了几千年来妇女被压迫、被奴役的根源："如果一方在经济上和命运上处于支配地位，那么男女之间平等的爱情是谈不上的。"婉拉雅的爱是广义的，她"爱和平，爱艺术，爱生活"，她并不拒绝个人的爱情，但追求的是有着崇高理想的爱，这是她生活和事业的一部分，她要与之结婚的男人是为"未来的新时代"而奋斗的人。

在《东京无消息》中，作者塑造了一个努力争取自立的女性形象，瑶瓦迪在美国学医五年，她的志向不过是"想有机会做自己喜欢的工作，在曼谷建一所为母亲和婴儿看病的诊所"，她仍然把依附男人看作是"女性的魅力"。她也不想虚度一生，但她看不到前途，也不清醒，因而在爱情上受骗也是自然的。同样是正面人物，但把瑶瓦迪和婉拉雅相对照，两者在世界观和精神境界上可以说有天渊之别，从这里我们不难看出作者的创作思想有了多么巨大的变化。

永·尤邦央这个觉悟的工人形象在泰国小说史上也是史无前例的。贵族作家、资产阶级作家是不屑于写工人的，更不要说把他写成一个正面人物了。《婉拉雅的爱》中的永·尤邦央是使人耳目一新的。他出身于农民，流落海外，当了水手，生活的艰辛和苦难没有使他颓唐，反而使他认识了生活的真理。他结识了彼得罗这个觉悟工人，懂得了组织起来、求得自身解放是劳动者的唯一出路。作者笔下的工人也不是蠢笨如牛的，永刻苦自学，他的法语比有些知识分子说得还好。由于志同道合，他成了婉拉雅的知心朋友，鼓励她做一位"为不幸的、受苦的、被抛弃的和无人理睬的人服务的艺术家"，并在她身上寄予了深厚的感情，为了自己的理想，她毅然回到泰国的农村，去开辟新的道路。

在这部小说中作者还以满腔热情讴歌了各阶层人民的觉醒和进步。

法国人勒内是一位超现实主义画家，他生活坎坷，初恋的情人被法西斯杀害，第二位女友离开了他和他的朋友结了婚。他的妹妹是位思想进步的大学生，他的朋友政治上也很活跃，可他自己却对政治毫无兴趣，他沉溺于自己的超现实主义，对亲友的劝告无动于衷，可毕加索画的和平鸽和一天夜里偶然见到的孩子所刷的反对帝国主义战争、争取世界和平的大标语却震撼了他的心，他放弃了自己的艺术主张，以这群孩子书写标语为题材创作了一幅画，获得了巨大的成功，走上了新的道路。

恩达是泰国驻法使馆二秘派金的夫人，她虽受过高等教育，可到法国以后却成了家庭主妇。她性情温和、纯洁而软弱。派金和她结婚并不是因为爱她，而是想借她父亲政治上的势力平步青云，但当岳父失势以后，派金对她的态度便来了一个180度的大转弯，她饱受欺压和凌辱，可是她开始却逆来顺受。在苦闷之中她得到了婉拉雅的真诚帮助，又看了不少关于妇女解放的书，她坚强起来了。毅然和派金离了婚，回国做了教师，走上了独立生活之路。恩达的前后变化判若两人，使派金也不能不刮目相看。

在这部作品中社尼已经一扫前期作品中对于命运的捉摸不定的茫然感，对未来充满了希望和憧憬，召唤着人们去变革，去追求，去奋斗。与以往泰国文学作品相比，这些新型人物的登场，可以说是空谷足音，振聋发聩。

（2）作者在观察事物、塑造人物上使用了辩证唯物主义和历史唯物主义的方法，这就使这部作品和比一般的批判现实主义作品在思想上站得更高。

作者在小说中用相当的篇幅探寻了"巴黎精神"。他写了生活在这里的画家、教授、大学生、儿童、存在主义者和外籍工人。他们的生活构成了巴黎生活的一个小小的侧面。作者写了一位摆书摊的贫穷老人，他的生活经历是感人至深的。他嗜书成癖，非常热情健谈，有渊博的学识，在反法西斯战争中他失去了两个子女。作者通过这个人物还写了巴黎的女人，老人告诉社尼，"不认识巴黎的女人，那就不了解巴黎"。当然，他所说的巴黎女人，不是浑身洒满香水的夜总会的女郎，而是舍生忘死的巴黎公社的妇女，是菜篮子里装着炸弹和法西斯斗争的巴黎女人。正是这些普通人创造了巴黎的英雄业绩，作者把他们视为巴黎的主角，是法国历史的主人，这就拂去了巴黎的香风、迷雾、奢侈、浮华，发现了另一个巴黎，展示了人民崇高的内心世界，这才是真正的巴黎，真正的巴黎精神！

作者歌颂了工人阶级，但也没有讳言工人身上的缺点，他对此采取了分析的态度，指出他们身上的污点并不是生与俱来的，而是生活所迫造成的。通过彼得罗这位外籍工人，人们可以看到前赴后继的牺牲精神才是工人的本质，而斗争又是陶冶工人情操的熔炉。"人虽然渺小，但是组织起来却是一股巨大的力量，时间一到，他们是能做他们想要做的事情的。"在创造新世界的进程中必然会创造出新人。

通过对这些普通人的描写，作者得出一个结论："认识生活，我们应该从生活的主人那里去认识，而不是从坐在那里终日梦想的有学问的思想家那里去认识。"这是一个伟大的真理。

由于作者掌握了唯物主义的历史观，所以他看到了人民的力量，看到了决定历史方向的决定性因素，他不再迷惘，不再彷徨，而是满怀信心地断言："生活是不会停滞的，昔日美好的时光一去不复返了，但是更加美好的岁月总有一天会到来。"因为"我们的世界是运动着的世界，永久存在的东西是没有的，落后的道德和风俗会被吞没和丢弃，新的东西会代替它，消亡和新生才是永恒的东西"。从这种历史发展的总趋势去俯瞰世界上一切纷繁复杂的事物才洞若观火，才能看清事物的本质，这就是这部长篇小说深刻思想内涵的秘密所在。

《婉拉雅的爱》在艺术手法上继承了《失败者的胜利》和《东京无消息》的某些特色，小说仍然以"我"为中心，没有贯穿始终的故事，没有惊心动魄的情节，虽然结构不够紧凑，但是，语言的恰当运用和深刻的思想却能给读者以思考的余地，以便让读者用自己的感受去填充，去丰富。虽然正面人物还不够丰满，但是反面人物却不乏神来之笔，比如对派金和阿南的刻画就是如此。

派金是泰国驻法使馆的二秘，衣着考究，体态潇洒，在英国得了硕士学位，年仅36岁就爬上了二秘的位置。他曾爱过几个女人，都是家境出众的美人，但是最终他都把她们送给大官做了见面礼。他虽然有知识，但家庭并不殷实，父亲仅是个銮（相当于子爵）。他择偶的条件并不是出于爱情，而仅仅想有助于他职务的晋升和家庭地位的巩固。如果他想和有钱人家的女子结婚那是唾手可得的，但是他却和恩达结了婚，因为恩达的父亲是1932年政变的要人之一，虽不如大商人富有，但在政界却有势力，完全可以为他搭好向上爬的阶梯。然而他时运不佳，岳父后来成了当权派的对立面，被解了职，于是恩达就成了他的敌人，成了他前程的障碍。他对妻子从来不忠，此时更千方百计加以虐待，为了避免支付恩达回国的旅费，在离婚的时间上他算计得也十分周到。

派金本人不搞政治，因为他知道政治是个没准儿的东西，然而他却不愿离开政治家，因为他这个寄生虫离不开政治家这个寄生体。

派金对人是两副面孔，对上司是毕恭毕敬，一副媚态，身体变成了弓形；对下属却是一副傲骨，头仰得极高，盛气凌人；对有用的人，他殷勤周到；对无用的人，他不屑一顾。

作者对这个野心勃勃、登龙有术、灵魂卑污的势利小人刻画得可以说是入木三分。

对阿南这个人物作者惜墨如金，只寥寥数笔就勾画出了一个靠发国难财而"周游世界"、给泰国人丢人现眼的假充风雅的土财主的形象。

第三节　社尼·绍瓦蓬的代表作《魔鬼》

如果说《婉拉雅的爱》是作者用新的创作方法初试身手的话，那么，《魔鬼》却是把"为人生，为人民"的文学运动推向了成熟阶段，它是社尼·绍瓦蓬的代表作，在深刻的思想内容和比较完美的艺术形式的结合上创造了一个典范，成了泰国当代文坛不可多得的一部佳作。

《魔鬼》的最大成就是塑造了一些旧世界的叛逆者的生动形象。如果说《婉拉雅的爱》中的正面人物还有些概念化，作者不得不用议论和豪言壮语去填充他们的话，那么，《魔鬼》中的正面人物则是在激烈的思想冲突和实际斗争的考验中成长起来的，他们是活生生的人，相比之下，这些人物显得更丰满、更真实，因而更可信。

《魔鬼》中的男女主人公写得最为出色。

赛·西玛这个人物一出场，就给读者这样一个强烈印象：他的人生哲学和为人处事方式是与众不同的。从他的身世人们可以找到他人生观和性格成因的答案。作为一个农家子弟而成了一个知识分子，成为一名律师，固然是一种偶然的机缘，但也是自强不息的奋斗精神得来的。"家庭的贫困，有时可以毁掉一个人，但有时也可以磨炼出一个人的优秀品质。"赛·西玛正是这后一种生活中的强者。

赛·西玛是个自觉的战士，他对社会有极清醒的认识，凡事要问个"为什么"，他懂得"人的区别不仅仅在于好与坏"，而在于阶级地位、阶级利益。好与坏，"在不同人的心目中，有着不同的含义。""如果我们想知道什么是真正的'好'，那就要看他是否为大多数人所赞美和承认。我们必须以多数人的意见为基础，多数人认为好的东西，那就是真正的好。"由此可见，他的行动不仅仅是他朴素的阶级感情决定的，还是建立在理性的高度上。

由于赛·西玛选择了向旧世界宣战的态度，他的人生道路就不得不受到重大的考验。

玛哈庄请他打官司，可以说是人情与正义之间的抉择。

玛哈庄是他做庙童时的启蒙师父，又是带他到曼谷读中学的恩人。玛哈庄还俗之后和富人玛莉夫人结了婚，成了放高利贷盘剥农民的债主。农民还不起债，他要"法律解决"。接受他的委托就等于"自己去告自己的父老兄弟"，不接受他的委托，自己就和"恩人"绝了情，成了遭人唾骂的忘恩负义者。赛的思想斗争十分激烈，"如果不是这样一件事，他会满口答应的。"他"心神不安，找不出万全的解决办法"。但当他了解到农民的艰难困苦之后，他扫除了痛苦的忧虑，毅然地拒绝了这个案子，迈过了人情这一关。

驱逐房客案可以说是个人利益与正义之间的角逐。

赛·西玛是东方银行的常务律师。一个债户因为无力偿还拖欠银行的债务而把土地作为抵押，银行转手出卖这块土地，一个买主给了高价，但条件是把这块土地上的穷人赶出去。赛察看了那里的实际情况，觉得驱赶了他们只会使这些穷人流离失所。赛"无法站在雇主的立场上为他们最大的利益服务"，因此，他"只有一条路可走，那就是辞职"。常务律师这个职务可以说是美差，平时的事情不多，赛虽然自愿只拿原来律师一半的工资，但仍是一笔可观的收入，为了素不相识的穷人，他牺牲了自己的利益。

为家乡农民打的一场官司，不但有贿赂的诱惑，而且有生死的考验。

农民世代耕耘的土地被豪强霸占，他们上天无路，投告无门。聘请律师，即使打赢官司，一笔可观的诉讼费也会使他们彻底破产。赛·西玛担任了他们的义务律师，他仗义执言，不吃贿赂，又险些被豪强暗杀，然而他没有退缩。小说避开了这个案子的结局，这是耐人寻味的，因为在那样的社会，在法律面前人人平等是很难做到的。

拉差妮对赛不为玛哈庄打官司，不愿驱逐房客而宁愿自己辞职有一个公正的评价："事实上你没有解决任何问题"。因为赛不做这样的事情，别的律师照样可以做。赛完全同意她的看法，他也意识到"仅靠同情和好心是不能解决一切的"。赛为家乡的农民打官司何尝不是如此，即使这场官司打赢了，然而"法律上的公道，并不能超越法律本身写在纸上的各种原则和范围，因此法律上的公道也许并不就是社会的公道"。赛深深地懂得"仅仅依靠法律方面的斗争是不够的，它只是在还没有更好的办法之前，让我们争取一个短暂的时间，使我们能够继续生存下去的一种斗争方式而已"。他对现存的制度没有幻想。

在与拉差妮的父亲这个封建顽固派的两次唇枪舌剑更使赛·西玛这个人

物的性格得到了升华，小说对这两个场面描写得十分精彩。

自恃高贵的昭坤对一切出身"低贱"的人怀有一种本能的鄙视，在社会上、在家里，他都是神圣不可侵犯的。对于赛对拉差妮的纯真友谊他怀着偏见和敌意，他认为赛是想骗取女儿的爱情以便跻身贵族的阶层。所以第一次见面他就给赛来了一个下马威，他先是查户口似地"审问"了赛，接着便嘲笑了他的职业，而赛反唇相讥，同样嘲笑了不识时务的贵族。这便深深刺痛了这位身居高位的达官贵人。

第二次见面则是这位老顽固为赛·西玛专设的"鸿门宴"，他和亲友们串通一气，先是使赛陷入无人理睬的难堪境地，之后便对他发动了突然袭击。他们不但在出身上羞辱赛，说他们"闻到了一股什么腥臭的味道""像是看到蚯蚓或者什么虫子类的东西似的"，唯恐躲避不及。昭坤拿赛示众，说赛进出他家的大门，爱上他的女儿是"不自量力，不知天高地厚""不懂得拿镜子照一照自己，看见别人荣华富贵就垂涎三尺，想入非非"，他警告赛"想跟别人一样爬上贵族地位的企图，只能是幻想"，他的结论是"乌鸦总归是乌鸦，凤凰永远是凤凰"。

赛的反击是居高临下、势如破竹的。他先是表示"我没有任何理由为命运不让我出身于贵族的门第而感到伤心"。接着他指出，"以为我想爬上贵族的地位"那是一种误解，因为贵族已是进入博物馆里的东西，"一切旧的东西都将随着时间的推移而逐渐消亡，你们是无法阻止这样的变化的。""时代决定我成了专门对那些生活在旧时代里、满脑子旧思想的人进行嘲弄和威胁的魔鬼"，昭坤想要消灭这个"魔鬼"是不可能的，因为时间会越来越多地制造出这种魔鬼，它"穿着时代的护甲，比阿克里斯或西弗利德还要坚强"。他满怀信心地断言，"将来的世界是一个平民的世界！"这对行将就木的阶级来说可以说是声讨的檄文、死亡的宣判、送葬的进行曲！

赛对旧世界，是一个魔鬼；对新世界，是一个催生婆。在他的身上不但有大无畏的斗争精神，而且闪烁着理想的光辉，这个形象是有时代意义的，因而是不朽的。

作者对拉差妮这个封建家庭的叛逆者的思想和感情变化写得很有层次，她对赛·西玛从理解到友谊，最后发展成爱情，在这条路上每走一步，就使她和自己的家庭远离一分。在她前进的道路上既有光明的召唤，又有反面的推动，在光明和黑暗的对比中她看清了道路，做出了抉择。

少年时代的拉差妮在物质生活上可以说是无忧无虑的，但在精神上却是苦闷多于快乐。她受着家里严格的管束，得到的是长幼尊卑观念的灌输，她不能和"低贱"的小孩子一起玩，但是跟"高贵"人家的孩子玩，她却常受欺负。于是她只好偷着跑去和家里佣人的孩子玩，"如果没有那些小孩，她的童年时代不知该有多寂寞和孤单。"家里也反对女孩子受教育，她之所以能读完中学，那仅仅是因为"她比姐姐晚生了几年""祖母日见衰老"，已经无法施展其最高权威，她"才得以冲破这道可怕和坚固的围墙"。她能上大学，靠的是对母亲撒娇和对父亲讨好这种聪明办法，但是没人关心她、过问她，这种冷漠的态度，几乎多次使她失去读到毕业的勇气，她是硬着头皮才读完大学的。毕业前夕，许多同学都在兴高采烈地谈论未来的工作和计划，唯独她心里还一片茫然。她对能否离开家庭到社会去工作，心中仍然是十分担心的。但是她的朋友锦添告诫她，要不屈服于父母的命令，不对他们百依百顺，"唯一的出路就是要使自己在经济上独立"，这才使她鼓足勇气，采用迂回的办法，争得了在银行工作的权利。

和赛·西玛的相识使她的生活发生了更大的转折。如果说，在此之前她和家庭的矛盾和斗争只是争得个人的自由、自主和解放的斗争，那么，以后在赛的影响下，她的立场、观点和思想感情都逐渐发生了变化，她对家庭的斗争已经成为社会斗争的一部分。

她和赛第一次见面是很不愉快的，因为赛没有像一般男子一样对她大献殷勤，甚至连一句客套话也没说，她对赛的"不懂礼貌"很反感，对他的自尊和自知之明不理解，对指出她与赛之间地位的差别很气愤，似乎是受到了污辱，但是对赛的"诚实"和"规矩"却留下了印象。

拉差妮从赛不事张扬地帮助了自己家的司机，从赛只取原任银行律师一半的工资这些事情上了解了他的为人，赛所指出的社会上存在着阶级差别使她受到了震动，对他们之间误会的解释使她感到了赛的与众不同，与在银行所见到的争名逐利和尔虞我诈相对照，她不能不感到，有着奇怪想法的赛，是有他的高贵品质的。

不断的接触，友谊的加深，使拉差妮感到赛对社会问题的见解"有道理"，拉差妮感到赛是个大丈夫，是个有思想、有见识、正直的人，他一旦认准了方向，就会坚定不移地走下去。赛第一次到她家里作客，就冲撞了他的父亲，拉差妮深感不安，但觉得这不是赛的过错，"父亲用门第出身来看一个人，当然会使人感到不愉快"。从自己的遭遇中她感到，赛过去对自己所说的话，大部分被证明是正确的。她对赛拒绝贿赂、为农民打官司感到敬仰和钦佩，认为他"做得很对"。

"鸿门宴"之后，拉差妮愤而出走，在赛那里找到归宿不是偶然的。她曾从锦添的清苦之家，看到了"母女相爱的真挚感情"，从二姐达鲁妮那里看到屈从父母之命婚后的悲惨遭遇，从大献殷勤的盖照那里看到一个富家的纨绔子弟，而赛使她懂得了人生的意义，这就使她"下决心保卫自己的权利"。父亲对赛的歧视和污辱终于使这个温柔的女性丢掉一切幻想，做出了勇敢的抉择。拉差妮对赛说："自从我真正认识你以后，我早就想过，总有那么一天，我会背叛我的家庭的，现在，这一天终于到了。"这是一个合乎逻辑的发展。

作者把一对年轻恋人尼空和锦添写得也很有光彩。尼空这个农家出身的大学生，毕业以后没有留恋城市，而是回到了农村，他觉得"乡土味越浓，越远离城市的繁华，我也就越高兴"。社会的实践，改变了他一些不切实际的想法，他觉得要改变千百年来的积习，不是容易的事，但是他要为真理奋斗到底。锦添的家境不好，这使她从小就能吃苦耐劳，体贴母亲，她常常帮助别人，为别人出主意、想办法，但她从不谈自己的苦难，也不曾向任何人要求帮助，在这些事情上她是很矜持的，她和尼空的相爱，完全是志同道合。

社尼·绍瓦蓬写的工人和农民也不都是低眉顺眼、哀叹命运的麻木人。昭坤家的司机乃贲就对"大人老觉得自己是我们这些佣人的大恩人"提出了异议，他"受够了罪"，不想再让他的老婆和孩子像他一样"当牛做马"。在赛的家乡固然有自己生活小康、不管别人痛痒的弟弟，但也有对命运不肯低头、对生活坚强不屈的勒，有拿起砍刀保卫自己劳动成果的乃格，有受尽欺压、平生第一次拿起枪向恶棍开了火的寡妇娘占，而这些普普通通的农民过去在反抗日本帝国主义的时候曾经创下英雄的业绩，出现过为民族捐躯的英雄。作者用充满感情的笔触，高度地赞扬了他们。

在反面人物身上作者也下了功夫。抱着封建僵尸不放的贵族顽固派昭坤，心黑手毒的花花公子达鲁妮的丈夫乃颂汶，贪图钱财心术不正的律师乃辙，虽然笔墨不多，但写得都颇有深度。

《魔鬼》这部小说的篇幅不长，但反映的社会面相当广阔，它从城里写到乡村，从贵族写到平民，中间还有抗日斗争的插叙。由于作者掌握了洞察复杂事物的辩证唯物主义和历史唯物主义的科学方法，看清了人类社会发展的规律，加上作者的艺术的表现能力，这就使他对封建势力和社会黑暗势力的攻击不但有切中要害痛快淋漓的感觉，而且有横扫千军的磅礴气势，这是一般揭露黑暗的小说难以做到的。可以毫不夸张地说，《魔鬼》代表了20世纪50年代"艺术为人生，艺术为人民"的文学运动的最高成就，把它列为泰国当代最杰出的文学作品之一是当之无愧的。

社尼·绍瓦蓬在文学理论上也有重要贡献，他所写的《现实主义和浪漫主义》《现实主义文学》等重要论文，把泰国文学与国外文学做了对比，分析了现实主义和浪漫主义的创作特点，指出，老的现实主义和浪漫主义都已不再符合泰国当前文学的需要，泰国需要的文学是"主观（理想）和客观（现实）的统一，艺术美和生活美的统一。主观的需要和客观现实方向的统一"。社尼强调文学的阶级性，指出作家应对人民负责。他的许多正确的观点都来自列宁、斯大林、毛泽东、高尔基和鲁迅等人。社尼和因特拉尤、班知·班加达信、西巫拉帕等人一起运用马克思主义的观点，科学地阐述了文学与社会生活的关系、文学的作用、文学与政治的关系和进步文学所应遵循的方向，这在泰国是第一次。它结束了泰国文学在黑暗中摸索的历史，武装了文艺家的头脑，对那时"为人生，为人民"文学的繁荣和泰国文学的发展，起了不可估量的作用。

长篇小说《魔鬼》内容概要

第一次见面，赛·西玛就给拉差妮留下了深刻的印象，不过这不是愉快的记忆，因为赛·西玛没有客套，寡言少语，而且他还直言不讳地声称，他们之间有着天壤之别，自己不是那种向漂亮的女人献殷勤的男人。拉差妮很生气，她认为赛是个没有礼貌的人，但同时她也不得不承认，他是坦率而真诚的，因为他们之间的差异的确是明显的。拉差妮出身于一个世代贵族之家，生活阔绰，但精神苦闷也是与生俱来的，因为她是个女孩子，所以处处受限制，随时有障碍。她上中学已经很不容易，上大学家里更没有一个人表示赞同，这种冷淡态度，几乎多次使她失去读到毕业的勇气，毕业前夕，许多同学都在谈论未来的工作和计划，而她的心里却是一片茫然。对于能否冲出家庭参加工作，她一直是忧心忡忡的。而她能在东方银行找到一个职位，一半是靠自己的聪明和勇气与家里周旋，一半却是父亲的恩典。而赛·西玛却是来自穷乡僻壤的一个农家子弟。他是在寺庙里受的启蒙教育，是僧侣把他养大的。他能上完大学当了律师，忍受了常人难以想象的困苦。而后来在海滨避暑地的相见，使赛有机会解释自己的看法，拉差妮虽还不相信他说的都是真话，但觉得他是能够自圆其说的。

阔别了十年的师父玛哈庄来找赛，请赛帮助他打一场债务官司。玛哈庄对赛是有恩的，是他教会了赛读书写字，又是他把赛带到了曼谷，使赛上了中学。玛哈庄本是个在家乡小有名气的和尚，在佛学上学有所成，家乡的老百姓都对他抱有希望。但是自从认识了颇有点产业的30岁的寡妇玛莉夫人，他却重降凡尘，和玛莉夫人结了婚。夫人放高利贷，丈夫成了经纪人，家乡农民赖以生存的土地不断落入他们之手。玛哈庄手中的证据一应俱全，打赢这场官司不成问题，这对于一个以诉讼讨生活的律师来说是个赚钱的好机会，但对赛来说却是个难题。如果赛帮助自己的师父，他对不起家乡父老；如果不帮忙，又会落得一个忘恩负义的骂名，绝了师父的情。赛的心里十分矛盾，他只好采用拖的办法，为此专门回家乡一趟，以便寻找一个两全的办法。

家乡的山河依旧，面貌未改，乡亲们热情地欢迎他，使他倍感亲切，然而提到玛哈庄要打的官司，亲朋们都沉默了。这里生活着对命运不屈服的人们，他们曾经和来犯的日本侵略者作过殊死的斗争，然而现在却被疾病、压迫和高利贷折磨着。地主、豪强强取豪夺霸占农民的土地，可没人能帮助农民。他们去打官司，输了不用说土地要归人家，即使打赢了，土地也变成了诉讼费。这一切不能不使赛深思。这次故乡之行使赛下了决心，他不能为玛哈庄办这个案子，因为这样做等于在告自己的父老兄弟姐妹。他当然明白，自己不办这个案子，别人也会办，但他自己不愿做这种事。

拉差妮在和赛的接触中，发现了他有许多与众不同的看法，发现了他身上有常人难得的闪光品质，赛辞去兼任的有着丰厚待遇的东方银行常务律师的职务就是又一例证。起因是银行对一笔债务的处理问题。一个债务人因为无力偿还银行的债务而把土地做了抵押，银行出卖了这块土地，但买主坚持要把这块土地上的穷人住户赶出去，银行同意了，并以此换得了高价。赛觉得这样只会使穷人流离失所，银行没有听从赛的意见。他只好以辞职抗议。他的这一做法，得到了拉差妮的理解、赞同和敬佩，他们的友谊与日俱增。

一天拉差妮邀赛到自己家里做客，她的父亲以门第取人，用查户口似的口吻盘问赛，并且嘲笑了律师的职业，赛则反唇相讥，奚落了贵族和他们的头衔，气氛一下子变得紧张起来。拉差妮胆战心惊地坐在一旁，生怕父亲发作。饭后母亲又告诫她，交朋友要选择门第。拉差妮想起二姐在婚姻上的不幸，想起父母为她安排好的"意中人"——一个阔留学生，决心维护自己的权利。拉差妮和赛的亲密友谊和赛的来访使拉差妮的家庭深感不安。他们决心驱逐这个"魔鬼",但两个年轻人已经心心相印、很难拆散了。

赛的哥哥从乡下来找赛,后面还跟了四五个乡下人。他们的土地被豪强所占,请赛帮助打官司。赛觉得律师的职责就是维持公道,不过法律的公道还不完全等于社会的公道。他为这个案子奔走,险些遭到暗杀。他不但要同阴谋和谣言斗,还要消除乡亲们的误解。为农民打的官司已经提交法庭,只等判决了。地主的代理律师送来了贿赂,同案的律师先拿了人家的钱,而赛却断然地拒绝了他们。

赛在地主豪强的眼中是个魔鬼,在拉查妮的父亲眼中也是个魔鬼,这位老贵族为驱走这个魔鬼,在家里摆了一桌鸿门宴,请赛出席。赛对这个宴会的意图已有某种预感,但他别无选择,毅然赴会。宴会前宾客们就冷落和嘲讽他,席间拉差妮的父亲更奚落他是一个想挤进凤凰堆里的乌鸦,赛接受了这个挑战,他说:"我没有任何理由为命运不让我出身于贵族而感到伤心!"他嘲笑贵族是进了博物馆的东西,指出时代造就了旧时代的魔鬼,"今天晚上,你们企图在你们这些上层社会人物面前毁灭这个魔鬼,但这是不可能的,因为它穿着时代的护甲,比阿克里斯或西弗利德还要坚强,你们也许暂时可以挽救某些事物,但是你们不可以永远保留一切旧的东西!"赛给了他们当头一棒,宴会不欢而散。

赛想到拉差妮,心头不免为之一震,他想自己和她的关系到此结束了。然而当他回到自己住处的时候,拉差妮却在门口等着他,她依偎在他的身旁,说道:"自从我认识你以后,我早就想过,总有那么一天,我会背叛我的家庭的,这一天终于来到了。"

第四节 奥·乌达恭的短篇小说

"在第二次世界大战后出现的一批作家中,奥·乌达恭是最幸运和最不幸的一个。幸运的是,在很短的时间里他就实现了自己一生梦寐以求的愿望,但与此同时,他又是最不幸的一个,因为在他获得了创作上的巨大成功之后,还没有来得及为自己的成功而感到欣喜和庆贺,他就到达了生命的终点。"这是泰国著名作家马来·楚皮尼为奥·乌达恭的短篇小说集《一生》所写的《序言》中的一段话。用"幸运"和"不幸"来概括奥·乌达恭的一生未必精当，却也道出了一个基本的事实：奥·乌达恭仅仅用了三年的时间就证明了自己是一位杰出的作家，他在短篇小说的创作上所取得的成就是永垂史册的，然而他个人的生活却充满了坎坷。

短暂的生命　巨大的成功

奥·乌达恭本名乌冬·乌达恭，1924年12月4日出生于泰国中部的佛统府那空猜是县，排行第七，是父母最小的一个孩子。他生下来一条腿就有点缺陷，但是却长着一双圆圆的、炯炯有神的眼睛，闪着坚毅之光。家里的人都很喜欢他。

奥·乌达恭自幼勤奋、聪慧。1931年当他七岁的时候上了小学，考试总是名列前茅，1938年小学毕业。在中学五年级时，曾跳了一级，但成绩却一直优秀。

早在中学时期，奥·乌达恭就显露出文学创作的才华，他的作文总是得到老师的夸奖。空余的时间里常常写些小故事、小戏给大家看，供大家演，他自己也常常扮演戏中的角色。

中学毕业后，因为年龄太小，在家待了一年，第二年考上了朱拉隆功大学预科，因为成绩突出，很受同学的称赞和老师的赏识。结业后，在朱拉隆功大学开始了医学基础学科的学习。两年之后，即1944年，转入西里拉医院正式学医。但是不过一年时间，他得了肺结核，被迫停学两年，两年之后他又回到医院，但是病并没有好，医生不得不劝其退学。他憧憬着当一名医生的愿望永远破灭了，这使他痛苦万分。

奥·乌达恭没有屈服于疾病的折磨和事业的意外打击，他振作起来，决心改学法律，想以法律为公众服务。他考取了法政大学，并且拖着病弱的身子，学完了许多课程，得到了准法学学士学位。但是疾病却继续困扰着他，他无法工作。但这一时期他却有许多时间读书、构思、遐想。往日的生活，丰富的想象，一个个人物在他的面前活跃起来，他无法自制，终于拿起了笔，开始了短篇小说的创作。他投寄的《在解剖室里》《凯莎拉的命运》《查弄》都被刊用，而《在解剖室里》更得到了当时最著名的文学杂志《暹罗时代》征文一等奖。这次的成功使他深受鼓舞，从此写作不辍。读者渐渐熟悉了这位新作家，他的作品受到了热烈欢迎。

他既没有当上医生，也没有成为律师，却意外地敲开了文学创作的大门。当他的作品被人们热烈地谈论着的时候，他的个人生活却是极其寂寞孤苦的，原因是他得的这种病当时无药可医，人们不得不避而远之，于是小提琴和音乐成了他最好的朋友。但在死神降临之前，他的体力却奇迹般地渐渐有所恢复。他没有错过这个机会，不顾家人的反对，在程逸府内政厅找了一个文书的工作。他白天工作，夜里还编《贪玛沙帕》杂志。兄长提醒他注意身体，他却说："在我有所不测之前，让我有机会做些有益的事情吧！"他终于不支，于1951年1月27日逝世，年仅27岁。

奥·乌达恭的创作从1948年起到1950年底止，只有三年，他给世人留下的只有21篇短篇小说（其中一篇是1942年的旧作，两篇是改编别人的作品）。如果以中文字数计算，恐怕不到20万字。如果以其数量与同时代的其他作家相比，那是微不足道的。但是文学的价值从来不是以数量而是以质量取胜的。

理想的光辉　深刻的笔触

奥·乌达恭的创作数量虽然并不算大，但他的笔却触及了当时社会生活的许多方面。这里有城乡的差别、贫富的悬殊；有灵魂上的忏悔，也有父子的真情；有坚贞不渝的爱情，也有欲望和理智的冲突。他的不少小说，诸如《在泰国的土地上》《在解剖室里》《查弄》《黑色的本能》《坟墓上的婚礼》等都是泰国现代短篇小说的名篇。

《在泰国的土地上》《一个人的生活道路》和《永恒的爱》是战后在泰国出现的新型小说，这些小说触及了泰国社会制度的要害问题，塑造了一些为理想而献身的人物形象，揭露了社会的黑暗和腐朽，作品充满了对民主、自由和改革的切望。

《在泰国的土地上》写的是青年塔拉和他的未婚妻卡妮塔正守着一个农家患白喉的病孩，孩子生命垂危，他们万分焦急地等候着从曼谷顺便到这里的医生——卡妮塔的哥哥——能及时赶到，挽救孩子的生命。但是他们失望了。这时，突然从远处传来了马蹄飞跑的声音，接着是连续的几声枪响，就在病孩的生命即将结束的几秒钟里，一匹马冲到了屋前，马上的男子并不是他们等待的人，他衣衫褴褛，身上沾满了血污，右手紧握着枪，塔拉认出了他就是过去熟悉的帕琛医生——只因为信仰不同，他成了警察追捕的"罪犯"。在此千钧一发之际，塔拉请求帕琛医生抢救病孩的生命，自己却跨上了帕琛的马，急驰而去，把警察引开，警察的枪弹结束了塔拉年轻的生命。

这篇小说塑造了两个闪闪发光的人物形象。

帕琛医生是1949年2月一次大清洗黑名单上的人，那次大清洗有好几位重要的政治家惨遭杀害，然而逮捕和杀戮还在继续。他之所以被追捕，只因为他是一个英国工党式的"社会主义者"，"他希望看到人类社会从目前泰国社会所存在的各阶级贫富不均的巨大差异中摆脱出来。"他同情"成千上万沉沦于苦难贫穷，在死亡线上挣扎"的人民，他断言"泰国必须进行一次彻底的变革！""如果泰国在今天实行不了社会主义，那么泰国还会走得比这更远！"他为了逃避追捕，被迫拿起了武器，历尽了千辛万苦，但是为了抢救一个孩子，他毅然地把自己的安危置之度外。

塔拉是作者着力刻画的主要人物，他对泰国的现实和统治阶级的本质有着极清醒的认识，他对女友这样说："你看看吧，这个国家的一分子的生活是什么样子，他们穷到了什么地步，政府是从未想到的吧！……在这样的村子里、区里和县里，有什么东西可以称为政府提供的福利设施呢？不必说什么丰衣足食、安居乐业了，即使是使每个人能够活下去，免受冻馁，不受疾病的折磨的照顾也没有，这就是政府大言不惭的许诺！……卡妮塔，我感到惊奇的是，政府既然毫无用处，那我们要政府干什么呢？"他明确指出，"政府的唯一任务就是使最大多数的人丰衣足食。也就是说，为了保证每个人正常工作，每人都有权向政府索取它能提供给每个人生活所必需的一切……如果政府拒绝这样做，或者做不到，那么由一个个的人所组成的民众就有权把这个机构推翻、赶走，重新建立一个符合他们意志的政府！"

塔拉把一切问题的根源归结为政府，表明了他的政治眼光，虽然他对政府还没有一个科学的解释，但是指出这一点要有很大的勇气，因为泰国不是美国，不是法国，更不是英国，它在当时连一点虚伪的假民主也没有！掌权的人可以用枪杆子为所欲为，"只要'共产党'这个词在有权有势的集团的眼中还是一瓢脏水，当他们需要在自己所控制的范围内剪除异己时，他们就可以任意把这瓢脏水向与他们意见不同的对方泼去！"

塔拉指出"有两个泰国"，一个是曼谷的泰国，一个是乡下的泰国。而真正的泰国是在乡下，那里的人的生活和曼谷比起来要相差十万八千里。塔拉指的曼谷当然不是那里的贫民窟，而是供富人享用的灯红酒绿的曼谷，这实质是压迫者、剥削者与被压迫者、被剥削者的两种截然不同的生活。

小说中的病孩实际上是苦难深重的泰国人民的象征。为了理想，为了未来，为了全体泰国人民，塔拉愿意献出自己年轻的生命。他对帕琛医生说："让我尽一次这个光荣的职责吧！我并不仅仅为了这个孩子的一条生命，我为的是沉浸在穷困苦难的深渊里的每一个泰国人的生命,好朋友,我深深地懂得帕琛·善拉吉皮坦医生是每一个穷苦人的希望和光荣……虽然在此刻你正被不公平的法律所追捕。进去吧,亲爱的朋友,我可能会死,但那也没什么关系,因为你应该活着,为每一个泰国人活着……"塔拉被警察的枪弹击中,身体从悬崖上跌到河里,但是在临终之前人们却听到了这样的喊声:"帕琛,泰国的这块土地属于你!"

这篇小说充满了浪漫主义的传奇色彩,燃烧着作者对祖国人民和自由民主的炽热感情。塔拉虽然牺牲了,但他是为理想、为人民而死的,他的死是壮烈的,是一曲慷慨悲歌,它不仅催人泪下,而更主要的是启示人们不断斗争。

《一个人的生活道路》的主人公蒙銮·素拉集是一个有坚定信念和理想的人,但他不能见容于泰国社会,残酷的杀戮和逮捕迫使他不能不出逃。有人说他逃到了缅甸,有人说他还在国内,一年后报纸突然登出消息说警察在达府发现了他。他的未婚妻按照报纸提供的线索来到那里,追索着他的踪迹,但素拉吉却误以为她是暗探,开枪使她受了重伤。当发现被击倒的正是自己日想夜盼的亲人的时候,他肝肠欲断。当未婚妻死在自己怀抱里的时候,警察已经来到他的跟前,把素拉集送进了牢房。

这篇作品塑造了一个对理想忠贞不渝的革命者的形象。他说:"为了理想,没有什么东西可以使我灰心和罢手。""前面即使有火坑等着我,我也要跳过去。"他对统治阶级和现存的制度不抱任何幻想,认为革命才是唯一的出路。他说:"泰国所需要的不是神圣的漂亮话,而是为了大多数人必须实行真心的改革。"对于这样一个立志要为人民造福的人,社会不但不允许他大展宏图,还要把他投入监狱,而他误伤未婚妻的悲剧也正是当局的迫害酿成的。

如果说上面提到的两篇小说正面地描写了革命者的崇高形象,那么《卡尔·马克思、火药味和南堤雅》却是从侧面对统治阶级的愚蠢和残暴进行了绝妙的讽刺和揭露。这篇小说写的是一个对马克思主义一知半解、又喜欢吹牛炫耀的人,只因为在破砖堆上向农民讲"马克思主义",就被警察抓去了。本来警察来到的时候他想藏起来,但女友却激他,故意让警察把他抓起来,好让他的头脑"清醒清醒",但两天之后她却得到了消息,他被警察打死了,理由是企图逃跑。

一个喜欢吹吹牛、赶赶时髦的人,只因为碰到马克思主义这个禁区就丧了命,这个典型事例本身就说明统治阶级的恐共病和神经衰弱到了何种程度。

奥·乌达恭的作品是一个时代的画廊,相当深刻地反映了人们的精神世界。

《在解剖室里》和《小溪岸边》有某些共同之处,前者写的是父子真情,后者写的是父女真情。《在解剖室里》是作者的成名作,当时泰国的著名杂志《暹罗时代》征文,默默无闻的奥·乌达恭寄去了三篇小说,其中《在解剖室里》获得了征文一等奖。这篇小说的主要情节是这样的:船工把奄奄一息,失踪已三年的维特亚送到了医院,这使他昔日的情人兑和朋友捷沙堂都深感惊讶和悲痛。维特亚得的是肺瘀血,全身像烧焦的树干,他最大的愿望是再看看兑和捷沙堂。维特亚本来是一位十分聪明而勤奋的医科大学生,他才华出众,尸体解剖尤为出色,因此他和兑、捷沙堂等共同工作的十一号手术台就成了大家羡慕的中心。但是有一天他却意外地缺了课,等大家都已离开解剖室的时候,他才匆匆赶来,急奔他工作的十一号手术台,翻过被他解剖的尸体,在尸体的脑后发现了三颗鲜明的红痣,从此以后他就失踪了。

被维特亚解剖的这十一号台上的尸体,原是被终身监禁的一个囚犯,因染上疟疾不治死去。临死之前他立下遗嘱,要把自己的尸体献出来供解剖用。他生前不能亲近儿子,死后却想用这个办法对儿子有所助益,这个囚犯正是维特亚的父亲,他为了维护妻子的名誉而杀了人。然而,他不想让儿子知道这尸体的真正身份,但一天维特亚却从叔叔那里读到了父亲给叔叔的信,得知脑后的三颗红痣正是父亲的特征,于是真相大白。

小说写出了特殊关系之下的父子之间的极其复杂的感情。维特亚用了三年的时光和整个的生命报答和体验了父亲的爱,同时也为自己的父亲是一个囚犯而感到羞耻。他在临死之前在情人和朋友面前拿出了这封信,想把一切公开,但是情人和朋友没有照他的意思办,这封信最后在火柴的点燃下化成了灰烬。

《查弄》是作者的一个名篇,但是却反映了作者的复杂的创作倾向。

小说采用第一人称的叙述方法。"我"作为一个小小的养路工区的工长是很受人尊敬的。发是个工人,喜欢喝酒,性情粗犷。一次我坐的平车装满了枕木,在下坡的铁道上飞驰。突然发现50米开外,一个人头枕在铁轨上睡大觉,我无法刹车,只好把所有的枕木推到铁道上,企图把车停下来,车翻了，我失去了知觉。但当我醒来，睁开眼第一个看到的就是发像一条忠犬似的跪在我的身旁，因为我救了他的命。

一天，发硬拉着我和其他几个人到查弄他的家里去喝酒，使我大吃一惊的是他竟有一个迷人的妻子，名叫娥。听说过去曾有人冒犯过他的妻子，结果死于他的手下，由于那个人正是当局要捉拿的坏人，发便没有吃官司。在我和发等人一起喝酒的时候，娥和我眉来眼去，使我神魂颠倒，不久我便得到了她。可是时间一久，我发现发的脸色很难看，他总躲着我，我不敢再到娥那里去，心里警觉起来，为了防止不测，我腰里总别着手枪。也就在这个时候，我发现喜欢寻花问柳的猜常常不在家。一天傍晚，忽听枪响，猜倒在血泊里。我明明知道这是发干的，但是没有证据，无法报案。但我心里明白，他是算计我的，不过一时打错了目标而已，想来想去还是先下手为强。

第二天天还没亮，我别了枪，来到查弄发的家门口，在一道闪电的照射下，我看到出来开门的正是发，我扣动扳机，发倒了下去。但糟糕的是他没有立即死去，而是活到了第二天。当我也混在人群中去看他的时候，他吃力地拉住我，对我说："我不明白，你既然救了我一命，怎么又要杀死我？"我问他："杀猜是不是杀错了人，而真正的目标是我？"发告诉我，猜在他不在家的时候曾想奸污他的妻子，但由于娥的反抗没有成功，杀他正是因为这个。至于我和娥的事情那是他为报答我故意安排的，为了我，他牺牲性命也在所不辞。发在警察的面前不承认是我杀死了他，虽然在闪电之下他清清楚楚地看到凶手正是我，因而我是无罪的。

这件事时时在袭击着我的心，我生活的自豪感和幸福感随着发的死亡而烟消云散了。

这篇小说表现了一个干了坏事的人良心上受到的谴责和道德上的忏悔。

小说中的"我"，虽然在一无仇二无怨的情况下救了发一条命，但是当他占有了发的妻子之后，二者的关系便起了变化，一种极其卑鄙的自私自利的占有欲成了他一切行动的出发点。杀死发虽然是出于误解，但是却是整个事情合乎逻辑的发展，因为他要做先下手的"强者"。当一切真相大白，发以德报怨的时候，他的良心受到了极大的谴责，精神上受到了毁灭性的打击。

与这种卑鄙灵魂形成对照的是发，他是个"粗人"，但心地善良、质朴。他疾恶如仇，但也知恩必报。他甚至把自己的爱妻作为奉献给"恩人"的礼物，也许因为他的"奉献"还不够，也许事情的发展必须以发的死来换取"恩人"最大的满足,最后他死在"恩人"的枪口下,但他为了报恩仍然没有揭发他。也许正因为此,恩人才"良心发现"。

如果说小说中的"我",是作者批判、谴责的对象,那么作者对发显然是予以肯定的。但发这个人物并不是社会道德的典范,他身上的某些方面如纯洁、质朴、知恩必报等都可以说是劳动者的美德,但这个人物的身上显然具有奴仆的性格,"忠犬"的"品质"。试想,他可以不尊重妻子的人格,把妻子作为奉献给恩人的供品,他明明知道"恩人"杀他的原因,他却不向警察吐露真情,这可以充分说明这个人物思想意识中的落后、封建、愚昧的一面。遗憾的是作者并没有把这一面加以区别、批判,而是统统作为"感化"我的材料。其实如果从社会实际考察,一个极其自私自利的人,遇见小说中所描写的事情,其结果便有两种可能,一种就是像小说所描写的那样,杀人的凶手在精神上和道德上受到了审判,但另一种可能则是凶手得寸进尺,而并非只有一种可能。这是小说思想性方面的一个重大缺点。

《黑色的本能》:一篇引起争议的作品

奥·乌达恭引起轰动的一篇小说是《黑色的本能》,主角是一对情真意切的恋人丹庚和玛妮,但不幸的是丹庚得了肺病,可玛妮却坚持要和他结婚,理由是可以更好地照顾他。他们结婚之后的确也是幸福的,住的是充满花香鸟语的洋房,每天在一起散步谈天,陪伴他们的还有一条阿尔萨斯大狗,只有一样不圆满,结婚是形式上的,丹庚的健康状况不允许他们同房。但是他们也不觉得这是一种缺陷。有一天,一位朋友带着他逃出来的新婚妻子要求临时借住一下他们的房子,顶多不超过一个月,他们答应了。然而这对新婚夫妇也过分开放了一点,他们亲亲热热搂搂抱抱是不大避人的,甚至两个人在床上的事情也被玛妮看在眼里。她身热心跳,无法抑制自己的感情。甚至对年轻的男仆也有些冲动,但她总算控制住了自己,把自己锁在房间里。

在两位新婚客人离开前的一天,女主人的卧室里响起了连续的枪声,开枪的是丹庚,死者除了一丝不挂的玛妮之外,还有那条阿尔萨斯大洋狗——和女主人"通奸"的正是这条狗。

这篇小说在 1950 年 1 月 27 日《暹罗时代》第 3 卷第 150 期发表后,引起了读者空前的热烈反响,读者纷纷给编辑部写信,有的说它好,理由是"真实";有的说它坏,理由是生活中不太可能有这种事儿,而且这样写有悖于人的道德。一时争论十分激烈。当时的作家组织分别在1950年6月30日和7月21日召开两次座谈会,讨论这篇小说,许多著名作家参加了座谈会。

由于当时整个文艺界文艺理论水平较低,又很少有人研究泰国当代文学,座谈会的准备也不充分(有人甚至没有读过这篇小说),所以与会者只纠缠在人兽"通奸"是否真有其事等次要问题,没有能对这篇小说做出一个准确的评价,最后不了了之。作者因为健康原因,没有出席这两次座谈。

这篇小说的主题思想是一目了然的:理智和本能常常发生冲突,人经不起天性的诱惑,甚至会做出最下流无耻的事情。

人是一种社会动物,这是人和动物最显著的区别。人有性的本能,但人还有社会意识、伦理和道德观念。离开了人的社会性去探讨人的性的本能只能走进死胡同。不少人认为,这篇小说"不道德",他们的理由是小说暴露了罕见的丑恶行为。但作者写作的目的正是指出产生这种不道德的根源:"人们的道德随着物质文明的发展而江河日下。""我们每天所见周围是什么样子呢?在新式文明的口号下,人们为社会制订了许多法规,这是人们开初的需要。后来大家也就坚信不疑,以为这就是昌明,其实恰恰相反,这些新的法规反而给人们——既包括男的,也包括女的——确实提供了多种机会,但是是干坏事的机会。于是女人和男人有了更多的自由,但谁也没想到的一点是,他们——男人和女人,所得到的自由不过是一条更接近于情欲黑影之下的道路,人们无法避开性的本能,而是在这条路上越走越远。只要社会在发展,每日每时都会有各种各样的撩拨和刺激,教育又有什么用呢?你大概不会怀疑吧,性的本能会怂恿我们——我指的是男人和女人——干出什么事情呢?"如果把它和当今泰国社会的什么同性恋、人兽恋、群婚制、性交表演、换妻俱乐部等性道德的败坏相对照,简直可以说是一种预言。这篇小说主要是从社会的角度,而不是单纯从人的本能的角度来观察这一问题的,所以这篇作品的积极意义是不能否定的。

但是这篇小说是有缺点的,它的不足之处在于小说的情节和人物与作者所要表达的主题思想之间有些游离。从小说的故事本身我们看不出促使玛妮堕落的社会原因。一对夫妻正常的夫妻生活——虽然他们过分公开了一点儿,但也不能归结为道德的沦丧。小说的女主人公是个情操高尚的人,她并没有因为丹庚得了肺病而离开他。夫妻不同房,她也没感到是一种折磨。但仅仅受了一对夫妻恩爱场面的刺激就做那样下流的事情,这不但不合情理,而且也忽视了人的社会性、道德伦理观念和自制能力，夸大了性本能的作用。虽然作者声称这件事情本身是真实的，但是真实与否是一回事，而用怎样的态度去观察和描写它又是另一回事。因为文艺作品塑造的是人物，是典型，要有普遍意义，不是生活中某一事实的复制品。生活中某一事件的真实，并不等于典型的、艺术的真实。这部作品一问世许多读者对它持否定态度，虽然有些偏颇，但也不是没有其合理因素的。

爱情的悲剧折射出社会生活的悲剧

奥·乌达恭也写了不少爱情小说，至少占了他创作总量的1/3，是他整个作品中很有光彩的部分。

爱情是生活的重要组成部分，人类自有文学作品以来，就有了对爱情的描绘。但是，是通过爱情表现生活，反映社会，还是把爱情作为调料、消遣，为爱情而写爱情，却是作家世界观的一个分水岭。马克思主义认为，爱情问题是社会问题的一部分，而爱情又是社会生活的析晶，通过它可以反映社会的政治、经济、文化、道德诸方面的问题。奥·乌达恭的作品写的是爱情，表现的却是生活，这是他现实主义创作思想的一个特色。

细心的读者可能会注意到，奥·乌达恭写的都是爱情悲剧，这些悲剧不但深深地打动了读者，而且深刻地反映了社会的现实。《坟墓上的婚礼》是这类小说中比较有代表性的一篇：沙塔蓬和莎罗芹在大学里就是一对感情真挚而热烈的情人，他们常常在巴都花下幽会，相约五年之后结婚，但是时间还不到五年，大学毕业后莎罗芹却不辞而别，和另一个男人结了婚。沙塔蓬陷入了极大的苦痛和迷惘之中，不幸他又得了严重的疟疾。但在此时他却从别人的口中得知莎罗芹在一次意外的车祸中受了重伤，在临死之前她请求丈夫把她葬在巴都花下，并且自言自语道："沙塔蓬，莎罗芹在这儿等着你，有一天你终会知道，我是永远爱着你和忠实于你的。我之所以和别人结婚那是为了使父亲摆脱被控告而面临破产的绝境，——在巴都树下，沙塔蓬啊，我将等着你，就像是在我家的老屋之后的巴都树下我依偎在你的怀抱里一样……"沙塔蓬如梦方醒，他跌跌撞撞地扑到莎罗芹的坟墓上去，那里满是巴都树的黄花。也许因为他喝了大量的酒，也许是疟原虫侵入了他的脑际，沙塔蓬死了。在临死之前，他说："看吧，巴都花已经开了六次，这是我们婚礼的日子……"

小说以巴都花作为沙塔蓬和莎罗芹爱情的象征，他们生前在这花下定情，死后用这花寄托他们的情思，花开花落是他们约定的佳期，他们以死证明了感情的纯洁和忠诚。莎罗芹的家庭没有钱，人就成了债务的抵押品，莎罗芹若要维护自己的感情只有"死"的一条路，可见没有经济上的自由，爱情的自由也谈不上。然而沙塔蓬和莎罗芹之间的"在天愿作比翼鸟，在地愿为连理枝"的始终不渝的爱情却是人间讴歌的最高尚的感情。

《凯沙拉的命运》也是一出撕裂人心的悲剧。这个悲剧的主角是个纯洁的姑娘，名叫凯沙拉，她爱上了寄居在她家里的巴蓬。巴蓬已经有了情人，也不真心爱她，但是却含含糊糊地接受了姑娘的情意，凯沙拉不知情，发誓除了巴蓬之外谁也不嫁。但巴蓬回曼谷之后一年就结了婚。他把凯沙拉爱情的信物——他俩在通卡沃树下亲吻拥抱的一幅画放在贮藏室里，把她的感情也早就抛到九霄云外。25年过去了，他的结发妻子死去了。后娶的第五个妻子和一个人通奸。他原想把淫妇打死，不料却把奸夫送上了西天，他吃了官司。原告为了歪曲案情，故意把25年前巴蓬和凯沙拉的事情扯了出来，于是引出了这个爱情悲剧故事。然而凯沙拉已不在人世，她在半年前已经死去，但是直到生命的最后一刻她仍然在等着巴蓬，棺木上撒满了通卡沃花，他们亲吻拥抱的那幅画还挂在那里。

在封建社会里，男女都可能成为封建压迫的牺牲品，但就婚姻和家庭而言，受害最深的还是妇女。从表面上看凯沙拉的悲剧纯粹是个人因素造成的，但仔细一想，这里面包含有深刻的社会内容。凯沙拉的"单相思"和最后以死殉情在"聪明的"男人看来也许是愚蠢，但从社会的角度去观察这不能不说是一个弱女子所能做出的最强烈的抗议。

艺术上的杰出成就

奥·乌达恭留下来的作品不算多，严格地说来也不篇篇都是精品，但从思想意义上来说，他的作品站到了时代的前列，达到了当时泰国文学所能达到的最高点，同时在艺术上他也独具匠心，显示了他的才华，形成了自己独特的风格，可以毫不夸张地说，他在短篇小说上所取得的艺术成就在泰国直到现在仍然是第一流的。

文学艺术的美学原则是通过生动的艺术形象真实、客观地反映社会生活，因此塑造艺术形象或称为艺术典型就是最重要的任务，在这方面奥·乌达恭的短篇小说有着杰出的、独特的贡献。

1949年11月20日在奥·乌达恭的小说《在解剖室里》获征文一等奖

时，由许多著名作家所组成的评选委员会就认为这篇小说的人物"有血有肉""这是这篇小说最突出的特点"。其实写人物突出的并不止于这篇，比如《在泰国的土地上》的塔拉和帕琛医生就是两个令人难忘的、栩栩如生的人物典型。塔拉身强力壮、疾恶如仇、见义勇为，而帕琛医生却是个瘦削、深沉而冷静的人，他们外形不同，气质不同，然而在为泰国人民舍生忘死这一点上他们都不愧是国家的脊梁、民族的中坚。我们一合上书本甚至能想象出他们的形象，这不能不说明作者在塑造人物上有着惊人的艺术技巧。

《查弄》中发的形象是极为生动的，他嗜酒、粗犷、鲁莽、凶暴、质直、知恩必报，但也奴性十足，在作者的笔下这个人物的复杂性格一下子跃然纸上。再如《卡尔·马克思、火药味和南堤雅》这篇小说中的赛塔的形象，人们从他站在烂砖堆上所做的不伦不类的演说中就可以知道，他对马克思主义可以说一窍不通，但他又喜欢炫耀，喜欢吹牛，所以才选了这么个场合"施展他的才能"。当捅了娄子，警察来抓他的时候他怕了，要躲起来，但女朋友激他，他又不得不硬充好汉。通过这些细节描写，一个"二憨子"的形象立刻在读者面前活了起来。

奥·乌达恭的短篇小说在刻画人物上的另一个特点是避免了抽象的议论和空洞的说教。概念化是"文艺为人生"的文学常犯的毛病，这一缺点在现实主义文学内部一直延续至今尚未彻底解决。作家发现了社会问题，有感而发，这是好的，但是，如果作者生活底子薄，积累不够，形不成一个完整的故事情节，更谈不上细节的真实，因此不是用活生生的人物形象说话，只好用"豪言壮语"去填充人物、阐明主题，这就大大降低了作品的艺术感染力。我们可以看到奥·乌达恭的作品基本上没有沾染上这个毛病，他坚持用人物的行动、情节的发展、气氛的烘托来阐明主题，所以他塑造的人物形象，事隔半个多世纪仍然活在人们的心里。

在泰国现代作家中奥·乌达恭是很注重艺术形式的一个，尤其在小说的结构上有独到之处。比如《在泰国的土地上》的结构就十分严谨，如果把它的情节挪动一下就会破坏小说的艺术感染力。帕琛这个形象的塑造应该说是难以安排的，前面写帕琛，等于把底细全亮到了读者的面前，这样就没有了小说中间的奇异的惊险场面。如果在帕琛出场的时候大段地写这个人物，势必冲淡整个紧张气氛。作者把这个人物的底细留在塔拉骑马引开警察的整个过程中，用回忆的方式表达出来，这不但使整个追捕的过程起伏跌宕，而且较好地丰满了这个人物，最后塔拉临死前喊出的一句话更使这个人物升华了。

情节比较曲折，故事中常常有许多悬念，又常常有一个意想不到的结局，这是奥·乌达恭作品的又一艺术特点。《在解剖室里》《查弄》《坟墓上的婚礼》《在夏天的天空下》等作品可以说都是这方面的典范。比如《在解剖室里》一开始就写一个濒临死亡的病人，读者自然急切想知道他的身份。再如《坟墓上的婚礼》中的一对相爱甚笃的恋人五年后没有结婚而是分离，这就使人感到意外。沙塔蓬本来滴酒不沾，夜里却大量饮酒，突然失踪，在莎罗芹的坟上死去，读者会急切地想知道这为什么，最后作者才把一切挑开。谁会想到《黑色的本能》结尾时，"丹庚的枪筒里冒着烟"，屋子里躺着的是赤裸裸的玛妮和阿尔萨斯大洋狗的两具尸体呢？再比如《一个人的生活道路》的结尾，素拉集打死了日想夜盼的未婚妻，这是读者很难预料的，小说出乎意料的悲剧结尾深化了作品的主题。

奥·乌达恭的小说中环境和气氛的描写也很出色。他很少对人物的面貌和衣饰花费笔墨，但是对环境的描写却下了较大的功夫，而且常常出现在节骨眼上。比如《在泰国的土地上》就在警察追来的紧急时刻作者却突然插入一段景物、环境和气氛的描写：

> 塔拉的两手渗出了汗水，他咬紧牙关。白蚕花的香气更浓了，而且随着清风的吹拂不断弥漫开去。月亮从一堆云彩的遮盖中露出脸来，道路的远方开始明亮起来……亮得足以看到有几匹马向这边飞奔而来，塔拉的思绪完全乱了，他瞥了瞥帕琛医生绷得紧紧的面孔，它看上去有点凶恶，而且好像在那一瞬间正在下决心似的……

人们在极紧张的时刻反而会镇定下来。写小说也一样，紧张固然好，但也要使人有喘口气的工夫。这段文字用环境和气氛烘托两个人的坚毅性格，恰到好处地表现了面临重大抉择时的紧迫、庄严气氛。

在塔拉牺牲之前，也有一段环境和气氛的描写：

> 在高空上弦月的照耀下显得有些发白的路上，警察正恶狠狠地全力追赶，路直插入他家的田地。塔拉看看猪圈，它是静静的；看看牛栏，拢起的火堆正飘着白烟；在他即将策马离开这儿之前，他再次仔仔细细地打量了这里的一切，好像是对它们万分依恋似的。达产家已经破旧的

篱笆上缠绕的白藤花正散发出浓郁的芳香，塔拉深深地吸着这香气，他禁不住感到惊奇，今夜的白藤花为什么这么芳香甜蜜呢？卡妮达的头发上曾经插过这种花，他曾小心翼翼、无限珍爱地吻过它，但那味道怎么这么不同呢？

这段文字把对人生、家乡和情人的依恋的感情表现得十分真切，从而烘托出他牺牲时的崇高精神境界，这比正面叙述更富表现力。

《坟墓上的婚礼》最后有这样一段文字：

现在，每当夜里，我一个人静静地坐着的时候，常常看着布满了星辰的漆黑的夜空，看着中天之上一条柔和的银河——那里曾经吞噬过一对恋人永远的幸福，他们受着炽热爱情的驱使，在天上恒河女神面前发了誓。我真想知道，在这同一地方是否也能同样寄托两颗可怜的相爱的心呢？

这段文字是对为爱而殉情的两个灵魂最深切的哀悼，读后会使人长久感叹不已。

奥·乌达恭对泰国短篇小说所做的贡献是不可抹灭的。

第五节　"文艺为人生"的其他作家与作品

在"文艺为人生，文艺为人民"的文学运动中重要作家与作品当然不止在本章前四节所提到的作家、作品。在反对专制、反对独裁、反对压迫、反对剥削、反对战争、争取民主和世界和平的旗帜下，不少作家写出了在一定程度上表达人民的意志和感情的作品。在创作中又以短篇小说最为繁荣，它起了轻骑兵的作用，其数量远远超过了长篇小说，而且弥补了长篇小说反映生活面的某些不足。许多名作家在创作长篇小说在同时写了不少短篇小说，如玛来·楚皮尼（1906～1963）、伊沙拉·阿曼达恭（1921～1969）、奥·差亚瓦拉信（1918～　）、西拉·沙塔巴纳瓦（1918～1975）等人都是如此，连搁笔多年享有盛誉的老作家多迈索在战后也写出了贴近现实、反映战乱、提出尖锐社会问题的短篇小说《好百姓》。当时也涌现出一批主要或专门写短篇小说的作家，如西·沙拉康（1926～　）、佬·康宏（1930～　）、隆·拉狄万（1932~1974）、派吞·顺通等人，他们的成就也相当引人注目。

伊沙拉·阿曼达恭是一位旗帜鲜明、对剥削阶级疾恶如仇的有杰出成就的作家。他和社尼·绍瓦蓬同时崛起于20世纪40年代初。他有阿拉伯血统，家族信奉伊斯兰教，但他对教规却并不怎么重视。他在曼谷一所英文教会学校毕业以后从事新闻工作，担任过泰国记者联谊会主席，1957年曾率泰国新闻工作者代表团访问中国，1958年因从事进步活动被捕，被关押了5年8个月。伊沙拉的作品很多，长篇小说有《罪恶的善人》《毁灭的土地》《我是不会退却的》等，短篇小说集有《黑暗时代》《哇俞博折翼记》《哭与笑》《国家事件》《自由之歌》《各有上帝》等。

伊沙拉·阿曼达恭的短篇小说和他的长篇小说一样富有激情，他在作品中揭露黑暗，歌颂光明，嬉笑怒骂，皆成文章。如他的《新时代的伊索寓言》就借用了流传于民间的一则沙拉丁故事（中国称为"阿凡提故事"），写了一群穷困的单身汉，生活虽然难熬，但性格却不失乐天与幽默。他们有一位"芳邻"，是一个富豪地主，他们每天鸡鸭鱼肉，香味总能在就餐之际从隔壁飘过来，粗茶淡饭的单身汉们常常就着这阵香味狼吞虎咽，身体长得很结实，而吃够了山珍海味的富豪却个个面黄肌瘦。富豪解不开这个谜。一日他风闻邻居的穷汉每日"吸食"他家的香味，于是茅塞顿开，告到了警察局：称穷汉们吸光了他家饭菜的香味，致使他的家庭成员营养不良，穷人应该赔偿他的损失。穷汉们被传到警察局，对于富豪的控告他们供认不讳，愿意赔偿。一人起身，拿起帽子，众穷汉都把硬币投到了帽子里，此人走到富豪面前，将帽子在他面前摇了摇，问道："你听到钱响的声音了没有？"富豪答道："听到了。"穷汉说："我们吸食了你饭菜的香味，今天你听到了我们钱的声音，两清了！"说罢扬长而去。

这篇作品颇能代表伊沙拉·阿曼达恭的风格。

西拉·沙塔巴纳瓦在他创作的前期，即"文艺为人生"时期，是一位成就卓著的作家。他曾在大学攻读政治学，但由于经济拮据而无法修完全部课程而被迫投入社会，为了生活，他曾到北方伐木，又到南方的锡矿场当过矿工，他做过职员、公务员、教师和校长，后来走上了文学创作和办报之路。因为从底层中来，他熟悉人民的生活，阅历丰富，这成了他创作的源泉。生活的困顿，又培养了他爱憎分明的感情。他的前期作品尖锐泼辣，富有讽刺意味。他著有30余部长篇小说，短篇小说300多篇，此外还有评论、剧本等。较有代表性的长篇有《这块土地属于谁》《生活的奴隶》《必须偿还的债》《人间悲剧》及《明天一定有朝阳》等。

西拉·沙塔巴纳瓦的短篇小说在思想深度和艺术造诣上与他的长篇小说相比较有过之而无不及。《我所不认识的世界》视角独特，写了一个自幼失明的青年和一个心地善良、声音美好但相貌丑陋的姑娘相爱的故事。在黑暗中他觉得世间的一切都是美好的。可姑娘却一直担心，一旦他的眼睛治好看见自己的面孔，将失去他的爱情。男主人公终于进了一家有名的医院治疗，就在眼睛即将复明的一刻，他看见了人的美丽外表，却更深地体察了人心的丑恶。一对偷情的医生和护士的打火机的亮光灼伤了他的眼睛，使他重新永远地回到了黑暗的世界。小说构思巧妙，意味深长。

《在法庭上》写的是审判一个将军手下的男子拐走将军的千金小姐并使她有了三个月的身孕的案件，作者以极大的义愤揭露了社会的黑暗和法律的不公：将军盗窃国库，饱其私囊，高利盘剥债户是无罪的；道貌岸然，摧残蹂躏这位千金小姐的姐夫也是无罪的；一对青年的真诚爱情却犯了罪。小说结构紧凑，一气呵成。它提出的是社会最尖锐的问题，很能发人深思。

《在荒林里》写的是宗老头一家卖掉了土地，从无法谋生的东北部逃到曼谷，以为这里是天堂，但是卖地所得到的钱除去车费和一家一路上的花费之外，仅剩200多铢，而这钱也被介绍工作的掮客骗走。在生活无着的情况下，大女儿不得不去卖淫，但是坏蛋蹂躏了她的身体却分文未给而逃走，一家陷入了绝境。宗老头终于认识到："我们的家乡，不过饥饿而已……没想到曼谷却是有着更多野兽的一座荒林！"

《已经晚了》的主角是一个道貌岸然从英国留学回来的绅士，其实他骨子里却是男盗女娼。他为了自己的淫乐，玩够了所有"高贵"的女人，偶然间却对一个农家少女佣人发生了兴趣，使这位少女尤萍怀孕之后他又毫不怜悯一脚踢开。后来尤萍和一位农村青年结了婚，丈夫知道妻子肚里的孩子不是自己的骨肉，常常拳脚相加。十年过去，绅士娶的"高贵"血统的妻子没有给他传宗接代而死去，于是他想尤萍应该能为自己家族延续"香火"，他千方百计打听尤萍的下落，后来得知由于分娩时年龄过小，且受到丈夫的虐待，分娩时她已死了，儿子得以幸存，但如今却是个残废乞丐。他忏悔了，但一切都晚了。

这篇小说从道德上批判了"高贵者"。

农村的斗争常常表现为土地问题，这也是"文艺为人民"流派的作家所关注的题材。通白·通包（1926~ ）如今是位大律师，可在年轻时代他却是一位相当勤恳的短篇小说作家，他以西·沙拉康的笔名写的短篇小说《准伯给班迪的信》揭露的是地方豪强霸占农民土地的罪恶行径。那年年成好，甘蔗丰收，准伯心里高兴，以为一定有好日子过，还可以把欠的债还上。正当他们兴高采烈收割之时，区长带着几个穿警服的人突然而至。准伯以为他们是前来祝贺丰收的。不料区长却说这块甘蔗田是他的，准伯收获自己的东西却成了"偷窃"。准伯当然不服，但他被押上了警车，关到警察局里。准伯叹道：过去只知道邻国常来骚扰、侵略泰国，包括准伯在内的泰国人都曾奋起反抗，"如今的强盗却同是泰国人！"为了能保住自己的土地，准伯把希望寄托在读大学的侄子身上，希望功成名就的侄子日后能成为家庭正当权利的保护人。

假如说西·沙拉康笔下的准伯还是个受欺凌的"叫苦"形象，那么乃丹·打诺在派吞·顺通的笔下已经成了一个为维护自己的权利奋起自卫的英雄。由于东北部的干旱和贫穷，乃丹·打诺被逼逃到了山林。他们砍伐树木，驱散野兽，含辛茹苦，开出了良田，但被恶霸豪强汶石看中，他派来50多人的强盗队伍前来夺地，说这土地是他们的。忍无可忍的乃丹率领众人在半夜里将他们烧死，为民除了害。

派吞·顺通是一位短篇小说作家，同时也写纪实文学、散文和文学评论。他20世纪50年代开始写作，现在是泰国发行量最大的报纸《泰叻报》的主编。

隆·拉狄万是一位工人出身的记者、作家，本名他威·格达万迪，莱府人，家庭务农。中学毕业后到曼谷做了排字工人，通过自学当了记者和作家，和伊沙拉·阿曼达恭有着深厚的友谊。他一生之中写了四部长篇小说和百余篇短篇小说。作品大多取材于劳动人民所受的压迫和不幸，对不合理的社会制度和现实进行抗争，泰国的军事独裁统治被推翻以后，他的作品得到了广泛的传播。

隆·拉狄万和其他作家一个最大的不同就是他的笔下塑造的大多数是社会底层的人物，如农民、工人、司机、妓女等，题材大部分也很细小，但生活气息浓厚。

隆·拉狄万同样关注农村的土地问题，他在《仇恨使他成了大盗》就写了受尽恶势力强取豪夺的农民走投无路之际，儿子为父亲报仇的故事。个人复仇其实解决不了整个社会问题，但也反映了政权的腐败、社会矛盾尖锐、官逼民反的现实。《太阳升起之前》写了农村妇女生孩子如过鬼门关。坎的妻子要分娩，但因为乡里唯一的接生婆的去世，使他不能不赶着牛车到很远的国家办的卫生院去，一路的跋涉，一路的颠簸，结果孩子生在了路上，而妻子却在太阳升起之前断了气。小说情节简单，寓意、象征意义却十分深远。

泰国作家写工人的是很少的，写好工人的则更少，这主要是对工人的生活不了解，不熟悉。隆·拉狄万笔下的工人至少不是概念化的。《一个女工的秘密》写一个女工怀孕了，生怕厂方开除，整日担惊受怕，丈夫也加班加点，为孩子的降生做准备。由于怕得罪厂主，他们甚至不敢参加维护自身权利的斗争，但在工友的帮助下顺利地生下孩子，集体的斗争也获得了胜利。

《等到明天黄昏》歌颂了一对工人真挚纯洁的爱情，妻子遭到毁容，并没有葬送他们的感情。《不再有明天》说明富人从不把"下人"当人看待。一个年老的司机为富家开车，每天接送与自己子女年龄相仿的富家子女上学放学，司机自己的孩子当然得挤公共汽车，一次出了车祸，儿子丧生，但司机却不能前去看上一眼，因为车上的小主人不允许……

隆·拉狄万的笔触相当广泛，他写妓女，满腔血泪；他写老挝妇女，表现了一颗爱国爱家之心；他写黑泰赞扬了他们的斗争传统；他写国民党残匪，暴露深刻。

第六节 "文艺为人生，文艺为人民"文学运动所受到的镇压和摧残

1958年10月20日陆军元帅沙立勾结他侬上将、巴博上将，以"革命团"的名义发动政变，废除了1932年制定的1953年修改的宪法，解散了议会和政党，实行起比原来更加严酷的军人独裁统治，剥夺了人民的一切民主自由权利。他们封闭报刊，逮捕作家，查禁书籍，轰轰烈烈的"文艺为人生，文艺为人民"的文学一下子便被镇压下去。

作家人人自危。西巫拉帕当时正率领一个泰国代表团在中国访问，为了避免再入虎口，他选择了流亡中国，直到逝世也有国归不得。著名诗人乃丕从此潜入地下，直到逝世也没在泰国文艺界再次露面。佬·康宏回家养牛。大多数进步作家沉默以待，继续写作的也改换了方向。

从事外交工作的社尼·绍瓦蓬侥幸逃脱了被逮捕的命运，但也扼杀了他

的创作。20世纪60年代他出版了两部作品，一本是《南行记》，是20世纪50年代末期的作品，当初曾在杂志上连载，后改名为《亚马逊的莲花》，记述了拉丁美洲的风光、民俗和人民的苦难、希望和他们的斗争，更像是一部报告文学。1961年写了《冷火》，在《暹罗时代周刊》上连载，1965年朋友出版社出版了单行本，内容写的是阿根廷的革命者为驱除暴政所做的斗争。作者在作品中借用里卡托写给友人的一封信这样描写了拉丁美洲的现实："今天的一切看来都是颠倒的……所有的东西都错了位，应该坐在审判席上的人，坐到了被告席上，应该自由自在地行动和工作的人进了监狱，应该蹲监狱的人却在外面自由自在，应该死去的人活着，而应该活着的人却死了……"作者写这部小说的时候，他的友人正被投入监狱，泰国正经历着"吟罢低眉无写处"的时期，上面的话正是作者愤怒感情的宣泄和呼喊！但是鉴于泰国当时的政治形势和他本身工作的性质，作者是无法直言的，小说写得相当隐晦。

　　总的说来，这两部小说无论在思想上还是在艺术上都无法和《魔鬼》相比。按说20世纪60~70年代社尼·绍瓦蓬正值风华正茂的盛年，他完全可以写出更好的作品，但是戴着枷锁是难以跳舞的。从《冷火》出版以后，在几近20年的时间里社尼·绍瓦蓬再没动笔。

　　奥·猜亚瓦拉信在沙立政变之后所写的长篇小说《颂腊》也反映了他创作思想上的蜕变。

　　颂腊生于泰北的一个贵族之家，她美丽异常，很受父亲的宠爱。父亲素里延年轻时爱上了颂腊的母亲乌莎。但祖父又给他娶了一个曼谷女子诺娜，所以父亲的八个子女为两个母亲所生。乌莎住在清迈，诺娜住在曼谷，素里延在曼谷做官，不能不和诺娜一起生活，但他的心始终在清迈。乌莎忍受生活的孤寂，整日以纸牌解闷，弄坏了身体，家产也耗费殆尽，加之受到敲诈，身心俱废，乌莎一死，清迈之家立即败落。

　　素里延失去爱妻，终日闷闷不乐。曼谷的妻子诺娜为人刻薄，也难以体会丈夫的心境。她为了巴结富商阿皮猜，把自己的女儿嫁给了他，但这无异于将女儿推入火坑。阿皮猜生活放荡，婚后恶习不改。素里延与诺娜的感情破裂。素里延以酒浇愁，遂得了半身不遂之症。

　　颂腊在回清迈的路上结识了年轻的记者查。查在心里爱上了颂腊，但不敢"高攀"。颂腊生活拮据，不得不以业余翻译赚钱，她得到查的多方帮助，感情日深。

颂腊少年时有一男友,名德奈,现在他也是查的好友,是个副县长,同是北方人,他爱慕颂腊已有很长时间,现在写信向她求爱。颂腊十分矛盾,她知道查很爱她,但又从未直言。她请查帮助自己抉择,查竟然舍弃了自己的感情,成全了朋友。

素里延回到清迈,曼谷的妻子诺娜出了家。颂腊的姐姐诗琳通和一位农业教授结了婚,自己办了一个农场。乌莎生前被敲诈的钱又讨了回来,清迈的家又得到了中兴。在颂腊姐姐诗琳通的婚礼上颂腊和查又见了面,他为自己不是泰北人没有得到颂腊的爱情而遗憾。但又为朋友的幸福而高兴。他获得一次出国的机会。临行时颂腊表示,永远不会忘记查的帮助。

这部小说写了一个贵族之家由于内部的矛盾而衰败的故事,因为没有与社会因素联系起来,所以成了在任何时代、任何家庭都可能发生的平庸老套故事,加之作者对贵族的态度又是溢美的(败落之后还能中兴!),即使时光倒流30年,这部小说的思想内容也不能说是先进的。对于一个曾经写出反对压迫和剥削的作家来说,这不能不说是创作思想的一大倒退。

在创作上"转向"最彻底的是西拉·沙塔巴纳瓦。沙立政变以后直到逝世之前,他仍然写了大量作品,主要是"卖钱的"长篇小说。揭露黑暗,抨击社会的锋芒已不复见,内容则不少是艳情和打斗,现仅举《欲望的奴隶》和《苍天没回答》两部长篇小说为例,考察一下这位作家和他所处环境的关系。

《欲望的奴隶》全书46章,976页,篇幅不短,出版于1960年。其主要情节如下:阿内·猜亚喜生活阔绰,住在一座大厦里。他和昂沙娜结婚已十年,有一男孩埃猜,生活本来是幸福美满的,但昂沙娜害怕再生孩子,夫妻间缺少性爱。阿内聪明、潇洒、罗曼蒂克、感情丰富。在妻子看来,这是他的一大弱点,因为这很能勾起别的女人的感情,后来事情果然发生。

昂沙娜的妹妹安查丽和小姑姑——美丽的少女楚兰达寄居在阿内家。安查丽先嫁一流氓,后变成寡妇,她为了替代姐姐的位置用尽了阴谋诡计。她造谣说昂沙娜和管家有染,使阿内在精神上受到很大打击。为了报复妻子的背叛,阿内和安查丽发生了关系,对阿内说来,这不是爱情而是感情发泄。一次此事被昂沙娜撞见,阿内不但不认错,反说昂沙娜早已背叛,昂沙娜愤然离开了阿内。但阿内对安查丽并无好感,种种事情的发生使他十分鄙视安查丽,她爬上夫人宝座的愿望得到的是冷淡和拒绝。

楚兰达同情阿内,对他产生了真挚的爱,可她把这种感情埋藏在心底。

为了躲开阿内的家庭纠纷，去了英国留学。阿内终日借酒浇愁，脑溢血使他半身不遂。楚兰达得知这个消息，辍学回来探望阿内。后来真相大白，阿内知道自己中了安查丽的圈套，错怪了妻子，他憎恨安查丽，也憎恨自己。十几年过去了，阿内满头白发，整日禁锢在小屋子里，心中只有一个愿望，就是能见到昂沙娜领着儿子回来。临死之前，他立下遗嘱把一大笔遗产给了管家，一大笔给了昂沙娜，另一笔给了楚兰达，安查丽什么也没得到。在他生命的最后一刻，昂沙娜终于回来，阿内热泪盈眶，安详地闭上了眼睛。

从情节的介绍中我们就不难看出，作者已从他原来创作的出发点大大后退了。读这样的作品除了消磨一点时光之外，它是没有多少社会意义的。

《苍天没回答》写于20世纪60年代末。女主人公是一位漂亮的演员，名叫顺特丽，在一个暴风雨的夜晚抛弃了结婚七年在报馆工作的丈夫和一个五岁的小女儿，去追求"新生活"，因为丈夫满足不了她追求的虚荣和阔绰。她为了声名和富裕投入了戏班主兼编剧查查万的怀抱并和他姘居。戏班到清迈演出，在火车上为争夺女主角顺特丽与另一演员当斋发生争执，失手将当斋推下火车，轧得血肉模糊。当斋误提了顺特丽的手提包，身上穿的是顺特丽借给她的衣服，所以大家都误认当斋是凶手，已逃逸，死者是顺特丽。

出事之前，在火车上顺特丽认识了北榄坡一位富商讪诺，但她自己却未透露姓名。出事后，顺特丽畏罪中途下车潜逃，慌乱中投宿到一家妓女客店，受到流氓的纷扰，巧遇讪诺解了围。讪诺请她住在自己家里，慷慨资助，可她感到寂寞，不辞而别，继续寻求"新生活"，但她只到了彭世洛，便已身无分文，为了一顿饱饭她决定卖淫，但此时又巧遇做生意前来这里的讪诺，讪诺又请她住回家中。

讪诺为慈善事业举办选美和其他游艺活动，请顺特丽参赛，为了彻底摆脱犯罪的阴影，她改名为奴加丽·达丽，并由讪诺出钱整容，改变了相貌，自己又练习改变声音。

顺特丽出走以后，丈夫库姆把女儿寄宿在小学里，得到了年轻美貌女教师阿侬的细心照料。阿侬的善良感动了库姆，他们相爱了，库姆也走出困顿，成了一个报业名家和知名作家。顺特丽坠车而死的消息传到报馆，库姆写文章作了详尽报道，并且把事情告诉了女儿。奴加丽在选美竞赛中看到库姆而晕倒，但后来的几次相遇，库姆也没有认出她来。在选美的过程中奴加丽认识了一名电影导演甲森，他原本是一名赌棍和鸦片贩子。他看中了奴加丽,于是奴加丽一跃又成了明星,名声大噪,生活发生了翻天覆地的变化,甲森也捞到一大笔钱。

一次,奴加丽在醉酒时讪诺出于爱和她发生了性关系。奴加丽为了有更大的发展,要求迁居曼谷,一切费用讪诺支出。不久讪诺由于火灾而破产,奴加丽翻脸不认人,讪诺将酒泼在她的脸上,二人就此分道扬镳。

奴加丽生活优裕,但由于戴着假面生活,精神痛苦而空虚。她看到丈夫的变化,后悔离开了她,也想念自己的女儿。她成了酒鬼,整天烂醉如泥。甲森看到她已失去赚钱的价值,就想抛弃她,但在抛弃之前,他还想品尝一下她的美貌和丰韵。一次醉酒之后甲森想奸污她,但被拒绝。生气的甲森将海洛因香烟故意丢在了她的房间里。从此奴加丽又成了一个吸毒者。长期的吸毒,不但耗尽了她的钱财,也葬送了她的美貌。甲森答应给她毒品,但要用身体去换。奴加丽已经到了山穷水尽的地步。

由于奴加丽长得和顺特丽很像,库姆很同情她,而她也有一个愿望就是想把自己就是顺特丽的秘密告诉丈夫。当库姆和阿侬的婚礼举行的时候,她在屋檐下等着。当客人散尽之时,她才想进去,但她已支持不住。在昏迷中她被抬到屋里,但已不能说话。此时正好讪诺赶到,送给库姆一个戒指,这是库姆和顺特丽结婚时的信物,在困境中被顺特丽卖掉,讪诺又偷偷地将它赎了回来,于是真相大白,可此时顺特丽已经合上了眼睛。

这部小说是谴责顺特丽追求享乐和虚荣的,这个主题并不坏,但作者一没挖掘这种情欲和物欲在社会上和人心里是怎么膨胀起来的,二又对这情欲和物欲抱着欣赏的态度并借此吸引读者。所以这"谴责"便成了一个幌子。离奇的情节,过多的巧遇又失去了生活的真实,即使将它列入通俗作品,那它也是通俗作品中的劣等货。

一次政变,一纸反共条令,就把一场轰轰烈烈的"文艺为人生,文艺为人民"的文学运动打下去了,因为军人独裁政权有枪,有监狱,有军警;而作家只有笔。但是与人民血肉相连的作品也不是容易被消灭的,正如鲁迅所说:"石在,火种是不会绝的。"[①] 1973 年 10 月 14 日运动以后,这种文学再次被青年所接受所喜爱以及现实主义文学的再次复兴,便说明了这个真理,在这个意义上说,文学恐怕比任何枪炮更有威力,也更恒久。

[①] 《"题未定"草(九)》,《鲁迅全集》第 6 卷,人民文学出版社,1963,第 350 页。

第二章
通俗文学及其他种类文学的
发展和成就

通俗文学一直是泰国文学的主流，古代文学、近代文学是如此，现代文学也不能不按这个轨迹发展。这里有文学传统的原因，更是由民族的政治历史条件决定的。泰国文学由古代文学向现代文学的过渡，起重要作用的不是西方的现实主义和浪漫主义，而是着重于娱乐功能的冒险小说、侦探小说和爱情通俗小说，其间还夹杂着时间不算短的中国历史演义故事热。传统的因袭，读者的欣赏习惯和美学趣味，形成了一股巨大的惯性，影响着泰国现代文学的发展。

通俗文学虽是主流，但它并不能涵盖整个泰国现代文学和当代文学。如果没有严肃文学，也就无所谓通俗文学。这两者本应该是互为补充、相辅相成的，但是在泰国，由于政治环境的影响，却常常是此消彼长。民族沙文主义时期政治严酷，尼米蒙空·纳瓦拉因《理想国》而罪上加罪，但通俗文学却有一席生存之地。战后政治气候一度宽松，无产阶级的人民大众文学得以蓬勃发展。1958年沙立政变，文坛上只剩下了通俗文学一家。这是文学发展的一种人为造成的畸形。

泰国的文学史家称20世纪60年代为文化上的黑暗时期。文坛芜杂，通俗文学中具有现实主义倾向的作品同样受制，艳情、打斗、游戏人生的作品却格外得宠。然而有压迫，也会有反抗。20世纪60年代后期出现的两大潮流就是对这种压迫的反弹：一个潮流是青年作家崛起，他们不满现状，渴望变革，但是又受到压抑，于是向现代派文学寻求思想武器和创作方法；第二个潮流是通俗小说女作家不再满足于"畅销""走红"。她们贴近了现实，汲取了现实主义文学的营养，写出了与以往大不相同的作品。这两大潮流的发展，对当时和后来的文学都有重大意义。

第一节　克立·巴莫小说的艺术特色(上)

蒙拉查翁·克立·巴莫（1915～1995）是泰国名人，因为他是政治家，在泰国政治舞台上曾有举足轻重的地位。同时，他还是大作家，在文坛上的影响恐怕比他在政治上的影响更加广泛、深远。

皇族·政治家·作家

蒙拉查翁·克立·巴莫1915年4月20日诞生于停泊在湄南河岸的一条船上。他的故乡是信武里府因武里县班玛村，距曼谷大约100公里。克立·巴莫出身于皇族，他的祖父是曼谷王朝二世王的儿子，祖母有中国血统，父亲是泰国第一任警察总监。由于出身的关系，克立·巴莫与王室一直保持着密切的关系。

克立·巴莫在故乡接受了启蒙教育，接着进入曼谷附近一所有名的贵族学校玫瑰园中学，后留学英国九年，曾在牛津大学攻读哲学、经济学和政治学，获学士学位。回国后服过兵役，先后在税务厅、泰国商业银行工作，逝世前仍是泰国商业银行的最大股东。

克立的一生一直与政治密不可分。回国后他便投入政治活动，先后与人合作成立过进步党、民主党，长期担任过社会行动党主席。"二战"以后，竞选过两次议员，出任过两届政府部长，担任过议长，1975～1976年担任总理期间与中国建交。

克立·巴莫涉足文坛是第二次世界大战以后的事。创作的旺盛期是20世纪50年代。1948年以后，克立政治生涯受挫，因而余暇很多，这也促使他把脚踏到文学创作这条船上。他创办了《沙炎呐报》，自任董事长，作为言论和作品的发表阵地，接连写出了《四朝代》《芸芸众生》《红竹村》等长篇小说以及短篇小说、戏剧、通俗文学、散文、政论等作品，一时声名赫赫，成了文坛上的大家。

对克立·巴莫本人说来，政治和文学两种生涯也许是密不可分、相辅相成的。他经历丰富、知识渊博、能言善辩，会演古典舞剧，还拍过电影。这是他作为政治家的有利条件，也是他文学创作成功的基础。

克立·巴莫所涉及的领域颇多，本节所论述的只限于他的文学创作。

《四朝代》：用人物的性格史写出的一部形象化的断代史

长篇历史小说《四朝代》（1953年）是克立·巴莫最负盛名的作品。这部近百万言的巨著，通过一个贵族女子帕瑞的一生，展现了曼谷王朝五世王到八世王（1868～1946年）几十年间的社会生活。小说描写了发生在泰国的重大历史事件、皇宫的礼仪和习尚以及西方影响所导致的社会变迁。它是一部形象化的历史，是一幅壮丽的历史画卷。

小说有两条主线，一条是帕瑞出生的名门贵族的显赫之家，一条是宫廷，但都是通过帕瑞的生活贯穿起来的。帕瑞的父亲皮皮特是一家之主，他身居高位，有披耶（相当于侯爵）的爵位。他锦衣玉食，有财富，有知识，懂音乐，仪表堂堂，温文尔雅。然而腐败是封建阶级在没落时期所特有的现象，皮皮特也不例外。他无所事事，追求享乐，虽已妻妾成行，奴仆成群，但并不满足。他治家无方、大权旁落。早已掌握了家庭经济大权的大女儿坤文为了巩固自己在家庭中的地位和将来成为唯一合法的继承人，用不断给父亲纳妾的方法排除异己，为了便于控制，把自己的仆人送给弟弟做妾。在这个家庭里妻妾之间明争暗斗，奴仆之间互相倾轧，兄弟姐妹之间地位悬殊、势不两立，而争夺的中心是权力和财富。这里有阴险、狡诈、贪婪、冷酷的专制，有男盗女娼的败家子，也有压迫者和被压迫者。一家之主当然希望自己的家业永固，但这个贵族家庭却自己培养了新旧两种掘墓人。皮皮特生前还可以成为家庭统一的象征，他一死，这个家庭便分崩离析。自以为得计的坤文虽然成了这个家庭的继承人，但是并不能挡住自己亲弟弟这个无赖汉的榨取，家产被荡涤一空，昔日雄伟壮观的贵族之家成了一个贼窝，成了一个荒凉的晒衣场，若不是帕瑞的努力，连这个宅子也保不住。从这里我们不难看出，这个家庭是从内里被蛀空的。

如果说小说对皮皮特这个贵族之家的没落是实写的话，那么作者对宫廷的衰微则是虚写的，它是通过一个侧面——与帕瑞和璀的生活紧密相连的一个公主王府的侧面来写的。当帕瑞幼年之时，宫殿魏峨壮观，门前车水马龙，人们衣饰华美，礼仪盛大隆重，爱好的花样常常翻新，对西方的时尚趋之若鹜。但是经过几十年的沧桑，随着国家经济的拮据，革命的发生，王权的衰落，老年的帕瑞看到的则是另一番景象：王宫残破荒凉，贵人已逝，十殿九空，宫女生活无着，成了被人忘却的遗民。作者虽然流露出"流水落花春去也"的怀旧情绪，但读者却从中可以看出这一趋势是不可逆转的。

这是时代的产物，历史的必然。

反映时代要借助于人，人是艺术创造的主体，又是艺术表现的主要对象。《四朝代》在艺术上的最大成功之处是塑造了一批具有浓重时代色彩的人物群像，写出了他们在特定历史条件下和特定环境中所形成的性格，写出了他们不同的命运和遭遇。

帕瑞、璀和坤翠是三个年龄相仿的女性，作者用对照的方法写出了她们迥异的性格和不同的归宿。帕瑞是小说贯穿始终的中心人物。她纯洁、美丽、善良、温柔、循规蹈矩、逆来顺受，是那个时代典型的闺阁淑女，是一个贤妻良母的形象。她虽然出生在一个贵族之家，但童年却没有温暖，在家中没有地位，因为她是妾生。母亲惨死之后，她成了事实上的孤儿，进宫以后，服侍公主、读书、写字、学习礼仪，内心十分感激皇室的恩宠。告别了童年，迎接她的是少女情真意切的初恋。情人的离异，虽使她肝肠欲断，但是她挺住了。自幼的教养使她不能违背主人的意旨，她遵从公主，遵从父命，和一个自己不爱的人像梦一样地结了婚。她虽然不愿承认这就是爱情，但她把这桩婚姻看成是"命运的安排"。

在家庭关系上她以德报怨，受尽了大姐坤文的凌辱、欺压和排挤，但在坤文晚年落魄以后，她却不计前嫌，收留了她。

帕瑞的身上有泰国的妇女传统的美德、高尚的情操、善良的心地，也有她的家庭和那个时代留给她的封建伦理道德的烙印。读者喜爱这个人物，因而才能同情她的遭遇。但在她的性格中处处都有屈辱、忍耐、三从四德及佛家教义的影子。

在社会意识上，帕瑞是个被时代潮流所裹胁的人物，但她从未理解过那个时代。不断吹进宫中的变革之风，国王出访，王后代政，男女可以搂在一起跳舞，国王、王后登台演出，宴会可以不按爵位入座……这些虽然对她都有启发，都有震动，使她好像大梦初醒，使她朦胧地感到自己是站在刚刚诞生或即将诞生的新事物的边缘上。可她惶惑，处处感到不习惯。她经历了四个朝代，"看到了许多不想看到的东西"。丈夫的去世，八世王的意外驾崩，生活了几十年的老屋的被炸，使她觉得昔日的生活都被埋葬了，她身心交瘁，结束了自己的一生。

作者笔下的璀的性格和帕瑞完全不同，她有一个悲剧的命运。孩提时代的璀，顽皮、豪爽、乐观、滑稽、聪明、能干、见义勇为。从她的一举一动，言谈话语，从她对待亲人和小伙伴的关系上，读者见到的是一种无拘无束、无忧无虑的滑稽可笑的乐天性格。

照理说，一个像璀这样性格的女孩子应该有一个光明的前途、较好的境遇和幸福的生活，但是宫中的生活完全改变了她的命运。帕瑞结婚之后，璀和她的来往就很少了。公主去世，手下的人大都云散，璀和姑姑坤赛住在残破失修的宫殿里。帕瑞来到这里不免有一种人去楼空、触物伤情之感。"璀的眼里深藏着对未来捉摸不定的神色"，坤赛老了，璀已到了中年，她无意结婚。长期的这种生活使她变成了笼中鸟，飞出去就活不成。"东西的摆设几十年未变"，宫殿变得更加荒凉、肃杀。她靠做一点点香水、补补袈裟、做做纸花等小手工糊口。璀自幼和帕瑞在一起，但帕瑞有了孩子，甚至有了孙子。"璀小时候就能干，"帕瑞想，"生活的安排似乎应该倒过来，不是璀而应该是自己待在窒息的宫中，她觉得生活好像转了一个圆圈，又回到了老地方。"老年的璀见到童年的朋友仍然可以开开玩笑，以表示其乐观，但这种玩笑只是对命运的无力抵抗和自嘲，读者不难看出她生活的艰辛和命运的苦涩。她的青春和生活是被古老的宫殿埋葬掉的。

坤翠和帕瑞是同父异母姐妹，自幼生活在一个家庭里，但她却具有反抗的性格。她虽然是正室所生，和坤文同父同母，但她憎恨大姐的为人，而和帕瑞最好。她对坤文的认识很彻底，知道她是个嫉妒如火、不能容人的人。父亲死后，坤文一人独吞家产，只有坤翠敢于抗争，但别人都不敢支持她。她不能忍受坤文的欺压和仆人的污辱。她不顾人们的非议，毅然和銮欧索医生私奔，离开了这个家，一去七八年，音讯杳然。她不以干粗活、重活为耻，而以自食其力为荣。她生活充实，性格活泼。"穷困没有使她看轻自己而去讨好别人"，她得到了贵族家庭所不能给予她的幸福。这是敢于冲破传统封建牢笼的一个女子的形象，在她身上闪烁着叛逆的微光，在那个时代，可以说是空谷足音。

在《四朝代》中坤文这个人物写得也极有特色，在大多数封建家族中我们都不难找到这类人物，但坤文这个人物显然非同一般：她上有父母，下有弟妹，但是父亲怕她三分，弟妹见她如见阎王，刚刚19岁便掌握了家中大权，可见她是个铁腕人物。身为女儿和姐姐，她不断地把心腹女仆送给父亲做妾，送给弟弟做大老婆、小老婆，这种老谋深算是与其年龄不相称的，而且即使在泰国，这种事情也不是光彩的，但她做得出。她是个权力和财产的化身，而似乎不是血肉之躯。连她本人所布置的环境也可以看出她的性情和爱好。她的"房间总是昏暗的，因为她不喜欢阳光，怕把自己的皮肤晒坏了。屋子里弥漫着一股股香气。三面白墙的墙边排列着几个柜子，柜子里装着许许多多的银制的或贵重的器皿，此外在暗处还摆着不少小铁箱，里面装着金银珠宝和首饰，钥匙当然是她一个人掌管的。她端坐在屋子中间，面前是银制的盛槟榔的盘子和痰盂……"她为财产和权力宁肯舍弃其他，"她看重的是这份家业，因而不想结婚，而她不结婚，别人也休想结婚，因为她不愿看到别人比她更幸福"。从这个人物身上我们不难看到，在一个封建家族中，经过一番争斗而取得了支配地位的一个女人有怎样的心理和灵魂。

克立·巴莫是个写人物的能手。在《四朝代》中他塑造了大大小小二十几个人物，这些人物富有个性。如公主的威严与和善，坤赛的宽厚，璀的父母的乐观与随和，帕瑞情人朗哥的纯真与软弱，比连姑姑的干练与敏捷，坤琪的无赖，达汶保皇的固执，达岸的专断与激烈，巴拍的趋时和新派作风，沙威的自私与势力，仆人们的刁钻和偷懒，都写得栩栩如生，使人难以忘怀。

作者对宫廷生活和贵族的家庭中的人物十分熟悉。他有足够的历史、文化知识，又有对生活细节的深刻观察和积累，所以他的作品情节起伏跌宕，对人物感情的描写细腻入微，人物的语言切合身份，宫廷的礼仪和习尚写得生动有趣，描绘出一幅风俗画。所有这一切都使这部作品取得了很高的艺术成就，在泰国的长篇小说中是一部难得的佳作。

第二节　克立·巴莫小说的艺术特色（下）

《芸芸众生》：用形形色色的人物构成的社会生活万花筒

长篇小说《芸芸众生》实际上是由 11 个独立的短篇组成的。它没有统一的人物，各篇之间的内容、情节也没有必然的联系。前面有一个楔子，大意是这样的：一艘轮船从班培驶向曼谷，途中遇到了暴风雨，所有的乘客——不管是男的、女的、老的、少的、善的、恶的，都在同一时间、同一地点遇了难。作者用各个短篇写出了他们的生活道路、追求、向往和各自所遵循的道德，刻画他们的性格。把这些人物放在一起就好像一个社会的万花筒，一个小小的社会缩影。

不论从作者的创作意图上看，还是从作品的实际内容上看，这部作品都是人生的一个展览，人们灵魂的一个展览，不管是善良的、残暴的、美丽的，还是丑恶的，作者力图写出的是人物性格本身发展的轨迹，而用来表现这些人物性格的故事不少是寓意深远、耐人寻味的。有些篇章写的是极好的，像第四篇和第九篇，可以毫不夸张地说，这是短篇小说之林的精品，它和世界上的名篇相比恐怕也是毫不逊色的。

第四篇《"高贵"的灾难》（原章无标题，此标题为笔者翻译此文时所加）写了一个十分特殊的人物，他的命运是发人深思的。

探猜雷虽然有一个"蒙昭"的头衔，但父亲去世，家庭败落，他过的却是穷人的日子。皇族的身份从小就成了一道高墙，使他无法和小朋友亲近，在学校里他"成了一个被圈起来的怪物"。孀居的母亲和一位"伯伯"相爱，但为了使儿子不致失去"蒙昭"的身份，忍痛没有结婚。母亲贫病交加，但仍然不同意儿子到街上叫卖，怕有失皇族的体面。探猜雷成年之后，在政府的一个部里当了小职员。24岁时他与一个摊贩的女儿情投意合，女方的父母也从不把他当作外人，来往亲密随便，但当他正式求婚时，女方的父母得知了他的皇族身份，立刻正襟危坐，诚惶诚恐，说话也用起了皇语，往日亲密的感情一下子全都不见了。因为高攀不上，女方的父母拒绝了这桩婚事。他在部里当小职员，但鉴于他的皇族身份，上司用他不便，同事也不与他往来。他既得不到关心，也得不到晋升，好像生活在孤岛上。生活上的打击和事业上的挫折使他决心摆脱身上的枷锁。他隐姓埋名，到了农村，做了一个普通的庄稼汉。他和乡邻相处和睦愉快，赢得了大家的尊敬和信任，当上了村长。但命运仿佛又和他开了玩笑，若干年后，部里的一位大官前来视察——原来这位大官是当年与他地位相等的同事——一下子又认出了他，于是乡亲们断绝了和他一切往来，他又被抛回到原来的世界，在去曼谷的途中终于遇难。

探猜雷的悲剧表面上看来是来自"一生下来就支配着他制约着他的蒙昭的爵衔"，而实际上是因为他穷，不能像一般的王公贵族那样行事，他的身份与地位、爵衔和实际是分裂的。他是个从贵族阶层跌落下来的人，但还留有一个贵族的空头衔。最可怕的是家庭里、社会上的等级观念又成了囚禁他的牢笼，使他上不得又下不去。"他必须生活在用别人的信念、别人的感情构造起来的框子里，探猜雷自己的向往和感情是不能打碎这个框子的。"悲剧也就从这里发生，探猜雷一生热切向往、苦苦追求的并不是皇族的享受，而仅仅是普通人的生活和乐趣，但这也不属于他。他有健全的双手，可以为母亲排忧解难，但皇族的身份束缚了他，在母亲贫病交加时无能为力。

他爱母亲，却成为"最亲爱的母亲获得幸福的障碍"。"生活中的幸福曾经在等待着他，只消他一伸手就可以够到，但还是原来的障碍又把他和幸福分开。而且永远不会再得到它。"他下决心逃亡了，但"蒙昭"这个阴影最终还是找到了他，葬送了他的一生。

探猜雷的不幸并不是自己造成的，是封建的等级社会、传统的等级观念把他制造成一个肢体健全的畸形人，一个各个阶层都不能接受的"多余的人"。从这篇作品中我们不但能看出作者对社会极为深刻敏锐的观察力，而且能够通过他独特的选材、奇妙的情节、意想不到的结局，欣赏他艺术上的魅力。

在这本书中的第九篇《艾展》中作者塑造了一个"爬上去而下不来"的典型。展本来是个"泥腿子"，后来当了兵。他最大的长处是"绝对服从"，因而得到赏识，被提拔为军官，挤进了"上流社会"。为了与自己身份相称，他娶了一个有地位人家的女子做妻子，又改了一个文雅的名字"素拉乌"。为了彻底把自己浑身的泥土气味洗刷干净，他竟然断绝了和家人的往来。像上台阶一样，他一步步地升到了中校。但人并不总交好运。由于战争，经济凋敝，他被解除了现役。由于放不下中校的架子，因此找不到合适的工作，穷困袭来，一筹莫展，妻子也随之病故。在他走投无路的情况下，才又想起了老家。他想，一个"上等人"的荣归肯定会受到乡下人的敬慕，但实际上却根本没那回事，直到他在海上遇难，人们发现他尸体时，也没有把他叫作"素拉乌中校"，称呼他的仍然是当兵前的"艾展"。

贪图富贵、追求虚荣、忘掉自己"根"的人，在生活中是屡见不鲜的，以此为题材的文学作品也可以说比比皆是，但是在一个短篇中能把这种人物的性格和心理变化写得层次分明、生动入微、合乎情理，应该说是不可多得的。这篇小说主要人物写得十分出色，次要人物也写得极为生动，比如艾展的弟弟昭斑来见哥哥的时候，作者是这样写的：

……昭斑一身土气，从皮肤、长相、举止，直到谈吐，人们一眼就可以看出他是个乡巴佬。昭斑也深有自知之明，他不敢去高攀上等人的哥哥，也没有与他平起平坐的企图。昭斑坐在地下与坐在椅子上的哥哥谈话。素拉乌决定把这些在那时对他毫无用处的财产交给弟弟昭斑和妹妹温。他写了字据，昭斑就要了一点马弁、伙夫等人吃的东西在后边厨房吃了。那一夜昭斑也是和这些勤杂兵在屋后睡的，第二天一大早，天刚蒙蒙亮，他就回去了。

这段十分简练的文字，从仪表、坐态、吃饭、睡觉几个细节的描写就使一个带着泥土气味的淳朴的农民以及在自己亲人面前还摆臭官架子的哥哥形象跃然纸上了。

小说的结尾，素拉乌中校去见区长的描写也极富戏剧性。小说中的主人公和一般的读者都不会料到，素拉乌中校去见的区长正是他年轻时一同当兵的伙伴昭连。而急于寻找"伯乐"施展"抱负"的艾展也绝没有想到他受到的竟是最使他讨厌的与他平起平坐的朋友式的欢迎。作者用了寥寥数语就把两个人不同的心理状态和性格特点——一个自命不凡，竭力摆出官架子，一心一意想充当这一代老百姓的主宰；一个是心无芥蒂，朴素自然，依然是几十年前滑稽乐观的老样子——刻画得淋漓尽致。

构思巧妙、手法夸张的短篇小说

1977年沙炎吻出版社出版的《克立·巴莫短篇小说集》搜集了作者20篇作品。这些作品写于1947年到60年代初，大部分发表于50年代。这是迄今为止克立·巴莫最全的一部短篇小说集，除了短篇小说外，还包括一些小品和寓言式的故事。

克立·巴莫的作品有自己独特的风格。他选材奇特，构思巧妙，手法夸张，情节起伏跌宕，富于浪漫色彩，人物性格鲜明，讽刺辛辣，语言流畅诙谐。他的这一风格在《厨房杀人犯》和《断臂村》中表现得十分鲜明。

《厨房杀人犯》的题目像是一篇普通的破案小说，其实它是一个隽永的颇具幽默感的故事。警察总监銮甘加中校登上阿汶夫人家台阶的时候，他是"受任于败军之际，奉命于危难之间"的；阿汶夫人接连和两个富豪结婚，两个阔佬乃朋、乃琪都莫名其妙地命丧黄泉，人们风言风语，说阿汶谋财害命，毒死了两个丈夫，而警察却对这个案件无能为力，这不能不对警方的声誉产生严重损害。銮甘加派去侦察的两个下属都毫无所获，人们的议论却甚嚣尘上，于是銮甘加不得不亲自出马，可是他也一筹莫展。作品一开头就把读者带到了一个戏剧性的矛盾冲突中去了。

阿汶夫人是这篇作品的主角，是推动这个戏剧冲突走向高潮的主要人物。作者从銮甘加的视角出发来描绘她：院落整洁，绿树成荫，住宅宽敞、舒适，房间布置得体；她不胖不瘦，体态适中，雍容华贵，风韵犹存；一样嚼槟榔,她不但没有使牙齿变黑,反而染红了朱唇,使她更加妩媚。开始銮甘加是以鉴赏家的眼光品味屋子的陈设的,后来竟忘记了来意,陷入了"迷惘"之中。他对自己的来意"含糊其辞",而阿汶夫人却揭了他的底:警方曾偷偷地检查了乃琪的尸体,但是没有找到任何证据,这就使銮甘加陷入了狼狈的境地。然而阿汶夫人话锋一转,却承认自己有意害死了两个丈夫,銮甘加大为震惊。这富于戏剧性的一笔使小说顿时进入了高潮。

作者通过阿汶的自述巧妙地道出了她的身世:自幼入宫,烹调技艺高超,回到家时年纪已大,不幸前后误嫁了两个"作恶多端"的坏蛋。她对穷人极为同情,基于义愤,她才"横下一条心,决心除掉他们",这并不是图财害命,而是为民除害的义举。而她用的方法又是绝妙的,她百般殷勤侍候,使两个上了年纪的男人像飞蛾扑火一样在暴食和纵欲中"自愿"死去。在这个自述中有一大段关于精美饮食的详尽叙述,着意渲染阿汶夫人的聪明才智和烹调技艺的高超,没有这一段就解不开"谋杀"的扣子,没有这一段也洗刷不了阿汶夫人的"罪名",也引不起銮甘加的"食欲"。可以说阿汶夫人的性格描写是在这一段最后完成的。

小说迭经曲折,最后还有一个喜剧色彩的结局。警察中校不但没能把"凶手"抓走,反而成了她的俘虏,堕入了情网——他要"死",这真是令人拍案叫绝的幽默之笔!阿汶夫人的回答更加妙不可言,她先是"哎呀"一声表示惊喜,接着"避开了銮甘加的眼光"表示羞涩,而"好的饭菜如果吃得适当,是不会发生生命危险的"这句话则含蓄地表达她接受了对方的情意。这样的结尾真是绕梁三日,余味无穷!

《断臂村》是一篇以叙事为主的小说,但其间也不乏对于人物性格的传神刻画。故事情节奇特但未失之荒诞,夸张的描写并未和主题游离,它是为讽刺服务的,对于竞选中的欺骗伎俩和政客们背信弃义的嘲讽是通过情节的发展自然推出的。

这篇作品的高潮当然是"我"——本松医生在"断臂村"的奇异经历。如果作者单刀直入写这一段,作品就索然无味了,作者通过曲折迂回的情节,用步步深入、充满悬念的笔法,为高潮的到来做了铺垫。作品一开头就写了本松医生由于与人重名而招来的麻烦。他在为产妇接生时产妇一骨碌爬起来问他蚌壳是怎样生崽的,是不是也像人这么难,可说是幽默之笔。而他不敢违抗"众议"、"必须成为一个喜欢山林的人",因为"他不是泰国政府"的插话又是一个信手拈来的绝妙的讥讽。本松成为猎人是为了摆脱烦恼，是不得已的、不情愿的。因此不难想象他是一个怎样的猎手了。作品接着写和他一起进山打猎的人都是外行。因此打猎全是"闹鬼"，他要挽回猎人的面子，独自入山，迷路之后，误入断臂村而被捉住，这就十分合情合理了。

本松在断臂村的奇遇的描写充满了悬念。本松一入村就被一只大手卡住了脖子，使他大吃一惊。"是不是来竞选的"责问更使人摸不着头脑，而围观的孩子一律没有右臂可以说是天下奇观，丁村长的沉默寡言、犹犹豫豫的态度和提醒本松医生"只管接生，不要打听闲事"的话，都使人觉得这个村里隐藏着秘密。本松医生亲手接生证明孩子生下来是两臂俱全的，并不是只有左臂的特殊人种。但是秘密终于被揭开：本村有一个众议，孩子一生下就要砍下右臂，大家用这种极端的办法抵制竞选，反对拉票，不为任何政客举手。

这篇小说的最大特点是使用了艺术的夸张手法。列宁说："艺术并不要求把它的作品认作现实"，歌德也说："艺术并不完全服从自然界的必然之理，而是有它自己的规律"。真实是艺术的生命，然而这里所说的真实并不一定是指在生活中所发生的真情实事。读者不会责怪这篇作品荒诞无稽，只会佩服其深刻的浪漫主义的讽刺手法。夸张有助于讽刺，但夸张也必须符合生活的规律和逻辑。如果本松不迷路，他不是医生，村长的女儿不是难产的话，他是无缘窥见断臂村的秘密的。另外，断臂村倘不是在深山老林之中，也无法立下"断臂"的规矩，纵然立下这个规矩也是无法实行的，这些情节有其独特性，但内又有其合理性。

这篇作品和《厨房杀人犯》有些不同，它对人物是粗线条勾勒，而不是精雕细刻，但两篇作品都有共同的高明之处，就是奇特的立意、丰富的想象和幽默风趣的语言。

克立·巴莫的另一面

克立·巴莫是泰国当代最杰出的作家之一，在泰国现代文学史上占有十分重要的地位。他的作品有较高的艺术质量，对泰国小说创作的发展做出了巨大贡献。但他的作品也不是完美无缺的，不说到这一点，对他的评价就是不全面的。

《四朝代》应该说是一部传世之作。小说的重心是在第一个朝代（五世王时期），写得最为出色。第二个朝代（六世王时期）次之，读到第三、第四个朝代（七世王、八世王时期）就好像一杯浓香的咖啡喝得只剩下一个底儿，又兑了一些水，"味道"就很淡了。这部巨作之所以没有"后劲"，究其原因，不外有三：一是矛盾冲突的淡化。第一个朝代，写了一个贵族大家庭的败落，人物之间矛盾冲突激烈，情节紧凑生动。而写到帕瑞结婚之后，子女成长起来，家庭中虽也有保皇和革命的冲突，但小说并没有把它作为主要矛盾正面展开，结构便松懈下来。二是人物的性格没有得到继续发展。主要人物的性格在第一个朝代时早已建立起来，后来作者却没有进一步深化他们。帕瑞只作为一个贤妻良母，照顾丈夫和孩子；璀安于宫中，不时和帕瑞见上一面，她的身上已没有"戏"；而作为一个主要人物的比连，写得最苍白，他除了不断变换着服饰、玩烟斗、玩手杖、喝洋酒、骑马之外似乎没有别的，性格特征模糊不清。而第二代人物，即帕瑞子女们的性格写得也比他们父辈差得多。三是作者为了求全，要写完四个朝代①，显然拉长了篇幅，而后来的情节和细节都不够充实。作者为了叙述这段史实，常常让某人跑到某家谈论一番，这就索然无味了。

《芸芸众生》和克立·巴莫的短篇小说总的来说思想、艺术价值是不平衡的，这里有足可流芳百世的佳作，但有些作品却相当平庸，个别作品还夹杂了一些糟粕，而宗教的宿命论和对人生的虚无主义态度则常常有所流露。

最糟的一部"名作"是长篇小说《红竹村》，它集中地反映了克立·巴莫的政治偏见。

《红竹村》是一部政治讽刺小说，写于1954年。曼谷以北八九十公里的湄南河上游一条支流旁住着几十户人家，人口不过几百，它叫红竹村。过去人们相安无事，但是自从管·坎甘君把"社会主义"搬来，这里便一次又一次地掀起了轩然大波。

小说连同序幕总共22章，每一章写一件事。作者用尽了夸张的手法，搜罗了当时的最新名词，虚构了最荒唐的情节，把管这个"马克思主义的信徒""共产党"，描绘成一个狂热、教条、浅薄、怯懦、荒谬、可笑、不近情理的丑角。而与他相对照的格朗长老和吉姆区长却是镇定、勇敢、机智、灵活、临危不惧、体恤民情的领袖。在每一件事情上——倘若有冲突的话，都是以管的失败，长老、区长的胜利而告终的。

---

① 克立·巴莫认为《昆昌昆平》是曼谷王朝一世王到四世王的历史，他要写出五世王到八世王时期的历史。——作者注

作为一个政治家兼作家，特别是他在野的时候，他观察社会，观察自己的营垒有着极为清醒和敏锐的眼光，他的嬉笑怒骂成了好文章，但是当他尽情地嘲笑"管同志"并借以丑化马克思主义的时候，露出浅薄的倒不是管，而是克立·巴莫自己了。政治家的克立·巴莫可以帮助作家的克立·巴莫；同样，政治家的克立·巴莫也可以蒙住作家克立·巴莫的眼睛，这一反一正我们从《红竹树》和《四朝代》中可以看得清清楚楚。

金无足赤，人无完人。一个作家尽管有些平庸甚至有缺点的作品，但如果他的代表作是一流的，那他还应该算是一流的作家吧。

长篇小说《四朝代》内容概要

1892年帕瑞10岁，被送入皇宫中教养。她父亲是个家财万贯的贵族，母亲是父亲的第一个妻子，但不是正室。由于妻妾儿女之间的明争暗斗，母亲失宠，被逐出家门。母亲对世态炎凉深有所悟，内心极度痛苦，另嫁之后不久，就含恨而死了。

帕瑞虽有父亲，但实际成了孤儿。幸好宫中有一女伴，名璀，顽皮、豪爽、能干，与帕瑞年龄相仿，她们成了好友。帕瑞和璀一起在宫中开始读书，教师就是璀的姑姑坤赛。她学会了皇语，逐渐熟悉了宫中礼仪和如何行事，懂得了宫里是分等级的。剃过顶囟发以后，告别了童年的帕瑞成了一个漂亮的少女，而璀随着年龄的增长却越发显得泼辣、快乐而自信。

璀有一兄，名南。帕瑞与他一起嬉戏，两小无猜，随着年龄的增长互相钟情爱慕。南要进军官学校，他俩海誓山盟，依依不舍。帕瑞感情真挚，对南一直不能忘怀，但半年之后南却苦于孤寂，被一个女人勾引，帕瑞感情上受到极大打击。

1898年国王去欧洲访问，国家由皇后代行执政，这个消息对帕瑞说来震动极大。她第一次感到，只要有机会，女人也能做男人的事。迎接国王回来的仪式极为隆重，而此时国家也吹进了新风，帕瑞印象最深的是西方式的男女搂在一起跳舞。皇后、皇妃们也竞演舞剧，但能看者极少，连帕瑞也只能匍匐着看。而演出前的宴会也一反常态，不按爵位入席，可以混杂而坐。帕瑞朦胧地感到她是站在刚刚诞生或即将诞生的新事物的边缘上，许多达官贵人则对此忧心忡忡。

一个王家禁卫军的卫士比连总是追逐着帕瑞。帕瑞的父亲同意，周围的人赞成，可帕瑞自己却对这桩婚事没有一点欢乐和激动，在订婚和结婚的两三个月的时间里,她好像生活在梦境之中。但是,帕瑞的性格却不能使她违背父亲的意志,所幸婚后的生活还算亲密。

帕瑞的父亲病逝,遗体保存了一年才火化。在此期间,兄弟姐妹为了财产吵得天翻地覆。大姐独揽大权,大哥是个鸦片烟鬼、赌徒,把家变成了贼窝,这个名门望族也随之破败。不久国王驾崩,六世王即位。比连因为有功,得了皇家勋章,晋升为伯爵。六世王在位时,用人注重年轻,官员处处学西方,嚼槟榔改为吸烟,比连还喝起了洋酒。帕瑞把比连的爱情看得高于一切,但比连却觉得这种爱是一种负担。那时,他们的两男一女已长大,加上比连从前私生的老大,共子女四人。老大达安进了军官学校,老二达岸、老三达欧要到国外留学。

第一次世界大战爆发,比连随着皇室的态度变化,忽而是德国派,忽而又是协约国派。物价飞涨,民怨沸腾。战争结束后女人又时兴留长发,把牙齿磨白。国王、王后也登台演戏。官员们变换着衣服,玩弄着手杖。

达安做了军官,驻在外省。达岸在法国接受了民主思想,带回一个法国妻子。帕瑞感到气愤,小时候教给孩子的一切都已烟消云散,西方把自己的孩子变成另外一个样子。

时光易逝,七世王继位后,比连断断续续生着病。他心境不佳,迅速苍老,对周围的一切似乎都已失去兴趣,他感到跟不上时代。当时国家经济拮据,需要裁员,比连提出辞呈。他在家赋闲,脾气很坏,小不如意,就要发作。骑马成了他的一种嗜好,并因此而毙命。比连的尸体火化之后,帕瑞第一次感到了空虚。子女之间政见不同。传闻说儿子达岸参与造反,目的是改变政体。六月的一个早晨,政变果然发生,国王同意君主立宪。这次革命使这个家庭四分五裂,达安激烈反对革命,兄弟之间势不两立。国内的冲突面临着一触即发之势,内战迫在眉睫。斗争的结果是政府方面胜利,达安被送上军事法庭,判了死罪。

到了八世王的时候,帕瑞已五十多岁,最小的女儿也结了婚。女婿是个新派人物,帕瑞很不喜欢。第二次世界大战爆发,女婿交了许多日本朋友,在大家穷下去的时候,他却日见其富。

比连居住了几十年的房子遭到轰炸毁坏,好像把昔日的生活都埋葬了。在迁到自己出生的老屋之前,她要和早年的朋友璀一起住几天。那时宫殿已年久失修,公主早已去世,但摆设依旧,这儿古旧荒凉,气氛沉重。而璀就在这样的环境中送走了自己的青春和中年。

政府决定对所有政治犯大赦，达安获释，但达欧却客死他乡。为了改变一下心境，也是为达欧还愿，达安决定不事声张出家一段时间。当为达安安排好了以后，帕瑞感到已尽了自己应尽的义务，身心疲累了。

帕瑞病了，她得的是心脏病，但女婿却趁机大敲竹杠，由于得不到医治，病情渐渐恶化，帕瑞也听其自然。日本人投降了，但物价不但没有下降，反而日趋上升，生活更加困苦。日本兵走了，别的外国兵却又来补了缺。八世王的归来曾给帕瑞以极大振奋，但不久传来小国王驾崩的消息，帕瑞感到身心交瘁。她对自己说："我也许活得太长了，看到了许多不想看到的东西，我看到了四代国王，四代国王，我累了……"1946年6月9日的晚上，由于疾病和苦痛的折磨，帕瑞十分衰弱的心脏永远停止了跳动。

第三节　承上启下：战后高·素朗卡娘的通俗小说创作

高·素朗卡娘的创作，以第二次世界大战为界，大致可以分为前后两个时期。前期，她的思想比较激进，写出一些反映社会问题属于现实主义范畴的作品，同时也有不少通俗之作。后期的创作都是通俗小说，其内容无非是家庭中的恩怨仇雠，财产的再分配，血缘的纠葛，骄男傲女的爱情，灰姑娘式的结局，等等，但是在艺术上却日臻完善。这一时期代表她最高成就的是长篇小说《金沙屋》。

小说写的是一位家道中落的贵族少女帕加曼寄居在堂姑母的豪华宅邸金沙屋，在精神和肉体上所受的凌辱和折磨，以及在富有同情心和正义感的表哥的帮助下恢复了应有的地位，最后获得爱情和幸福的故事。

小说的主线是金沙屋继承权究竟该属于谁的问题。

帕加曼的祖父素拉蓬在年轻时就受到不公正的待遇，他由于爱上了一个平民出身的美丽的"戏子"，亵渎了高贵的家族，被冠以"品行不端"的罪名，被父亲剥夺了财产继承权，而妻子也落入了弟弟皮皮特的手中。但曾祖母去世时曾有遗言：金沙屋应该留给素拉蓬。可他的弟弟皮皮特并未兑现，占据金沙屋的实际上是他的女儿下嫁的沙旺翁家族。帕加曼的父亲依靠自己的奋斗，得了"帕"的爵位，做了府尹。但他一生廉洁、清贫，没有留下什么财产，他一死，妻子和儿女立即陷入困顿之中，为了使自己的子女受到良好的教育和贵族的熏陶，他立下遗嘱，让帕加曼寄居在金沙屋。

帕加曼虽然从父亲的遗物——一个蓝皮记事本里得知一些金沙屋的来龙去脉，但她却无意争夺这笔遗产，可是这位不速之客的到来却招来了沙旺翁家族的歧视和仇恨。她们虐待和凌辱她的原因不外两个方面：一是认为她来意不善，起码有讨债之嫌；二是认为她出身卑贱，母亲是个平民，不配与这个家族为伍。

　　表哥帕拉达从国外回来，使她的地位大为改善，因为帕拉达在家庭中的权威，使母亲和妹妹也不能不惧他三分，但后来帕拉达又临时出国，又使帕加曼回到了原来的地位。

　　人之将死，其言也善。皮皮特临终为了弥补自己的过错，决定把金沙屋还给哥哥的后人帕加曼。帕加曼一跃成了金沙屋的主人，而帕加曼又爱上了表哥帕拉达，这个棘手的继承权问题最后成了一个皆大欢喜的团圆结局。

　　小说是以战后为背景的，虽然时代变了，但是贵族仍然自视高贵。沙旺翁一家，特别是蒙帕纳莱和她的小女儿帕维尼对帕加曼和她母亲的歧视就说明了这一点，甚至连媚上的奴婢们也不能不染上这种习气。

　　虽然贵族是自命不凡的，但是他们的品格和在家庭关系上所表现出来的行为、道德却是与高贵无缘的。老一辈的皮皮特在感情和遗产上就做了亏心事，这件事整整折磨了他一生，使他疯疯癫癫、寝食不安，甚至梦中也摆脱不掉。他的儿孙们有过之而无不及。当帕加曼来到金沙屋时，为了让这个无依无靠的女孩子吃闭门羹，虽然早就收到了信，帕纳莱却故意躲了出去。此计不成，她们就施以虐待，明赶名声不雅，于是以逼走为妙。帕纳莱虽然知道帕加曼的来意，却秘而不宣，连对子女也不透露，可见其勾当见不得人。当帕加曼受到帕拉达的庇护时，帕纳莱明赶不成就想把帕加曼引上堕落的邪路，让她自毁声誉和前途。

　　对待自家人，也是没有多少感情可言的。帕纳莱迷信，听信巫婆的胡言，认为腿有残疾的小儿子生下来克了父亲的命，所以对自己亲生骨肉从来不予关怀，待他形如奴仆。因为嫌门第不对，她亲手毁了大女儿帕拉娣的爱情，使她成了一名老处女。

　　她们极端自私，帕纳莱趁当家的帕拉达不在，一次就动用了祖上的遗产4万铢。

　　皮皮特生病之时，躺在阴暗潮湿的横楼里，无人关心，他的小女儿生怕他得的是肺结核，远远地躲着他，但是人人都把他视作财富和遗产的化身，在临死之前都想让他说出金沙屋归自己，因为没有如愿，帕维妮竟然在一个将死之人的床前大吵大闹……

在金钱和财富面前，这些道貌岸然的贵族谁都顾不得礼义廉耻，顾不得装腔作势，为了达到目的，使用一切可以使用的手段。他们用自己的行动勾画出了一副贪婪、丑恶、偏狭、狰狞的脸谱。金沙屋的雄伟、美丽和豪华，掩盖不住罩在这个家庭的阴森恐怖的气氛，而这种气氛又恰好是他们隐秘的内心世界的反映。从这个意义上说，读了这本书就好像看了一幅表现贵族生活和心理的"解剖图"。当然，作者所揭露的并不是贵族的全体，更不包括其中的"好人"，但可否这样说，这些性格上的特征和他们独特的内心世界乃是地位低下的穷人所没有的，因而他们就具有了典型意义。

《金沙屋》自诞生之日起一直是一本畅销书，它被改编成广播剧、电视剧，又被搬上银幕，可以说是长盛不衰。

这一时期高·素朗卡娘的重要作品还有《隆阿仑》《萍开夫人》《绝代佳人》和《如此爱情》等。

在《隆阿仑》中读者有机会认识贵族中的另一种人物，这就是昭坤贴帕仑的独生女凯喜，她奇丑无比，浑身精瘦，脸像母狗，皮色黝黑，没有一点光泽。戴了大项链，活像是狗脖上的锁链。她自私得有点神经质，见了谁都"狂吠"。她年已三十，嫁不出去，因而产生了一种病态心理——厌恶异性。她认为男人都是骗子，虽然从未有哪一个男人敢于骗她。她最不能容忍的是男女相爱，最大本领是"看家"，生怕父亲的遗产被别人分掉……

这又是富人特有的精神负担！

与女儿的性格相反，昭坤贴帕仑是个有着菩萨心肠的人物。他丧妻不娶，乐于助人，然而他有财富，便受到另一种精神困扰：躺在病榻上，"人还没有死，就得扯遗产和遗嘱的事！"这也是富人敛财时所没有想到的苦恼！

虽然高·素朗卡娘后期的作品在反映贵族家庭生活上有独特的贡献，但是在小说思想内容上的缺陷也是十分明显的，这主要反映在作者缺乏现代意识上。

什么是现代意识？现代意识就是对时代本质的总体把握。

20世纪50年代泰国社会的基本矛盾是帝国主义、封建主义和官僚资本主义与广大人民群众的矛盾，其他一些次要矛盾都是从属于这个主要矛盾的。我们不能要求作家一一写出这些矛盾，但是一个有时代感的作家必须肩负历史的重任，客观地反映那个时代，不但给人以美的享受，而且应该给人以思想上的启迪。

20世纪50年代，泰国君主立宪政体已经确立20余年，虽然贵族并没在政治上、经济上和思想上完全退出历史舞台，但是贵族地位下降，它从一个唯我独尊的阶层变成了一个已进入或快进入博物馆的阶层，这个消亡的过程便是历史的总趋势，然而高·素朗卡娘的小说创作却没有把握住这个总趋势，甚至有时反其道而行之。把高·素朗卡娘的作品与同一时期的其他作家同一题材的作品做一比较就可以看出问题的症结所在。身为亲王之孙的蒙拉查翁·克立·巴莫，在政治上他是个保守的皇派，也许并不是完全出于作者的本意，但是他遵从历史的真实，在《四朝代》这部长篇小说中写了王室的衰落和一个封建贵族大家庭的解体，从而形象地再现了那个时代。社尼·绍瓦蓬在《魔鬼》（1956年）中塑造了一对封建贵族阶级掘墓人和叛逆者的形象，由于作者看清了历史的发展方向，因而使主人公反封建的斗争有了一种居高临下、"横扫千军如卷席"的气势。

高·素朗卡娘的小说立意就不高，书中几乎没有反封建的内容，这从几部小说的主要情节就可以看得出来。长篇小说《隆阿仑》是一个《灰姑娘》式的故事。隆阿仑幼年父母离异，父亲死后，被远方的伯父收养，历尽磨难，但她遇见了好人，宛洛帮助她逃出火坑，来到他情人赛莎瓦家中，待她如亲人。老贵族昭坤病重，急需一个看护，她毛遂自荐。由于她勤快、体贴入微、礼貌周到，赢得了昭坤的好感。原来他们是亲戚。在此期间她又与生母相认，并且得到了少年有为的贵族子弟素乃的爱情。昭坤临死之前赠给她结婚戒指，为他们营造了新房，终于苦尽甘来，得到了幸福。《萍开夫人》写的是一个非婚生的女孩子阿仑尤帕被父母遗弃，在寄养人的家里形同女佣，备受虐待，后来又被骗到曼谷，在一个豪富的贵族之家当了使唤丫头，然而由于主人萍开夫人心地善良，也由于自己自强不息，反而因祸得福，她不但获得了学习机会，主人还准备收她为养女，最后生身父母又找到了她，使她的地位为之一变，前程似锦，并获得了去澳大利亚留学的机会。

显然，作者笔下的主人公不是要否定贵族，而是要挤入或者重归贵族的行列，做贵族思想、家业、传统的继承人。贵族血统的重新认定，母女意外的重逢，好人的垂怜，是她们摆脱磨难的依靠，这就迎合了小市民的口味，制造了生活会突然出现奇迹的幻想。这种内容、情节的框架也必然落入俗套，成了一种新的古老民间故事。另外，小说的矛盾、冲突也是贵族中的好人和贵族中坏人的矛盾冲突，是善与恶的冲突。小说虽然也对贵族中的坏人进行了道德的批判，但这并不是批判贵族本身。作者解决矛盾冲突的方式是让每部作品都有一个救星式的人物出现，比如《金沙屋》中的帕拉达、《隆阿仑》中的昭坤贴帕仑、《萍开夫人》中的萍开夫人等都是如此。有了他们，坏人无所逞其伎，好人终会有报偿。可惜世间的现实并不一定如此，这大概就是她的小说最大的不真实之处吧！

第四节　继往开来：高·素朗卡娘对通俗小说的贡献

家庭、爱情通俗小说在泰国是一种得宠的文学作品。政治的高压，摧残的是严肃文学特别是进步文学，而此时，通俗文学却可以"火中取栗"，它从未遇到过逆境。家庭、爱情通俗小说的"开山祖师"是多迈索，与多迈索相比，虽然年龄只相差六岁，但从创作上看，高·素朗卡娘却是第二代作家。然而，她拓宽了这类小说的道路，使其在艺术形式上更加完美，完成了承上启下，继往开来的使命，在家庭、爱情通俗小说的创作上做出了里程碑式的贡献。

为了说明这一问题，我们不妨把多迈索与高·素朗卡娘的作品做一简单比较。

从创作的年代看，多迈索20世纪20年代末开始创作，大部分作品产生于1932年资产阶级革命的前后，最后一部作品虽涉及了泰国推行民族沙文主义时期的社会背景，但这只是一个未完稿。由于健康和环境上的原因，多迈索长期搁笔，20世纪40~50年代几乎没有多少作品。高·素朗卡娘成名于1937年发表的长篇小说《妓女》，在民族沙文主义时期，为了生计，她无法搁笔，而战后的50~60年代还是她创作的旺盛时期，70年代以后方才搁笔，创作的时间长达40余年。

从作品所反映的社会内容上看，多迈索走上文坛和创作最旺盛的时期正是泰国社会风云激荡的岁月，君主专制政体的动摇、皇权的衰落、西方民主思想的传播是那个时代的特点。不满现状、渴望变革是当时青年思想的主流。虽然贵族的世界观限制了多迈索的眼界，但她的作品还是让人们看到了贵族家庭的分崩离析、封建婚姻的痛苦与不幸，表达了贵族青年男女对个性解放、婚姻自主的渴望和追求。但是作品所反映的社会生活面狭小是多迈索作品的一大缺憾。高·素朗卡娘和多迈索的生活境遇不同，她虽出身于官宦之家，但并非贵族。泰国政府充当日本帝国主义附庸时期她甚至颠沛流离，日子相当窘迫，这就使她的眼界要比多迈索开阔得多。她们的作品不但写贵族，写仆人，也写平民，写新兴的资产阶级，写下层的妓女。另外，历史已翻过一页，多迈索所关注的问题已不是高·素朗卡娘描写的重点。高·素朗卡娘写贵族的着眼点是财产的再分配，对他们进行了某些道德上的批判；她写家庭生活，接触了爱情的本质；她写沦落的妓女，对她们充满了同情。她的作品的深度和广度超过了多迈索，但是高·素朗卡娘所描写的从本质上说是泰国的封建家庭关系，资本主义侵袭下的泰国家庭生活高·素朗卡娘几乎没有触及，这一任务则由后来者格莎娜·阿速信、希法、素婉妮等人去完成了。

高·素朗卡娘对通俗小说最大的贡献是在艺术上。

多迈索对泰国小说的创作功不可没，但她的小说也有结构比较松散、趣味性较差的毛病。高·素朗卡娘吸收了多迈索写人物的长处，安排了生动的故事情节、人物悲欢离合的命运、团圆的结局，这就使她作品的可读性大大增加，具有了畅销书的特点。

泰国古代的叙事诗或称故事诗之所以能吸引老百姓是因为它有"加加翁翁"式的情节。新文学诞生之后，受西方文学的影响，心理描写和塑造人物渐渐夺去了情节的首要地位，而拥有最广大读者的通俗文学的最重要的法宝是把情节看作生命，让读者如醉如痴，走入作者所编织的生活的梦幻之中，它也许不会让你刻骨铭心，却可以让你一哭，也可以博你一笑。

高·素朗卡娘的通俗小说就是如此。她的每篇作品都有一个可读的故事，情节的起伏跌宕、结构上的前后照应、人物的关系和命运都是在情节的发展中明朗的。比如读《金沙屋》这部小说，读者最关心的金沙屋所有权问题就是在戏剧性的矛盾冲突中解开的。然而为迎接这个高潮的到来，作者做了多层次的铺垫，制造了许多悬念。帕加曼的突然到来，给占据金沙屋的沙旺翁家族带来极大的震动和恐慌，然而帕加曼的来意如何，堂姑母和表姐为什么那么不近人情，作者未予解答。待到帕加曼误入禁地，发现"神秘闹鬼"阴暗潮湿的横楼里躺着一位形容枯槁的老人，读者又急切地想知道这个老人是谁，他为什么有如此遭遇，他和帕加曼的祖父是什么关系，帕加曼的祖父为什么被剥夺了财产继承权？帕拉达回国和出国，使帕加曼的地位一起一落，堂姑母和小表姐的阴谋几乎得逞。老皮皮特目睹了女儿和外孙女的恶行，悟出了"你们是爱我的财产，并不爱我的人"时，他才急切地想找到帕加曼。在斗争白热化的时刻，老头临死时终于倒出了自己的亏心事。

高潮之后，作者还留下一个尾声，帕拉达究竟爱谁？房屋的产权究竟怎样处理？帕拉达爱上帕加曼以后，使必然伤害一方的金沙屋所有权问题变成了皆大欢喜的出人意料的结局。

高·素朗卡娘在人物塑造上也取得了很高的成就，她的小说主要人物性格鲜明，次要人物也各具特色，连作为陪衬的仆人们也被她写活了。

我们不妨把她的三部小说《金沙屋》《萍开夫人》和《隆阿仑》里各色人物进行一下对比，看看她是怎样塑造人物的。帕加曼、阿仑尤帕和隆阿仑是三部小说各自的女主人公。过去的家庭、爱情小说写的大多是大家闺秀的淑女，她们知书达礼，温文尔雅，柔情如水，但高·素朗卡娘却塑造了一些不同凡响的贵族少女形象。帕加曼就是其中之一，她聪明、能干、倔强、自尊、果敢，不在强权下低头，这是她性格的最大特点。当堂姑母污辱她的父母的时候，她敢于驳斥，虽然寄人篱下却没有奴颜媚骨；当帕维妮打她耳光时，她敢于把她推倒；当小姑母的孩子欺侮残废的帕奴塔的时候，她替帕奴塔还了手。她敢于在众人面前丢这些体面人的脸。然而她又洁身自好，并不企图继承金沙屋这笔遗产。

阿仑尤帕与帕加曼的性格有其相近之处，但细细体味，二者却不相同。阿仑尤帕的最大特点是争强好胜又有点狡黠。她被骗到曼谷，本来说是上学的，可是到萍开夫人家，要她做的却是使唤丫头。夫人需要的是秘书，而不是佣人。她当场揭露了拉德丽夫人，并且准备逃走。到了这个富有的贵族之家不到半小时，因为受到嘲弄，就和仗势欺人的女仆媚春吵了一架，这使别的佣人都很解恨。她发誓非做出个样子不可，让媚春等人低头认输。她对这个大家庭的二等主人沃姨敢于顶撞。当着众人的面，揭露了沃姨克扣她的饭钱。拉德丽为了使她丢丑，当场扔过来两张十铢的票子，她不予理睬，说道："我蒙受夫人之恩，不能要别人的东西，否则是对夫人的不敬！"这里既置对手于难堪的境地，又讨得了萍开夫人的欢心，一箭双雕，可见她是工于心计的。而且她的"犯上"是有限度的，是以取得萍开夫人做后盾为基础的。她深知她出头的希望完全寄托在萍开夫人身上，所以她对这个最高的主人不但不"犯"，而且是言听计从，献计献策。劝夫人每天早晨下楼走一圈，这样不但吃得下饭，而且还发现了佣人偷懒。后来又记录菜谱，发现重样太多。夫人说如果她表现得好，将来要收她为养女，这使她大喜过望。中学毕业后要送她去学"家政"，这使阿仑尤帕高兴得"浑身都麻木"了。

与上述两个女主人公都不同，隆阿仑是个温柔、和善、很会体贴别人、通情达理的女孩子。她经历坎坷，5岁时母亲为了追求较好的生活，就和父亲离了婚，14岁时父亲病故，在伯父家里什么活儿都干，终日疲惫不堪。跳出火坑，她心满意足；当了昭坤的看护，尽心尽责。她言语得体，举止文雅，能够忍耐，"遇到无论怎么坏的人，如果一方不作声，平心静气，那另一方也就白费力气。"她就是这样对付凯喜的。

高·素朗卡娘笔下的反面人物也极有特色。蒙帕纳莱（《金沙屋》）极端自私，心理阴暗，事事想的是自己，眼里根本没有别人，但是她却要摆长者和贵族的臭架子。她的小女儿帕维妮骄横、跋扈、放纵，有时甚至撒泼。帕维妮在家里也穿戴得花枝招展。抽烟、赛马、想干什么就干什么。她看别人都"管"不了帕加曼，便要亲自出马，显显她的威风，"改改她的骄傲脾气"。她见硬的不行，便引诱帕加曼堕落，而到头来却偷鸡不成蚀把米，把自己的未婚夫也丢了。外祖父临死前她大闹横楼，把这个人物的性格戏推到了高潮。

朱塔拉（《萍开夫人》）这个人物写得也极成功，她是安奴基的妻子、萍开夫人的侄媳。朱塔拉和丈夫一下飞机，不顾礼仪，便和父母扬长而去。安奴基通情达理，感激姑母。和谐的家宴正在进行，朱塔拉闯进来，"把大家的兴致全搅散了"。接着作者写了她在萍开夫人的家里大摆主人的架子，对佣人不满，与走狗似的女佣媚春沆瀣一气；嫌屋子太热，要装冷气；大宴宾客，把家里弄得鸡犬不宁。高潮是当安奴基涉水把奥拉甲森从船上抱下来，她却给这个心地纯洁的贵族女子几个耳光，说她要夺自己的丈夫。众人在海滨避暑的快乐被她一扫而光。事情发生后，丈夫要她滚，她跑回娘家，巴望丈夫能请她回去，不料事与愿违，只得灰溜溜地溜回家来，可是仍不改初衷，她要"吃她（萍开夫人）的，喝她的，把她气死才好"！一种乖张、泼赖的性格跃然纸上。

高·素朗卡娘不但在主要人物身上下了功夫，次要人物也写得并不马虎。好花需绿叶扶持，如果次要人物形象干瘪、乏味，整个小说很难说是成功的，在很多情形下次要人物的败笔常常导致主要人物塑造的失败。高·素朗卡娘对次要人物性格、心理的刻画也极生动。在《金沙屋》中作者写了帕拉迪这个人，她是帕纳莱的大女儿。她虽然也养尊处优，但本身的感情曾受过伤害，失去了爱情的幸福，因而形成了孤僻冷漠的处事态度，曾打算削发为尼。她虽然也有贵族的家庭带给她的偏见，但内心仍然是热的，所以她能随着事态的发展调整自己的态度。她对母亲隐瞒帕加曼的来意不满，对妹妹帕维妮在帕加曼身上的险恶用心有所察觉，并且间接提醒过帕加曼，最后她和帕加曼的互相理解和信任是很自然的。作者写她对帕加曼态度上的变化入情入理，很有层次，十分可信。

值得一提的是高·素朗卡娘把贵族大家庭中的仆人可以说是写活了。他们有的奸猾偷懒（《绝代佳人》中的乃贲），有的趋炎附势（《萍开夫人》中的媚春），有的嫉妒（他侬），有的富于同情心但有点愚钝（丙婆婆），有的和善温厚（《金沙屋》中的奶妈），有的刚来城市几年连乡下的县长助理也瞧不起了（《萍开夫人》中的佣人们）。

高·素朗卡娘还写了一些"骄男傲女"式的小说，后来为一些人模仿，成了一种新的模式。这类小说（如《绝代佳人》）的女主人公大多容貌出众，出身高贵，自尊又不失女性的姣好。男的则是精明强悍，富于男子气概、粗鲁、钟情、富有。她们在偶然的机会中相遇，暗生爱慕，男的必定以粗鲁表达他的爱，女的则在委屈之中被他的魅力吸引。其中必定有个第三者，而男的又有能力战而胜之，使有情人终成眷属。这类小说视角新颖、轻松、热闹、娱乐性强，但与社会现实关联甚少，真实性也较差，"暂时消费性"却较强，读者众多。

总的来说，高·素朗卡娘在小说创作上取得了引人注目的成就，这是泰国现当代文学的一笔宝贵财富。她在逝世前不久得到"泰国艺术家"称号的殊荣不是偶然的。然而生活体验的深度却没有观察与思考生活的高度做保证，这又使她后期的作品在总体上逊色不少。由此看来，对于一个作家的创作来说，思想、理论对于观察与思考生活的重大指导意义是不容忽视的。

长篇小说《金沙屋》内容概要

帕加曼的父亲是个廉洁的府尹，在任多年，依然两袖清风，父亲亡故，一家立刻陷入困顿，连丧事也是借钱办的。在清理父亲的遗物时，帕加曼发现了一个蓝皮记事本子，里面还夹了一封信，是父亲写给帕加曼的堂姑母蒙帕纳莱·沙旺翁的。母亲告诉她，父亲临终前曾有遗言，要帕加曼保存好这个本子，拿这封信去金沙屋，投靠堂姑母蒙帕纳莱。

金沙屋是个深宅大院，建筑豪华雄伟，林木奇丽茂盛。然而，帕加曼到达之时堂姑母不在，老花匠不理她，佣人凶得要命，大表姐帕拉迪更不收留她，只有一个残废的孩子小表弟帕奴塔表示同情，可他没有任何权力。又气又饿的帕加曼只得愤然离开,但她没走几步就昏倒在台阶上,醒来之后发现自己躺在奶妈坤诺的黑屋里。从奶妈的嘴里帕加曼得知堂姑母是个迷信的人,她认为残废的小儿子生下来克死了丈夫,所以对他很厌恶。她最喜欢的是小女儿帕维妮。大女儿性情古怪,有心脏病。大儿子在国外。奶妈告诉她,这个家庭事情不少,慢慢就会知道了。故意躲出去的蒙帕纳莱回来后大发雷霆,埋怨长女帕拉迪收留了帕加曼。蒙帕纳莱和帕加曼的父亲是堂姐弟。帕加曼的祖父因"行为不端",没有得到任何遗产。帕加曼的父亲青年时曾寄居在金沙屋,但因娶了个乡下女人,亵渎了门庭,被伯父逐出,他发奋苦读,当了法官,得了"帕"的爵位。然而帕加曼的父亲却不念旧恶,祖父病重之际是帕加曼的母亲伺候直到临终的。帕拉迪得知这些事情,对母亲的做法产生了怀疑。寄人篱下的帕加曼形同仆人,动辄得咎,面对盛气凌人的帕拉迪,帕加曼不得不指出:金沙屋是皮尼德南家族的祖先留下的。而现在居住在这里的沙旺翁一家却是个外姓!帕加曼表示,她不是来讨债的,也没有希望他们全部供养自己,况且她每天还干了不少活!帕加曼的话句句在理,帕拉迪也觉得母亲对这个女孩子太刻薄了,可她一直不明白,为什么母亲一定要挤走这个女孩?这个谜底大概只有外祖父才能解开。

帕加曼的曾祖父有三个儿子,两个儿子是正室所生,一个儿子是和佣人生的,妾生的小儿子就是现在躺在阴暗潮湿的"横楼"里的那位卧病在床、形容枯槁的老人。此人怪癖极多,疯疯癫癫。帕加曼的祖父素拉蓬年轻时爱上了个戏子,为曾祖父所不容,祖父一气之下跑掉,而这位戏子则受到了非人的待遇。这就是祖父的"行为不端"和没有得到遗产的原因。

蒙帕纳莱的小女儿帕维妮觉得大姐无能,她要自己动手把帕加曼赶出去,于是找个借口,打了帕加曼一耳光,愤怒的帕加曼也不甘示弱向帕维妮猛扑过去……可她的反抗无人同情,她也不敢把自己在金沙屋的遭遇告诉母亲,自己也无意离开这里,因为这是父亲的遗嘱,金沙屋是自己家族的遗产,她有权留在这儿,她想看个究竟……

蒙帕纳莱的大儿子帕拉达从国外考察回来,他更加沉默了。他看到西欧受到的战争创伤,人民的贫困和辛苦的工作,但是泰国呢?他只能凄然一笑……是他发现了由于受到惊吓昏死过去的帕加曼,并把她抱回来的,他从奶妈那里得知了帕加曼的来历,对这个家庭对这个女孩子的态度产生了疑问。看到了帕加曼浅蓝色本子上所记载的内容,他更锁紧了眉头。帕加曼高烧不退,他把她送进了医院。帕拉达对母亲、姐姐和妹妹两年来花去了公有的积蓄4万铢，外祖父的身体不见好，小弟弟的腿也没给予治疗，把帕加曼安排在仆人的屋子里都很有意见，母亲却冷言冷语，骂他胳膊肘向外拐。帕拉达回到这个家里使帕加曼的境遇有了根本的好转，他把她安排在楼上单独住，让她继续上学，学习音乐，在客人面前亲自介绍这个妹妹，给她买演出的衣服，亲自出席了帕加曼演奏钢琴的晚会，然而得知帕拉达又将出国的消息，帕加曼感到震惊，帕拉达即将订婚的传闻又使她苦闷。帕拉达临走时留下一封信，嘱咐她遇事考虑周全，以摆脱面临的困境。蒙帕纳莱和帕维妮不顾帕拉达的警告，继续迫害帕加曼。帕维妮更想把帕加曼引向堕落，帕拉达不同意妹妹的做法，于是引起了争吵，帕维妮的用心、金沙屋的内幕、母亲的诡计统统被揭露出来。帕维妮不相信金沙屋不是自家的财产，一定要找外祖父核对。病危的外祖父听到帕加曼的名字霍地坐了起来，他当着众人的面说出隐瞒了几十年的事实。原来他的母亲临死的时候对他说："所有的东西都归你，但这金沙屋要归素拉蓬。"帕加曼理所当然地对金沙屋拥有继承权。帕拉迪的外祖父死了，金沙屋将属于谁？如果它易主的话，沙旺翁家族就要"跌价"了。帕维妮打算决一死战。帕加曼回到自己家里。正在此时帕拉达从国外回来，这对于陷于混乱的这个家庭来说，好似大旱逢雨。帕拉达告诉姐姐，说他早就知道金沙屋应该属于谁。外祖母本是素拉蓬的情人，但被外祖父夺了过去。外祖父临死的时候说出了遗产应该归谁所有的真相，为家庭洗去了污点，帕拉达认为，自己一家应该净身出户，免得蒙受奇耻大辱。

帕加曼回到家里对于破落的家庭非常失望，可是帕拉达在自己家里的突然出现差点没使帕加曼昏厥过去。母亲看到这个情景，明白了女儿的心思。帕拉达的来意有两个，一是请她回到金沙屋继承这个产业，二是现在有两个求婚者，请帕加曼自己决定。帕加曼真想与帕维妮的未婚夫结婚，以便出出这口恶气，但长辈却告诉她，别的可以赌气，唯独爱情不可当儿戏。帕加曼回到金沙屋，内心消除了芥蒂的大表姐亲自迎接她，彼此激动万分。大表姐走进帕加曼的房间，送来了帕拉达给她的项链，告诉她："客厅里有两个爱着你的人，你要慎重选择！"她说自己的爱情是不幸的，她不希望看到弟弟也和自己一样。当帕加曼步入客厅之时，帕维妮的未婚夫兴高采烈，又见幼时的伙伴纳昆也在座，便和纳昆先打了招呼。帕拉达见此情景，长叹一声走掉了，帕加曼不顾一切地追了上去，只听在图书室里一声惊喜的高喊："帕——加曼！"

第五节　索·古拉玛洛赫的合作主义小说（上）

合作主义像梦魇一样困扰了索·古拉玛洛赫一生，无论什么题材的作品，读者都不难找到它的幽灵。

作者笔下的中国历史和现实

长篇小说《中国自由军》写于1947年，1950年初版，全书615页。这部作品1959年曾获金像奖，受到台湾当局的肯定，并由作者自己将它改编成电影剧本，但电影没有像小说那样获得成功。

《中国自由军》写的是一群中国青年学生不甘做亡国奴，自发组织抗日组织与日本侵略者斗争的故事。他们自制炸药、燃烧弹，烧毁敌人的仓库，用钱雇用流氓刺杀伪警察局长。他们袭击日本军官，夺取枪支，武装自己，使敌人惊恐万状……

据作者称，这部长篇小说是根据一位友人——小说中的主角鲁平飞（音译）的抗日斗争纪实写成的，在作者以北京为背景的小说中这是较为真实、较为客观、较有意义的一部。它的主题是反映中国人民伟大艰苦的抗日斗争的，从书中我们可以看到中国青年抵御强寇、出生入死、拯救祖国的决心和勇气，这是值得肯定的，但是由于作者思想上的局限，使这部作品仍然存在不少问题。作者声称，他写本书的目的"不是为了记录日本士兵的残忍……我认为这些战士像一切光荣地担负责任的人一样，完成了他们的使命"。如果不是糊涂，那就是颠倒是非，它否定了这些士兵作为日本侵略者的战争工具给中国人民所带来的深重灾难。士兵当然和战争的祸首不同，但是揭露日本军队的残忍，正是揭露这场战争的本质，索竟然去赞扬杀人不眨眼的法西斯士兵，不知他的正义感跑到哪里去了。

由于作者根深蒂固的政治偏见，因此他也不可能真实地描写中国共产党领导下的抗日斗争，只要写到"共产党"，他不是丑化就是诋毁。而且，他也没有忘记宣传他的合作主义的第三条道路，他笔下的"中国自由军"不"依附"于任何人。伟大的中国抗日战争最后是胜利了，而"中国自由军"却瓦解了，这不也证明"第三条道路"行不通吗？

鲁平飞等人是作者着力刻画的英雄人物，但在这个人物身上作者也给他加上了不少索式思想，当写鲁平飞第一次杀死敌人时，就有大段的忏悔心理的描写。鲁对叛徒也是慈悲的,认为他们是忍受不了敌人的折磨,因而可以原谅。鲁平飞最后离开了炮火连天的祖国到美国留学,这就是作者笔下英雄的归宿。

对生活和命运无常的感叹,一种听天由命的虚无主义的宿命思想在这本书里也随处可见。这证明索虽然写了中国的抗战,但其实他从未理解这场战争,以他的思想也理解不了为祖国的命运而战斗而捐躯的人。

《当积雪融化的时候》是作者晚年的最后一部长篇小说,写于1969~1970年,作品记述的仍是作者1931年到北京后的经历。它没有什么完整的故事情节,而是想到什么写什么,真真假假混在一起,结构庞杂而松散,大部分人物也是在过去他写的小说中出现过的。也许是记忆模糊之故吧,人物也发生了变异。作者写作的目的看来是想借小说这种形式重温他青年时代的梦想,表达他对现时政治的看法,宣传他的政治主张。这部作品虽然在艺术上并没有什么值得称道的东西,但是对于研究索晚年的思想却是十分重要的。

小说虚构了一个因政治理想不同而导致情人离异的故事。

蒋梅和沙南都是燕京大学的学生。蒋梅是个崇尚自由、民主和合作主义的"女神",她憎恶共产主义,认为它是比鸦片更为厉害的麻醉品。沙南是个华裔泰国人,父亲早年由汕头移居泰国,发家致富。沙南爱上了蒋梅,但是由于他受了共产党学生鲁光的影响,两个人终于分道扬镳。小说把蒋梅和沙南之间的爱情写得十分模糊,作者没有交代他们之间相爱的基础是什么,看来作者喜欢的只不过是他们的离异,并以此图解他的政治主张。

小说还写了蒋飞的牺牲,又出现了瓦莉雅和弗拉基米尔。而作者笔下的"共产党"鲁光是个破衣烂衫、蓬头垢面、性情乖张、言语粗鲁、不讲道理、不通人情的人。这种脸谱式的丑化,连泰国的评论家也认为作者写的是"一个精神病患者而不是一个正常人"(德里信·本卡君语)。这部小说还充斥着格调低下的对中国的污蔑和咒骂,什么"毁灭全人类""弑父弑母""杀夫杀妻""在人们尸骨堆上建立新世界",等等。虽然鉴于当时的世界形势和泰国国内的情况,说几句反共的时髦话也未尝不可,但索所说的这些话可不是应景的,这是他一贯的思想和观点,对革命的、前进的他一概反对,他甚至认为1932年的资产阶级维新政变是"掀了泰国的屋顶",这种话我们在首当其冲的皇室那里也未曾听到过。在要把历史车轮拉向后退这一点上,索从来是不动摇的。然而在晚年他不得不无可奈何地承认,他是四处碰壁的："我满怀希望和抱负回到泰国（指1936年到中国留学后回到泰国）是想为国家尽点力，但岁月已经证明，在67年的生活经历中我是一个失败者，因为我还没有福气，或者说还没有机会做一点我想做的事。"（本书《前言》）这真是落花有意，流水无情啊！

索的政治经济理想的代表作《拉亚》

索·古拉玛洛赫以泰国为背景的长篇小说重要的有《拉亚》（1955年）、《蓝色血》（1956年）与《红色血》（1957年）等三部。

《拉亚》是作者自己最喜爱的一部作品，全书长达4060页，合中文也有近200万字，写了5卷，但仍然没有一个结局。从内容上看，这部洋洋大观的巨著可以分为两个部分，前一部分约有一卷半的篇幅写的是抗日活动，后一部分写的是反贪污、反舞弊、反恶势力的斗争，二者没有必然的联系，显得有些脱节。

从这部作品的《前言》和它的情节我们可以看出，作者所要表达的主题思想可以概括为下面几点：

（1）作者断言，教育和环境对人的性情来说仅仅是外部的东西。人的性情才是内部的本质的东西。如果人一生下来就有一个美好的灵魂，即使他没受过教育，没有见到文明人所处的环境，他也会是个好人；如果他生下来就有一个丑恶的灵魂，即使他受了教育，环境多么高尚文明，他也不会成为好人。小说中所写的拉甲、拉亚兄弟的不同生活道路就是企图证明这一点的。拉亚只受了四年初小教育，可他见义勇为，除暴安良，做的都是好事；拉甲虽在曼谷受过多年教育，可是却与有杀父之仇的恶霸坤仑勾结在一起，干尽了坏事，仅仅是因为他们从娘胎里带来的本性不同。

（2）希望各派爱国者能统一认识，形成统一的意志，使国家成为一个整体，以便与每日每时危害国家的癌症进行斗争，这个癌症就是贪污、各类合法的非法的赌博、中间商人、垄断制度和社会的穷奢极欲等，这是小说内容的重心。

（3）提醒泰国人注意"共产主义的巨大灾难""它通过地下的和地上的，明的和暗的，既在穷人中，也在富人里，甚至在政治家中，通过各种渠道，整个24小时地渗透出来"。有些组织和个人认为共产主义是解决国家经济问题的唯一出路，而根本不去寻找比共产主义和资本主义更好的独立自主的经济制度。作者虚构了一个"M18"组织，用以代表外国的共产主义势力，向泰国进行渗透。

（4）作者想给泰国人和世界上的朋友在政治上和经济上指定一条出路，这就是自由经济主义或者叫合作主义，"以解决资本主义和共产主义制度下的剥削问题"。谴责有些共产党国家把人民剥削得一贫如洗，把人民当作牛马，当作奴隶，破坏家庭生活，不给工作自由，得不到自己的劳动成果，不给人民以生活的自由和发表言论的自由……

虽然这部作品从总的倾向上看只是作者政治观点、政治主张的一种图解，在艺术上没有多少值得称道的东西，但是去掉那些宣传气味，有些人物的塑造对认识泰国社会还是有一定价值的。

拉亚是作者着墨最多的人物，是这部小说的主角。他是一个贫苦农民的儿子，父亲被恶霸坤仑杀害，这给他幼小的心灵埋下了仇恨的种子，他发誓要为父亲报仇。成年以后的拉亚是个健康、机智、果敢、见义勇为的小伙子。他被"自由泰"运动（"二战"时反法西斯的泰国地下组织）的领导人格良格莱看中，成了骚扰、打击日本侵略者的一个勇敢斗士。日寇投降以后，他又出生入死，为铲除社会不平而战斗。虽然作者把这个人物过分理想化、传奇化了，但从这个人物身上仍然可以看出泰国农民质朴的不愿做奴隶的反抗性格。

警察少尉隆兰这个形象也是有积极意义的。他是个正直的警官，忠于职守，维护法律的尊严。在他刚调到考特门村的时候，和日军遭遇，若不是拉亚的搭救，险些丢掉性命。他对拉亚极有好感，吸收拉亚参加了考特门村的救国会。他爱国重于生命，爱护老百姓而不顾个人的危险。他认为"人民就是国家，人民好，国家才会好"。他主张发展教育，使人民摆脱受压迫受剥削的地位。他认为法律是国家的准绳，如果不尊重法律，国家就会混乱。他目睹坤仑一伙的地方恶势力作恶多端，可他却没有动手除掉他们，他在等法律去惩治他们，但是他等了一天又一天，法律不但没有动他们一根毫毛，反过来他们却可以践踏法律，这时他对法律产生了动摇，怀疑自己的信念是否错了，他觉得还是拉亚说的"如果我们从法律那里讨不到公道和正义，那我们就应该用自己的手去夺取"这句话是对的。当他受到迫害，被调往边远山区的时候，他毅然辞去了警察的职务，放弃了和平的方法，拿起武器，用自己的行动"为人民捍卫人民的法律"，维护社会治安，保卫格良格莱的合作党竞选的安全。他和拉亚合作把一位极有势力的部长銮沙坦的亲信查拉·察检吊死在皇家田广场上，以示对恶贯满盈的坏人的警告。他和拉亚一样，认为解决泰国的社会问题不用暴力是不能成功的。

格良格莱这个人物是作者思想和主张最集中的代言人，作者虽然千方百计地美化他，但这个人物仍然是苍白的、幻想式的人物。他"身材魁梧、健壮""胸怀坦荡、体察别人的痛苦"，憎恶吸食人民血汗的资本家，称他们为"社会的寄生虫"。他留学美国，是一位干练的工程师，后来参加了"自由泰"运动，成了考特门村抗日的负责人。

抗日斗争胜利后，他便为自己的理想奋斗，要建立一个"没有人剥削人，金钱失去了魔力，人人幸福，社会充满正义，自由得到发扬的社会"。他在国外读书时就研究过"经济合作主义"，认为这个主义是解决泰国社会问题的最好办法。他在考特门村发现了一大片无主的荒地，便决定在这儿建立他的理想国。碰巧拉亚又发现了一个金矿，这又给他提供了源源不断的资金。他的做法虽然遭到了朋友们的反对，但他却不动摇，他坚信，一个"合作之城"不久就会成功。

与正面人物相比较，这部作品反面人物写得更成功些。

坤仑原是泰南人，来到考特门地区做买卖而发家致富。他吝啬、狠毒，不甘在人之下。他雇用一大批流氓打手，谁如果不把农产品以低价卖给他，那人就得倒霉，不是被杀死，就是被烧了房子，但老百姓为了保全自己的性命却敢怒不敢言。日军占领泰国后，他用敲诈农民的办法和日军做生意，发了横财。他觉得战争对他有好处，希望战争打得越久越好。在那个地区，坤仑就是法律，连警察也在他的控制之下。他骄奢淫逸，妻妾成群。在他的影响下女儿素妮的性情也和他一模一样。坤仑这个坏蛋最后终于被拉亚及其朋友处死。这个人物可以说是泰国土地上地方恶势力的一个典型。也许是作者有亲身经历和体验吧，这个人物是真实而生动的。

帕拖拉尼泰皮塔是个政治暴发户的形象。他性情暴烈，言语粗俗，手段毒辣，在旧官场混上了"帕"的爵位（相当于伯爵）。1932年维新政变，他参与其事，之后地位更加显赫。他宣称"要把自己的身体和生命都献给国家，为国家愿意做任何事情"。但在行动上却勾结贪官污吏，营私舞弊，贩卖违禁毒品，养育流氓，剪除异己，势力极大。他的宅邸好比宫殿，良田几百莱①，轿车十数辆。他的大公司垄断了不少贸易行业。他为了自己的利益，不惜采用最肮脏的手段，用贩卖鸦片、武器和造假钞票得来的钱收买选

---

① 莱，泰亩，等于中国的2.4市亩。——作者注

票，用暴力强迫人民投他和同伙的票。如果还不能在选举中获胜，就在选票上舞弊。为了扩大自己在国会内的势力，他收买议员。他还与"外国势力"勾结，妄图改变泰国的政体，如果成功，他就会成为泰国的第一任总统。在一个崇尚金钱和权力的社会里，出现这样的投机家和暴发户是不足为奇的。

此外，像坤仑的女儿素妮、拉亚的哥哥拉甲都是利欲熏心、视金钱为上帝、毫无信义和廉耻的人，作者对他们的刻画也具有一定深度。

然而，这部小说也很典型地暴露了作者世界观的矛盾。当他按照事实本来面目写的时候，小说对丑恶事物的揭露是深刻的，当他用自己的"理想"代替现实的时候，小说情节的发展就显得荒谬而不合逻辑了。

小说中的黑暗势力的代表坤仑、帕拖拉尼泰皮塔等人是不会放下屠刀立地成佛的。要取得斗争的胜利，必然要采取拉亚、隆兰等人所使用的暴力手段，否则他们自己就会被消灭，小说也是按照这个事物内在的逻辑发展的，但这必然否定格良格莱的非暴力的合作主义的主张，这又是作者不愿看到的。

但是，反过来也不行。作者虽然用"天赐"的办法，使格良格莱得到了无主的荒地和金矿，使他办起了一个合作主义的示范农场，但是如果写他们的党用非暴力的办法取得了政权，剪除帕拖拉尼泰皮塔这种人，泰国消除了贪污和舞弊，变成了一个没有人剥削人的理想社会，那么对照泰国今天的现实，那不是痴人说梦？读者能不笑掉大牙？这就是作者写不下去、此书没有结尾的原因。

索是一个对政治有着浓厚兴趣的作家，但是却是个迷失方向、找不到出路的作家，这部小说就鲜明地反映了这一点。他憎恶社会的不合理现象，人们相信这是真的。但是他所向往的第三条道路，即合作主义，其实并未跳出资本主义的圈子，而且是个"不能传宗接代的理想"（泰国评论家语），它不但在理论上说不通，在实践上也两次碰壁，所以，只能写在小说中聊以自慰而已。懂得一点政治经济学的人都明白，组织合作社的前提是生产者拥有生产资料，没有生产资料，还不是要受人雇佣！一个以私有制为基础的社会，怎么会有一个对劳动者合理的上层建筑？作者诅咒金钱，说它是万恶之源，但是在这部小说中却又不得不让拉亚"发现"金矿，而且是非法开采才能使格良格莱建党、办报、办农场、竞选，可见金钱并不是万恶之源，而是要看它掌握在谁的手中，用它来干什么而已。就作者自己而言，为了使其笔下的人物实现其理想，不也需要钱吗？而且钱的到来又是异想天开的！其实这部长而又长的小说不过是个乌托邦，作者把自己的理想终于写进了死胡同，这不是作者的愿望，而是一个揪着自己的头发想离开地球的人的悲剧。

第六节　索·古拉玛洛赫的合作主义小说（下）

作者笔下的泰国现实

《蓝色血》和《红色血》是两部姊妹篇长篇小说。两部作品相比较，《蓝色血》的现实意义较大，而《红色血》不过是一群财迷心窍的狂徒"夺宝"的惊险故事。主题思想没有深化，人物性格也没有发展，情节明显是臆造出来的。

作者透露，他写《蓝色血》的目的是诅咒人们把金钱视为上帝，"它成了地球20亿人的主宰。几乎每个人都愿意做它的奴隶，为了金钱，有人甘愿出卖荣誉。""金钱成了贪婪的诱惑物，这是人一生下来就有的劣根性，它使五千年的历史充满了坏人坏事，它是使人互相排挤、争夺、欺压、厮杀的总根源。"作者提出铲除这一弊病的方法还是合作主义。

虽然这本书仍然没有摆脱浓烈的宣传气味和说教气味，但是透过作者芜杂的思想还是可以发现这本书的某些积极意义。

（1）使人们看到金钱这个资本的魔鬼怎样改变了人的本质。

比连原本是个饱受阶级压迫和剥削的穷苦农民，他和地主戴娄有杀父杀母之仇，他诚实、质朴，但是意外得到的30万铢钱却使他变了质，使他做起了富贵梦。当30万铢被人偷走，随之化为灰烬之后，他又变成了穷光蛋。可是此刻他的思想却变了，成了一个嗜钱如命的赌徒。他大买彩票，虽然中了头奖，可是由于彩票老板被打死，美梦又破灭了，于是他投入了鸦片贩子布娄的怀抱，干起了罪恶勾当。当他的羽翼丰满以后，为了自己发财致富，为了所爱的女人，又和主子布娄反目，杀死了他。为了钱，他一连杀死了七八个人，为了逃避警察的追捕，他烧了棉花库，大火蔓延到整个市场，数百户人家因此绝了生计。

如果说当初他和地主戴娄的矛盾还是被压迫者、被剥削者和压迫者、剥削者之间的矛盾的话，那么后来，他和布娄之间的矛盾主要则是无钱和有钱的矛盾，奴才和主子之间争夺的矛盾，这时的比连已经成了社会的一条害虫。

（2）揭露了黑社会赤裸裸的金钱关系。

在金钱万能的社会里，人与人之间的关系是一种不加掩饰的赤裸裸的金钱关系，即使在同伙之间也是如此。申老板和布娄都是鸦片贩子，但是为了利益独占，他们之间进行了疯狂的争夺、报复和火并。

比连第一次贩运的鸦片就被申老板的人中途劫走。后来布娄获得了对方运送鸦片的准确地点，一把火烧掉了申老板的鸦片，使申老板亏了血本。当申老板得知布娄的小老婆甘雅要把银行的50万铢取出，便派人把这笔钱劫了下来。他们之间尔虞我诈，毫无信义。甘雅为了夺回50万铢，背叛了布娄，私自和申老板做交易，她出卖了布娄运送鸦片的情报，但得到的是一张无法兑换的银行支票。比连得知乃坎偷出了鸦片，为了把此财富据为己有，便杀了他。同伙乃本得知比连藏匿鸦片和杀死了乃坎，就想永远以此为把柄敲诈他，把他作为自己的奴隶：比连为了摆脱这种被动的处境又杀死了乃本。当甘雅摆脱了布娄藏起来以后，布娄的走狗得知她的处所便又来敲诈。人类一切高尚的东西，在这个黑社会里已经荡然无存了。

从小说中我们还可以看出黑社会里的不少头面人物都和上层人物有着千丝万缕的联系，他们得以生存，没有权势人物的庇护是不可能的，他们之间是利益均沾的。布娄被捕，就是在他们的"关怀"下释放的。可见要铲除黑社会，不铲除上层人物中的不法分子这个温床是不可能的。

小说还塑造了几个有着鲜明个性的黑社会人物形象。

地主戴娄阴险而狠毒，他利用高利贷剥夺了比连父母赖以生存的土地，比连的父母在走投无路之时，偷拿了戴娄3万铢钱，虽然最后送回去了，但戴娄却灵机一动，说这笔钱不是3万铢而是5万，活活把比连的父母弄死。

鸦片贩子布娄是个毫无人性的家伙，他粗犷、凶猛，却又像猎狗一样警觉，他可以毫不怜惜地把自己的小老婆置于死地。任何人背叛他，都休想得到他的宽恕。

甘雅是个既损害别人又被别人损害的女人。她让人憎恶，又让人同情。她在少女时代也曾梦想读书，将来做个护士，但是由于家境贫寒，现实把她推入了火坑。她15岁就当了富人的小老婆，开始她也想做一个好姨太太，但是没人把她当人看待，她被抛弃了，从此觉得世界上没有好人。她当了布娄的小老婆以后，干了贩运鸦片的勾当。她不爱毫无人性的布娄，但又无力反抗。她爱上了比连，想致富以后洗手不干，但是仍然没有摆脱一死的厄运。她临死的时候对比连说："我不是个幸运的人，刚刚得到爱没多久就要离开你了……从生下来我所遇到的都是痛苦和失望，我的心是碎了的。我也和别人一样需要幸福，需要荣誉……但也许是命中注定，人人都把我看成坏人，是个卖身的女人。我的心也和别人一样，也想做好事，但遇到的却都是丑事，我被逼着只能干坏事，现在我可以不干坏事了……"她是这个罪恶社会的俘虏，又是它的牺牲品，这个形象是令人深思的。

《红色血》是《蓝色血》的续篇，写了比连为了摆脱金钱的诱惑，摆脱警察的追捕，逃到了大森林，想过一种远离金钱的生活。但是在这个深山里却埋藏着一伙政客为了政变而准备的3亿铢假币，政客之间又发生内讧，他们的子女和喽啰都在寻找这笔巨款。前来追捕的警察又见钱眼开，参加争夺。比连又被拖入金钱的旋涡，最后终于在各方争夺、残杀中死去。

这两部小说诅咒了金钱的罪恶，描绘了人们在金钱面前的丑态，以及为了金钱而进行的争斗和残杀。作者对金钱的本质是清楚的，在小说中比连的父亲在临死之前曾这样对儿子说："钱成了剥削和榨取穷人血汗的工具和武器。有钱人有赚钱的工具，穷人两手空空，只能成为有钱人的奴隶，越过越穷。"这说明作者明白在生产资料私有制的社会，金钱必然会转化为资本，成为剥削劳动人民的工具，以利资本家榨取剩余价值。只有改变金钱作为资本的属性，才能避免作者所描绘的灾难。但是作者明白这一点是一回事，而采取怎样的行动则是另外一回事。他不愿意把这些灾难和生产关系、社会制度联系起来，这说明他反对的并不是资本主义制度，而是它的弊端。他教给人们的办法是"远离金钱"，是"逃避"，他教导人们要"知足"，要"学会利用自然资源，组织合作社，给劳动者自己谋福利"。

索·古拉玛洛赫总是喋喋不休地兜售他的合作主义，但是无论在现实生活中还是在自己的小说里，他都找不到出路，所以他就越写越灰心，越写越绝望，到头来自己的逻辑又否定了自己的"理想"，他觉得人是战胜不了金钱的，所以在《红色血》的结尾，当书中的主角比连·本通被人杀死之时，这样写道："他纵声大笑，这笑声是一个象征，它告诉人们，人的满腔热血是无法战胜金钱的魔力的！"

索的济世良方——合作主义的实质

既然合作主义是索·古拉玛洛赫的政治思想的核心，他有专门论述这个问题的政治文章，又在他的小说中作为主人公至高无上的理想，一有机会就大发议论，把它作为改造资本主义和抵御共产主义的武器，那么，评论作为一个作家的索·古拉玛洛赫的时候。我们就不能不探讨一下他的合作主义的实质。

合作主义并不是索的发明，他在自己的小说中透露，他是在1928年到了香港，1931年到了中国内地以后，目睹了中国贫富悬殊的现实，接触到了信奉这个主义的庄医生而接受这个主义的。对于这个主义的内容，索在自己的著作中有明白的阐述，他说："合作主义即经济主义，产生在英国和德国，已经有120年的历史了。合作社产生在工业革命时代的卡尔·马克思著书立说反对资本家剥削的时候，马克思的目标在于消除资本家对工人的剥夺，合作社的目标在于避开和防止资本家对工人的剥削；马克思的方法是要用暴力夺取政权，改变政府使其成为劳动者的政府，是为了消灭资本家，建立共产主义国家；而合作社则不想用夺取政权的方法来建立合作主义的政府，而只是建立合作小组和机构以自助，摆脱资本家的剥削和欺压，由此可以看出，马克思的方法要用暴力强制，合作主义的办法在于引导以使其出于自愿。"

合作主义的"优越性"，索·古拉玛洛赫概括为下面五点：

一、合作主义是顺乎生活潮流的自然发展，它所以能成功，是因为并不违背人们的意愿。

二、合作主义尊重人的自由权利，不像共产主义那样把人当作奴隶。

三、合作主义不会使世界爆发战争，只会使和平更加持久和巩固，因为它尊重劳动者的自由、民主和平等。

四、合作主义最憎恶少数人对多数人的残暴和冷酷行为。

五、合作主义是尊重大多数人的尊严，最能与民主政治制度融为一体的经济制度。

索始终梦想，如果他有机会进入国会和政府，他就要实行合作主义的经济制度，可惜的是国会和政府从未向他敞开过大门。

我们考察一下历史就会知道，合作社这种劳动者或居民以经济互助为目的联合组成的经济组织确实"古已有之"，19世纪初，英国和法国的空想社会主义者欧文、傅立叶等已对合作社思想进行过宣传和实验，幻想通过合作社形式来改造资本主义。1844年英国工人曾首先创立一个名为罗虚代尔公平先锋社的消费合作社。19世纪末20世纪初又出现了一种名为合作主义的资产阶级改良主义思潮，它的代表人物是法国的季特（1847～1932）和英国的比阿特里斯·维伯（1858～1943），他们的纲领是在资本主义条件下，通过组织合作社，先掌握商业，再掌握加工制造业和农业，最后建立"合作共和国"。他们认为，人们只有生产者和消费者的区别而没有阶级差别，主张采取消费合作社兴办各种生产事业的办法，逐渐把生产资料转到消费者手中。他们反对政治斗争，强调发展合作社来解决社会问题，促使资本主义自行消亡，"和平建立社会主义"。

应该指出的是，马克思主义并不反对合作社这种组织形式，它对劳动人民的生产和消费是有其积极意义的，而且过去和现在都利用过这种组织形式，但不能无限夸大这种组织形式的功能，它虽能使社员避免一些中间剥削，却不能改变生产关系，也不能根本改变劳动者的生活状况。

在比较全面地考察了索的作品、他的思想及其发端的源头及后来的发展以后，我们可以得出这样的结论：改良主义思想是很合索·古拉玛洛赫的胃口的，他的思想实质是封建思想、佛教世界观和宿命论以及资产阶级的博爱观的混合物，他十分守旧而顽固，反对一切革命，甚至连资产阶级民主革命他也反对。

应该指出的是，索虽然也自称信奉合作主义，但他的合作主义实际上已阉割了季特和维伯的"主义"，他们还梦想"资本主义自行消亡""和平建立社会主义"，而索却和社会主义不共戴天，"资本主义消亡"他提也不敢提，然而泰国的有些学者却认为索是社会主义者，这是极大的误解。索虽然标榜第三条道路，但他却没有创造出第三条道路。索在政治上的失意虽然有很多因素，但他的思想和主张不合时代的潮流，没有实际价值，不能给劳动者带来根本的好处，因而人民不予理睬，这恐怕是最主要的原因。

世界文学发展的历史已经证明，一位伟大的作家常常是一位伟大的思想家，人们通过他们的作品可以感觉到时代的脉搏，甚至可以展望到未来。他们的作品不但给人民以极大的艺术享受，更会给人民思想上以教益和启迪。人民从这些伟大作家的成功也可以反照出索在创作上的矛盾和失误。他晚年的悲哀和绝望已经给后来的作家敲响了警钟。

长篇小说《中国自由军》内容概要

我和鲁平飞（文中所出现的人物姓名除周作人外，均为音译）是很要好的朋友。鲁的父亲家财万贯，但对儿子的管教却很严，要他勤学、爱国。我是一个穷留学生，一贫如洗，借钱到异国求学，回到泰国之后还要还债。但我和鲁平飞的友谊是深厚的。

谈起日本侵略中国，鲁抑制不住满腔怒火，表示要投身到抗日斗争中去。我回国了，但心里还牵挂着北京的朋友们。这期间我只收到过一封彭的来信。我的心始终悬着，不知他们是死了还是活着。1946年我收到了鲁平飞从美国寄来的信，并且把他亲笔用中文写的抗日斗争纪实寄给了我，下面就是他的记述：

北京沦陷之后，我参加了由学生组成的抗日先锋队，开赴上海，参加了上海保卫战。政府认为我们这些学生将来是国家的栋梁，牺牲于炮火之下未免可惜，便把我们解散了。

我脱下军装参加了上海的难民救济工作。

上海沦陷后，我们组织了少年地下组织。我们都是小孩子，多数是十六七岁，大的不超过二十一二岁。我们组织了"青年特别支队"，不依附任何人独立开展地下活动。

环境严酷，上海站不住脚，我们辗转到了北京和天津。组织发展很快，后来成员超过了两千人。我们自制炸药、燃烧弹，一举烧毁了敌人的棉花库和军服仓库。在北京，我们用钱雇用了流氓刺杀了伪警察局长。在天津，我们自己干掉了警察局长这个汉奸。我们骑着自行车用棍子击昏日本军官，夺取枪支，武装自己。在烧毁日本电影院之后，又炸毁了日本的中原公司。

我们的活动使日本人惊恐万状，同时也引起了政府的重视。他们派人和我们联系，经过谈判，达成了协议。政府答应每月提供给我们经费1200元，条件是我们把活动向他们公开，但我们不希望把自己置于他们的控制之下。

我们的活动以更大的规模开展起来。刺杀周作人（未遂），刺杀天津商会会长王子林，烧毁日本的唱片商店、天津的日本纺织厂、汉奸报纸《新民报》，枪杀天津伪银行行长郑荻恭，对各界震动很大。

由于天津的领导人老装叛变，使三个领导人被捕，夏牺牲，车失踪，丁被捕，后被营救出来，已无法在北京继续工作，遂转到重庆，他希望政府帮助他搞中国自由军。樊被捕后逃出，在去天津的路上又险些重陷囹圄。因在监狱倍受折磨，身体很坏，转到上海休养，她后来到了重庆和丁合作。

我们的组织遭到了毁灭性的打击。王在北京，打死了四个鬼子之后英勇牺牲。天津的组织，因一个人的疏忽，在放置炸弹时忘记了书包，内有名单，致使成员全部暴露，组织遭到了破坏。北京的首脑则只有我和张了。我是独立的，但张是共产党，合作当然可以，但理想不同。我们的人几乎光了。1940年我到了上海，张去延安了。

在上海，我们旧友重逢，计划去重庆，但未能成功。于是又从香港折回上海，继续搞中国自由军。1941年成员已逾百名。我们炸了日本电力和运输车辆。

我的活动被家里发现。为了我的安全，家里对我的抗日活动进行了坚决阻拦，并给我安排好了去美国留学的道路。临行前，战友们为了送别我，以壮行色，炸了舞厅。我和林在斗争中有了感情，我怀着惜别的心情离开了祖国。

记述到此结束。

长篇小说《拉亚》内容概要

拉甲、拉亚是乃潘·叶勇的两个儿子。拉甲长拉亚两岁。家住考特门村。由于父亲乃潘被村里恶霸的打手杀害，兄弟俩只得自幼寄居在父亲的好友简伯伯家里。一次，在玩耍中，坤仑的女儿素妮不慎落水，被拉亚救了起来，可素妮当时处于昏迷之中，事后拉甲却谎称自己救了她。这一见义勇为的行动受到了洋人女教师埃拉的高度赞扬。为了报答救命之恩，恶霸坤仑出钱把拉甲送到曼谷读书。

拉亚和拉甲的性情大不相同。拉亚耿直、坚强、吃苦耐劳，而拉甲却贪财，善于投机取巧。到了曼谷，拉甲的学业没有多大长进，城里的坏东西却学会了很多。

1942年日军占领了泰国。拉亚和他的朋友卡丁、甘非常痛恨日本人，于是便和隆兰警察少尉、銮包里班·巴查春、留美年轻的大学生格良格莱一起组成了"考特门救国会",这是"自由泰"运动的一个分支,从事对日军的骚扰、破坏活动。但是拉甲却站在了坤仑一边,和日本人做生意。他们从农民那里低价收购农产品,巧取豪夺,转手卖给日本人,不但支援了日本的侵略战争,自己也大发了国难财。坤仑牢牢地垄断着这桩买卖,很快暴富起来。

1945 年日本投降,战争结束。拉亚转而与贪赃枉法的政客、压迫剥削人民的垄断资本家进行斗争。他杀死了与他有杀父之仇的坤仑和他的几个打手,为了躲避警察的追捕,和他的情人一起逃到了山里。

隆兰警察少尉受势力人物——政府的一个部长帕拖拉尼泰皮塔的人迫害被迫辞职。他对于法律不能保护人民的利益、不能维护正义深表遗憾,因此又和拉亚合作,建立"黑色特门运动",专门铲除坏人和卖国政客。他们所做的第一桩事就是在皇家田广场的一棵树上吊死了帕拖拉尼泰皮塔的亲信警察中尉查拉·察检,但格良格莱却不赞成他们的这种做法,他主张用和平、民主和非暴力的手段进行斗争。

一天,拉亚和他的伙伴在一个偶然的机会在竹篮山后的小河里发现了金子,这使他们喜出望外,偷偷开采以后,便给格良格莱提供了足够的资金,使他建立起一个"合作城",他要用事实证明"合作主义经济"是适合泰国国情的。

帕拖拉尼泰皮塔、昆德、拉甲和素妮勾结起来贩卖鸦片、走私大米,与外国人合伙制造假币、贩卖武器。帕拖拉尼泰皮塔为了发更大的财,扩充自己的势力,决定参加选举。他们贿选,利用流氓镇压反对派,印刷假选票,并且勾结外国势力,计划推翻泰国政府,如果成功,他就会成为泰国第一任总统。

格良格莱所建的"合作城"并不太平,它常常受到帕拖拉尼泰皮塔一伙的骚扰,于是他便想用政治手段保护自己,决心从事政治活动,想通过竞选议员,把自己的经济合作模式变成国家的发展计划。他把自己建立的党命名为"人民合作党"。在竞选过程中他又结识了勒·里梯仑,成了他宣传上的主力,而"黑色特门运动"则负责保卫工作,以防帕拖拉尼泰皮塔的捣乱破坏。

《拉亚》是一部有头无尾的长篇小说。第五卷写到拉亚和隆兰一起出动,侦察"M18",以便弄清它究竟是什么组织,但隆兰却被"M18"抓走,拉亚正和格良格莱商量设法营救隆兰,以便继续在巴真府竞选。

长篇小说《蓝色血》内容概要

布鲁·本通和比连·本通父子受到陈老板的残酷欺压,一笔高利贷便夺走了布鲁赖以活命的土地。在走投无路的情况下布鲁偷了陈老板 3 万铢钱,最后虽然主动送了回去,但却遭陷害,陈老板说他放到那里的钱不是 3 万而是 5 万,警察与陈老板合谋,活活把布鲁夫妇弄死。

比连失去了双亲,发誓报仇,但在潜入陈老板家里的时候却意外地听到陈老板的第六个小老婆和鸦片贩子私奔时的谈话,比连静静地观察他们的动向,可后来他俩由于慌乱却意外地掉到河里,双双淹死。比连不费吹灰之力,得到了留在汽车里的 30 万铢。这笔巨大的财富使得朴实的比连坐卧不宁,想入非非。但是由于做事不密,一切都被乃每看在眼里。乃每偷走了这笔巨款乘汽车出逃,但碰巧汽车失火,30 万铢化为灰烬,这对比连好比五雷轰顶。他在一夜之间暴富,又在一夜之间重新成为穷光蛋。但是比连的心却再也不安分,再也无法收回来了。虽然邻居娘曼、塔娣母女一再劝他安心种田,以农为本,但他置若罔闻。比连终日做着发财梦,他大买彩票,居然中了头奖,但是由于彩票局老板舞弊,众人闹事,将彩票局捣毁,老板被打死,头奖分文未得。

比连成了一个流浪汉,来到曼谷,遇见了鸦片贩子布娄。发财的强烈欲望使他和布娄一拍即合,做起了鸦片生意,布娄有一个小老婆名叫甘雅,比比连大几岁,是个被蹂躏、被践踏的女性。她干的是害人的职业,自己也从未尝到过做人的尊严,比连身上所残留的一点真诚和质朴唤起了她的爱情。甘雅和比连准备弄一大笔钱之后便离开布娄,洗手不干。

一次布娄做了一笔"大生意",贩运鸦片 20 吨,由于甘雅和布娄的对手做了一笔交易,鸦片大部分被警察没收,比连从中私藏了 20 箱。鸦片贩运的意外失手、比连和甘雅的行动引起了布娄的怀疑和警觉,在回曼谷的火车上布娄正想抓住比连偷鸦片的把柄,他伸手掂了掂比连的旅行包,此时警察恰好赶到,人赃俱获,布娄被带走了。

布娄的被捕,使比连和甘雅获得了自由。他俩卖掉偷出的鸦片,得款 30 万,在曼谷安顿下来,准备挣到百万以后洗手不干。但是比连的鸦片生意没有成功,却得到了在政界人物干预下布娄被释放的消息。比连、甘雅十分惊慌,虽然他们几次易地而居,但布娄还是找上门来。在一场生死决斗中比连打死了布娄及其随从,但甘雅也中了一弹,她怀着对比连的依恋和对往日生活的忏悔死去了。

比连成了被警察追捕的对象,但他绝处逢生,一位洋人基督教神父救了他,告诉他:金钱是毒药,应该远远地离开这个东西。比连回到自己的故土三盘,爱着他的姑娘塔娣一直在等着他,为他分忧。

比连打死了与他有杀父之仇的警察,走进了金钱丧失魔力的森林。

长篇小说《红色血》内容概要

比连为了逃避警察的追捕,逃进了大森林。

在森林中比连遇到了两伙人,一伙以瓦查莉为首,另一伙以銮勒里·德来帕为首。瓦查莉是銮春拉塞松堪之女,其父是个妄图夺取政权的政客。本来他要与銮勒里"共图大业",但却遭同伙的暗算,死于森林。瓦查莉率领她的忠实下属乌迪来到森林寻找父亲。銮勒里和他的儿子来到大森林却是为了寻找銮春拉塞松堪生前所藏匿的3亿假钞票。瓦查莉遇见銮勒里一伙,知道父亲确有3亿铢假钞藏于森林,顿起贪心,想尽办法要把銮勒里和他的儿子帕德除掉,而銮勒里和他的儿子帕德也正是这么干的,所以在寻找这3亿铢假钞的过程中便演出一幕幕各耍阴谋诡计,互相争斗和残杀的丑剧。

比连来到大森林的本来目的是避开金钱,改变自己的生活,但金钱却像毒蛇一样缠绕着他。瓦查莉通过比连的朋友乌迪前来说合,如果比连加入她的一伙,日后夺得政权将给他自由。但是后来比连却意外地被警察巴朗逮住。巴朗得知山里有钱,自己也放弃了警察生涯而做起了发财梦。

3亿铢假钞巨款首先被銮勒里一伙发现,接着瓦查莉一伙也发现了其埋藏地。瓦查莉为了阻止别人"盗宝",把藏钱的洞口炸塌,却引出了大水灌满山洞,眼看巨款付诸东流,于是势不两立的两伙又重新合作,把钞票抢救出来,放在只有一条路可通的悬崖峭壁之上。

日子一天天过去,食物和水一天天减少,于是发生了一场残杀和争夺,最后只剩下了瓦查莉和比连。瓦查莉想自己独占,寻找机会除掉比连,瓦查莉正举枪向比连瞄准的时候,过去的警察巴朗驾直升机赶到,他用机枪扫射,打死了瓦查莉,救了比连。比连告诉他3亿铢假币藏匿的地方,巴朗为独占这笔钱,又把比连杀死。

第七节 玛纳·詹荣的短篇小说成就

玛纳·詹荣(1907~1965)一生写了《欢快的魅力》《善塔明》《仇恨

的奴隶》《暴风雨》《虎鲨》《铁鱼叉》《环流的海》《凶徒》等20部长篇小说，短篇小说近300篇。其中的精华之作都收在蓬拉潘甘平出版社1987年出版的8卷本的短篇小说集中。1930年的处女作《患难与共》和最后的绝笔《老师》也都是短篇小说。他在这方面所取得的成就不但远远地超过了本人的长篇创作，在泰国现代文学史上也占有重要的地位，被尊为"短篇小说之王"。

玛纳·詹荣在短篇小说民族化上做出了最杰出的贡献。他不模仿别人，也从不"借用"西方文学作品的情节，而模仿和"借用"在泰国现代文坛上并不是十分罕见的事情。

玛纳·詹荣的作品有着浓重的乡土特色和鲜明的民族风格，这和作家的审美意识、创作才能有关，但更重要的一点是他熟悉泰国社会，熟悉生活，积累丰厚，体察入微，这又和他的丰富经历不无关系。

玛纳·詹荣出生在佛丕府的一个律师之家，中学毕业后曾从事过多种职业，他的罗曼蒂克爱情史不加修饰就是一部相当有趣的长篇小说。他当过法庭的书记员、乐队的领班、教师以及打字员，种过棉花和椰子，办过合作社，当过报社的记者、编辑，最后的十年才从事专业创作。他喜音乐、爱旅游、善交友、贪杯中物，为人诚恳豁达，这种性格特点又使他更能了解和接触下层人民。

玛纳·詹荣小说的背景常常是乡间的高脚屋、集镇的小酒店、破烂码头的咖啡馆以及城里的贫民窟。他的笔下当然不乏高官显贵、作家、艺术家、知识分子，但写得最多的还是农民、伐木工人、乡间的女人、青年以及流氓无产者。这是不同于曼谷上流社会的另一个世界。他们渴望自由和幸福，但是贪官污吏，地方上的区长、村长等恶势力却是他们头上的一座山；他们质朴，但也有不少恶习和劣迹；他们富于反抗精神，但是砍砍杀杀却多是为报私仇；他们简单、淳朴，却又常耍些小诡计；这里被"文明"遗忘，但又常受城里"文明"的袭扰。

玛纳·詹荣的作品既无说教也不点题，他好像信手拈来一个故事，一边呷着咖啡，一边讲给你听，结论由你做出，而形式却又是活泼多样的。

《县长助理》讲了这样一个故事：年轻的县长助理一表人才，为官清廉，没有积蓄，结婚时犯了难。要想得钱，只好下水，开始接受贿赂，但在藏匿欣婆婆掉落的项链时犯了事。事情是这样的：欣婆婆来交税，不慎抖落了纸包里面的价值4万铢的项链。趁这个女人不注意，他用脚踩住了项链，

223

待女人走后，他拾起来，然后装着肚疼回家藏好，可这一切都被一个文书看在眼里。原来这根项链是府尹夫人借来的，因为锁扣不好用，才叫欣婆婆的丈夫修理，项链的真正主人是部长夫人。府尹闻之大怒，要严厉处罚县助，夫人连忙制止。提醒他县助还管着17个区的选举拉票任务……小说的主题显然是暴露官场的黑暗和腐败的，但是作家却不动声色，用了喜剧的漫画式的夸张手法，用一条金项链的案子道出了县长助理、府尹和部长大人之间盘根错节、互相依存的关系。

《死擒》是一个追捕逃犯的故事——活捉当然最好，捉个死的也未尝不可！小说在高潮到来之前做了铺垫。开始写的是一群从事伐木苦役的囚犯生活，他们为思念妻子和疟疾所苦，引出了一个38岁的名叫乃蓬的囚犯，叙述了"我"和他的友谊以及他对一个山民姑娘的爱恋。当一个管理犯人的小头目、24岁的巴硕也看上了这个颇有姿色的姑娘时，冲突就不可避免了。盛怒之下的乃蓬打了巴硕，乃蓬便不能不逃走，从而引出一段扑朔迷离的追捕。一天夜里"我"击伤一头野兽，从而引出了故事的结局——"我"想得到一张兽皮，然而令人万分惊诧的是发现了因为疟疾和饥饿倒毙了好几天的乃蓬的尸体。读完了这篇小说我们不能不得出这样的结论：真正的凶犯是仗势欺人的小头目巴硕，因为是他夺去了乃蓬的心上人。

《洋人的保姆》使一个侍候洋人的女佣哄骗洋人、欺侮同伴、占尽小便宜的诡计多端的人物形象跃然纸上，而写洋人的颠顸也令人拍案叫绝。《过路钱》写一个费尽了千辛万苦找到一份差事的杂役，面对处长交来让他送给别人的1000铢钱，手足无措，手上像攥了一团火。全篇紧紧围绕这1000铢展开矛盾和冲突，把一个不名一文的穷人的心态和性格写得有血有肉，令人同情。《我们的家》写了三个人物，面对强占家门的坏蛋、丈夫虽满腔怒火，却战战兢兢，百依百顺。倒是妻子战胜了坏蛋，她的话掷地有声："这是我的家，如果我保护不了这个家，还不如死了好！"作者把气焰万丈的坏蛋、贪生怕死的丈夫和豪气逼人的妻子刻画得十分动人。《爱的原野》写了一个腿有点跛却有几分姿色的孤苦少女，成了村里青年泄欲的对象。她的肚子里怀了村长儿子的孩子，但村长一家却不认这个孩子，最后不得不投河自尽。作者把少女爱护腹中的胎儿的母亲情怀和她的自轻自贱、甘愿受人作践的扭曲性格刻画得令人一赞三叹。玛纳·詹荣还有许多短篇小说是写村民赌博的，他们像是着了魔、发了疯，有的倾家荡产、夫妻离散；有的杀人越货、走入牢房……

20世纪60年代正是泰国经济起飞的时期，资本主义的生产方式和经营方式以及西方文化入侵，农民大量破产。玛纳·詹荣这一时期写的以农村为题材的作品中大量出现了游手好闲的青年、牛仔裤、唇膏、墨镜、流行音乐和扭摆舞，以及他们对享乐、金钱不择手段的追求。地主的纨绔子弟在城市过着醉生梦死的生活（《浪荡荷花》），农村姑娘被骗到曼谷拍裸体照、卖淫，糊涂的老子居然引用谚语说"好女落水冲不走，跳进火坑烧不焦"（《田间女流》《女朋友》）社会处处是陷阱，骗子把老头诓到曼谷却说出国游了一趟马尼拉（《森打康》），人们用各种骗术捞钱，甚至不惜欺骗自己的父亲（《佛像恩人》《相会在纽约》）。透过玛纳·詹荣的小说人们可以看到，泰国的经济起飞和社会道德的跌落是同时出现的，暮年的玛纳·詹荣甚至比有些青年作家更敏锐，人们不能不佩服他对社会的深刻洞察力。

玛纳·詹荣的小说之所以有乡土气息和民族风味，语言的魅力是个极重要的因素。他博采民间口语，加以提炼，既喜闻乐见，又生动活泼，具有鲜明的形象性。比如他对阿扁的丑是这样描绘的："鼻子扁得几乎和脸一样平，一副招风耳好像插在船上的两只桨，一边的眼珠子冒出来，一边的眼睛却眯成了一条缝，眼眉几乎是一根毛也没有。"（《阿扁》）写一个农民的大惊失色用了这样的语言："他的脸一下子变得煞白，好像在开水里炖过的鸡。"描写酒徒受着戒酒的折磨，一见酒精神便立刻为之一变："每人两三口酒下肚，哪还怕什么神仙、魔鬼！浑身瘫软被一扫而光，就好像一觉睡足，早晨被人叫醒，浑身是那么健壮而充满了活力。戒酒的谎言成了一句废话。声音不再嘶哑，变成了高声大嗓，耷拉的眼皮抬了起来，口渴的感觉也不见了。他开始觉得饿了，肝功能也变得活跃起来。"（《崔回》）对话也极符合人物的身份，写农民的对话没有知识分子腔："饭店那玩意儿咱也不会住。头等饭店冒出来，快得像蘑菇。那些听差打扮得就像大官。"（《达廷》）"黑的时候就黑得像块黑布，亮的时候就亮得好像天上点了千盏万盏汽灯。"

笔者很难把玛纳·詹荣归在哪一类的作家群里。他的作品兼有现实主义、浪漫主义和通俗小说之长，雅俗共赏，但贴上哪家的标签对他都不合适。他的小说没有浓墨重彩，没有扣人心弦的情节，但平淡无奇的生活在他的笔下却能显示出意义和韵味；他从不直统统地去写压迫和剥削，但透过幽默诙谐的笔调却能看到血泪的人生；他的小说没有程式，也不遵从一定之规，仿佛是信马由缰，娓娓道来，但写出了惊人的真实。而这些艺术效果的出现又源自一点，那就是玛纳·詹荣始终把刻画人物放在短篇小说的中心地位。这些人物的经历、遭遇、命运、心理和性格既有其地域的特点，又有泰国的普遍性，从而也让人们看到了复杂的泰国现实生活和时代特点。

第八节　青年作家的崛起及其作品的特征

自 1957 年、1958 年沙立两次政变，到 1973 年他侬、巴博政权被推翻，在长达 17 年的时间里统治泰国的是军事独裁政权。沙立所组织的政变军事独裁机构"革命团"的第 17 号公告完全剥夺了人民的自由民主权利。沙立上台后就装模作样地起草新宪法，直到 1963 年他死的时候也没公布，"起草"整整用去了 11 年的时间，这就是说此期间泰国是无基本法可依的。

沙立的死还使泰国的政坛爆出两桩罕见的大丑闻。第一桩是沙立生前搞来了一百多个野老婆，她们大多是美女竞赛的美女、中下级军官的女儿、演艺界的明星等，一位专职秘书负责她们的"福利"和定期发放"银饷"。有的记者说沙立的"夫人"总共 108 个，大概是借用了《水浒传》一百单八将的"吉祥数字"，确切的谁也搞不清。第二桩是沙立利用职权鲸吞国家公款，大肆收贿、贪污。沙立一咽气，众"夫人"便展开了一场旷日持久的争夺遗产的"战争"，一时间沸沸扬扬，报纸上整天登的是这些消息，众夫人情急之中说话也不能不漏嘴，贪污的事也便"泄露"出来，舆论一时哗然，当政者不得不"调查"一下，公布的贪污数字是 5 亿多铢。沙立的继承人是他的下属和同伙的他侬、巴博，揭露沙立也等于他们揭露自己，所以究竟贪污多少只有天晓得。不过通过这件事老百姓也看清了统治他们的当权者是何等样人。

政治上的高压，换来了国内暂时相对的稳定。在经济生活上，由于美国在泰国建立军事基地和越南战争的刺激，以及对外资的吸收，使泰国的经济慢慢起飞，公路网形成，电讯业的发展缩短了国内国外的距离，工厂、银行、高楼大厦平地而起。城里出现了暴发户，贫富更加悬殊；限制拥有土地限额的法律被取消，富翁纷纷购置土地作为产业，无地农民增加，封建生产关系进一步解体，大量破产的农民流入城市，充当苦力和妓女。曼谷的人口就从战后的 180 万增加到 400 万。城市经济的发展虽然带来了繁荣，但也产生了种种问题。社会矛盾进一步加剧。表面上的平静实际预示着一场暴风雨即将来临。

青年的苦闷、觉醒、不满和反叛是 20 世纪 60 年代泰国最引人注目的社会动向，这一思想潮流的发展直接导致了把他侬、巴博政权赶下台的1973年10月14日运动的发生。青年学生的这一动向表现在文学上，是校园文学团体创作内容上的变化和一大批反叛青年作家的崛起。

1962年《社会学评论》问世，在创刊号上发表了昂堪·甘拉亚纳蓬的处女诗作。他的诗针砭时弊、讽刺辛辣，又不拘泥于格律，社会反响很大，但褒贬不一。这家杂志思想激进，开展了认真的政治、社会评论，是一面旗帜，对当时的学生运动和文艺创作起了指导作用。他们还搜集青年作家不满现状的作品，印行了《保利塔塞瓦纳》丛刊，又出版了该刊的学生版，培养了高莫·琪通、朗善·他纳蓬潘、派吞·信拉腊、维猜·措维瓦、贴西林·素卡索帕等一批青年评论家。

《文艺》丛刊是几所大专院校的学生创办起来的，起初不过是诗人、才子显示才能、开展诗歌竞赛、举行文学联谊活动的园地，但1963年后却出现了几位短篇小说作家，创作数量虽不多，但是却反映了时代的某些特征，这些作家是素帕·尼拉派拉、都拉雅贴·素婉娜金达、班·春尼盖、帕迪·森玛困拉沙、维尼猜·考颂南等人。

《七院校》创办于1963年，它对当权者的批评相当尖锐，首次发出了反对美国侵略越南的声音，造就了一批像甘帕鲁·蓬沙、帕亚维秦、巴潘·奔沙维、讪冷·康帕乌等短篇小说作家。1967年法政大学出版了《灰尘》《太阳》杂志，这是"新月"团体形成的起点。他们认为欧·亨利、莫泊桑的短篇小说写法已经过时，在创作上以战后西欧的现代派为榜样，用存在主义、意识流和半超现实主义的手法表现其与社会的离心倾向，其代表性的作品如尼空·来亚瓦的《树上的人》、素拉猜·詹提玛吞的《干旱与贫穷》、维特亚功·强恭的《通向死亡之路》、素查·沙瓦西的《玩具火车》、维沙·坎塔的《凶残的日子》等。在同一时期，艺术大学的素吉·翁贴、坎猜·本班等人出版了《栋梁》杂志，培养了一批诗人和小说家，使素婉妮·素坤塔、纳隆·占良、玛纳·占良、玛纳·沙亚拉、瑙瓦拉·蓬拍本等人获得了声誉。

这一时期学生创办的杂志相当多，重要的还有《金链》《百姓》《经典》《白祸》《绿祸》《隆方》等，文学团体有"新浪潮""少年佳丽""纳顿姆会""咖啡会""塞塔坦姆""瓦拉查塔会""文学艺术会"等。

20世纪60年代崛起的一批青年作家对文学的贡献主要有两个方面：一是打破了文坛的萎靡之风，使文学创作特别是短篇小说和诗歌的创作重新贴近现实。他们大多采用现实主义手法，也有人运用现代派手法，力图使自己的创作和50年代的进步文学相衔接，作品的内容比较坚实，有一种批判的锋芒。二是他们的作品反映了其他作家没有反映或不屑于反映的广阔的社会生活领域。如反映农村贫困、破产和抢劫横行的，有西沙·纳帕拉的《抢劫》和阿萨西里·探马错的《祸不单行》；反映政府对农民盘剥的有素吉·翁贴的《光老头并未放光》；反映农村少女流入城市充当妓女的有川·拉达纳瓦拉哈的《按摩女郎》；反映城里人们的精神状态的有马纳·沙亚拉的《灰色世界》；反映行贿和环境污染问题的有羌申·拉西占的《臭水味香》；反映城市水上人家赤贫生活的有尼米·普密塔温的《湄南河的波涛》；反映贪官污吏对人的残害的有查查林·差亚瓦的《小城轶事》；反映农民新的价值观和反对干涉老挝的有讪冷·康帕乌的《冬卡苏系列小说》；反映青年对越南战争观点的有《花儿消失到哪里》等都可以说是有代表性的杰作。

20世纪60年代崛起的这一代青年作家，其立足点、文学主张和创作手法并不完全相同，但在主要倾向上却是大体一致的。他们都对专制统治的禁锢政策、教育制度不满，强调年龄隔阂即"代沟"，对社会有一种离心倾向，后来又发展为反对政府插手越南战争及干涉老挝，反对美国在泰国建立军事基地，反对日本的经济侵略，主张承认中国，最后发展成为全面反对军事独裁统治。这些青年作家的创作虽然在艺术上还不很成熟，还无法与畅销小说作家一争短长，但对文坛风气的转变还是起了重大作用，他们之中的不少人在后来的岁月里成了文坛上的名人，对泰国文学的发展做出了更大的贡献。

第九节　通俗小说向现实主义的靠拢

通俗小说向现实主义靠拢，发生在20世纪60年代的中后期，这是继青年作家的崛起影响泰国文学发展，特别是长篇小说发展的又一重要潮流。

1957年"文艺为人生，文艺为人民"的文学被打下去以后，统治文坛的是消遣文学。这种文学的作家又可以分为两大派，一派是为畅销刊物撰稿的走红作家，他们之中的绝大多数又是女作家，作品以爱情小说为主，反映的多是上层社会、中产阶级家庭日常生活。另一派是《沙炎叻》系统的作家①，这是泰国商务有限公司解体之后形成的作家阵营。他们接近上层，又处于在野的地位。这两类作家如果从作品的形成上看，区别在于，前一类作家强调作品的通俗性与趣味性，因为他们的连载小说要有众多的读者才能生存下去；后一类作家的生活还有其他来源，没有多少后顾之忧，注重艺术上的精雕细刻，在语言的运用和表现风格上喜欢标新立异。但如果从内容上看，两者则没有多大区别，60年代中期以前没有出现有重大意义的作品。

通俗小说向现实主义的靠拢，发生在60年代中期以后有三方面的原因。

一是社会生活本身的变化，这是非常重要的。这一点在前面两节都有叙述。通俗小说作家一向以城市生活为背景，城里贫富鸿沟的加大，社会风气江河日下，失业、犯罪、黑社会的猖狂活动以及妓女，成了光彩夺目的繁荣之下所掩盖的社会癌症，通俗小说作家也不能闭目塞听。军事独裁的高压统治以及他们贪污腐化的暴露摧毁了中产阶级对他们仅存的幻想，作家的笔很难避开这一社会现实。

二是青年作家的崛起，他们的作品和评论对通俗小说形成的"压力"和影响。青年作家的取材都是社会最为关注的问题，这和通俗小说作家无关痛痒或消费人生的小说形成了鲜明的对照。青年评论家对通俗作品发动了猛烈的攻击，说它们制造幻想，麻醉人民，使文学作品回到了1932年以后梦幻文学的时代，作品的主人公不过是把贵族的爵位变成了归国的留洋博士的头衔，把这类文学作品冠以"腐水"文学的"雅号"，意思是说其内容不过是腐败发臭的陈词滥调。对于这种批评虽然有些作家置若罔闻，但对良知未泯的作家却仍然是一种极大的震动。

三是文学评奖活动对创作的促进。自1968年始，原东南亚条约组织设立了文学奖，评选工作由各国自行决定，冠以国际奖的名义统一颁奖，这是当时泰国文学的最高奖赏。它的名义虽是官方的，但是具体的评选工作却是由民间，即文学研究学者、评论家、大学教授等组成的委员会完成的。他们以作品的内容是否富有建设性和艺术品位的高低作为取舍标准，是比较客观公正的，这一取舍标准对文学的发展是有影响力的。历年获奖的作品有格莎娜·阿速信的《人类之船》（1968年）和《日落》（1972年），牡丹的《泰国的来信》（1969年），素婉妮·素坤塔的《甘医生》（1970年）。上面这些作品

---

① 沙炎叻系统主要指的是《沙炎叻报》《沙炎叻评论周刊》和沙炎叻出版社，是克立·巴莫等人出资的刊物系统。——作者注

都是反映社会问题的，在艺术上也达到了较高的成就。被提名和候选的也大部分是这类较好的作品。1972年泰国图书馆协会在国际图书年也举办了文学评奖活动，获奖的长篇小说是西法的《生活的十字路口》（1972年）和《弃儿》（1973年）以及素婉妮·素坤塔的《爱的翅膀》（1972年）。评选活动使通俗小说的内容和手法都悄悄地发生了变化。作品有了社会意义，人物也较为真实，有些作家还突破了善恶有报的宗教观念，贴近了现实。

通俗小说的这种变化我们可以从走红的女作家的几部具有代表性的作品看得很清楚。

格莎娜·阿速信的《落日》以一个利欲熏心、野心勃勃的董事长的秘书拼命向上爬，最后弄得道德沦丧、精神崩溃的故事为主线，展示了经济起飞时期泰国社会，特别是一部分中产阶级人物的生活和心理，同时鞭挞了上层社会权势人物的贪婪、腐朽、狡诈、荒淫和无耻，揭示了那种病态社会里所产生的一群病态人们的内心世界，是一部较有社会意义的优秀之作。

小说的主角索拉万是一个出身卑微，然而却梦寐以求挤入上层社会的典型人物。他自幼贫困，却害怕贫困，他读完了大学，也就有了向上爬的基础。他天赋聪敏，仪表堂堂，办事干练、彬彬有礼、善于奉迎，深得主人的青睐，成了他向上爬的条件。虽然身为秘书，却是主人工作上的"全权代表"，又是他私人的管家。他不管人们的非议，我行我素，像藤萝一样攀附权势。正在他前程似锦之时，不巧上司暴病身亡，使他不得不另作打算。他虽然早有所爱，却接受了上司遗孀薇图的爱情，和这个年长他许多的女人秘密同居。薇图希望通过自己的努力，提高索拉万的社会地位，使之与自己相称，然后再正式结婚。但索拉万为了谋取更高的位置和地产，却以30万铢的高价把她奉献给了权势人物"乃"，随后又设下圈套抛掉她，而去追求心目中的人。当一切真相大白，索拉万的面目被揭穿之时，他竟以"没有法律根据""从来没有答应正式结婚"为借口，拒绝承认他们事实上的夫妻关系。索拉万的意中人彻底了解了他的为人，理所当然地抛弃了他。这位身败名裂的"明星"第一次感到了自身的空虚。他在黑夜里踽踽前行，觉得心中的太阳已经陨落，活着正像死去了一样。他的挣扎、追求是一场幻灭，然而他还希望有朝一日太阳能够重新升起。

小说中所塑造的显要人物"乃"（在泰语中此字本身就有"主子"之义），让人想起了某些"当朝"人物。他认为人的本性就是自私的，他从来不要没有主的东西。他的乐趣在于抢夺别人的妻子。他乐于看到妻子被别人占有时丈夫所表现出来的痛苦神情,他为战胜了所有男人而感到自豪和幸福。他挥金如土,喽啰众多。索拉万需要他的保护,他也看中了索拉万的"才气",而他极力促成索拉万和薇图的婚姻,目的却在于强占薇图。他似乎可以主宰一切,他的意志就是法律,金钱是他可以为所欲为的法宝。小说极鲜明地勾画了这个拥有权力和金钱的暴发户的肮脏灵魂和丑恶嘴脸。

除了主要人物外,小说还塑造了一群病态人物的形象:查纳出卖妻子而获得商业上的特权;莎维加一面自己当姘妇,一面设计圈套,拉人下水;老年女人"坤"(在泰语中此字是加在人名前的尊称)为了自己的私欲,蓄养自己儿子的一个朋友作秘密小丈夫。他们精神空虚,挥霍无度,追求着权力和金钱,互相争夺、倾轧。他们虽生犹死,在社会上散发着臭气;他们损害别人,但自己也逃不脱被污辱被损害的命运。他们内心里也憎恶像"乃"这样的权势人物,但为了自己的利益又不能不依附着他。他们性格的两面性正好说明了他们政治、经济地位的不稳,从而反映了泰国社会生活的一个侧面。

与这些人物相对照,作者还塑造了坦娣和她父亲的高洁形象。他们出淤泥而不染,有理想,有道德,不畏强权,甚至敢冒"乃"的虎威,这也许就是作者心目中的理想人物。

格莎娜·阿速信是泰国文坛享有盛誉的女作家,原名素甘雅·春拉舍,1931年11月27日生于一个律师的家庭。在下皇后中学毕业后,入法政大学学习商业与会计,但没有毕业,后在农业部渔业厅图书馆任馆员,因写作繁忙于1969年辞去公职成了专业作家。1946年发表第一篇作品。她至少用过四个笔名,前期多用"甘查拉",1958年第一次使用格莎娜·阿速信这个后来用得最多的笔名。作为专业作家,格莎娜也许是泰国最勤奋最多产的作家,现在她已写了长篇小说200多部,短篇小说100多篇,诗歌十余部(首),有时她竟同时写6部长篇在杂志上连载。获奖也许是最多的,除上文提到的外,1974年长篇小说《主根》获得了泰国书籍出版与销售协会的鼓励奖。长篇小说《雨季的梦想》《换叶树》《转向的风》《无足轻重的家》《冷火》分别获得了全国书籍周的鼓励奖。她的作品至少有6部被搬上了银幕。

格莎娜·阿速信擅长描写婚姻、爱情和家庭生活,对中产阶级的人物和精神面貌十分熟悉。20世纪50年代她的作品虽然也不少,但大多是些大悲大喜、大开大合、大起大落、热热闹闹的通俗小说,影响不大。60年代中后期却向现实主义靠拢,自那以后泰国许多社会的重大问题在她的小说里都有反映,读她的小说已感到有些"沉重"了。

素婉妮·素坤塔（1931～1983）的《甘医生》写的是一个农村医生的不幸遭遇。

甘医生的少年时代是在泰国最贫穷的东北部度过的，那里缺医少药。在曼谷读完了医科大学的甘面前有现成的两条路，一条是到国外去当医生，能赚大钱；一条是留在城里，工余时间可以自开诊所，收入不菲。但他却毅然地抛弃了安逸的生活，心甘情愿地回乡做一个穷苦的农村医生。甘在大学毕业前夕，认识了哈勒泰，一见钟情。她是个小店主的女儿，容貌出众，一个纨绔子弟多蒙正在追求她，但她却出人意料地选择了甘。多蒙对自己在情场上的失败并不甘心，他预言没有金钱支持的爱情是不会长久的。

甘和他的妻子双双来到穷乡僻壤的东北部的一个县城。哈勒泰并不真正了解甘，因而也不能成为他的事业的积极赞助者，她只是凭着对丈夫忠厚品格的信任，一种朦胧的理想的冲动和他结了婚。但农村的现实粉碎了她美丽的幻想。这儿荒凉、穷苦、生疏、寂寞，一切都要自己动手，这对于过惯城里生活的人真是困难重重。她开始还感到新鲜，渐渐便感到乏味而难于忍受，而母亲也因女婿不能赚大钱，态度随之改变，这无疑也影响了她。于是，她以探望母亲为名，离开了农村，离开了丈夫，独自回到曼谷。

甘医生工作的县里是个暗无天日的王国。县长为非作歹，豢养流氓，贪污受贿，大开赌场。他薪金不多，子女却全部到美国留学。公安局长醉醺醺，打死人如同儿戏。警察强奸民女不以为耻，反以为荣。老百姓过的是另一种生活。这儿不是旱就是涝，每次洪水更是一场浩劫，加之毒蛇麇集，百姓常常死于非命。

甘医生的工作十分辛苦。这儿只有他一个医生，而病人却极多。在卫生事业上他得不到任何支持。虽然他抱着为穷人治病的宗旨而不管"闲事"，但恶势力并没有放过他。他行动无自由，事事受监视。因为他不肯同流合污，没有把公家的药棉给县长的家人做汽车的坐垫，就得罪了上司。甘救不了县长心腹恶棍的一条狗命，便成了他们的眼中钉。县长被调动，他便疑心是甘医生告了他的状，无端地迁怒于甘，下决心要把他除掉。

哈勒泰回到曼谷，好像回到了另一世界。看到昔日的同学生活阔绰，工作如意，有些悔不当初。一天，她和多蒙出游，他酒后驱车，发生车祸，哈勒泰受重伤，记忆力长时间不能恢复。甘医生闻讯赶来曼谷，多蒙却喧宾夺主，全然不把他放在眼里。他为了彻底排除夺取哈勒泰的障碍，买通了卫生部的高官，委派甘医生出国"考察"，甘医生不知底细，难以放弃自己的理想和乡下的工作。终于恢复了记忆力的哈勒泰也赞成丈夫出国深造。他踌躇不决，想先回乡下几天，回来再做决定。

在一个阴森的暗夜里，县长指使的人早已埋伏在甘医生必经的渡口上。枪声响处，甘医生倒在血泊里。

过去的通俗小说包括素婉妮自己的作品基本上是避开现实玩着好人与坏人、爱情与财产的游戏，结局当然应该皆大欢喜。但甘医生的故事却不会让人做起玫瑰色的梦了，它让读者看到了某些地方政权的腐败和黑暗、农民命运的悲惨、曼谷与乡下两个世界的天壤之别。谁读了这样真实的作品都会深思的。现实主义的内容，又融汇了通俗文学的一些手法就使它成了20世纪70年代初轰动泰国文坛的作品，成了迎接1973年10月14日运动的一部作品。

本书的作者素婉妮·素坤塔是位著名女作家，1931年生于彭士洛府，在艺术大学美术系毕业后在该校执教多年，同时给报刊插图作画。1965年开始文学创作，从此作品不断，很受读者欢迎，《甘医生》给她带来了巨大声誉。1983年由于座车被抢她起而反抗被小流氓杀害。她写了长篇小说13部，短篇小说40余篇。担任着《丽人》杂志的主编。

西法（1930～　）也是一位对通俗小说现实化做出贡献的著名女作家。她出身于皇族，是曼谷王朝三世王的第五代孙女。朱拉隆功大学商业会计系毕业后从教多年，同时进行文学创作，1973年辞去公职成为专业作家。她的长篇小说《弃儿》反映的是一个特殊的社会问题：侵越美军把泰国当作他们休假和作乐的天堂，他们和泰国的"租妻"生了一大堆混血的黑孩子、白孩子，越南战争结束以后，这些当父亲的美国大兵扬长而去，留下的这批肤色、长相与泰国人大不相同的孩子成了无人理睬、自甘堕落的"弃儿"。《生活的十字路口》对青年生活道路的选择富于教益：男主人公切拉是个见风使舵、背信弃义的势利小人，他为了飞黄腾达，抛弃了苦苦等他三年的美丽姑娘赛蒂转而与一位部长的女儿结了婚。愤怒的赛蒂在经历坎坷之后成了政界、军界一位显赫人物的夫人之后终于在精神上战胜了切拉。然而这对昔日情人的好景都不长，岳父的失势使切拉跌落到地上；飞机的失事使赛蒂变成了寡妇，依附于大人物的权势的结果是使她重新走回到"生活的十字路口"，她仍然面临着选择。

从上述作品的内容，我们不难看出，通俗小说汲取了严肃文学的营养，加强了自身，获得了有意义的发展。可惜的是严肃文学吸收通俗文学的营养却不多，因其可读性较差，也就无法与通俗文学争夺读者。

第三章
文学的复苏和创作的多元化

　　1973年10月，青年学生的思想反叛已发展成为政治行动。他们要求制定宪法，结束军人独裁统治，要求民主、自由。学生的示威游行遭到当局的镇压，酿成10月14日大规模流血事件。之后，全社会都行动起来，工人罢工、农民夺地，他侬、巴博被迫下台。"10·14事件"对泰国社会各阶层震动极大。民主成了潮流，各种思潮极为活跃，各种杂志如雨后春笋，青年诗人和短篇小说作家也配合形势，写出许多带有鼓动性的作品，泰国评论家把这三年称为"百花齐放"时期。这一时期青年们热血沸腾，大声疾呼，敢想、敢说、敢为，一下子冲决了束缚他们的政治网罗，这对于思想解放大有好处，但诗人和作家还没有时间冷静下来，深入思考，把思想化为形象，而是急于把作品变成一种理念，创作上出现了一些缺乏艺术感染力的简单化、概念化的作品。

　　1976年10月6日军人头目他宁·盖威钦上台，对学生、工人、农民领袖镇压、逮捕和杀戮，又一次造成大流血。一时间白色恐怖又一次笼罩泰国，大批青年其中包括文学青年不得不潜入深山，参加了泰共领导的武装斗争。报纸杂志纷纷遭殃，当局宣布的禁书就有几百种之多，思想活跃的空气一扫而光，泰国文学又一次走入低潮。1977年江萨上台，实行"招安"政策，对思想、文艺的控制有所松动，出逃的作家纷纷返城，文学才开始缓慢地复苏。但是，在短短的三年之中生命两次受到威胁的作家们又经历一次分化和组合。

　　1978年以后，泰国文学渐渐趋向多元化。以前存在的文学营垒、文学派别、文学思想的对立和斗争趋缓并渐渐消失；文学创作再没有令人瞩目的中心和共同关心的主题；各种风格、各种流派的作家都有机会，但也都有困惑。20世纪80年代以来出现了一些有成就的作家，但没有出现了不起的作品。

第一节　现实主义的回归和反映革命斗争作品的风行

"10·14"运动使尘封已久的20世纪50年代的现实主义文学作品重见天日。"为人生，为人民"的作品成了70年代青年的生活的向导和斗争的武器，读者对这类文学作品需求十分旺盛，而且这种需求还带着浓重的时代色彩，也就是说青年们对文学作品在政治上、思想上的需求超过了艺术欣赏方面的需求。然而，70年代毕竟已不是50年代，国家的情况发生了很大的变化，青年们面临的问题也有了很大的不同，50年代的作品在开禁之初他们感到新鲜，时间一长就感到不能完全满足他们的需要了，这就是新的现实主义文学作品产生的基础。

"10·14"运动和10月6日的屠杀之后，有正义感的作家都力图反映这些重大事件，然而，由于环境的压迫，作家还没有与这些事件拉开距离，还没有充裕的时间去总结和思考，虽然不少作品都涉及了人民群众斗争这些事情，但大部分是间接的，很少有将这些作为基本情节正面去写的作品。比如维特亚功·强恭的第一部中篇小说《春天一定会到来》就写了一个知识分子到意大利去培训劳工，遇见了第三世界一个与劳工有关的国家的人，作者通过小说中的外国人之口，评论了泰国的"10·6"事件以及经济、社会等问题。作者把政论和小说结合起来，把这些问题分析得很透彻，读后会使人意识到变革一定会到来。

《暖妩的道歉之词》是通过一个知识分子家庭的名叫暖妩的小女孩之口叙述（而不是描写）了"10·6"前后的事件，比如当局对人们的迫害，自由的被剥夺，叔叔的生命受到威胁，不能不进山参加武装斗争，有人则亡命国外等。小说用孩子天真、直率的语言嘲讽了当权者的大人物，辛辣之余还让人体会出一点火药味。也有通过爱情去写"10·6"事件的，如青年作家瓦·宛拉扬昆的《理想的爱》写了一对相爱的青年男女分手的故事，做出了"道不同不相为谋"的选择。维沙·坎塔的小说《献给美好的爱》以1973年"10·14"事件到1976年"10·6"事件为背影，描写了一个青年演奏家纯洁无私的爱情。

直接地、正面地描写革命斗争,客观而真实地反映了当时泰国群众革命运动的实际并且取得了巨大成就的是老作家素瓦·哇拉迪罗。他一鼓作气,在20世纪70年代末接连写出了《剩余的时间》《红鸽子》和《同一国土》三部影响巨大的作品。

《剩余的时间》是一部中篇,它真实地描写了爱情并不能超越政治,当爱情和理想发生冲突之时,人们不能不面临人生道路抉择的严酷考验,这是当时反独裁斗争的年轻人常常会遇到的问题。

《红鸽子》通过一个泰国作家瓦查拉在中国的见闻和经历,描绘了中国解放初期的新面貌,他与海燕的邂逅,以及对他们身世的描写,具体地叙述了中国人民获得解放的斗争过程,小说流露了一个来自"自由世界"的作家对新社会的留恋、羡慕和向往。

小说的女主角名叫海燕,是个24岁身材匀称美丽的女孩子。在1957年庆祝五一节的天安门观礼台的茶座上,她一眼就认出了"我"是泰国人,她还能说一口流利的泰语,因为她母亲曾长期生活在泰国。第二天一早她打来电话,中午请"我"吃饭,做东道的是海燕的母亲邱同志。她是个著名的侨领,因为不愿意接受当局的命令在华人的学校里开设泰文的课程,因而受到了泰国独裁政府的迫害,1942年她和丈夫双双离开泰国,辗转到了上海。

中国经过了八年的浴血奋战,终于迎来了抗日战争的胜利,但蒋介石却要消灭共产党,于是国共两党又打起了内战。海燕的哥哥建国早睡早起,读书刻苦用功,非常听话,但是却交了一个资本家的女儿做朋友。海燕平时顽皮而活跃,晚上总是很晚才回来,看样子也不像在读书。母亲为女儿担惊受怕,后来校长找上家门,方知海燕已是学生运动的积极分子。父亲和女儿摊了牌,但女儿慷慨陈词,讲出国民党如何卖国,美国又如何为蒋介石撑腰,父亲无言以对,因为自己过去也是这样教育子女的,他没有理由阻止海燕为正义而斗争。但是海燕的革命活动却殃及了父亲在大学里教书的职业,校长和右翼教师群起而攻之,父亲站在女儿一边,据理驳斥无理的攻击,愤而辞职,建国也因此丢掉了富翁的女儿。

海燕等人领着一批游行队伍来到上海大厦,高呼"反对内战"和"美国佬滚回去"的口号,但游行的队伍被警察冲散,海燕被击倒。母亲和哥哥本来就对这次游行不放心,这时正好赶到。建国救起了海燕,自己却遭到毒手，而且当场被捕，这倒使他清醒了，终于在感情上彻底扯断了和富翁女儿的联系。在法庭上建国十分坚强，他的罪名是"制造交通混乱""殴打治安人员"，但可笑的是控告被打的"治安人员"身材魁梧，毫发无损，而"打人"的人却遍体鳞伤，母亲用事实说话，把法庭弄得无地自容，最后只判罚款20元，当庭释放了事。

虽然反内战、反迫害的斗争取得了胜利，但学生领袖却被赶出了校门。海燕的父亲王路教授又被特务暗杀，邱女士和子女一起躲到了南京。此时人民解放军节节胜利，1949年终于建立了中华人民共和国，邱同志在上海任职，建国和海燕在南京的和平委员会工作。

《红鸽子》对邱女士一家反对蒋家王朝的斗争并没有平铺直叙，它是穿插在泰国作家瓦查拉对北京、南京、上海、重庆、广州等地的名胜古迹，风土人情以及"我"——泰国作家瓦查拉对海燕的爱慕之情描述之中的，最后以海燕没有拒绝"我"的爱情结了尾，不过海燕所给予我的爱并不是男女之间通常的爱，而是一种情操高尚的信任、爱护和鼓励。

这部长篇小说写得非常真实，对泰国和中国的描绘都是如此。小说基本上是以中国为背景的，展示的又是中国人民波澜壮阔的推翻蒋家王朝的斗争，但是中国的读者也找不出它的破绽。它很像是一个爱国华侨的一部家史，因而具有普遍意义，但其实它是一部虚构的小说，因而更具有典型意义。

在泰国，严肃文学和通俗文学是泾渭分明的，但素瓦·哇拉迪罗是少数几个二者可以兼得的作家之一。《红鸽子》适当地采用了通俗小说的某种手法，在艺术表现上也获得成功，比如说在塑造人物的同时注意了故事的可读性；情节的紧张曲折又搭配上了中国各地的风情和"我"内心感情的抒发，这就使小说的节奏有张有弛；小说高度颂扬了为国家为民族而斗争的崇高美，但又避免了革命道理的简单说教。

素瓦写的是中国的事，但谁都清楚，他这部作品首先是给泰国人看的，这很像是普罗米修斯偷天火给人间，泰国的青年在那时是很需要这火的。《红鸽子》在短短的时间里就发行了3万多册，是普通小说发售量的十几倍，创造了这类作品发行量的最高纪录。

《同一国土》于1978年连载于现已停刊的《民族报上》，后出了单行本。这部长篇小说以1973年10月14日运动后两三年间的变化为背景，以强·本巴和珍妮的爱情为主线，描写了青年对待革命、理想和爱情的不同态度，写出了学生运动的深入、发展、分化和重新组合。

强·本巴这个革命者的形象可以说是众多学生运动中涌现出来的英雄的代表，他是经历了血与火的试炼才放下笔杆拿起枪杆走他的人生之路的。强从不讳言他出身的"低贱"和贫穷。为了摆脱贫困，为了将来能混上一官半职，他学习起来废寝忘食，但到了大学二年级，他醒悟过来，认识到当官并不能真正为人民服务，只有人民才能为自己揩干脸上的泪水。他更加发愤读书，争取学位，但目的却是要唤起人民，为自己的家乡的人民服务。正因为有了这种思想基础，他便舍生忘死地参加了"10·14"运动，并成了著名的以反叛罪名被逮捕的13名被告之一。

为了实现自己的理想，强回到了他的故乡汪达沟。他变卖了供养他读完大学的母亲唯一的果园，开了个律师事务所，又为老百姓建了个简易图书馆。他为老百姓打官司，告诉老百姓不必向以主子自居的官员顶礼膜拜。强·本巴的这些举动很快被当局说成是煽动，是"共产党行为"，因而被捕。强虽然很快被释放，但他的名字却上了黑名单，回故乡三个月便被刺，伤势严重，一般人都以为刺杀他的是本地的警察局长，因为强正在控告他迫害农民，二人的矛盾十分尖锐，案子也没结束，但是刺客并不是本地人，而是"上面"派来的，除掉强，可以把罪名强加在这个警察局长的头上。强懂得这是一次政治暗杀。当更大的迫害袭来之时，强·本巴和他的朋友不能不进入丛林，选择了武装斗争的道路。

在爱情的问题上，强·本巴认为"爱情是男女间思想和感情的凝聚，而结婚是阶级意识的结合"。他对珍妮说，"我爱你，但我并不希望你成为我终生的伴侣，而是希望你成为照亮被压迫、被剥削、被麻醉、沉沦于无知无识境地的人民前进道路的一支火炬。我爱你是希望抛弃所属的阶级给你规定好的生活。"这虽然有点"左"，但把人民的利益、革命的利益置于爱情之上却不同凡响。

珍妮这个形象的塑造也是较为成功的。她曾经在"10·14"运动中出生入死，对强·本巴产生了真挚的爱情。那时他俩都是"大学生中心"的委员，强是法政大学法律系三年级的学生，珍妮在朱拉隆功大学语言文学系一年级学习。但她出身于上层小资产阶级家庭，父亲是个有名的律师，生活、思想感情的不同，使她在前进的道路上包括她对强的感情进程中都不能不遇到种种羁绊和磨难。强虽把她当作理想的知音，但珍妮爱他并没有更多地考虑他的理想，只觉得1973年10月那种风风雨雨的日子已经过去，为理想而斗争的任务已经过去，她还没有足够的勇气离开父母、家庭以及生活中所拥有的一切，她需要有足够的时间考虑这个问题，要求强给她一个期限，强却说："没有期限，有人可能长，有人可能短，有些人一辈子也不行……所以你应该为自己规定时间。"

1975年底，她收到强的一封信，强说，他一经选择了道路，就绝不后退，直到金色的阳光照亮国土。而珍妮却陷入了举棋不定的矛盾痛苦之中，连做梦都梦见家人在两个相反的方向拉着她，要把他撕成两片。在强的一边，她看到的是崇山峻岭，父母那边却是阳关大道。后来强的母亲和另外两个乡亲来到珍妮的家，请她到强的家乡去当小学校长，学校已筹建完成，只等珍妮去看一看还要准备什么。这件事突如其来，强事先也没和她说起过，珍妮觉得很为难；但听来人的谈话，又知道强把一切已安排停当，珍妮又难以出口拒绝。当她前去那里亲眼看到学校是个高脚木屋，得知教师没有工资，看到孩子们都光着上身，裤子无异于抹布……乡亲们接待她却极为诚恳热情，一种崇高的使命感使珍妮毅然地签了字。

素普·帕冬桑迪是个投机分子，他是个富商子弟，大学没毕业就回家当了自家保险公司的经理助理，两个月后自任经理。在"10·14"事件中，他在枪林弹雨中贪生怕死，失魂落魄以致强骂他是个怕死鬼，但子弹没长眼睛，反而擦破了他的小腿，于是素普的名字登在报上，反而成了"十月英雄"。

素普和强·本巴过去曾是朋友，但是后来却话不投机。强走了以后，素普又把手伸向了珍妮，他介绍珍妮到一家大银行工作，那儿工资高、待遇好，珍妮的母亲夸他心眼好，珍妮的父亲对他的认识却相当深刻："无利可图的事素普是不会干的。"果然，不久素普便向珍妮求婚了。"10·14"事件中素普是"英雄"，政治气候一变，他又参加了政府的党，准备了500万铢竞选经费，未来的组阁将会有他的份儿。珍妮对这个野心家的评论十分准确："素普是个可怕的人，他把自己所学的知识用于利己的目的。他一方面说自己愿意为改变社会贡献一切，但实际做的却是阻止这一天的到来。他一手准备迎接新社会，当胜利的那一天，他会有一面小小的旗帜，但在胜利之前他可要大捞一把。他不断地变换着颜色，能适应各种社会。"

这部长篇小说彻底地否定了泰国现存的制度，大胆地颂扬了革命，肯定了武装斗争以及知识分子献身于人民事业的必要性，其内容之尖锐是罕见的、空前的。

作者素瓦·哇拉迪罗是一位著名的老作家、老艺术家,曾任泰国作协主席。1923 年生于泰南,20 世纪 50 年代即已成名,是当时"为人生"文学运动的一位重要作家。1957 年曾率泰国艺术家代表团访问中国,因从事进步活动被捕,坐牢四年有余。中泰建交后又多次访华,是中国人民的一位老朋友,1994 年获国家艺术家称号。他写通俗作品常用笔名拉皮蓬。

第二节 作家不变的关切点:反映社会弊病和人民痛苦的作品

揭露社会弊端,反映人民痛苦的作品在 20 世纪 50 年代本是常见的题材,但这类作品也容易被人扣上"蛊惑""煽动"的帽子,因而在整个 60 年代基本匿迹,偶尔出现没有多少锋芒的一两篇作品也被大量的无事生非的言情小说所淹没。但社会问题的存在和人民的疾苦的存在,作家是无法视而不见的,所以禁锢一除,这类作品便大量涌现。这些作品应该属于现实主义的范畴,但是作家处理这些题材的方法却有很大的不同,大体来说有两种风格,一种是在行文上常常避其锋芒,在表现手法上追求诗化和散文化,罗曼蒂克的气息颇浓,这主要是一些被称为"新浪潮"的作家;另一种手法比较传统,被称为写实派或者叫作"实写派"。

"新浪潮"青年男女作家以前是写诗写短篇小说的,他们的作品常常提出一些令人关注的社会问题。1976 年 10 月 6 日事件以后,政治气候严酷,创作自由受到限制,于是他们便采取"绕道而行"的曲折方法表达自己的思想和情感,在表现形式上下了更大的功夫,他们用散文的语言、诗的语言去写小说,在小说中又常常夹杂一些诗,这类作品一出世就受到读者特别是青年读者的欢迎。最早引起人们注意的是皮奔萨·拉宽奔、尼班(玛古·奥拉迪)、素奇·纳宋卡的作品。

皮奔萨·拉宽奔是一位不错的诗人,既写格律诗,也写自由诗。他把写诗的某些手法运用到写小说上,作品追求意境,讲究文采,注意外在包装。他以泰国最北部的边远地区做背景,以自己去那里做教员的生活体验为依据,写出了他第一部中篇小说《山谷阳光》。大自然的美景,不同于曼谷的边远农村的另一种生活,贫困的农村,淳朴的民风,立刻引起了大学校园的反响,使这部小说获得了成功。后来的一些作品,如《鲜花与爱曲》《给我一点爱,可以吗?》增添了一些罗曼蒂克气息。《青青的草原》最初发表于

1976 年的《妇女》周刊上，它和《山谷阳光》一样都是以泰北夜丰萱府为背景的，两部作品的内容和表现方法都很相似，强调的是儿童应该享受自由的生活以及他们渴望摆脱死板教育制度束缚的心理。这本书获得了 1978 年发展图书出版事业委员会（1～14 岁）的少年读物奖。《天蓝色的鸟》写的是一对青年男女，经过激烈的思想斗争，决意放弃安逸的城市生活而到农村去工作，他们想改造社会，建设国家，但现实又无法使他们实现抱负。

皮奔萨的小说反映的是边远地区人民生活的贫困和苦难，这其实是一种沉重的主题，但作者使用的却是浪漫的笔法，因而赢得了更多的读者。躲过了"新闻检查官"的眼睛，稿子能够在发行量极大的《妇女》周刊、《丽人》等中性杂志上发表，这是"得"。但也正因为用这种手法处理题材，便淡化了主题，给苦难涂上了一层玫瑰色，这便是"失"，这其实还是在用城里人的眼光看世界。皮奔萨后来的作品多有重复，有影响的小说没有再出现。

尼班是获得成功的另一位青年作家，他的第一部小说《蝴蝶与鲜花》发表在《妇女》周刊上，并且与皮奔萨在同一年里获得了少年读物奖。小说写的是南方的一个工人家庭，苦难生活的重担落在长子一人身上，小说以主人公梦想与心爱的情人过平静的田园生活作为结局。它笔调明快，语言生动，很吸引人，能够打动读者的心，但是结尾的处理近于幻想，不大真实，作者把现存的世界看得过于美好。但是总的来说，还是为"新浪潮"争光的一部作品。

素奇·纳宋卡是位连环画作家、新闻工作者，20 世纪 70 年代后期才转而从事文学创作。他出版了三部作品：《申赛丽》（1978 年）通过一个女孩申赛丽的叙述，写了首都一位工会主席以及老百姓与一个矿主等地方恶势力之间的斗争，小说的结尾以 1976 年 10 月 6 日事件为背景，主人公不得不藏匿起来。这部处女作简捷明快，引人入胜，但是 9 岁的小女孩写得有点大人化。第二部作品《精工精工》揭露了南方四个府官场的腐败，指出农民夺地运动是官逼民反的结果。但是由于提出的问题太多，铺陈过广，失于粗糙，形似一篇长篇报告。最后一部作品《屠杀》（1981 年）揭露了贪官污吏利用手中的武器所干的坏事比罪犯有过之而无不及，他们草菅人命，为所欲为，国土成了他们的领地。在这部作品中作者插进不少男主角的艳遇，借以吸引读者，加之人为制造的矛盾太多，使它几乎成了一部惊险小说，而所要反映的主题却被冲淡了。

"新浪潮"作家扩大读者群，使自己的作品能适合具有较低文化水平的读者的努力也产生了效果。瓦·宛拉扬昆在《曼谷》杂志上发表了滑稽小说《晶体管收音机与爱的符咒》，内容是写一个爱唱歌的农村青年逃避兵役，来到曼谷的种种遭遇。查冷沙·艾安在《家魂》杂志上发表的《年轻的县助》也是一本通俗读物。

"新浪潮"作家对儿童文学创作也有贡献。

尼维·甘泰腊做过12年教员，他的儿童文学作品有一定深度。《中午十二点》写的是学校午休，一位漂亮的女教师指使一个饿肚子的女孩子买果条（米粉）的故事，把女教师的心态、她对学生的居高临下和一个因为贫穷中午没饭吃的女孩子的心境写得十分真切、感人。读完这篇小说会使人意识到人与人之间不消除地位差别的隔阂，感情是无法相通的。发表在《妇女》周刊上的《郊外的路》写了两个家庭地位悬殊的儿童，幼时两小无猜，但是家境的差别却使他们日益疏远，工人的儿子本勒不得不成为雇工，他的生活和一帆风顺的小康之家的孩子成为对比，正像郊外的一片黄土的崎岖的道路一样。住在首都贫民窟的孩子常常被人认为是肮脏的、粗俗的和品行不端的，但是玛诺·他侬西写的《男生通·殴崔》却把这种人家的孩子写得和其他孩子一样是诚实的、有趣的和厌恶不平的。作品描绘了贫民窟中人们的困苦和欢乐，也写了他们的迷信和落后。

玛拉·康沾是20世纪80年代崛起的作家，他的小说《沐浴月光的村庄》获得了青年小说奖。作品反映的是边远山区孩子的纯朴遗风，他们虽然物质匮乏，贫富差别很大，但彼此却能和衷共济，人与人之间充满了友情和真诚。帕侬·南特帕里格的《渔民的孩子》写的是穆斯林子弟和渔民的孩子，他们由于鱼粉厂的开张，生活受到了影响。玛诺·告沙尼的《凯内上学》是一组系列短篇小说。章隆·方春拉吉的《田间小棚》写了一群农村的孩子在广阔的大自然中自由自在的生活，小说揭示了教育在农村无法普及的原因。

"新浪潮"的青年作家们的儿童小说的一个共同特点是展示了孩子们热爱大自然、天真无邪的纯洁心灵，以及他们对学校和家长的严格管束的反感。作家们用自己童年的甜蜜回忆挖掘小主人公的内心，但有时却把大人的思想和感情强加给了他们，使他们说出了与年龄不相称的话，有时写得也不够细腻。但是语言比较生动、形象，很像是诗。

"写实派"作家之中较为突出的有康喷·本他威、尼米·普米塔温和康曼·昆开等。

康喷·本他威因长篇小说《东北的儿女》而蜚声文坛，该小说获1976

年国家图书工作委员会奖，后又获东盟文学奖。他的作品记录了亲身经历，写了东北部的天灾和贫穷。《东北血》写了东北青年的苦斗和挣扎。1977 年获奖的《赶牛头人特明》，写了赶牛人的艰难和生活的颠沛之苦。康喷·本他威写的是纪实性作品，几乎是生活的实录，缺乏艺术的剪裁。它客观地反映了东北部人民的生活，但站得却不高，因而也就没有多少发人深省的东西。

尼米·普密塔温（1935~1981）长期担任乡村小学校长，他把职业的经历变成了小说的素材，作品反映的大多是教育问题。《金脖圈儿》曾获 1975 年东盟文学奖的提名，小说写的是一位农民因捉到了一只稀有的美丽的山雀"金脖圈儿"而招来的横祸，表现了人民身受官吏迫害的痛苦。其他的小说都是有关教育问题的。《把象草献给老师》获得了 1974 年泰国图书馆协会奖，写的是一个献身于乡村教育的教师，遇到许多障碍，抱负无法施展。他的一组有关教员的小说还有《乡村教师》《学校里的地狱》《踏着粉笔灰》《把断橹献给艄公》《女教师被劫记》等。

康曼·昆开也是一位反映教育界问题的作家，《民办教师的手记》1977 年获奖，后来作者又把它改编成了电影剧本，名曰《乡村教师》。这部作品比较真实地反映了泰国东北部人民的生活，描绘了这里人民的欢乐、痛苦和辛酸；使读者看到了人民的纯朴、勤劳、善良和勇敢，以及他们为改变落后、愚昧所进行的斗争和遭遇的挫折；看到了官僚和奸商怎样勾结在一起，主宰着人民的命运。小说在艺术上总的来说是成功的，缺点是典型人物的概括尚嫌不足，对于人物的内心世界缺乏深入的剖析，因而人物的行动就缺乏足够的根据。另外，矛盾和冲突没有作为一个主线贯穿整个故事，因此前半部就显得有些拖沓。

另一位青年作家本初·吉姆维里亚写了《革命县长》《乌黑的天》在读者中也产生了一些影响。

总的来说，70 年代后期以来揭露社会的弊病，反映人民痛苦的作品日见繁盛，创作是有成绩的，但写农村、写社会弊病的也都没有在《甘医生》的基础上再深入一步；写边远地区的教育也没有写出多少新意，这类文学作品面临着一个如何突破的问题。

第三节　社会小说和心理小说的兴起

1973 年 10 月 14 日运动和 1976 年 10 月 6 日事件，对通俗小说的创作至少产生了两大方面影响。

（1）促使通俗小说关心政治。脱离社会，脱离时代，精心编织一个好人坏人的、家庭的、爱情的大起大落、大悲大喜的故事是泰国通俗小说的一般特点。正因为如此，它才迎合了不同阶层的消闲口味，拥有众多的读者，才一次次地躲过了政治对文学摧残的厄运，在"万木萧疏"的景况下它居然能"一枝独秀"，但是1973~1976年却做不到了。政治找到了每一个人的头上。一场空前浩大的群众运动像一架巨大的卷扬机把全国的民众都卷了进去，面对揭露出来的那么多黑暗丑恶的东西，你是赞赏还是反对？你要独裁还是要民主？国家向何处去？普通老百姓都会有一个态度，作家岂能例外？

（2）促使通俗小说调整了内容和写作方法。通俗小说绝大多数是一场热热闹闹的轻松的爱情故事，其场景无非是充满野趣的别墅、海滨的沙滩、丰盛的宴席、温馨的小屋。有重大社会意义的不多。在群众运动中当代文学受青年攻击最厉害的就是通俗小说，它被冠以"腐水"的"雅号"，有史以来第一次受到冷落，而一向"寂寞"的现实主义作品却空前走俏。这就促使畅销小说作家不能不调整自身。

通俗小说有自己的发展轨迹，有它自身的创作规律。上述两大影响，加上通俗小说作家追赶时代的自身努力的这一合力，就使通俗小说在社会小说和心理小说的创作上找到了出路，成了20世纪70~80年代的一时之盛。

1973年以后走红的通俗小说作家关心政治并把它写入小说成了一种时尚。格莎娜·阿速信就不讳言两次事件对她创作方向的改变起的促进作用，她在长篇小说《转向的风》就表达了她对国家前途的忧虑，西法在《火色的爱情》中对青年学生运动表示同情，在《为什么》这部作品中可以看得出她认为正义是在印度支那人民一边的。刚刚走红的女作家当斋的两部长篇小说《女部长》和《发光的烛火》充满了政治内容，描写了青年一代和父辈之间的鸿沟。南特娜·维拉春是一位刚刚登上文坛的女作家，她写罗曼蒂克小说，但是包含有反映政治和社会的内容。这位女作家与其他女作家不同，她开始写的是反映社会的小说，后来转向"畅销书"的写作，在少女中拥有较多的读者。她的《奔波赛游记》写了一位获得硕士学位的女学生到农村工作，但遇到的种种问题最终又不得不使她回到城里生活。《孔雀喷泉》描写的是为农民办事的一位年轻的县长助理和一位农村女开发人员受到警察和地头蛇排挤的故事。

这些女作家的一个共同点是对社会的丑恶和病态进行了程度不同的揭露。

但是畅销小说作家也有从反面去"关心"政治的，如《沙昆泰》杂志，最突出的作家是特玛延迪，她写过许多通俗小说，在文坛是有影响的。那时她的丈夫（后来离婚）是秘密侦缉队的一名中校，她自己也和军方有着密切的关系。她的立场和观点一开始就极清楚，不过当时她还看不出军方将来的命运如何，所以没有作声，第二年她就跳出来与青年学生为敌了。她在《沙昆泰》杂志上接连发表了两篇短篇小说，又写了一部长篇《爱情的完结》，以便借题发挥。

《仙人》是一个科学幻想故事，讲来自另一世界的神秘暴力，主角是上述世界的一个女人。他们所处的世界是有纪律的，但那里的人没有心，没有感觉，只是劳动生产，当没有用了的时候就得死去，或者被弄去做肥料。作品中许多段落中的描写是影射作者所想象的"共产主义社会"的。

《失去了爱》写一个财主家的浮浪子弟同一个交际花的爱情故事，但作者却节外生枝地让他遇到各种各样的人，特别是在左翼运动中工作的积极分子。这些人，无论在什么地方出现，好像都带有"社会主义"色彩，但深入一看，却对自己所宣布的理想没什么信念，仿佛只是说些流行的时髦话，而所作所为又与此大相矛盾。作者除了直接攻击之外，还采用种种挖苦手段，把进步营垒常用的各种词语用在小说里，加以歪曲，或使之产生可笑的含义。

她的长篇小说所塞进的也大致是这方面的内容，不过更加无聊罢了。

作家中像特玛延迪这样的人是很少的，它是通俗小说创作中的一股逆流，也是文学创作上的一股逆流。

这一时期女作家在创作上的另一种变化是对心理学的倚重。它的明显标志是出现了一种心理小说。心理描写是任何小说都有的，但这种小说是把心理学运用在创作和塑造人物上，企图通过分析心理现象来揭示隐匿在内心深处的精神原因，这显然源出于西方的精神分析派，但泰国作家揭示其"精神原因"却又和社会因素联系起来，这又和精神分析派不同而具有批判意义，在写作上又多多少少地借鉴了西方现代派的表现方法，但又是泰国化了的。

在泰国，心理小说是由家庭小说演变而来的，开创这类小说先河的是西法，她的长篇小说《啊，玛达》（1971年）写的是家庭生活，女主人公反复无常，在家里主宰一切，一切人必须服从她。小说中不少人物都是性变态者、性虐待狂，作者运用心理学来说明，主人公性格的形成完全是人为因素造成的。

自《啊，玛达》问世以来，不少作家把性变态者作为小说的主要人物和次要人物，比如腊·娄加纳的《失落的爱情》（1973年），格莎娜·阿速信的《莲茎宝座》，素婉妮·素坤塔的《爱儿》《爱的锁链》（1974年）等都是如此。1976年格莎娜·阿速信索性把性变态作为主要内容写成了《紧闭的大门》，另外一部作品《主根》也有这样的内容。写这种心理小说最著名的要推索帕·素婉和沃·维尼查亚恭。索帕·素婉专攻过心理学，做过心理医生，她在《影子》中写了一个在一次灾难中失去了生殖器的男子的变态心理。在《日落山阴》中写了一个因家境过于富有、娇宠无度、厌恶男人的肮脏，而对美丽、干净的女性却十分喜欢的女人，而《月影》中的人物却与此完全相反。在《雾中之爱》中，她企图说明缺乏父母之爱、受着大人的严格管束、环境的逼迫，会使孩子产生变态心理。在《回头风》中说明环境对人成长的作用。

心理小说的诞生有其社会的原因，西方文化和生活方式的影响，生存竞争使人在心理上产生的压抑和绝望，声色犬马的娱乐方式，人在精神上的困惑萎靡，都使人在心理上产生异化和畸形。心理问题在无法解决的情况下，"变态"就成了一种"出路"。男人女性化，女人男性化，同性恋，同性卖淫等，在泰国社会早已悄然出现，欲求生理变性者也不乏其人，这类社会现象的存在正是此类小说出现的社会基础。

心理小说写了人的心理变态，但大多数并没有色情的内容，作品对社会或多或少都有些批判和揭露，虽然没有找到病根，但它还是有积极意义的。

第四节　八十年代以来的短篇小说创作

泰国的短篇小说创作散见在各种报纸杂志上，每年大约400余篇。在通常的情况下，由作家、诗人、评论家、文学研究者和大学语言文学教师组成的泰国语言书籍协会，每年都要成立评选委员会，选出上一年的优秀作品，从中评出"最佳短篇小说"。获奖的作品只占泰国短篇小说创作总量的很小一部分，但从作品的内容及其所反映的社会生活的深度和广度来看，大体可以窥见泰国短篇小说创作的主流和概貌。

在泰国，短篇小说的作者主要是中青年作家，他们总是在这方面崭露头角后才去写长篇小说的，因此，可以说，短篇小说是有志于文学创作者踏上文坛的阶梯，每年的评选活动也会推出一批文学新人。

1980年最佳短篇小说的获奖者沃·维菩就是一位文坛新人。他的《献给活着的人》是一篇针砭时弊、具有强烈的生活气息和发人深思的优秀作品。小说的主人公本玛是一个中年小贩，一天夜里，在回家途中遇见两个恶棍正在凌辱一个少女，他不是挺身而出，而是偷偷地溜回了家。本玛从前并不是这样的，他曾经见义勇为，解救过别人的危难，最看不惯苟且偷安的人。但是，使他寒心的是，当他遭到流氓的报复时，大家除了看热闹之外并没有谁前来相助。因此，他从反面得出教训，还是少管闲事为妙。但是，使他震惊的是，第二天他却听说，一个风烛残年的踏三轮的老人泽大伯告发了两个恶棍，歹徒被警察抓走。可是他们通过贿赂被释放了。那一天，本玛回家路过一处满是残垣断壁的荒凉的地方，看见昨天作案的两个歹徒正探头探脑，不一会泽大伯又踏着三轮车迎面而来，车上坐的正是其中一个歹徒的哥哥，这些蹊跷的事情使本玛有了一种不祥的预感，他没有多加思索便奋力追赶上去。但是当快要追上泽大伯的时候，却犹豫起来，他为什么要去吃苦头呢？最终还是折了回去。在家里，他坐卧不宁，仿佛看见了那残垣断壁中泽大伯的血迹，他撇开了个人的考虑，一种崇高的感情支配了他，这一次他义无反顾，迈开了双脚，飞快地跑去搭救泽大伯。可惜晚了，泽大伯已经躺在血泊里死去。

这篇作品从一个独特的角度展示了现实社会生活和人们的精神面貌。它所揭示的主题正是人的内心世界里普遍存在的一个病症。社会上，强奸、凶杀、抢劫不断发生，人人感到不安全，但是却又信奉这样的信条："多一事不如少一事""人人为自己，上帝为大家"。于是见死不救，稍有危险，就要退避三舍，因而，流氓、恶棍和歹徒就会横行无忌，就会像苍蝇、蚊子和臭虫一样很快繁殖起来，灾难就会有更多的机会降临到每一个人的头上，这是一种充满矛盾的恶性循环。作者给这篇作品冠以《献给活着的人》的题目，正是向人们提出了这个关系到每一个人切身利益的严肃问题。小说的成功之处不仅仅在于它所揭示的主题具有重大的思想意义，还在于它运用了感人的艺术手段表现了这个主题：小说对主人公本玛的遭遇、思想变化、内心世界的矛盾和冲突几起几落的细腻描写，是真实、合理、细致而生动的。读者会对他第一次见危不救而不满，也会为他过去的英雄行为而欣喜；读者会怨恨他的自私与犹豫，也会为他最后觉悟而鼓舞，但是泽大伯死去的遗憾却长久地留在人们的心里。作品不是以说教直露地阐述主题，而是通过情节的发展，让读者自然地悟出其中的道理，这就使这篇作品有了动人的艺术魅力。

伊·潘沾的《山岩的伤痕》写的是一个采石工人品·南帕来致残、惨死的遭遇，是1981年的最佳短篇小说。

这篇作品笔力雄浑、气势博大，仿佛使我们看到了一处荒凉、空旷的采石场全景：高耸陡峭的石壁，令人望而生畏；破旧的粉碎机在轰鸣；工人用笨重而原始的工具无休无止地劳动；住的是不蔽风雨的茅草棚……受尽老板敲骨吸髓的剥削和贪官污吏的敲诈勒索。品·南帕来勤劳、好学、恭顺而随和，如果为自己而工作他会生活美满，但是在老板的手里他不过是个会说话的工具，所以灾难接踵而至：在一次山岩的崩塌中摔成重残，最后的结局是被粉碎机的砂石所吞没。

这篇作品从主题思想看并没有多少惊人之处，使人钦佩的是作者运用环境和气氛的烘托来刻画人物的简练手笔，以及他对采石工人生活的深厚积累。广积薄发、简洁、凝重是这篇作品的艺术特色。作者伊·潘沾是泰国南部人，1951年生，做过中学教师，现从事刊物的编辑工作。他的创作原则是"忠于生活""宁肯少些，但要好些"。我们从这篇作品也不难看出他的确是朝着这一方向努力的。

20世纪80年代以来，对于泰国短篇小说做出较大贡献的还有一些青年作家，如阿萨西立·探马错、查·勾吉迪和派吞·丹亚等人。

阿萨西立·探马错是华欣人，1947年生于曼谷。幼年时家境小康，后来父亲的船在海上沉没，家产丧失殆尽，生活困顿。他先前只读过中学。成年后曾做过国家统计局的雇员，到边远地区做过绘制地图的工作，后来才读大学，在《沙炎叻评论周刊》任编辑。他的短篇小说集《昆通，你在天亮时回来》（1978年）曾获1981年东盟文学奖，这是泰国文学的最高荣誉。他的作品《舞娘》《下弦月夜的稻草香》和《金壳虫》三篇被选为1980年的优秀作品。三篇作品中，以《舞娘》最佳。这篇小说的主人公是一位渔家女儿，因为容貌出众，小伙子们都想博得她的芳心，但姑娘却进了城，在一个颇有名气的班子里当了舞娘，并且和班子里弹吉他的青年结了婚，常在饭店里和庙会上表演民间舞，小伙子们出于嫉妒，议论她、骂她。后来，她的丈夫在和别人斗殴中死去，她带着孩子回到故乡的海边。这时，在她身上已经完全看不到渔家女的影子了。她年轻时髦、皮肤细嫩、妩媚动人，小伙子们都想等着看她的笑话。然而，她用自己的行动恢复了渔家女的本来面貌，从而改变了大家的看法，赢得了人们的敬佩。

小说提出了与世俗相反的另一种价值观和审美观。作者认为经过海上两三年的风吹雨打，勤劳的渔家女，虽然脸是古铜色的，手是粗糙的，浑身有一股海腥的气味，健壮得像一个男子汉，但她是美的。"我看到了她身上所表现出来的另一种美，它比过去的美更有价值，更长久，我想，正是这样的女人才是创造世界——至少是渔民的世界——的一分子……她很可能是星辰，是海鸥，是天边绚丽的色彩，或是一朵美丽的白云，不管她是什么也罢，总之，会使我们已经十分美丽的渔村更加美好。"

这种对劳动美、自然美、质朴美的讴歌与颂扬，在一般的泰国文学作品中是难以读到的。

《下弦月夜的稻草香》写的是流入城市的一个妓女对乡土的眷恋和对初恋的回味。《金壳虫》写的是童心的颠顸可爱。

阿萨西立·探马错在写作上有自己独特的风格。他的作品俊逸、隽永、质朴而清新，不少作品像一首诗、一幅画。在泰国，把文艺散文也算作小说。阿萨西立的某些作品其实称为散文更合适。他写作的动机是要"为地位低下的普通老百姓说话""以便读者同情和了解他们"。他的作品以小见大，见微知著，精雕细刻，基调是健康、积极、向上的。泰国著名评论家素帕·沙瓦迪拉在评论他的作品时说："阿萨西立·探马错是这样一位作家，他的作品不仅仅是人们余裕闲暇时读来消遣的作品，还是他生活的一部分……他的作品不是读完便可抛在一边或使人堕入甜蜜遐想的东西，而是发人深思、使人得到新的感受的作品。坚定与动摇、真情与虚伪、沉默与呼唤、疑问与希望，这些就像一道火光闪烁在他的短篇小说之中，闪烁在我们这块被摧残、沉寂了许久的文学国土上。"

查·勾吉迪是1982年和1994年两度长篇小说东盟文学奖的获得者。关于他的整个创作我们将在本章第五节里详述。他的短篇小说取得的成绩也很大，如《交尾的狗》就表现了作家对社会风气的极大关注。小说写一个老头被狗咬了，从此见狗便打。由于年纪大了，眼神不济，把在泰国海滩下进行"天体浴"、在光天化日之下群交的西方游客误认为黄狗在交尾，用棍棒对他们进行了一顿严厉的惩罚，读起来痛快淋漓。小说使用的显然是嬉笑怒骂的漫画手法，但它并不是荒诞无稽的。作者把人喻为狗，像是骂人，实际上提出了一个严肃的问题：这种把人的道德和尊严都一扫而光的"性解放"

究竟与禽兽又有多大差别呢？

如果说查·勾吉迪的《交尾的狗》从正面谴责了西方某些游客对泰国社会道德的污染，那么，另一位东盟短篇小说获奖者瓦尼·乍隆吉加阿南的《我们住在同一条胡同里》则是从另外一个角度反映社会上性犯罪的严重情况的。小说描写一个青年偷偷地爱上了一个女学生，当他想向她倾吐爱情时，却发现这个纯洁得像一朵素洁的小花的少女在夜里被奸杀了。读完这篇作品，人们的心情是沉重的。20世纪80年代以来，泰国的经济、文化有了很大的发展，但犯罪也成了严重的问题。旅游业的发展虽然给国家赚得了大量的外汇（占国家外汇收入的第二位），但也促使色情场所日益兴隆，西方的"性解放"也是随之而到的"舶来品"之一，它严重地腐蚀着青少年，败坏社会的道德，成了触发社会犯罪的一个引信，有识之士对此关注，为此担忧不是没有道理的。

派吞·丹亚，1957年生，本名丹亚·桑卡潘塔暖，先后取得学士、硕士学位。1979年发表处女作，1983年获曼谷图书馆优秀短篇小说奖，1986年获泰国书籍语言协会鼓励奖。他的短篇小说集《堆沙塔》1987年获泰国文学最高奖东盟文学奖。第二部短篇小说集《十月》出版于1994年。

《堆沙塔》写的是童趣。旱季里，天热得要命，五个孩子下河去戏水，为首的是一个大脑袋男孩，非要跟着来的有一个小不点的女孩，是他的妹妹，她自然是没资格下水的，于是便在河边玩起了沙子。她筑起了田埂，盖起了房子，栽起了树，种上了花，她无限珍爱地用她的小手筑起了她的"家"。可玩扎猛子玩累了的一个顽皮的小男孩上得岸来却把她的"家"给毁了。小女孩恼火极了，眼里噙满了泪水，她只好重造。这回她想造一座佛塔，但是男孩子们玩水激起的大浪，一次又一次地把佛塔冲垮。但是她跟新来的不敢下水的男孩小伙伴说，塔冲倒了，沙子不还在吗！"人家说沙子和水是一起来的，水天天有，沙子就天天有，它不会没有的，咱们得重造！"在他们的齐心协力之下，经历一次次的失败，一座高高的佛塔终于在太阳的烈焰高照下，在河边上高高地矗立起来了……

《在桥上》写的是一对在桥上狭路相逢的斗牛的遭遇。一场斗牛的输赢动则30万铢，但养牛的雇工一天的工钱不过30铢，如果运气好，养的牛牯赢了，他不过能在庆功的喜宴上美美地吃上一顿，解解馋而已。斗牛的喂养和训练是极其严格的。在养牛人的眼里今早可是个绝好的日子，他赶着牛又走又跑差不多已有10公里，这已足够，但是他还得牵着牛"转转沙滩"，因为踩沙滩可以使牛蹄的筋骨更强健。他还要牵牛逛逛街市，那里人声鼎沸，嘈杂喧闹，好使斗牛身处"疆场"之时处变不惊。当然了，这牛不是他的，却是他养的，他也可以在众人面前炫耀一下。养牛人遛牛的沙滩在河的对岸，必须把牛牵过小桥才能到达。小桥极窄，只能容一头牛通过。其实没有哪一个养牛人会异想天开牵着牛过这座小桥的，因为它只是用粗铁条固定在河的两岸架起的猴子才能过去的桥，不熟悉这座桥的人爬着过去也是心惊肉跳的。说来神了，别的养牛人做不到的事，他养的牛却可以大摇大摆地过去。他自然不会想到别人也能完成此项"壮举"。他牵牛上桥以后自己得退着走，却发现桥和牛的表现都有些异常，原来桥的另一端上来的也是一头牛，而且是头斗牛，它们已望见了对方，并且发出了挑战对方的闷吼。他大吃一惊，感到了危险。两个养牛人都动了肝火，都命令对方退回去，但是他们却都退不回去了，因为牛根本转不过身去。正在危急时刻，身上绑着胶桶的割胶人也上了桥，让两个养牛人给他让路，因为桥的摇晃已使他桶中的胶汁所剩无几。此时为救儿子一命亟须过桥买药的一个中年女人也冲上桥来，让人家给她让路⋯⋯此时斗牛在桥上已拉开了架势，两个养牛人夹在中间，轰然一响之后是桥、牛、人的同归于尽⋯⋯

这是两篇寓言式的小说，讲的是"有志者事竟成"与"合则两利，斗则两伤"这些尽人皆知的道理，道理并无新鲜之处。小说的价值在于前者写出了童真，没有造作之态；后者写了一个特殊的场景，不该发生的事，全都发生了；看似偶然，实则必然，因而发人深思。

80年代以来的短篇小说从内容上看涉及了社会生活的许多方面，刻画的人物有农民、工人、小贩、乞丐、妓女、资本家、医生、儿童等。

短篇小说以农村为题材的不少，大部分写的又是东北部地区，那里是泰国最穷，土地问题、阶级矛盾最尖锐的地方。颂基·杏松的《卖牛》就写了由于天旱，农产品价格低，种什么都赔本，不得不卖掉耕牛，面临破产的境地，以及抢劫盛行、民不聊生的情景。

同农村里的穷人一样，城市里的穷人景况也不好，因为在城里，"钱"更能决定一切。尼维·甘泰腊的《医院》和巴瓦·巴帕堤翁的《不可缺少的人》，都是以医务界为背景的。前一篇写公立医院的医生玩忽职守，不管病人的死活，"预约的医生不来，来的医生又没空"。医院成了"屠宰场"。虽然城里私人诊所林立，然而去那里"要有很多钱，有了钱什么事情都痛快了"。作者感叹道，医院如果这样办下去，更多的病人将被僧医、巫医争夺过去。后一篇写一个对于一个小姑娘说来不可缺少的老妇,医院却提出了"用贵重的药物来挽救一个老太婆是否值得,她对社会有什么用"这样的疑问,拒绝予以救治,宪法上规定人与人是平等的,但事实上金钱才能决定人命的贵贱。

80 年代以来作家的笔触更加宽泛,短篇小说中某些描写世态的作品,仿佛把我们带到泰国的街头,展开了社会生活一角的画面。这里有喝醉了酒、以互相残杀为乐趣的醉汉(《痛苦的人》),有专门以猎取女人为能事,最后终于栽了跟斗的骗子《(首都人)》,有强作欢笑的妓女(《点兵门》),有永远蹲在寺院的门口,几乎与电线杆和垃圾桶一样变成了一个物件的乞丐(《好公民》),有对伙计们骂不停口而对恶势力却唯唯诺诺的小饭馆的老板娘(《日夜市场》)。作家们对这些人有的予以挞伐,有的寄予同情。他们的职业不同,性格迥异,然而作家努力描绘的是他们的灵魂以及他们的向往。

总的来说,80 年代以来的短篇小说在反映生活的深度和广度上是有进步的。这主要是因为作者在观察生活、认识生活、体验生活上有了较大提高的结果。当然艺术手法也不是无足轻重的,一个创作态度严肃的作家应该博采众家之长,调动一切可资利用的艺术手段为作品所要表达的内容服务。过去,泰国现实主义作家的作品常犯公式化和概念化的毛病,主要是因为作者缺乏生活,与作者的艺术手段不高也不无关系。作家要想使自己的作品在社会上站住脚,必须在两方面努力。当然,就当前泰国短篇小说的创作现状而言,前者仍然是问题的主要方面。

当前,泰国的短篇小说有不少是平庸的。比如,儿童文学中写出儿童的心理、儿童的性格、儿童的活气的作品就不多;又如写贫穷,不少作品无非给读者一个"苦"字,细节不够丰富,人物性格不够鲜明。另外,题材较为狭窄,有新意的作品还不很多,特别是有重大意义的现实题材的作品更少。

第五节　小说创作的新天地:查·勾吉迪
对题材的突破

泰国现实主义文学流派对泰国现代文学的发展曾经做出了最大的贡献,但如果谈它的缺点,那么其中之一就是这种文学从一开始,在某些作家的某些作品中就有概念化、图解化的毛病,而且逐渐形成了一种模式。20 世纪

70 年代两次政治事件以后，销声匿迹几近 20 年的现实主义文学重又勃兴，但是政治因素消减以后，被掩盖的老毛病重又摆在面前：创作观念老化，题材重复，没有新意，读者锐减，这种文学有一个向何处去的问题摆在面前。

查·勾吉迪的贡献是他突破了现实主义文学的老框框，在选材上大胆创新，这不但使他自己的作品有了一个新的境界，也给文学界以有益的启示。

查·勾吉迪是龙仔厝府人，1954 年出生在一个卖杂货的小店主家里。自幼生长在小镇上的查在读中学的时候就萌发了当作家的愿望，但初中毕业后却进入了工艺学校学印画，毕业后做了皮包生意。然而在此期间他却积累了大量素材，1979 年发表中篇小说《胜利之路》，1980 年写出了第二部中篇小说《走投无路》。他的处女作短篇小说《失败者》得了"楚卡拉盖"奖，后来又在 1979 年底得了泰国作家协会短篇小说的鼓励奖。1981 年出版的《判决》影响最大，受到了评论界的广泛赞扬。泰国书籍评选小委员会和联合国教科文组织泰国委员会 1982 年书籍发展委员会把它推选为 1981 年最佳长篇小说，接着这部小说又获得了 1982 年度东盟文学奖，1983 年他的另一部中篇小说《平常事》问世，查一跃成了文坛名人。此后他的作品还有短篇小说集《腰刀》（1984 年），中篇小说《水中漂起的烂死狗》（1987 年），长篇小说《疯狗》（1988 年），后来他去了美国，归国后 1994 年中篇小说《时间》再获东盟文学奖。他是泰国文坛唯一两次获东盟文学奖的作家。

《判决》中的主角是一个小学校里普普通通的杂役，名叫发。只因为收养了父亲死后遗下的年轻的精神有些不大正常的继母，便被说成与继母有染。人们捕风捉影，不断地在这个虚构的事实上添枝加叶、涂抹色彩。他有口难辩，因为这时已没有人相信真话。他是纯洁的、清白的，可是人们拒绝承认。在人们的眼中他成了大逆不道的人，被排除在社会生活之外，失去了人的尊严和价值。他只能借酒浇愁，以至上瘾，于是又成了"酒鬼"，因而被解除杂役工作，断绝了生活来源。校长又趁机侵吞了发存在自己手里的 5200 铢存款。然而谁会相信这个卑微的"酒鬼"抗争的醉话呢？巧取豪夺者成了"不与小人一般见识"的君子，而被侵吞者却成了中伤别人的罪犯，他被警察逮捕了。由于校长出面"说情"，发又当面道歉，这才被释放。精神上的折磨早已使发染上重病，在他获得"自由"的当天晚上就死了。然而事情并没有完，他最憎恨的人（校长）成了他葬礼的主祭者。他的尸体成了别人盗名窃誉的工具，成了新建的焚尸炉的实验品。

在这本书的前面作者有一句题词，称它是"人们正常地、冷酷地制造出来并施加于人的一个普通悲剧"。这是打开理解本书主题思想的一把钥匙。

《平常事》这部中篇小说告诉读者，人们眼中司空见惯的平常事其实并不平常。

小说是以第一人称叙述的，情节很简单：一座古老的木屋里，住着四五户人家，人们鸡犬之声相闻，但是却难得往来，人们把别人的与己无关的苦痛一律视作平常事。

这两部作品颇能说明查·勾吉迪在选材上的创新和突破。人们写了千百遍的，他没有写。他抓住了人们司空见惯但熟视无睹的日常生活的某些"小事"，从中提炼出本质的东西，加以典型化。这不但避免了与别人作品的雷同，使作品具有了艺术上的新鲜感，同时也证明了作者观察生活、发掘生活、提炼生活的卓越能力。

《判决》中发的悲剧并不是什么为非作歹的土豪劣绅剥削压迫造成的，而是人们喊喊喳喳的嘴制造出来的，是一种听风就是雨的舆论，是传统的偏见、世俗的眼光对他做了不公正的"判决"，把他推上了绝路，而校长这个伪君子更趁火打劫。在社会上人们是惯于看人行事的，久而久之就成了习惯。传统的偏见总是把人分成高贵的和低贱的，高贵者和低贱者发生了争论，真理肯定在高贵者一方，因为高贵者的人格是"高尚"的。明明是校长侵吞了发的存款，发却得了一个诬赖别人的罪名，发是个"酒鬼"，酒鬼的话哪能当真！校长明明是个男盗女娼的家伙，但他的话人们却坚信不疑。人们笑贫不笑娼！世俗的眼光总是抹杀人的一切高尚情操，总是以小人之心度人。发收养了年轻的继母就是存心不良，在一个屋里住就必定有染。当他们追问发是否和继母睡过觉，而得到的回答是否定的时候，他们是多么失望，多么不愿意相信啊！于是"宣判""制裁"便接踵而至。这个悲剧的制造者大多数也许是无意的（校长除外），但这是社会的一种灾难，而人们并不觉得，也许世世代代"照此办理"，因此就更加可怕。

《平常事》的选材也是很奇特的，作者没有写老太太生活如何穷困，女儿工作如何劳累，受到了怎样的压迫和欺凌，得了癌症以后又如何没钱医治，求告无门。作者把老太太母女二人放在一座木屋的背景下展示了现实社会人与人之间的关系，他刻意描写的正是这种关系。这篇小说没有什么紧张曲折的情节，一般的作者也不大会注意这个题材，因为它是琐细的、平淡无奇的，作者正是从这些微不足道的小事上捕捉到了带有普通意义的社会问题。

各国的历史上都有一些助人为乐的佳话，各个民族也都有殷勤好客的淳朴民风，敬老扶幼、解救人们的危难都是被认为最美的伦理道德而受到称赞。但是随着社会的发展，人与人之间的关系逐渐被商品交换关系所代替，有利的人们去做，无利的人们便避开。于是人们之间不再温情脉脉了，不再同舟共济了，不再多管"闲事"了。人与人之间冷漠了，社会呈现出一种病态，这种病态正是金钱奴役的结果。作者感到了这一点，他用艺术的手段，通过一座木屋里人与人之间关系的典型，解剖了社会，揭露了病源。

法国伟大的雕塑家罗丹说过：生活中并不缺少美，缺少的是发现。其实现实主义是有生命力的，它在泰国20世纪80年代所遇到的"危机"，仍然是文学的一个基本问题即与生活的关系问题，解决了这个基本问题，艺术表现手法才有所附丽，文学才能前进一步。

泰国一位评论家杰达纳·纳卡瓦查拉认为："《判决》很可能是冲破泰国当代大多数文学作品框框的一部书，不管作者是有意还是无意，它将有助于把泰国当代文学作品从被人们所讥讽的'腐水'的泥淖中拯救出来。"这个看法是极有见地的，也许是对查·勾吉迪作品的恰如其分的评价。

《时间》从创作思想上看，其实是和《判决》和《平常事》一脉相承的，不过是更多地反映了他对生活的哲学思考，写法也更多地借鉴了现代主义和后现代主义的创作手法，这也许是他几年国外生活体验的产物。小说没有一个完整的故事，而是通过一个剧场由上了年纪的电影导演——"我"来叙述，表现的是一群养老院的迟暮老人的人生所思所想和人生经历。舞台上显著的位置挂着一座时钟，告诉人们所有事情的发生时间，这就是小说的主题：人生幻灭，大家都是时间的奴隶。他把小说、舞台剧和电影脚本杂糅在一起，时空颠倒，读这部小说很难让人打起精神，但寓意明确，这其实也是现代主义文学作品创作的普遍特点。

第四章
泰国华文文学的繁荣

　　泰国华文文学自 20 世纪 80 年代以来出现繁荣，有自身的原因和外部的条件，而后者对泰国华文文学更重要。1978 年以来的六届泰国政府比较注意维护自己的民族利益，奉行了比较开明的内外政策；国内政治气候渐趋宽松，对文艺创作特别是对华文报刊的限制减少；1990 年又废除了实行了 22 年的限制人民言论和出版自由的"十七条"，1992 年 3 月又解除了限制华文教育的禁令，泰国渐渐出现了中文热。

　　泰国国内政策的这个变化和国际大环境以及中泰关系都有密切联系。

　　冷战之后，世界从两极渐渐走向多极。旧的秩序打破了，新的格局还未形成。世界经济趋向一体化，地区性经济联系日趋紧密，中泰间共同利益增多，两国关系日益密切，各方面的合作和交流达到了空前的规模。中国联合国席位的恢复，改革开放政策的实施，增强了中国的国际地位和在世界的影响，对外联系的增加又使中文在国际上的使用价值大大提高，这一切都给泰华文学的复兴和发展造成了比较适宜的外部环境。

　　从文学的自身因素看，泰国也需要华文文学。泰国现有 6000 多万人口，华人究竟有多少，历来没有也不可能有精确的统计。据估计总数恐怕不下于 500 万；如果把有华人血统的都算上，总数大概有 1000 万。华人的子女虽然大多都已泰化，但懂得中文的成年人仍不是一个小数目，中华民族文化传统在他们身上仍然是根深蒂固的，没有中华文化的精神食粮对他们来说是不可想象的，这批人又可以说是泰国华文文学的创作者、需求者和推动者。另外，改革开放以后泰国又增加了一些来自中国大陆的新移民，还有一批从事经济、贸易、文化、体育在泰国长驻或短期的居留者，以及不断增加的中国游客，这些人数量不可低估，而且绝大多数不识泰文，不会讲泰语，中文读物包括文学读物是他们阅读上的第一需要。

1983年泰华写作人协会成立，1990年改名为泰国华文作家协会。该协会以团结作家、反映泰华社会生活、弘扬中华文化为己任，开展了一系列活动，工作搞得有声有色。华文报纸《新中原报》《中华日报》《星暹日报》和《世界日报》和1994年创刊的《亚洲日报》都辟有文艺副刊。《亚洲日报》还出了柬埔寨版，把报刊发行到了柬、老、越三国。这些副刊，成了泰华文学作品的主要园地。20世纪80年代初，人们还在忧心忡忡地谈论泰华报纸的命运，认为终有一天它会绝种，因为懂中文的都已是白发人，掐死了华文教育，也就是掐死了中文。华文教育的复兴，给中文报刊事业注入了活力，也给泰华文学培养了新的读者和作家。泰华作协已有了第一批年轻的会员。

泰华文学的内外交流搞得也颇有成绩。过去的泰华文学圈子狭小，处于一种半封闭状态，华文作家不大关心泰文文学，泰文的读者更不知道有华文文学。其实，绝大多数的泰华作家是精通泰文的。现在，他们在创作的同时，也翻译和介绍泰文文学，在这方面做得最有成绩的是沈逸文先生，他在泰国、新加坡、中国香港和中国内地出版的翻译作品已有十余本。其他人，如饶公桥、林牧、张望、小民、修朝、老羊、征夫、鲁纯等也在翻译上做出了成绩。与此同时，华文作家的作品也被译成了泰文，如20世纪60年代泰华著名的由8位作家合作写出的接龙小说《风雨耀华力》就被译成了泰文，而且拍成了电视剧播出。华文作家的作品也常被译载在著名的杂志上。这表明了泰国国内对华文文学的接纳和承认。这是历史上所没有过的。另一个值得注意的文学现象是华裔泰文作家描写华人生活的作品所受到的重视和欢迎，远一点的如牡丹的长篇小说《泰国的来信》，友·布拉帕的《和阿公在一起》《排屋里的孩子》都是国家级的获奖作品。20世纪90年代这类纪实性文学作品更加走红，这至少反映了数目众多的华裔对自己文化的探求和对根的追寻。所有这些都证明了华人和泰人在精神上加强了沟通和联系。这对整个泰国文学的发展都是大有益处的。

泰华文学受着泰国社会生活的哺育，没有泰国，当然就没有泰华文学；但泰华作家又是华人，使用的是中文，因此他就无法割断与中华民族优秀文学传统的联系，二者的融合和统一，正是泰华文学兴旺发达的基础。正因为认识到这一点，泰华文学的对外交流特别是和母语文学的交流搞得很活跃，东盟国家华文作家间的交流通过"亚细安文艺营"的形式也有加强。这些使用同一语言创作的作家间的频繁接触、座谈和讨论,不但加深了彼此的了解和友谊,对双方的文学创作也都是一种促进。

泰华文学近年来在创作上所取得的成绩是令人瞩目的。散见于报纸副刊的作品不算,仅1988~1996年这9年的时间里泰华作家所出版的作品集就有七八十种,无论从数量还是质量上看,都应该说是登上了一个历史的新高度。这些作品大多富有激情,反映着作家对生活的独特感受;笔触伸向了社会的各个方面,说明泰华作家具有深刻的洞察力和捕捉力;笔调比较清新质朴,说明有一个健康良好的文风。大多数作家仍然遵循现实主义的创作方法。就当前泰华文学整体来说,在反映生活的深度和广度上都前进了一大步。

泰华的散文创作所取得的成就突出,这种体裁的作品数量较大,质量也较高。泰文文学的散文并不发达,并且把它混在短篇小说之中,没有形成独立的文体,泰华作家擅长散文有两个原因,一是受到了中国散文优秀传统的直接影响,二是散文的题材不拘,写起来比较自由,这就很适合于泰华作家商务繁忙、业余创作时间少的特点。泰华的散文佳作极多,像司马攻的《故乡的石狮子》《明月水中来》《荔枝奴》;梦莉的《李伯走了》《烟湖更添一段愁》《在月光下砌座小塔》;饶公桥的《祖母的微笑》《金鱼与乌龟》《人妖》;姚宗伟的《鸡啼天未晓》《小河之恋》;陈博文的《海忆》《雨声絮语》;白翎的《满载秀色满载情》《莲花·母亲》;年腊梅的《迷失的八哥》《花缘》;黄水遥的《琴与花朵》《话酒》;白云的《架起回乡的长桥》,白令海的田间野趣的系列散文等,都各具特色。其中有些篇章即使列入世界华文最优秀的散文之列,也是毫无愧色的。泰华名家的散文已形成自己独特风格。司马攻的散文清新隽永,回味深长,读他的散文就像嚼一枚有滋有味的橄榄。他的散文集《明月水中来》在海内外获得了一致的赞誉;梦莉是一位专写散文的女作家,读她的散文会想起"低眉信手续续弹,说尽心中无限事"的诗句,她的散文凄清婉丽,有一种挥之不去的愁思,她的散文在中国8次获奖,她已出版两本散文集。饶公桥的散文质朴刚健,有一种深沉豪放的气势;姚宗伟的散文老道、洗练、明快,好像在和朋友话家常;白翎的散文感情浓烈,文思优美;黄水遥的散文自然脱俗……说散文自由,并不等于信手拈来,即成佳构。写好散文并不比其他体裁的作品容易。没有对生活的独特感受,没有深厚的艺术功力,是难以进入这个艺术殿堂的。

从数量上说,泰华的小说创作不如散文多,但也出现了不少有特色的作品。比如黎毅的短篇小说就有其独到的成就，他把故事型小说和生活型小说糅在一起，取二者之长，在注意反映社会生活的深度和广度的同时，又增加了作品的趣味性和可读性，在人物的塑造上神形兼备，语言上有很深的功夫。他的近作《瞬息风云》构思巧妙，起伏跌宕。作者设计了许多巧合，却奇而不谬，真实可信。去世不久的女作家年腊梅，也很擅长写短篇小说。她一生出了三部小说集，她的《春风吹在湄江上》是一篇回肠荡气的小说，作品"记录"了一代华人的悲欢离合，它的突出之处是不仅用历史的眼光透视了人物的心理，而且在人物命运的处理上不落窠臼，小说的细节描写、气氛烘托都有妙笔。饶公桥的《人与狗》是1988年《新中原报》举办的小说比赛一等奖的获奖作品，它主题鲜明，有巨大的社会意义和艺术感染力。小说通篇以形象说话，在题材的选取和开掘，主题的提炼和升华都有独到之处。陈博文也是执着于小说创作的一位作家，他已出版了三部短篇小说集，他的《最后一击》洋溢着一种恢宏的气势，有一种壮美的风格。他用大刀阔斧的笔触塑造了一个拳台英雄，却没有把笔局限于拳台，从而写出了拳击场下的金钱交易以及由此产生的卑鄙龌龊，从而赋予了这篇作品以更大的社会意义。

1990年以来，泰华文坛又掀起了小小说热，出现了不少精品，取得成就最大的要首推司马攻，他在1992年就出版了小小说的集子《演员》，他的作品构思精巧，立意新颖，语言洗练，耐人寻味。司马攻还是泰华文学界小小说的倡导者，1996年在曼谷又主持召开了第二届世界华文微型小说研讨会，对世界华文小小说的创作也有贡献。陈博文的《晚霞满天》小说集收录了24篇小小说，他的作品行文有色彩，情节有曲折，结尾不突兀。小小说的重要作家还有黎毅、刘扬、曾心、曾天等。小小说这种形式比较适合泰华的社会环境和发表园地，前景是相当广阔的。

总的来说，现时的泰华小说已冲破20世纪50年代的小说模式，正向多样化发展。但小说数量减产，高质量作品难寻，也是当前小说创作的突出问题。

泰华文学中变化最快的要算是诗歌了。中国台湾的现代派诗、中国大陆的朦胧诗都像在平静的水面投下一个石子，在泰华诗坛上激起过波澜，引起过争论和讨论。诗人们的意见虽不能一致，但讨论和争论的结果是深化了对诗的认识。文学本来不能整齐划一，所以诗也绝不可以"一统"。诗是最有个性的东西。现在的泰华诗坛可以说是百花齐放，但诗"向内转"似乎是一种趋势。泰华写诗的人颇多，有成绩的诗人也不少，如岭南人、姚宗伟、李少儒、饶公桥、张望、林牧、子帆、张燕、李经艺、曾天等。有的专写古诗，而且颇有成就；有的诗注重通达晓畅，有的注重意蕴；有的诗显得空灵，难懂一些；有的诗实在，追求的是情感；有的诗注重形式，有的诗则强调感情不受束缚；有的诗有韵，有的诗无韵。但应该说，这些诗的倾向大多数是好的。但泰华的新诗也和中国的新诗一样，仍然处在发展变化之中。诗应该有意境，有情致，有诗味，能把读者重新拉回到自己的身边，还有很长的路要走。

杂文的创作成绩也不小。泰华作家许多人都写杂文，成绩突出的当属剑曹（司马攻）的《冷热集》和《踏影集》。从内容上说这两个集子是丰富多彩的，近200篇的小杂文写出了一个大世界。从艺术上说，这些文章也是杂文艺苑中的上品，它短小精粹、结构严谨、意蕴深邃、耐人思考、诙谐幽默、妙趣横生。陈博文的《畅言集》也有自己的特色，他把抒情和说理熔于一炉，对杂文的创作也颇有心得。此外姚宗伟、黎毅、胡惠南、老羊等人也都有杂文的佳作。

泰华文学已有80多年的历史，它像一棵小草，在大石的压迫下只能在缝隙中曲曲折折地生长。初期的泰华文学只能算是侨民文学，应该说是中国文学的一支。20世纪50年代以后，随着华人的归化和作品内容的当地化，它已成为泰国文学的一部分。现在的泰华文学虽在走向繁荣，作家的创作热情很高，但也有隐忧。泰华文学的发展和繁荣首先取决于泰国国内的政治环境。在历史上它多次受到暴风雨的袭击，远的如抗日战争时期1958年以后，近的如1976年，严酷的政治气候几乎使它无法生存，将来如何，命运并非完全掌握在泰华作家手里，谁都不能未卜先知。其次，泰华文学的基础在于华文教育，这是培养作家、产生读者的先决条件。历史上华校最多时曾达到近400所，由于一再受到摧残和限制，20世纪90年代初仅剩下十几所而已，而且孩子学中文只能到小学四年级为止，学生既不能读，更不能写。现在泰国政府虽对华教开禁，但几十年的断层，要接上班，也不是短期内能做到的。目前泰国华人中间对中文在泰国的前途仍有悲观和乐观的两种看法，但不管什么看法也罢，问题是客观存在的。所以泰华文学要发展，要繁荣，还要克服巨大的困难，还要争取新的生存空间。

简而言之，泰国华文文学要繁荣必须有内外两个方面的支撑。首先是泰国国内对华文教育的政策，其次是中国经济实力、文化辐射力所能达到的程度。一种语言文字越来越"有用"，学的人会越来越少吗？有了蓬勃发展的华文教育，还愁华文没有读者和作家吗？

第五章

泰国新诗所走过的道路

泰国新诗的发生、发展和变化,总的来说是与其他体裁的作品大体同步的,不过也有自己的特殊性。古代的泰国是个"诗之国",诗歌一统天下,散文很不发达。新文学代替旧文学伴随的是诗歌的衰落和散文的兴起,小说代替了故事诗,诗歌的地盘和影响都缩小了,所以新文学中诗歌与散文的关系既有相辅相成的一面,也有互相争夺、此消彼长的另一面。

泰国新诗发展到今天大体走过了以下七个时期。

一 新诗草创形成时期(约 1927~1947 年)

泰国的新诗和小说一样,都是在 20 世纪 20 年代末诞生的。

当同时代的诗人瑙冒绍和琪·布拉塔还在写旧诗的时候,科鲁贴(昭披耶探马沙门德里)[①]已经在尝试对旧诗发动一场革命了。

科鲁贴一生写了禅、莱、克隆、卡普、格仑等各种诗体总共 147 首诗,都收录在《科鲁贴克隆格仑诗集》第一、第二、第三卷之中。这些诗按其内容和形式,可以分为三个阶段。第一个阶段是 1913~1926 年,科鲁贴的诗与一般的古诗在内容和形式上还差别不大。第二个阶段是 1926~1932 年,这期间他所创作的 30 首最有价值的作品可以称作是泰国新诗的起点。此时,在形式上他冲破了古典旧体诗的老框框,把民歌的活泼形式完美地融入了他的诗作之中。在内容上则一扫诗歌脱离社会生活的老例,评论起泰国的政

---

① 关于科鲁贴的生平和作品请参看本书第一编第三章第一节五世王时期的重要作家。

治、经济和社会状况来，比如1929年他写的长诗《我们的民众》，就用民歌的形式描写了农民破产，被迫流入城市转变为城市雇佣工人的历史过程，相当鲜明地表现了作者对民众困苦的同情和对贫富悬殊的不平。第三个阶段是1932~1942年。这一时期本应该是科鲁贴在诗歌的创作上取得更多成果的时期，但是由于1932年政体改变之后，维新派与保皇派之间斗争激烈，政局动荡，政权很快落入军阀之手。日本已经威胁并吞食了整个东南亚。身居高位在政治漩涡之中的科鲁贴已不能像第二个时期那样自由地表达思想，只能在诗作中使用隐喻和象征，诗句吞吞吐吐，诗歌的价值反不如前。虽然如此，但科鲁贴用自己的诗作了证明，他是泰国新诗当之无愧的开拓者和奠基人。

1938年銮披汶上台，他对内独裁，对外投靠日本帝国主义。1941年太平洋战争爆发，他开门揖盗，让日军"过境""驻扎"，在思想文化上更加紧了控制。1943年銮披汶政府组织了一个"文学协会"，改革泰文字母和拼法，出版了《文学》杂志，提倡"新诗"，恢复了旧体诗的写作，这些诗歌大部分是按銮披汶民族沙文主义的调子起舞，好诗不多，新诗不但没有前进，反而后退了。

二 "艺术为人生"时期（1947~1957年）

第二次世界大战反法西斯力量的胜利，极大地鼓舞了世界人民。战后在世界范围内民族民主运动空前高涨，在泰国国内依附于日本法西斯的銮披汶军事独裁集团也受到了沉重打击，銮披汶和他的外交部部长、驻日大使、剧作家銮维集瓦塔甘曾作为战犯一度被逮捕。民主力量空前壮大，"文艺为人生"文学运动正是在这样的背景下诞生的。作为这一文学运动一部分的诗歌，这时也迎来了它的第一次繁荣，出现了乃丕、集·普密萨、博朗·宛纳西、玛尼·楚迪洛、他威本、乌切妮、乃普迪、乃尚等重要诗人。

20世纪50年代诗歌的特点是营垒分明。《文学界》月刊和《巴里查》半月刊都是激烈反对"为人生"的诗歌的，而进步诗人则以《暹罗时代》周刊和《文汇》月刊为阵地，揭露社会的黑暗，反对阶级压迫和剥削，号召人民为正义而斗争，宣传社会主义思想。

这一时期最流行的诗体形式是格仑摆，或称八言诗，后来它成了泰国新诗最流行、最基本的形式，因为这种诗体易作、易懂，比其他诗体更易沟通作者和读者。从易到难，又从难到易，这是泰国诗歌发展的总趋势。古诗走的是前面的路，新诗走的是后面的路。当然，卡普、克隆、禅等诗体作品也是有的，如申通的《世界游记》，因特拉尤（乃丕）从英文翻译过来的泰戈尔的诗剧《吉德拉》（未完），乃丕创作的长诗《我们胜利了，妈妈！》采用的都是旧体诗的形式。泰国新诗和旧诗的区别最重要的是内容，而不是形式。新诗也采用旧形式，但已不大在乎它严格的格律了。

20世纪50年代从朱拉隆功大学、法政大学等大学生涌现出不少诗人，写出不少好作品，他们及他们的团体都对诗坛产生过影响，这些诗人有困拉沙·隆勒迪、节沙当威集、诺·尼兰敦、查亚西、顺特拉皮皮特、纳雷·纳娄巴恭等。

乃丕（1918~1987）是公认的"为人生"诗歌的奠基人。他在玫瑰园中学毕业后入法政大学，获学士学位，在一些府做过检察官，20岁左右即开始诗歌创作，1952年重新出现在诗坛，1958年沙立政变，他又"消失"了。乃丕真名阿沙尼·帕拉占，常用的笔名还有古立·因图萨、因特拉尤等。乃丕阅历丰富，知识渊博，懂六种语言。他的名诗《东北》描写了"天上没有雨/地下尽黄沙/泪水流下来/立刻被吸干"的苦难的土地——泰国东北部人民所遭受的天灾人祸，以及人民所发出的怒吼，这首诗具有很高的思想价值和艺术价值，被人们到处传诵，对后来的诗人产生了很大的影响。他翻译的毛泽东诗词，译笔也是一流的。他的论文也有重大影响。

集·普密萨（1930~1966）是此时期另一位具有重大影响的诗人、学者和文学理论家。他生于巴真府，1965年5月5日在普潘山区遇害。如今的5月5日泰国作家日就是纪念集·普密萨的。集1957年毕业于朱拉隆功大学文学院。后入巴讪密大学攻读硕士学位。做过教师，办过多种刊物。在1950年大学一年级时即开始写作，由于文章内容尖锐，触犯了当局，沙立政府于1958年以"与共党合谋，危害国家安全"的罪名将他逮捕入狱。在狱中他仍不辍写作。1964年获释。出狱后由于仍然不断受到迫害，1965年初便逃入森林，参加了武装斗争，不幸于同年被暗杀。集·普密萨精通英、法、中、高棉等文字，对语言、文学、历史、古籍等都有很深造诣，留下了一些很有价值的著作。

集·普密萨的诗很受文坛推崇，对后来的诗人，特别是1973年10月14日运动前后的青年诗人影响极大。他的诗作大致可分三个时期。第一个时期即他在朱拉隆功大学学习时期（1947~1952年），诗作带有思想上和形式上的探索性质。第二个时期（1953~1957年）是他思想上的转变时期，这时期他写了不少反映劳动人民的疾苦、社会的不公和对新社会向往的诗。第三个时期（1958～1966年）是他被监禁和牺牲前的时期，此时他的诗作最为成熟完美。他的诗尖锐泼辣、气势磅礴、音调铿锵，有一股凛然的正气。他用这样的诗句咒骂统治者和剥削者："魔鬼本吃荤/却把斋戒谈/本性实下流/岂能出善言！"他揭露社会的黑暗，号召人民团结起来："国土名曰泰/四处多黑暗/恶鬼嘶鸣叫/休矣食人番/报人主正义/道路阻且险/大众团结起/阵线磐石般。"而对人民他却有赤子之心："大众是主人/恩情重如山/俯首甘为牛/为民犁好田。"

集·普密萨还是一位翻译家，他译过诗，译过小说，还与别人合译过高尔基的《母亲》。他在文艺理论上也有建树，提出了"艺术为人民"的口号，弥补了"艺术为人生"的不足，并从理论上论述了文学的社会功能，对泰国进步文学的发展做出了重要贡献。

三　梦幻时期（1958～1963年）

沙立在1958年政变后，颁布了"革命团"的法令，他用第十七条限制新闻出版自由，诗人、思想家和作家集·普密萨、他威·瓦拉迪罗、博朗·宛纳西被捕，阿沙尼·帕拉占匿迹，政治上一片恐怖，"为人生"的诗歌运动骤然停顿，而梦幻的或称浪漫诗歌却兴旺起来。

大学里出现不少诗社、文艺社，其他独立的诗人团体也纷纷建立，诗坛一时间热闹非凡。政府所属的大众传播媒介广播电台和电视台都有提倡写诗和诗歌竞赛的节目，各种报纸上开辟了诗歌专栏，提携诗坛新人。看起来政府似乎在提倡诗歌的创作，而目的则全在于娱乐，"越轨"的诗是没有立足之地的。如果仔细地分析一下这一时期的诗作，它不外乎两方面的内容，即大部分诗作抒发的是个人情怀，特别是青年男女之间打情骂俏的诗歌最多，诗人也极多，而且大部分来自大学诗坛，如节沙达·维集、巴雍·松通、玛瑙·尤廷等。诗中所表现的是幻想、大自然的风雨、阳光、爱情的甜蜜和失意的痛苦，比如巴雍·颂通的《致离别的朋友》中这样写道：

　　莫忘我们曾坐在金合欢树下的情景，
　　记忆中的"天堂"并不朦胧，
　　"文学系花园"现在空空旷旷，
　　我像过去一样等待着心上亲人的身影。

新的一年台阶下的冲考花已经开放,
朋友,谁和我一起观赏这美景?
人虽有千万,但谁和你一样!
我等待着你,永远是一片真诚!

另一部分诗作是反映社会问题的,虽然只是把问题提了出来,并没有提出解决的办法,但是能够引起读者的思索,也未尝不是一件好事。这类作品较为突出的,在初期是金达娜·宾查柳,她既写情诗,也写反映社会问题的诗,比如表现脱衣舞女郎生活的名为《献给"羞耻"》的诗就谴责政客比脱衣舞女郎更不知羞耻:

我家有弟妹五人一老母,
为他们不饿死我跳脱衣舞,
初小的文化谁看得起?
比妓女稍强就算给生路。
是呀,虽说我的脸皮厚,
敢对看客脱衣裤,
那是因为事无奈,
但是我的家族无骗术!
这个时代我不羞,
"好人"贪污多无数,
心坏名恶并不丑,
坏事被揭装糊涂。
如我知羞男人会寂寞,
像他们那样的人知羞会改恶,
我用身体表演为何羞怯步?

在这一时期,《首都人》杂志发表了腊·朗隆(拉达纳·约瓦巴帕)的一首自由体诗,题目是《献给美和逝去的》,此后便一发而不可收。它的新奇引起了人们的兴趣,有许多人仿效,腊·朗隆也得了个"散文诗人"的别名。

总起来说,从 1958~1963 年诗歌最盛行的形式是格仑摆,其格律是严格遵循顺吞蒲的。其他种类的诗出现得不多。禅因为写起来很难，所以写的人更少。这一时期诗坛上开始结成诗社、文艺社，而诗的内容大都是幻想式的男欢女爱。值得注意的是，被监禁的集·普密萨写了诗剧和歌词，但只在狱中流传；昂堪·甘拉亚纳蓬也开始写诗，但只是在艺术家与寺院中流传，外界传播得还不广。

四 追求时期（1963～1973年）

1963～1973年这十年可以算做追求时期。诗人队伍的扩大，对新的艺术形式、新的思想内容的追求，使得这一时期的诗歌呈现出一种纷繁复杂的局面，找不出一个共同点。如果按诗歌的特点，可以分为三种类型。

1. 抒发个人感情的诗歌

继承梦幻时期诗歌传统的诗人在这一时期继续写出了大量作品，而且又出现了不少新诗人，其中最突出的是瑙瓦拉·蓬拍本。有些诗人开始写些情诗，后来则转向反映现实；有些专门写情诗的诗人则探索着情人内心感情的甜蜜、真诚、彼此的沟通及其矛盾。这些诗歌一般讲究音韵和情致，在艺术表现力上也有提高。

2. 反映社会生活的诗坛新人的新作

新诗人有一个共同点就是对禁锢思想的令人窒息的政治气候不满，对社会感到失望，诗作常常充满了嬉笑怒骂和尖锐的嘲弄，表现了愤世嫉俗但又遭到压抑的无可奈何的感情。他们中的有些人受了金达娜·宾查柳和纳雷·纳娄巴恭的影响，更多的是在寻求新的形式和内容，代表诗人是素拉萨·西巴潘、比亚潘·占巴属、塔里、维特亚功·强恭等。比如维特亚功·强恭在《我探求生活的意义》的这部诗歌小说集中就表现出了对社会的"离异"倾向，对传统价值观提出了挑战。迪帕罗姆·猜亚翁吉用"寂寞空旷人闭尿／轻轻放屁心意烦"表现了对社会的厌恶。

比亚潘·占巴属在《学位人的终结》中反映了取得学位的青年男女走向社会时感到毫无意义的心情：

> 青年男女成长串，
> 身穿礼服正合身，
> 面向社会鱼贯入，
> 一个一个往下沉。

素拉萨·西巴潘的作品很值得重视，他写了一组 30 首的诗，表现了一个名叫盘的青年，离开家庭跨进学校，看到了社会的许多腐败现象，表现了作者的苦闷和对生活价值的追求。

3. 格律的解放

当许多诗人还在严格地遵循顺吞蒲的格仑摆的格律时，1963 年在《社会学评论》第一卷上发表了昂堪·甘拉亚纳蓬写的一首名叫《一抔海水》的诗，它比喻新奇，讽刺辛辣，使用了一些象征：

> 蚯蚓大戏娇女郎，
> 天上仙女质娇丽。
> 阿米巴本是微生物，
> 也要昂首呈神气。
> 众仙厌倦天堂了，
> 下落人间吃屎去。
> 赞美味道实在好，
> 得来全般不容易。

这首诗发表以后，立刻招来非议。但反叛的潮流却不可遏止。素吉·翁贴、坎猜·本班、瓦拉立·勒特塔尼等人都在探索新的形式，追求新的思想内容，敢于突破格律的限制。

1964 年《民主报》发表了集·普密萨的诗作《报纸的灵魂》，发展了克隆哈，把它用在鼓动人心的政治诗里，而且也没有拘泥于格律。

此时也出现了向西方现代诗看齐的诗，如陈长的诗，它形式怪异，想用文字的组合形状来表达内容，如他在一首四行诗里用了 20 个"人"字排成长方阵，最后一行的 5 个"人"后面用一句"等公共汽车"作为结尾：

> 人人人人人
> 人人人人人
> 人人人人人
> 人人人人人等公共汽车

他的诗后来汇入渐渐流行起来的自由体，易懂了些。

这一时期有些青年诗人还注意从古典诗歌和民歌中汲取营养，取得了成就。

五 百花齐放时期（1973年10月14日～1976年10月6日）

"10·14"运动改变了泰国的政治气候，诗歌一度如百花争艳，出现了繁荣景象。运动的初期，学生大量翻印20世纪50年代"文艺为人生"诗人的诗，对青年诗人的创作产生了重大影响。斗争的紧要时刻，出现的大多是控诉人吃人制度的凶残、号召人民起来斗争的鼓舞士气之作。事件之后，出现了一批记述英雄业绩、歌颂牺牲精神、表示哀悼的诗歌，如素吉·翁贴的《昭昆通》等。这一时期最著名的诗人有拉维·冬姆帕拉占、沙塔蓬·西沙章、维沙·坎塔、巴硕·占单、瓦·宛拉扬昆、查查林·差亚瓦等。这些诗人在这一时期的信条是"内容比形式重要"，但为了表现内容又必须找到合适的形式，因此，自由体诗得到了更大的发展，但格律诗依然是大量的。

瑙瓦拉·蓬拍本这一时期的诗作很有光彩，他的诗艺术形式完美，创作的内容也随着时代的步伐不断前进，以前写的多是爱情、大自然、宗教教义，而在此时诞生的《从星期日到星期一》和《永不停息》两本诗集"记录"了这场惊天动地的群众斗争。他在1973年10月所写的《蜗牛的道路》中激昂地唱道：

> 降生，
> 总会伴随痛苦，
> 总会经历磨难和凄楚。
> 风雨中会有雷鸣电闪，
> 在悬崖峭壁中，
> 却有藏金的洞窟。
>
> 来吧，
> 来经受磨难！
> 来吧，
> 来和朋友一道登攀！
> 且莫希望此生此世，
> 道路会永远洒满金色的花瓣。

> 我们迈出的第一步，
> 正是在开始筑造一条路。
> 大地上荒野的森林，
> 正等待我们走出一条坦途。

素吉·翁贴也是很有成就的诗人，他用长歌和民歌的形式为苦难大众鸣不平。

沙塔蓬·西沙章这位清迈大学的年轻诗人用莱、卡普、格仑、克隆、禅的形式写了《向天宣告》，他把集·普密萨的"发展了的克隆哈"用在诗里，诗句悲壮、雄浑。威沙·坎塔也试用克隆、卡普、格仑和东北民歌写了话剧《女儿关》，并把集·普密萨的诗剧《牛铃声中爱情的符咒》的歌词也用了上去。这是把旧的形式和新的思想融合起来，把歌词用于为大众服务的一种尝试。

瓦·宛拉扬昆的《香蕉丢了》和《男孩凯达诺和女孩本燕》诗句通俗、晓畅，有韵律，读起来朗朗上口，很有趣味，又包含着深刻的思想内容。

虽然这一时期不少诗人冲破了原来诗的格律，在内容上也进行了革新，但是仍有一些人恪守旧诗的格律，抒写个人的情怀。有人对社会表示担心和忧虑，抒发爱国情结，比如纳帕莱·素万纳塔达在一首诗中写道：

> 远处战争不用怕，
> 近处战争却惊心，
> 如果泰人自残杀，
> 高唱国歌给谁听？

六 "流水—伤痕和教训"时期（1976年10月6日～20世纪70年代末）

"10·6"事件以后，泰国的诗坛陷入了万马齐喑的状态，《民族》《民主》杂志都被勒令停刊，活跃的诗人销声匿迹，有些人上了山。瓦尼·乍隆吉加阿南在一首诗里表达了诗人们在这一时期的痛苦感情："道路漆黑漫又长/痛苦心灵满创伤/森林成为居留地/弃城进山辟战场。"江萨上台以后，政治控制有所松动，1978年太阳出版社出版了一本《十月六日诗集》，收录了 7 位最著名的诗人记述"10·6"事件的诗作，读来令人震动。素吉·翁贴写道："皇家田广场的酸木柑树万分悲哀/枝叶低垂都好像哭怀/止住呜咽怔怔地蜷起身躯/树叶折断，果子被摘/白玉兰被枪打得满身伤痕/金合欢被刀劈斧砍/花朵被水流吞噬/多罗树被泥土掩埋。"

作家、诗人"下山"以后，度过了一段小心翼翼的时光，才拿起笔来重新创作，但是，令人瞩目的诗作不多，空吞·坎塔奴的《意识的反叛》和后来的《广场戏剧》是两本有价值的诗集，前者气势磅礴，后者还获得了东盟文学奖。

七 走向多元化的新时期（20 世纪 80 年代至今）

笔者在上一章里曾较为详细地分析了 20 世纪 80 年代直到现在泰国所面临的国际国内形势以及在这一形势下泰国文学所形成的新特点，诗歌自然不是例外。

由于压迫的减轻，诗人们可以抒写各种题材；政治不再成为文学关注的热点，因而也就没了以往的中心和主题；感觉敏锐的诗人们虽然为找到归属而费了一些周折，但他们很快适应了新的形势，终于"各得其所"。诗歌在"平平安安"中发展，虽然值得庆幸，但也减少了激情，平庸之作增加。倘与以往相比，在单位的时间里，佳作反而减少。值得一提的是下面的三位诗人。

1982 年素吉·翁贴纪念曼谷王朝 200 周年的长诗获得好评，这首长诗好像一幅幅壁画，道出了 200 年来的世事沧桑和历史的变迁。

著名作家玛纳·詹荣的女儿、女诗人阿玛拉·詹荣于 1986 年出版了诗集《爱吧，假如你心想爱》，尝试用更加散文化的自由体诗来表达内心的感情。诗行虽无韵脚，但节奏鲜明，富有意蕴，有些诗行甚至只有一两个音节，如：

浓雾
静静的海
红色的太阳
大而又圆

有飞鸟
有战舰
有椰树的景致

有山

和

打鱼的船

————《寂寞的海》

有些情诗，写得却极冷静，但正因为冷静，才越发让人感到深沉：

今夜

属于我

虽然明天

将不再来临

珍惜

这爱

刻骨

铭心

————《啊，情思》

阿玛拉·詹荣的诗在诗行的排列、节奏的运用、语言的锤炼、意境的营造和一般的自由体诗已大不相同。它在追求一种新的形式的同时，更注重内心感情的真实描绘和"有节制地"抒发，这一点正是她的诗与一般诗人的不同之处。在诗的品位上她略高一筹。

20世纪90年代出现的一部诗的力作是著名诗人瑙瓦拉·蓬拍本的《祖国颂》。

瑙瓦拉·蓬拍本是泰国人民非常热爱的一位大诗人，1940年3月26日生于北碧府，法政大学法律系毕业，做过公务员、教师，现在盘古银行艺术中心工作。获朱拉隆功大学荣誉博士学位，他至今已出版诗集24部，散文等作品20余部。他的诗集《从星期日到星期一》《策马观城》《永不停息》《田野笙箫曲》等分别获得了各种奖励。1990~1992年，他风餐露宿，用了2年4个月的时间跑遍了全国73个府，用各种诗体描绘了各地的历史古迹、名山大川、风土人情和旖旎风光，这是一部可以载入史册的诗歌作品，诗坛对它的评价极高。

第六章
泰国对其自身文学研究的现状

　　形诸文字的泰国近代文学批评如果从天宛评论顺吞蒲的长诗《帕阿派玛尼》的时间算起，已经有了100年的历史。有趣的是天宛的开篇"文章"还是以诗论诗的。然而用诗这种体裁作论说文，是很难精细的。这也许是因为作者想显示一下才华，也许是因为散文当时还在初创阶段，用起来并不得心应手，抑或二者皆有，不过这都不涉及根本问题，无关紧要，不必深究。

　　本书所谈的当代泰国文学，首先遇到的就是分期问题，这"当代"从何时算起？泰国的学者和文学评论家还未顾及此事，笔者只好抛砖引玉。我认为，从社会情势、文学语境、文本变化来看，当以第二次世界大战作为分界为宜。

泰国当代文学的语境

　　第二次世界大战是一场空前浩劫，但是事情也有另外一面，就是面对侵略、屠杀、占领和掳掠，全世界人民也被空前地动员起来，经过战争的洗礼，逐渐形成了一支独立的政治力量，马克思列宁主义得到了空前传播。反法西斯战争的胜利，苏联没被打垮反而日益强大和社会主义阵营的出现，更鼓舞了世界各国人民，争民主、争自由、要和平与争取民族独立的斗争形成了一股不可遏制的时代潮流。

　　在"二战"中，泰国被日本法西斯军队占领，成了日本的"盟国"，但"盟国"的人民也并未逃过这场战争浩劫。泰国人民在"自由泰"和印度支那共产党的领导下和日本侵略者进行了各种形式的斗争。战后，妄图火中取栗、引狼入室的当时政府首脑銮披文·成了战争罪犯，一度被投入监狱。后来他虽然又爬上台来，但是其气焰却消减不少。而泰国社会的争取和平、民主和自身权益的工人和农民运动空前高涨。正是在这样的背景下，从1949～1957年泰国出现了"文艺为人生，文艺为人民"的文学运动，《阿卡顺善》和《埃卡春》两份报纸成了他们言论和作品的主要阵地。一批声誉卓著的作家、诗人、文学评论家，如西巫拉帕、社尼·绍瓦篷、依沙拉·阿曼达恭、隆·拉迪万、乃丕、集·普密萨、班宗·班知信、布隆·宛纳西等人成了这个文学流派的中坚，写出了一批有影响的作品。

1958年，沙立·他纳叻通过军事政变上台。他封闭报刊，查禁书籍，将新闻工作者、作家、艺术家和知名人士逮捕入狱，侥幸逃过一劫的要么转入地下，要么流亡国外，轰轰烈烈的"文艺为人生，文艺为人民"运动就此终结，这可以视为泰国当代文学的第一个阶段。

整个20世纪60年代到1973年10月14日运动前，被泰国历史学家称为"黑暗时代"，一切不符合当局口味的政治、新闻、出版、文学艺术创作活动都可以被视为"共产党行为"，人们由"聋"而"哑"。1963年沙立死了，由他众多的"妻妾"为争夺遗产而打的官司爆出的贪污、腐化、堕落的丑闻使人们"大开眼界"。沙立的继任者他侬、巴博继续着军事独裁统治，在对思想文化的控制上比起前任来毫不逊色。另外西欧和北美正进行新一轮的产业革命，劳动密集型产业向东南亚转移，日本的经济也在飞速发展，泰国成了它的原料产地和产品销售市场。美国把泰国作为越南战争的后方基地，这不但极大地刺激了泰国经济，也畸形地刺激了泰国的消费文化和色情业。

泰国的经济的确是在起飞，但社会的不公也在陡增。青年们普遍感到苦闷和彷徨。他们反对政治禁锢和思想禁锢，反对陈旧的教育制度，反对宣传上的瞒和骗。同情下层人民的疾苦，反对外国资本的大举入侵。在创作上喜欢向西方现代派寻求思想武器和创作方法。此时出现的一大批青年诗人和短篇小说作家可以称为"寻觅的一代"。维特亚功·强恭就把他的第一部集子命名为《我寻求生活的意义》。此时对思想界和文学界影响最大的一本杂志是《社会学评论》（1965～1975年）。这15年是泰国当代文学的第二阶段。

地火虽在地下运行，但总有一天会烧到地面上来的。进入20世纪70年代，世界大势已变，冷战的冰雪逐渐消融，中国恢复了联合国的合法席位，中美开始对话。世界政治形势的变化也不能不影响到泰国国内。1973年10月学生示威游行，反对军政府的独裁统治，规模越来越大，14日遭到军警的镇压，酿成血案。社会各界声援学生，抗议活动成燎原之势，他侬、巴博、纳隆三个独裁者倒台。自1932年政体改变以来，政权从来就是军人掌中的玩物，其间的所谓文官政府不能不是短命的，因为它不过是"民主自由"的一种点缀和军人再次登台前的过渡。军人什么时候想要把政权拿过来，只消把坦克往要害部门一开，把枪口对准政敌的脑袋壳，政变就成功了。而军人独裁者被人民赶下台，这对泰国说来无疑是破天荒的第一次，人民不能不弹冠相庆。以前不能说的话可以说了，以前不能做的事可以做了。各种言论主张五花八门，短篇作品色彩纷呈，被称为"百花齐放"的时代，但文坛上的主调是诗人、作家们战斗的呐喊，正义的呼声，是进军的号角，是民间疾苦的倾诉，是对牺牲战友的悼念。但此时的短篇作品急就章者不少，深度不够。

然而，"百花齐放"只"放"了三年，1976年10月6日，军人头目他宁和沙鄂就又搞了一次军事政变，把屠刀砍向了青年学生、工人和农民领袖，死里逃生的青年学生不得不逃到山上，加入泰国共产党领导的武装斗争，泰国的思想文化界重又被打回到独裁专制的老时代。这三年我们可以把它看作是泰国当代文学的第三个时期。

他宁、沙鄂的严酷政策不得人心，1978年上台的江萨政府对上山打游击的青年学生实行"招安"政策。青年学生有充沛的变革现状的激情，却没有进行长期艰苦斗争的准备，加之泰共还没学会使用知识分子，大批学生的到来反而成了他们的累赘。因此学生的"下山"对于双方来说都是解脱。

20世纪80年代以后泰国国内政治气候渐趋宽松，文艺创作活动渐渐恢复，并且趋向多元化。但是文学创作也越来越受到文学商业化、文化消费化的强烈冲击，现代主义的先锋创作表现方法和哲学理念虽然一时使人耳目一新，但一些作品却有生吞活剥、水土不服的毛病，情节支离破碎，失去了可读性，因而也就失去了读者，使得本已十分狭小的读书市场更显凋零。幸好这一时期先有东南亚条约组织文学奖的评选活动，后有东盟文学奖的长篇小说、短篇小说和诗歌奖项的发布，这对于维护文学创作的良知和传统的核心价值、提高文学品位、发扬人文情怀都起了很大的推动作用。

20世纪90年代以后席卷世界的全球经济一体化、信息网络化、生物工程及高科技的发展，既给发展中国家提供了机遇也使他们在竞争中处于劣势。本已处于工业化中期的泰国此时却慢了半拍，1997年更爆发了金融危机，使得国家的经济长时间不能恢复元气，此后的禽流感更严重地影响了人民的生活。

20世纪90年代后期，特别是近十年，泰语网络文学的出现搅动了传统文学的格局，它以互联网为传播媒介，极大地满足了青年习作者的渴求和创作欲望。这种文学的去中介化、自由性、大众化、互动性、多媒体都是传统文学所没有的特点。它将怎样发展，在未来的文坛上起着怎样的作用以及对传统文学有何影响，怎样避免低俗化，怎样管理，都需要人们继续观察和研究。

进入21世纪，泰国的利益集团发生分裂，政局动荡，纷争不已。军人集团又一次发动政变，连政治的游戏规则也置之不顾。即使他们后来"还政于民"，但左右政局的这只手也绝不会停歇。目前"红""黄"两大阵营尖锐对立，"街头政治""法庭政治"不断上演。权力集团谁也不顾国计民生。未来泰国政局走向如何，它对泰国的文学艺术会产生怎样的影响，需要人们密切观察。

这30年，时间虽然不短，但文学走向的基本态势未变，我们可以把它称为第四个阶段，即多元化阶段。

泰国文学研究与评论所面临的挑战

研究泰国文学的外国学者最大的困难莫过于原始资料获得之不易。比如研究泰国当代文学批评，我们既无资料总量的把握，也做不到专题资料的充裕，在这种情况下做文章是很容易以偏概全，幸好泰国的同行近年来做了些这方面工作。在"当代社会智慧力量"研究计划的资助下，他们成立专题研究小组，经过2年7个月（1999年1月至2001年7月）的工作，选出半个世纪以来50篇有代表性的文学评论文章，出版了《文艺评论之力》一书，书中不但阐述了他们的研究宗旨和步骤，而且对每篇文章都做了简要的分析和评论，使我们约略地看到了当代泰国文学批评的概貌。

半个多世纪以来泰国究竟出现了多少文学研究著作和评论文章？《文艺评论之力》一书有个粗略的统计：

文学评论研究小组搜集到的资料，包括书籍、文章、评论和学位论文共4319种。其中，①书籍、教材、研究著作共229本；②文章与评论4079

篇，其中长篇小说和短篇小说的评论2324篇，诗评468篇，其他评论和文章1287篇，涉及的作者有450位；③学位论文11部。

泰国的学者尽其所能，做了很大的努力，成绩是有目共睹的。但泰国有6000万人口，人均GDP、生活水平、文化消费在发展中国家均属中上，在城里高等教育基本上得到了普及，以这个基本国情以及这么长的时间跨度来衡量泰国的文学研究和评论，先不谈质量，即使谈数量也委实显得过少。

这是诸多方面的原因造成的。

首先是传统习惯上的障碍。《文艺评论之力》的"前言"中就说："大家都十分清楚，泰国的批评心理文化，通常并不是公开的，而只在熟悉的人群中间它才存在。我们还不太喜欢将评论的知识系统化，将评论的观点行之于文字而去发表。更有甚者，还有这样的误解：批评是指责，是诋毁，比如在有些单位，批评的目的就是要把被批评者逼退。"① 怀有这样的心理，恭维赞美之词当然会来者不拒，但尖锐的批评或评论家的言辞稍有不当，作家就会产生对立情绪，作家与评论家之间，或评论家与评论家之间就会结怨，形成"事件"。这种"地雷"谁还敢去碰呢？"话到嘴边留半句"的批评一多，受到伤害的其实是文学本身。

其次，无论公众还是文学界本身对于文学批评的认识也有欠缺。文学是一种审美的特殊的意识形态表现。在文学审美活动中作家、读者和评论家是三位一体缺一不可的，没有高低贵贱之分，没有人身的依附，有的只是相辅相成。他们之间的关系很像是厨师、食客和美食家。没有厨师当然没有食客，有厨师而没有食客，厨师就会失业。缺少了美食家，厨师就少了知音，食客就少了指引。

作家中少有憎恶读者的，因为没有作家不知道读者是他们的衣食父母。但确有为数不少的作家，特别是些小有名气的作家对评论家是"不屑"的，有的作家认为"批评家是在别人的作品中讨生活的人"，有人甚至说"批评家是在作家的脊背上犁田"。书还不愁卖的通俗小说女作家特玛延迪这样挖苦批评家："自己腿短却非要教别人到奥运会上去赛跑。做个拳击台下的看客倒也罢了，真要自己上去，一拳就会被人击倒。"② 评论家当然也会有资质不够的人，这和作家也不个个都是高手的道理一样。发表如此"高论"，

---

① 《文艺评论之力》，曼谷：巴潘善出版社，2004，第8页。
② 《文艺评论之力》，曼谷：巴潘善出版社，2004，第90页。

的确暴露了某些作家的无知和浅薄。

评论家的确离不开作家、作品，但绝不是寄生于作家的。从广义上说，每一位读者都是一位评论家，虽然他们是"业余"的，读完一部作品他们不见得写篇文章，但心里不会没有一个评价。评论家不过是些专业化了的读者，他们有比较敏锐的眼光，对生活有较深入的体验，在艺术审美上有些独到的修养和见解，常常能看到作家、艺术家和读者看不到或忽略的另一面。我们读完一部作品，常常想看看评论家对这部作品的评论，道理不也就在这里？评论家接替的其实是作家之后的下一道"工序"，是帮助和检验文学"生产"和"流通"的，是作家的诤友，同样是优秀文化的生产者和创造者，做的是独立的工作。他们甚至能够见微知著，"发现"一个文学时代，总结出那个时代的文学特征。我们很难说别林斯基、车尔尼雪夫斯基就不如普希金、果戈理和托尔斯泰伟大吧？我们也不能说写出《判断力批判》的康德对后世的影响力就不如歌德的《浮士德》和《少年维特之烦恼》吧？各国的文学遗产也并不都是作家的功劳，如果没有几千年来的文学研究专家和评论家评论、遴选、考证、补遗、编辑和整理，我们今天还能读到这些文学珍品吗？

我们再举一点泰国的例子。

公元1767年第一次缅泰战争，大城王朝覆灭，泰国的古代典籍有的散失，有的被焚毁，若不是经过吞武里王朝的抢救以及曼谷王朝丹隆拉查奴帕亲王等人的补遗、整理、校订、润色、修改，直至创作了某些缺失的段落，那今天的人们就恐怕再也见不到完整的《昆昌昆平》了，比起他自己的创作来，丹隆拉查奴帕亲王的这项工作对国家和民族不是更有贡献吗？

再以当代文学为例。无论是先前的东南亚条约组织文学奖还是现在的东盟文学奖都是资深的文学研究学者和评论家慧眼识珠，甚至是披沙拣金，怀着科学的严谨的态度通力合作评选出来的。作为泰国的最高文学奖，它在创作导向、推出新人、带领文学走出困境、繁荣当代文学创作方面，都起了极大的促进作用。

老作家劳·康宏向以善写农村题材的短篇小说著称，开始并未引起读者多大重视，是评论界的"发现"，才使他的声名鹊起。康喷·本他威的《东北儿女》写法松散，似小说又像纪实文学，但地方色彩浓厚，有很高的认识价值，得到了评论界的肯定，1979年获得了首届东盟文学奖。20世纪70年代末泰国的政治气候还是"早春二月"，对涉及中国的事十分敏感，人们都会绕开这个话题，但初登文坛的友·布拉帕的长篇小说《和阿公在一起》、牡丹的《泰国来信》写的都是泰国华人生活经历，却得到了资深评论家、教授和具有皇族身份的蒙銮·本勒·贴帕雅素婉的大力推介，使他们确立了在文坛上的地位。对于牡丹，她甚至说："如果这位作家真心热爱写作，不去干别的，那我们就很可能有了一位与各国比肩的长篇小说作家。"[1]

作家不应该只是一个写手和编故事的人，他应该有一些理论素养。反过来，评论家也不能随心所欲，以自己的好恶取舍作品。他应该实事求是，做到审美感性和理性的统一，而审美态度的公正又是评论家资质的试金石。作家对评论家不服气，评论家应该多从自身找原因。不服气、有争论并不可怕，可怕的是双方都不遵守"游戏规则"。目前泰国的评论大家、名家、能负众望者还不够多，而这样一批有威信的评论家队伍的出现必然会改变泰国当代文学的面貌。

以上两点我们谈的是主观方面的原因，而事情的另一面还有一个社会能够为文学发展提供多大空间的问题。试想，当权者如果像过去一样动辄以某种莫须有的罪名逮捕杀戮作家、封闭报纸刊物、开出禁书名单、剥夺文艺工作者的创作自由，那么，一个国家的文学艺术还有什么希望？值得庆幸的是在20世纪90年代泰国终于取消了防共反共条例，这是泰国政治的一大开放，或曰进步，但是泰国目前也并非没有政治红线，作家、评论家仍是小心翼翼。

著名作家舍善·巴社恭在《21世纪的泰国作家》一文中透露，在泰国靠写作维持生计的专业作家最多不会超过20个，而专业的文学评论家他没有提及。也许有，但笔者至今并未发现。可见这个"行业""养活"不了多少人。舍善·巴社恭又说，一位名作家的作品一次只能印两三千册，一年左右的时间销完已很不错。作家们抱怨声色犬马挤压了他们的生存空间，抱怨泰国人不读书，抱怨有文化有购买力的人却不买书。

名作家如此，那么青年作家的作品怎么样呢？舍善·巴社恭没说，据笔者了解的情况是，基本上没销路，侥幸被杂志看中，一篇短篇小说的稿费，只能换一顿便餐而已。这并非因为泰国的出版业不发达，书店里书籍、杂志不可谓不多。可仔细一看，五花八门的很多，正经的却很少，不赚钱的书籍、刊物，老板是不出的，这是市场经济的铁律。

---

[1] 《文艺评论之力》，曼谷：巴潘善出版社，2004，第202页。

短篇的文学作品和评论是靠期刊生活的，过去泰国还有专门的文学杂志，现在却一本也没有了。如《书籍世界》1983年停刊，《书籍之路》1987年停刊，《不败之花》1988年停刊，《小说世界》1990年停刊，寿命不到1年，《金链花》寿命最长，生存9年，1999年停刊，《作家杂志》2000年停刊。辟有文学评论栏目的政经社会类的杂志《祖国》《利息周刊》《经济阵地》，The Earth 2000等，在1997年的泰国金融危机中纷纷倒闭。没有倒闭的也缩减篇幅，文学评论的栏目被取消，最典型的例子是《周末一族》，它在1997年年中取消了文学评论栏目。但经济好转后的1999年却又恢复了这个栏目，请评论家庄穆·吉占侬写"感言"，请塔内·维帕达写"文艺世界"，请楚翁·帕塔拉昆拉瓦尼和诺蓬·巴查恭写"评评论论"专栏。后来又为评论家素查·沙瓦西、赛萍·巴塔玛班、帕·金达迈开辟新的专栏。在1999年和2001年东盟文学奖评选期间它还分别开辟了"文学报道""短篇小说走廊""特别报道""塔信时代"等临时专栏，刊登消息和评论。此外这家杂志还经常刊登专门文章评论泰国社会的文化语境，为素甘雅·含亚德拉恭开辟了"礼物"专栏，评论（泰国）国内外儿童文学作品。总之，可以这样说，从1999~2000年《周末一族》是泰国文学评论最红火、最热闹、稿源最丰富的一本杂志。但2000年年中以后兴旺的风光景象就不再了。只剩下素查·沙瓦西的专栏和皮塞·宛纳皮素半页版面的专栏"咖啡谈会"，它报道的也只是一些文学动态而已。2001年以后虽然还登一些投来的评论稿，但专栏已经没有了。

经济形势的起起落落，报纸杂志的带病生存和短命，使得评论家的"生态环境"越发恶劣，不少评论家搁笔，如勾恭·因吞探、平尤·功通、春提拉·沙达雅瓦达纳等退出了这个舞台。有些名气、文章质量较高的评论家，虽没有退出，但也不常写了，如庄穆·吉占侬。随着新刊物的出现和老刊物的转向和改版，专栏评论家倒是有所增加，但他们又不能不改变自己的写作方向，以迎合"新主顾"的口味。应景的文章一多，"广度"就超过了深度。

无名的青年作家和评论家的文学生涯是最艰难的。为了摆脱困境，他们只好自掏腰包印自己的作品，为了省钱，就自己装订，自己发行，采取会员制。泰国人将这些书称为"手工书""地下书""自销书"，把他们的杂志称为"在野杂志"，其中较为著名的有以空格莱·格莱亚翁为主编、以巴硕·占堪为社长的月刊《挑战太阳》。它设计精美，印刷厂印刷，印数很少，售给会员。有些剩余，也会在极小的书店里出售。它每期都有评论，出 10 期后就倒闭了。还有一个值得注意的刊物名叫 *Vain Comment*，由皮切·申通（写评论用笔名赛萍·巴通玛班，做文学记者用阿蓝等笔名）主编，它偏重于学术方面的内容。除了登载一些关于泰国的与国外的文学和作家的文章之外，还常登塔信大学教文学的教师尤拉查·本沙尼有关文学的文章，也登载一些新老评论家的评论。它自费印行，实行会员制，会员 189 人。以前为月刊，后改为双月刊。青年短篇小说作家尼瓦·菩特巴萨办的"手工刊物" *AW*（*Alternative Writer*）是双月刊，在支持他们的皇家田等小书店里出售。该刊还开辟了一个网站，网址是 thaiwriter.net，除了登出一些文学作品外，还登了对名作家舍善·巴社恭作品的评论，开了泰国文学走上网络的先河。

面对文学评论的困境，社会也并非一点没有救助（如《文艺评论之力》的相关研究和出版），评论界自己也并非没有自救（如蒙銮·汶勒·贴帕雅素宛基金自 1992~2001 年对优秀文学评论文章的五次评选和奖励），这些救援和激励虽难能可贵，但一两场雨解决不了长久的干旱，要解决文学事业的发展问题，必须有一个统筹规划，国家是不能"免责"的。

"文艺为人生，文艺为人民"文学运动的批评家对传统文学价值观的颠覆及其理论上的局限

"文艺为人生，文艺为人民"（以下简称为"文艺为人民"）的文学运动最著名的理论家有西因特拉尤、集·普密萨、班宗·班知信等人。

西因特拉尤是阿沙尼·蓬拉占（1918~1987）的笔名，他的另一个为大家所熟知的笔名是乃丕。1940 年法政大学法学硕士毕业，之后做了 11 年（1941~1953 年）法官，1958 年沙立·他纳叻上台，阿沙尼·蓬拉占决定"上山"，参加泰共的斗争。1987 年 11 月 30 日逝世于老挝。阿沙尼·蓬拉占知识渊博，懂英、法、中、梵文、巴利文和拉丁文。他写评论、写诗，也写短篇小说。19 岁时发表第一篇评论，1941 年对帕宗告国王的作品《帕顺亥赛》的评论使他声名鹊起。创作的名诗《东北》和《我们胜利了，妈妈》既是"文艺为人民"文学运动的显著成果，也是载入当代文学史的经典作品。他用历史唯物主义和辩证唯物主义的理论开辟了泰国文学评论的新纪元。

集·普密萨（1930~1966）是一位很受推崇的学者、历史学家、文学

评论家和诗人。他在语言、文学和历史方面有渊博、丰厚的知识,是一位旧思想的反叛者和社会主义的拥护者。他生于巴真府,毕业于朱拉隆功大学语言文学系,获学士学位。在校期间他在投给本校编辑的名为《十月二十三》的一本书上的一篇稿件中揭露寺庙贪污,批评泰国商务发展印刷厂老板没有尽到做母亲的责任,在付印的时候被厂家发现,告到学校。校方为此专门成立了一个审讯委员会并通过决议,勒令他休学。建筑工程系的一些学生在学校大礼堂开会攻击他并将他抬起扔到台下,致使他脊骨折断。

集·普密萨被迫休学两年,在此期间他在报社找到工作。1957年毕业以后重回报界,写了《文艺为人生,文艺为人民》的一篇纲领性的文章,此外还写了《泰国的封建面貌》,震动了文学界和学术界,进步营垒受到极大鼓舞,保守营垒反对之声也十分强烈。1958年10月20日沙立发动政变,大批作家、报人被捕,集·普密萨当然不能幸免。在狱中的6年他写出大量著作,如《"暹罗"一词的来历》《泰国、老挝、柬埔寨以及民族名称的社会特点》《〈水咒赋〉文学分析》《湄南河流域历史的新思考》等。1965年集·普密萨出狱,决心参加泰共的斗争,1966年5月5日被当局暗杀。后来5月5日这一天被泰国作家协会定为"作家日"。

班宗·班知信是乌冬·西素宛的笔名,他生于1920年,南帮府人,中学毕业后,认真开始写作约在1946年,作品多发表在《大众》《祖国》和《经济通讯》等刊物上。《生活与理想》和《文艺与生活》是1950~1958年所写文章的结集,两本书的出版给他带来了声誉,此后就未见他的文章面市,直到1983年,才在《民意周末》又见到他的文章,从那以后就成了《民意报》的撰稿作家。他最著名的长篇文章是《从文学作品看社会,从社会看文学作品》。

"文艺为人生,文艺为人民"文学运动只是一种文艺主张、文艺思潮和流派,它没有什么宣言,也没有什么组织。但从这些志同道合的作家、诗人创作出来的作品和理论家、评论家的文章可以概括出来他们大致有如下的观点和主张,即:

文艺要为大多数人服务,而不是只为少数的压迫者和剥削者服务;文艺从属于政治,负有改造社会的责任;文艺要真实地反映或艺术再现社会生活,无情地揭露黑暗和腐朽,为民众指出一条光明的出路。"如果我们点不亮汽灯,那就点亮蜡烛。没有汽灯的照耀,烛光同样可以看清道路。"[①] 在

[①] 《文艺评论之力》,曼谷:巴潘善出版社,2004,第144页。

生活和创作的关系上强调作家、诗人自身的思想改造，"改造自己的思想，不论诗人还是别的什么人，都要跳进生活的熔炉里冶炼，没有谁能在象牙塔里改造自己。"[①] 在对待民族文化遗产上，主张在深入研究弄清规律的基础上继承对今日有用的东西并加以改造和创新；认为少数民族的文化遗产和地方的文化遗产是泰国文化遗产的重要组成部分，应当尊重和保护，等等。

"文艺为人生，文艺为人民"的文学运动所产生的小说、诗歌、戏剧、记实文学以及理论家的文章在泰国是空谷足音，它不但搅动了泰国文坛，也影响了泰国整个社会。它用历史唯物主义把颠倒的历史又颠倒过来，让文学掉转方向服务于昔日的"下等人"并让他们在文学的历史上成为主角。它有西巫拉帕这样的旗手作家，写出了《魔鬼》（社尼·绍瓦蓬著）这样的长篇小说，《东北》这样的诗歌，出现了像集·普密萨这样博大精深的有才华的年轻学者、诗人和理论家，这短短的8年无疑是泰国当代文学的一个高峰。鲁迅在评论殷夫的诗的时候曾满怀深情地写道，它是"东方的微光，林中的响箭，是爱的大纛，憎的丰碑"。用这些话来评价泰国的"文艺为人生，文艺为人民"文学运动，我想，也是很贴切的。

"文艺为人生，文艺为人民"是在无产阶级文学运动思潮影响下诞生的文学流派，它所借鉴的是世界无产阶级文学，特别是苏联文学和中国文学，这种文学的历史还很短，它是在激烈的生与死的斗争中产生的文学，革命党人很自然地会把文学作为斗争工具并认为这才是马克思主义的正确认识。革命胜利后，又没有很好地反思、调整和纠正。泰国此类文学一直身处逆境，外部环境险恶，作家、诗人和理论家们连过上安稳日子的时间都很短暂，要求他们在理论上毫无瑕疵，在创作上尽善尽美，那就是求全责备了，何况作为"先生"的苏联、中国的无产阶级文学也都是这套理论指导下的产物，而中国对这一问题的拨乱反正还是在"文艺为人生，文艺为人民"文学运动发生之后的30年，我们作为后来人是没有多少权利去指责先驱者的。但是这一问题必须厘清。

文艺在阶级社会中当然不能脱离政治，但文艺并不等于政治，也不应该成为政治的工具，因为这样做的结果其实是毁灭了文艺，中国有这方面的教训。社尼·绍瓦蓬的《婉拉雅的爱》和西巫拉帕的《后会有期》就有图解

[①] 《文艺评论之力》，曼谷：巴潘善出版社，2004，第144页。

政治和概念化的缺点，因而也就没有多少艺术感染力。再如班宗·班知信对西巫拉帕的中篇小说《画中情思》的评论，由于作者不是用历史唯物主义和审美分析的方法而是生硬地套用阶级分析简单粗暴地曲解了这部作品，自然也就抹杀了这部小说的艺术光辉。

文学艺术的创作是个很复杂的审美过程和表现过程，它当然有理性的参与，但是成功的创作往往是从审美的感性出发的。只强调文艺的阶级性，这就否认了文艺的普遍性和人的多样性、复杂性。只强调文艺是对生活的认识，就否定了创作中的无意识、潜意识和不自觉因素的存在。文学艺术有教化的功能，但这是在愉悦之后所达到的潜移默化的效果。文艺不是学校的老师，也不是寺庙里讲经的和尚，"指路"是革命家的任务。作家中当然不乏思想家，但读者的"觉醒"是通过感悟得到的，和训练班式的教育完全是两码事。

"10·14"运动和"10·6"事件的政治情结与"百花齐放"

一个国家的人民如果人人都在谈论政治，那这个国家的政治生活肯定出了大问题。1973年10月14日运动之前已是山雨欲来风满楼的泰国，正是这种情形。青年作家的短篇小说、诗歌和《社会学评论》上许多政治、经济、社会、文化的文章正是为烈火准备了干柴。"10·14"运动之后独裁者被推翻被赶走，显示了人民的意志和力量，也是对人民的一种鼓舞。政治禁锢的暂时消除，为思想和文化的"百花齐放"铺平了道路。

青年们急需思想武器和理论武器，在泰国这其实是现成的，不过被"尘封"已久，需要发现，需要"发掘"，需要拨乱反正，需要除去蒙在它身上的污蔑不实之词，使其重新露出光华，这就是20世纪50年代兴起的"文艺为人生，文艺为人民"的文学运动。当时有一个出版重印15年前禁书的高潮。左翼的书籍，无论是泰国的还是翻译的都极受欢迎。老一辈进步作家的作品成了青年一代写作借鉴的样板，西因特拉尤的《对于古典文学的思考》和《古典诗歌的艺术性》，集·普密萨的《文艺为人生，文艺为人民》，班宗·班知信的《文艺与生活》的文艺理论文章和评论文章使他们耳目一新。像集·普密萨这样以前不敢提起的名字，如今成了激进青年崇敬的对象。

时间是文学生命力的最好考验。"文艺为人生,文艺为人民"文学的重生不是偶然的。最简单的道理是人民大众需要这种文学而15年来这种文学已经绝迹。具体地讲是"为人民"的文学的思想内涵也正是"10·14"运动的参加者的要求。要民主,争自由,呼唤社会的公平和正义,15年前没有得到,15年后人民依然两手空空。需要指出的是,这种"重生"不是创作内容的简单照搬,而是在新形势下精神实质的继承。

那时的作家、诗人,特别是青年,都急于表达自己的诉求、见解和心声,政治情结是贯穿始终的,而能承载诗歌、短小文章的报纸、杂志便应运而生,众所周知的有《民族报》《阿提巴》《新声》《平民》《祖国》等,其中最引人注目的是朱拉隆功大学文学院泰语系主办的杂志《文评》(1973~1976年),它刊登大学学生、老师和社会上自由撰稿人的文学评论,内容广泛、观点不一、锋芒毕露、言辞激烈,一时间煞是热闹。青年们的文章攻击的矛头指向一是古典文学的糟粕,二是消费文学的"畅销小说"。青年们自认为自己的观点是马克思主义的,有时却忘记了"实事求是"这个马克思主义的灵魂,忘记了历史唯物主义和辩证唯物主义这个马克思主义哲学的基本出发点,有人甚至主张把一些古代文学作品烧掉,遭到了老政治家、老作家克立·巴莫和老作家素芬·本纳的批评。青年评论家把通俗文学的"畅销小说"讥为"陈情滥调"(或直译为"腐水"文学),引起了塔沙纳·申安的辩论文章和对"为人民"文学的反驳,题目是《"陈情滥调"与非"陈情滥调"文学》。"陈情滥调"小说派的名人、女作家特玛延迪对学生运动一向看不顺眼,她硬把学生与中国扯上关系,给他们戴上"红帽子",说他们是中国的"走卒",而中国是"把老年人的骨灰当肥料"的。

这一时期崭露头角的评论家有拉沙米·包良通、善塔·巴迪玛甘、讪冷·康帕乌、都沙迪·西雅拉等。

说1973~1976年是"百花齐放"时期并不为过。对于渴望民主自由的青年来说,"放"似乎就是目的,而是不是"花"并不重要。刚刚从黑暗中走出来的人,光亮也许还会使人眼花缭乱,有些失误在所难免。评论的前提是深入的研究。要想知道现在,必须懂得过去。对于青年来说,也需要时间。文学创作不是新闻报道,可以见到就写,它需要观察、体验、感悟、沉淀和思考,需要和现实拉开一些距离,特别是长篇作品。三年,对这一切也许太短了。然而对于泰国文学和泰国青年作家、评论家说来,这却又是发现的三年、继承的三年、思考的三年和成长的三年。

文坛的平静与文体的实验、革新及东盟文学奖的推波助澜

泰国文坛也许是幸运的，因为从20世纪80年代以后文学渐渐有了点人气以后，在这30余年中再未刮起腥风血雨。笔者所说的"文坛的平静"并非说的是文坛上的风和日丽，而是说从事写作者的人身权利没有像过去一样受到侵犯，这其实也来之不易。

泰国文坛有一个很有趣的现象：通俗文学与严肃文学有各自的"领地"，互不"侵犯"，不相沟通，很少往来。通俗小说势力大，"领地"宽，读者多，作者多是走红的女作家，很受出版商的青睐，改编为电影和电视剧的也多是这些作品。为数不多的专业作家也非她们莫属。通俗小说多是鸿篇巨制，先是在畅销杂志上连载，之后再出单行本，收入丰厚。内容多在家庭、爱情圈子内打转，偶有花样翻新。构思上下功夫，情节较曲折，结局极完美，很会迎合中产阶级妇女的心理。最近中央电视台常播的泰国电视连续剧就是这类作品。严肃文学则相反，立意高，创作态度严谨，追求思想价值和艺术价值，但二者结合较完美者却不多，可读性差。内容写的多是下层劳动人民的苦难生活，可工人、农民却不看也不买这种作品。结果就形成了知识分子写、知识分子自家看的尴尬怪圈。杂志不会连载这种作品，书商无利可图，也不太愿意出版这些作品。可是历来的国家级的重大文学奖项都出自于这类作品。然而，获奖的作品毕竟是少数，它解决不了严肃文学整个的生存问题。

通俗文学虽然市场广大，但评论家却不愿意碰这类作品，走红的通俗小说作家也不愿意评论家来评论，因为她们知道评论家会说些什么。他们彼此都"心里有数"。文坛上的营垒、流派的存在是很自然的事情，然而以笔者的愚见，大可不必"井水不犯河水"，如果以泰国文学未来的发展计，应该抛弃门户之见，互相借鉴，取长补短，共同提高。事实上也曾出现过这种趋势，可惜没有形成互动。以笔者的观察，自20世纪70年代以来，通俗小说一步步地在向写实主义靠拢，出现了素婉妮·素昆塔的《甘医生》，西法的《弃儿》，格莎娜·阿速信的《莲茎之家》《落日》等优秀作品，可严肃文学这方面却没有什么动静。

80年代，严肃文学的确遇到了一个"坎儿"：时代变了，社会环境、结

构和形态也变了，出现了许多新事物，也有了更多的新问题。小说还能像50年代那样继续写下去吗？有见识的作者认识也多是一致的，但是如何改弦更张却不是人人回答得了的。

1979年，康喷·本他威（1928～2003）的长篇小说《东北儿女》在文本的意义上给人们以很大的启示。它其实继承了50年代的现实主义，但在写法上却是四不像的。用评论家诺蓬·巴查恭的话说，它"介于小说与纪实之间，而纪实似乎比小说更紧要、更突出、更能吸引人"。他引用西方文学评论家的话说，"这部作品的文学笔法逼近于零"。作者用一个小男孩的视角，把所见的一切放大。用"所闻"去增加"所见"的视角。用人类学的观点写出了东北部农民与天灾、穷困所做的斗争以及故土难离的情感。20年之后再版，作者还把一些有关东北部的资料和照片也附了上去，这更让人搞不清楚它到底是部小说还是个通讯报告。但不管怎样，它在小说文本的探索上还是有价值的。

假如说《东北儿女》对小说形态的探索和实验只是开了一个头的话，那么，1981年出版1982年获得东盟文学奖的查·勾吉迪的长篇小说《判决》则证明这种探索和实验取得了成功。1982年9月29在接受东盟文学奖时对于自己的创作动机和写作目的作者曾有明确的阐述："……所以我就不去关心我从哪里来，死的时候又往哪里去的问题，但是我却关心我以及与我一起生活的人们怎样幸福地生活，怎样与同样具有荣誉感和尊严的人们在同等的地位上生活的问题。"可是，这并没有导致他写压迫、写剥削、写苦难、写反抗这些传统的现实主义惯常题材，他从现代主义那里得到灵感，选取的是"人们平白无故地冷酷地制造出来并强加于人的一个普通悲剧"。[①]题材上的反传统，写出人们悲剧性的存在境遇这正是现代主义文学的一大特色。著名评论家、资深编辑素帕·沙瓦迪拉称它是"泰国文学界新近脱颖而出的一部长篇小说……这部作品美丽得像一座刚刚落成的建筑物或雕像，它挑战式地吸引着人们去探索其中的价值"。凯·松喜说它"是一部意想不到的优秀长篇小说"。权威评论家杰达纳·纳卡瓦查拉认为"《判决》很可能是冲破泰国当代大多数文学作品框框努力的一部分，不管作者有意还是无意，它将有助于把泰国当代文学作品从被人们所讥讽的'陈情滥调'的泥淖中拯救出来"。这个评价是很中肯的。

---

① 〔泰〕查·勾吉迪：《判决》，"题记"，栾文华译，长江文艺出版社，1988。

尼空·来亚瓦是另一位受评论界瞩目的作家。如果说查·勾吉迪的作品主题思想是明晰的，那么可以说，尼空小说的主题多是隐晦的，作品的思想内涵是通过某种象征表达出来的，甚至作品的篇名也得由读者去解析，如《巨蜥与朽木火炬》（1983年），你读完了作品也不见得能弄清楚巨蜥象征什么，朽木火炬代表什么。巨蜥在作品开头出现，再次出现则在小说的结尾。松奇抓巨蜥的场景写得极为生动，很像是电影中警察抓坏蛋的情形。小说描绘的是一个没有法制的社会，恶势力欺压百姓，可"人民的敌人"是谁，作品却不明说，但读者可以凭自己的经验判断巨蜥就是敌人的象征。结尾又让人意识到"人民和人民的敌人本是一个种族"。

尼空·来亚瓦1984年写的《树上人》继续沿用象征手法，鼓励读者探求生活的意义。《高高的河岸 沉重的木头》（1984年）的创作方法有很大改变，1988年它获得了东盟长篇小说文学奖。小说的事件叙述是颠倒的，但行文流畅许多。情节的演化不是靠外部事件的推动，而是靠人物的"自语"来完成。外部世界静止了，而人"创造"了变化。小说变成了"超级哲学"。行文不再一以贯之，时而诗化，时而像哲学课堂，时而又像和尚讲经，这就倒了读者的胃口，至少是一部分人的胃口。

总体来说，严肃文学的长篇小说自《判决》以后并没有太大的进步，短篇小说有进步，但只表现在形式上而非内容上。诗评最少，因为诗没有多少人读。

阿萨西里·探玛措的短篇小说集《昆通，你会在天亮前回来》收录了13篇作品，出版于1978年。获得了1981年东盟短篇小说文学奖。最早的一篇《她捧来的鲜花》发表于1973年12月号的《大学生》杂志上。最晚的一篇《雨季之初一天的早晨》发表于1978年6月的《青春男女》杂志上。从时间的跨度上它涵盖两次流血事件，反映了青年作家对这两次事件以及对社会的看法和态度，代表了整个20世纪70年代短篇小说创作的成绩和倾向。泰国著名评论家杰达纳·纳卡瓦查拉对这部小说集给予很高评价的同时，认为虽然作者的创作承继了"文艺为人生，文艺为人民"文学的精髓，但文本却加进了许多新的元素，有的借鉴了自然主义，有的借鉴了超现实主义。传统的泰国短篇小说情节比较完整，如玛来·楚皮尼、阿金·班加潘的作品就是如此。而阿萨西里·探玛措就不太注意故事情节，甚至不注意体裁的区别，有些篇章其实不是短篇小说，而是"散文"。

评论家楚萨·帕特拉恭瓦尼把派吞·丹亚十年间的两部短篇小说集做了

一个对比，探讨了作者叙事方式的转变，并把这种探索称为作者"新十年创作的起点"。①《堆沙塔》出版于 1985 年，两年后获得了东盟短篇小说奖。《十月》（1994 年）是派吞·丹亚的第二部短篇小说集，似有纪念"10·14"运动 20 周年的意思。

评论家楚萨·帕特拉恭瓦尼高度评价《堆沙塔》："我们不能否认，《堆沙塔》是我们国家写实主义作品的一个沉稳的、坚固的、峻美的柱石。"他认为，《十月》依然透露出写实主义的气息，表达了作者对社会问题的忧虑以及对处于弱势失去机会人们命运的同情。但值得注意的是作者剥去了"游艺社会"的外衣，使它露出真相。所谓"游艺社会"是指今日的报纸杂志、广播电视等大众传媒，能把生活中的一切，"不论是抗议政府的自杀，种族间的战争，还是楼房的坍塌——变成一种惊心动魄的满足人们欲望的刺激游艺。"

派吞·丹亚在写作中遇到了困惑："在过去的十年里我辛辛苦苦写了十几篇东西，但我越写越难，难在构思，难在立意，但比这一切都难的是寻找叙述的好方法，好的叙述方法是怎样的？而什么是叙述的最好方法呢？"派吞·丹亚在《堆沙塔》集子中用的是第三人称，叙述者全知全能。但《十月》却不一样。作者时时在提醒读者："我"写的是故事而不是真事。集子中有 11 篇小说，8 篇用的是第一人称，但第一人称也解决不了读者认为这是真人真事的问题，因为叙述者是与情节有关的人。为了避免产生这样的后果，派吞故意在叙述者和叙述之间制造矛盾以使读者不相信他讲的是真事。这也是一种悲剧。"真的穷困和游戏中穷困日益模糊，因为苦难贫穷已有了市场价值。"派吞在后现代主义那里借到了武器。

用第三人称讲述自己的故事，这种叙述方式在西方已流行了差不多半个世纪，在 20 世纪 90 年代泰国也有人"试用"了这种方法。1990 年阿亚灿写了一篇短篇小说《雨中财富》（见短篇小说集《看见风的人》，普帕出版社，1996）讲述了这样一个故事：一位作家急着赶回家去想把未完成的稿子写完以便不误稿期，但途中遇雨，只好和众人一起在路边的亭子里避雨，这就使这位作家突发灵感想把一起避雨的人作为人物写进小说中去。躲雨的人中有一个卖软米粉的女挑贩显得特别焦急，因为雨照此下下去，她将一个

---

① 楚萨·帕特拉恭瓦尼：《十月：派吞·丹亚的新年代》，《文艺评论之力》，曼谷：巴潘善出版社，2004，第 505 页。

子儿也赚不到。出于同情,作家与众人几乎买光了挑贩的软米粉。雨势小下来以后,众人云散,去赶自己的路。此时骑摩托的城管人员突至,作家想挑贩女人肯定要倒大霉了。不料这个城管人员却把剩下的一点米粉全部买走了。作家想,这好比是一只看不见的手抢写了他小说的结尾。作家心里感谢卖软米粉的女人做了好的"剧中人",感谢这场雨"填满了空白的稿纸"。至此读者才醒悟道:作者讲完的这个故事其实正是作家要送到编辑部的短篇小说的稿子,讲述者正是作家自己。

评论家诺蓬·巴查恭认为这篇小说传达了这样一种理念:"真实的世界存在于作家的意志、控制力和预期之外,它决定着作家写作变化的取向,换句话说就是真实的生活写给了作家,而且比作家写得更好。"[1]

我们谈了小说,还是不能不谈谈诗。因为没有任何一个文学式样可以像诗那样敏锐生动地传达时代精神和人们的思想,它的内涵、情致和意境是文学要素的高度醇化。诗歌是个不可或缺的文学品种。古代的泰国便是个"诗的国度",近年来诗歌的创作不大景气,读者和评论界对它有所忽视的最主要原因还在于"人间要好诗",而好诗却不多。为摆脱这一困境诗人们也在探索,寻找着好诗。1992年获得东盟文学诗歌奖的《那双手是白的》就是诗人们努力探索的成果之一。

萨西里·米松舍这本薄薄的带有插图的诗集刚刚戴上"皇冠",质疑之声就不绝于耳,许多人禁不住问道:这是诗吗?读了这部诗集的人也很疑惑,觉得它很怪,但又一时说不大清楚它究竟怪在哪里。其实萨西里的诗怪就怪在它不是人们通常见到的特别是在妇女杂志上见到的那种八言诗和克隆四言诗及其他的什么诗。形式非常反常,比如《摘下面具》和最后一首没有题目的诗,粗粗一看,好像是克隆四言诗,但一查韵脚,又觉得更像卡巴雅尼,许多人按八言诗的韵去读它,觉得萨西里诗的诗节并不符合通常八言诗的节奏,它长长短短,别别扭扭。但是听过1992年8月29日泰国语言与书籍协会主办的与东盟文学奖获奖作家见面会上所读的萨西里的诗,按他自己的节奏读,是很动听的。此时人们才发现,他的诗其实是有节奏的,不过不是我们通常所见到的八言诗的节奏。

评论家称这种创新就是西方理论家常说的"把熟悉的东西变成不熟悉的东西"。其好处是读诗不应再是一目十行,而应该细细咀嚼、品评。

---

[1] 《文艺评论之力》,曼谷:巴潘善出版社,2004,第548页。

泰国的东盟文学奖评选委员会对文学的探索和创新很宽容，很大度。它在评语中说："萨西里·米松舍在泰国原有的诗歌丰富韵律的基础上创造了新的自由韵脚，形式自然，与内容契合。他的诗用语平易、整齐，富有节奏感，诗句铿锵，意境鲜明，能够打动读者并引人思索。"① 评论家伦叻泰·莎加潘对这个评语有一个评论，说它"动摇了诗歌评价的（原有）基础"。

文学体裁界限日益模糊，甚至你中有我，我中有你，"四不像"的作品日益增多是泰国当代文学走向的一个引人注目的现象。1990 年《生命的珍宝》得了东盟短篇小说文学奖，人们就问，阿亚灿的这个集子是短篇小说吗？1991 年，玛拉·康沾的《香发女昭占——嘉提尤佛塔纪行》将古典的纪行诗杂糅于富于地方色彩的散文语言之中，得了东盟长篇小说文学奖，人们同样问道，玛拉·康沾写的到底是长篇小说还是诗歌？东盟文学奖到底提倡什么？回答这个问题不能不简略地谈谈东盟文学奖的主张。

东盟文学奖创立于 1979 年，又称东南亚文学奖，是泰国倡导发起的。每年的 11 月在泰国的东方饭店由泰国皇室颁奖，奖励也是泰国的商业机构赞助的。笔者曾参加过这种颁奖活动。最初的参加国有马来西亚、印尼、菲律宾和新加坡。现在随着东盟的扩大，10 个成员国都已参加。它的前身其实是东南亚条约组织文学奖（1968～1976 年），东南亚条约组织是冷战产物，但其文学奖却与冷战关系不大，因为评奖是由各国民间决定的，东盟文学奖亦由各国自行决定，只不过冠以东盟文学奖的名义，想必是以此提高此奖的声望。最重视这个奖项的是泰国。评奖的文学类别为长篇小说、短篇小说和诗歌，每年评出一种。评选机构由权威的组织和个人组成，在泰国则是由泰国语言书籍协会（即笔会）和泰国作家协会组成的。评选的规则重要的条款有：作品须是原创的；必须植根于作者所生长的国家或地区；作品须有益于本地区文化和文学的发展；等等。

不能说后来的许多获奖作品是东盟文学奖催生的，任何一个文学奖项都没有这么大的本事，而应该说在开始的阶段是这个奖项选择了它中意的作品；但获奖的作品一经出现，它就不能不是一种荣誉，一个样本，一个范例，一种推介，一种引领，作用也就由此而生。

在这里笔者不想一一论述泰国至今获得东盟文学奖的全部 33 部作品，

---

① 《文艺评论之力》，曼谷：巴潘善出版社，2004，第 501 页。

其实这些作品也不个个都是精品，在审美的观念上差异也是很明显的，读者的反映也大不相同，这也很自然。以笔者看来泰国的东盟文学奖30多年来的最大功绩在于它鼓励创新，在于扶植年轻的后来者，在于它的包容和没有求全责备。任何创新都不是容易的，不成功的恐怕比成功的要多得多。因此应该允许探索，允许试验。一部作品究竟是什么或者叫什么也许并不重要。人间之事总是从无到有，从小到大的，并不是老祖宗留下的什么都是好的，都是不能动的。但是作家切莫忘记，变革、创新还有一个铁律，这就是文学的生命力是要经过读者检验的，时间才是文学艺术最公正的评判官，一两个奖项决定不了一部作品的历史地位，诺贝尔文学奖如此，东盟文学奖也是如此。媚俗不行，眼里没有读者更不行。沉溺于自身的"创新"会使作家走入死胡同，这种"创新"很快就会被人忘记，"玩文学"很可能把自己玩到泥淖中去。

批评视角的多样性及几次重要的论争

对于文艺问题有不同的观点和看法，这是很正常的事。20世纪70年代以后文坛上常有争论，特别是在东盟文学奖评选期间，评论界最为热闹，有些年份争论是很激烈的，其中包括对东盟文学奖评选结果的质疑，如1990年围绕着阿亚灿的短篇小说集《生命的珍宝》的争论，许多作家、评论家都卷了进去。

音乐评论家提瓦·沙拉朱塔是挑起争论的第一人，他认为阿亚灿作品的根子是西方的思想。附和的是作家、思想家安奴·阿帕皮隆，他认为阿亚灿看待世界是悲观的，所以他的眼前才"一片黑暗"。朱拉隆功大学对外关系学院教师乌汶拉·西里尤瓦萨说阿亚灿"喜欢品尝新东西"。1984年东盟文学短篇小说奖获得者瓦尼·乍隆吉加阿南附和某些批评家，指出其用语上的错误以及风格上的不统一。作家占隆·防春拉吉揭露阿亚灿喜欢写下流事、性事和鬼事，"糟蹋人类"。一位名为纳林·占吞巴索的批评家专门写了一本书，否定阿亚灿的全部作品。

与此同时，文学研究者伦叻泰·沙加潘副教授肯定阿亚灿的作品全面反映了社会上人对人的欺压。布萍·南塔皮赛赞扬阿亚灿把人性的缺陷暴露得恰到好处。杰达纳·纳卡瓦查拉说他的作品思想内容深厚，潜藏着哲学意识。庄穆·吉占侬和塔内·维帕达不同意人们在语言运用上对阿亚灿的指责。

争论并未到此为止。

庄穆·吉占侬在"泰国诗歌审美研讨会"上所做的报告在《沙炎叻评论周刊》（1992年）上发表以后，庄登·沙旺翁也通过该刊的专栏连续多期写了反驳庄穆·吉占侬的文章。

这种不同意见的争论也在东盟文学奖评选其他作品时发生过，这些作品是查·勾吉迪的长篇小说《时间》（1994年），派阿林·考安的《竹马》（1995年），温·寥瓦林的《平行线上的民主》（1997年）和《有一种活物叫作人》（1999年）等。

长篇历史小说《平行线上的民主》引起了激烈的争论，牵动了文学界和史学界，可惜的是，问题并没有深入下去，达成的共识也不多。史学界人士有人指责这部作品"是对历史的犯罪"，为此还专门写了一本书对小说所写到的"事实"逐一驳斥；文学界的评论家则认为，没有任何历史小说是百分之百符合历史事实的，《平行线上的民主》没有大错。评论家查玫芬·申卡章认为这场争论"表明泰国文化界还不成熟，大部分读者还不理解文学的真实、艺术的真实和虚构的区别，不能把真实的世界和文学的世界区分开来"。

其实这场争论的焦点在于历史小说应该怎样对待史实，怎样处理虚构，二者的"度"又在哪里。小说和历史不是一回事，但"历史小说"和普通小说又有区别。历史是门社会科学，它要求真实、全面、有定论；小说是文学作品，注重细节、人物、要有可读性，当然要虚构。但历史小说却不可全部虚构。没有真实的历史作背景、作依托，是不能称其为历史小说的。用一句简单的话概括就是"大事不虚，小事不拘"。比如《四朝代》，它的人物、情节都是虚构的，但是却"真实"地再现了曼谷王朝五世王到八世王的历史，可这个历史是形象化的历史，是上层贵族和上层人物的思想史、生活史、社会变迁史。这就是小说能做到的，而作为一种学科的历史却无法完成。但是历史小说大的历史框架必须是真实的，四位国王及其交替是真实的吧？在此时发生的重大历史事件没有虚构吧？西风东渐这也是客观存在的吧？甚至人物生活的环境，他们的服饰和语言也要符合历史的真实，否则就会"穿帮"。泰国也有另外的"历史小说"的典型，比如銮维集瓦塔干的一些作品，他伪造历史，并且加进了民族沙文主义和扩张主义的毒素，误导民众，其流毒影响了泰国几十年，至今也没有完全消除。

泰国南部北大年的宋卡西纳卡穆大学泰国语言文学教师、评论家庄穆·吉占侬和曼谷法政大学法语系的教师、评论家诺蓬·巴查恭的争论实际上是写实主义文学理论和现代主义文学理论的一次"对话",反映的却是文学界的一种困惑。

1998年8月诺蓬写了一篇《为什么反映社会的文学反而解决不了社会问题》的文章登在《散文》杂志上,同年9~10月号的《金链花》杂志转载了这篇文章。

诺蓬在文章中问道:为什么写实文学,或称反映社会现实的文学,为人民的文学,创新性文学,这种文学有作者,有出版的地方,有人读,有人评奖,有人认真地评论分析,兴盛了20多年的文学所提出的问题不见好转,反而日见恶化呢?诺蓬自己回答说,这证明了"为社会建立一个好的思想意识(努力)的失败"。他嘲笑中产阶级、教育界、评论界鼓吹写实文学的人,说他们使读者忘记了文学是虚构的。他认为文学不是真实世界的反映,它反映的是文学的世界。文学中的各种要素有其自身的意义,与外部世界无关。既然文学不能反映社会的真实,所以它也不能改造和改变世界。他认为文学是"赏玩",作品是比那些学术著作显得有趣一些的"论辩文章"。

庄穆不同意诺蓬的"艺术形象不可能对社会意识起作用"的观点。她认为"艺术形象不是没有出处凭空产生出来的""作者的智慧和感情的形成过程熔铸着他对人类生活和问题的理解、思考和梦想,它是建筑在事实和是非判断的基础之上的。""对世界和生活的理解,用敏锐的观点对生活的解读和批判,是可以给读者以思想意识上的启迪,是能够培养读者向善的品性的。"至于"写实文学为什么不能解决社会问题",庄穆认为这不是文学本身的问题而是文学以外的问题。

讨论没有继续下去,也不可能有什么结果。当今的泰国社会的价值取向,生活方式和文化选择都是多样的,并没有什么"标准"。以笔者看来,二人对文学本原的理解就是南辕北辙的,这种讨论也只能是鸡同鸭讲。鸡和鸭互不理解,互不买账,这也很正常。但是它仍然不无益处,至少能引起其他作家和读者对文学功能的注意和思考。

泰国文学评论家的基本队伍是大学里教授文学的教师,也有一些是教授其他社会科学的教师。他们理论知识较多,对文学有一定的研究深度。这些评论家除了运用美学理论研究和评论作家和作品外,有人还另辟蹊径,从社会学、心理学、政治学以及艺术、戏剧、电影甚至女权主义的角度来研究和评论作家、作品。一般地说，从事西方语言文学教学的教师受西方文学理论影响较深。这一类有代表性的评论家有杰达纳·纳卡瓦查拉、春提拉·沙达雅瓦塔纳、楚萨·帕特拉恭瓦尼、诺蓬·巴查恭等人。其中年轻的评论家受现代派文学理论影响更大。也有的评论家一身二任，既搞创作，也搞评论，如沃·维尼查雅恭（坤仁·维尼达迪提云博士）、查迈芬·申格章（派林·隆拉）、来堪·巴兑堪（素潘·通魁）、派吞·丹亚（丹亚·桑卡潘他暖）、沙昆·本亚塔、松蓬他威（多迈丹）等。也有人用东方文学理论写评论，比如古苏玛·拉沙玛尼用的就是印度的"味论"，塔内·维帕达运用的是泰国传统的写作理论。因为是个佛教国家，泰国还有一个很有趣的现象，就是有不少人是用佛学来写文学评论的，比如妮拉婉·宾通、勾恭·英库塔暖、兰君·因吞甘亨等人就是如此，最后一人最终还出家当了尼姑。

　　文学评论的基础在于文学研究。当商业化、实用化、娱乐化、快餐化、图像化浸染了整个文化界以后，文学本身的地盘已经日见萎缩，又遑论文学研究！说得更直白一些，如果你一定要搞这一行而又没有别的收入的话，那你是难得温饱的。资料也是一个问题，马克思写《资本论》借助的是大英博物馆的丰富书藏，如果你想在泰国最著名的大学图书馆里找到一本某知名作家的代表作，那却是不容易的，因为它不收藏，大概认为这些都是"闲书"吧？笔者所认识的大学老师们，都是靠自己买书教课的。还有一件令人不解的事情是，到现在泰国还没有一部真正的研究性的而不是作品选读式的文学通史。这多少能反映出社会对文学研究的重视程度的窘境。若不是泰国的高校还要培养研究生，他们毕业还要写论文，还有"文学批评"这门课的设置，那么这门学科的前途就更令人担忧了。

后　记

读过笔者撰写的《泰国文学史》的读者也许会有这样的疑问：既然《泰国文学史》已经包括了泰国现当代文学的一些内容，那么同一个作者现在还有必要再出一本《泰国现代文学史》吗？

关于这一点我得有个交代。

社会科学文献出版社1987年出版的那本《泰国文学史》，鉴于当时的社会需求和市场形势，只印了2000册，始料不及的是在很短的时间里便销售一空，我陆续收到不少同行、朋友、学生和不相识的读者的辗转来信，希望得到这本书，一位不相识的新加坡朋友一下子就买去了5本，我自己也赠给友人百余本。但同时也汲取了以往的教训，留了点"后手"。可不久我的"小家底儿"也空了，对于友人、读者的需求不能不遗憾地爱莫能助了。《泰国文学史》在浩瀚的中国图书海洋中不过是"犄角旮旯里"的著作，在那时能够出版已是"大恩大德"，至于"再版"或"重印"那岂不是非分之想？

然而形势的发展不是人们所能完全预料到的，30年前，在中国，学习泰语的大学生还是凤毛麟角，可如今有的高等院校一届此专业的毕业生就有几百名之众了。《泰国文学史》这类书在教学上的需求恐怕是最迫切的。虽然此类书的读者群是"小众"，但中国是个拥有13亿人口的大国，这个"小众"如果放在一般的国家里那就不太"小"了。再说，"小众"的需求也该得到关照，如果它是合理的话。

中泰是兄弟，两国一家亲。这是几个世纪以来两个民族的认同，这种关系在国与国之间是很少见的。1975年恢复邦交以来，官方的民间的往来更加密切,据估计如今旅居泰国的各方面的中国人士至少有 50 多万,去泰国留学的中国学生也从无到有,数以千计了。正大集团是外资中第一个来中国投资的,他们的营业执照是中国外企的 001 号。泰国来中国旅游的、探亲的、访问的、学习的人数综合起来也是最多的。

中泰两国人民的亲善是历史的积淀,也是近 40 年来交流和合作的硕果,其基础是彼此的相知和了解,这个过程也是对对方研究和认知的鼓励。文学史是一个民族精神层面的东西,要深入地认识一个国家、一个民族,这方面的了解和研究是不可或缺的。你去做生意,要求你读完文学史当然过于苛刻,但如果你去做文化方面的工作,却又对该国文学之类精神层面的东西一无所知,那就贻笑大方了。

不是谦虚,中国目前对泰国的研究其中包括对泰国文学的研究还仅仅是个开始,还处在奠基的阶段,现在要做的还不是锦上添花而是雪中送炭。我这一代人中的多数是奉"祖国的需要就是我们的志愿"而学习某种专业的,限于当时的国际环境和国内政策,学习泰语这样偏僻的语种,不但在教材、师资上处于劣势,在图书、资料上则处于更大的劣势。表面上说得好听,其实在受重视程度上才真的是"第三世界"。改革开放以来虽有改变,但要享受主要语种那样的"待遇"恐怕还是将来之事。如果你读英美文学、法国文学、俄罗斯文学,光中文的有关工具书、资料,你想读全大概都不大容易,更不要说其本民族的语言文字的资料了。据说,在英国,研究莎士比亚的著作就能建立个规模不小的图书馆。当然了,大有大的难处,小有小的苦衷。但是难也好,苦也罢,中国人研究外国文学,毕竟要有点自己的东西,至少要有自己的眼睛,否则,"研究"干嘛?翻译几本人家国家说自己的著作不就得了!

想到这里我又有点自责。该问的是自己努力了多少,我得老老实实地承认,没交上过满意的答卷,这本书也还是没多少长进。

鉴于国人对泰国了解的实际状况,鉴于本书所论述的有些作品读者是不大容易读到的,如果笔者一味地"论"下去,就会使人摸不着头脑,读者也根本无从判断我说的对还是不对,因此,本书在增补一些资料的同时,对于重要的有代表性的作品,笔者依照原著的思想倾向和情节框架做了内容概要,附于每节之后,我想这对读者分析、判断作品可能是一种便利,对教学也不无好处。

但是,话还得说回来,对于学习泰语和泰国文学专业的学生说来,要使文学史这门课有更多的收获，还是要读读作品，特别是读原作。好的翻译也不一定能保存作品全部的原汁原味，而糟糕的翻译说它是糟蹋也不为过。

文学史的论著不过是文学史家的一家之言，引引路而已。一个民族的文学历史只有一个，但文学史却可以百家解读，百家争鸣，读者也可以是一家。纸上的东西不可不信亦不可全信。但有，还是聊胜于无，至少可以比较一下。

本书在写作过程中参考或引用了泰文版的素盼妮·瓦拉吞的《泰国小说写作史》，德里信·本卡君的《长篇小说与泰国社会》（写作于1932～1957年），沙田·詹提玛吞的《泰国为人生的文学潮流》等著作，在此深表谢意。

感谢北京外国语大学世界亚洲研究信息中心课题研究的资助；感谢泰语系白淳教授的鼓励和热诚协助；感谢本书的责编仇扬女士，她认真细致，帮我纠正了书稿中许多疏漏，弥补了不少缺失。没有这些热诚之手，这本书是难以和读者见面的。

栾文华
2013年2月20日于北京

图书在版编目(CIP)数据

泰国现代文学史/栾文华著.—北京:社会科学文献出版社,2014.8
(2022.2 重印)
(亚洲研究丛书.北京外国语大学世界亚洲研究信息中心系列)
ISBN 978-7-5097-6076-5

Ⅰ.①泰… Ⅱ.①栾… Ⅲ.①现代文学史-泰国 Ⅳ.①I336.095

中国版本图书馆 CIP 数据核字(2014)第 114083 号

亚洲研究丛书·北京外国语大学世界亚洲研究信息中心系列
泰国现代文学史

著　　者 / 栾文华

出 版 人 / 王利民
项目统筹 / 祝得彬
责任编辑 / 仇　扬
责任印制 / 王京美

出　　版 / 社会科学文献出版社·当代世界出版分社(010)59367004
　　　　　　地址:北京市北三环中路甲 29 号院华龙大厦　邮编:100029
　　　　　　网址:www.ssap.com.cn
发　　行 / 社会科学文献出版社(010)59367028
印　　装 / 北京虎彩文化传播有限公司

规　　格 / 开本:787mm×1092mm　1/16
　　　　　　印张:19.25　字数:330 千字
版　　次 / 2014 年 8 月第 1 版　2022 年 2 月第 2 次印刷
书　　号 / ISBN 978-7-5097-6076-5
定　　价 / 69.00 元

读者服务电话:4008918866

版权所有 翻印必究